满族口头遗产传统说部丛书

红罗女三打契丹

傅英仁 讲述

王宏刚 程迅 记录整理

吉林人民出版社

图书在版编目（CIP）数据

红罗女三打契丹 / 傅英仁讲述；王宏刚，程迅记录
整理 . -- 长春 : 吉林人民出版社 , 2019.5
（满族口头遗产传统说部丛书）
ISBN 978-7-206-16915-1

Ⅰ . ①红… Ⅱ . ①傅… ②王… ③程… Ⅲ . ①满族—
民间故事—中国 Ⅳ . ① I277.3

中国版本图书馆 CIP 数据核字（2019）第 293951 号

出 品 人 : 常　宏
产品总监 : 赵　岩
统　　筹 : 陆　雨　李相梅
责任编辑 : 储可玉　刘　学
助理编辑 : 王　静
装帧设计 : 赵　谦

红罗女三打契丹
HONGLUONÜ SANDA QIDAN

讲　　述 : 傅英仁　　　　　记录整理 : 王宏刚　程　迅
出版发行 : 吉林人民出版社（长春市人民大街 7548 号　邮政编码 : 130022）
咨询电话 : 0431-85378007
印　　刷 : 吉林省优视印务有限公司
开　　本 : 720mm×1000mm　　1/16
印　　张 : 17　　　　　　字　数 : 280 千字
标准书号 : ISBN 978-7-206-16915-1
版　　次 : 2019 年 5 月第 1 版　　印　次 : 2019 年 5 月第 1 次印刷
定　　价 : 70.00 元

出 版 说 明

　　满族口头遗产传统说部是具有较高社会价值和文化价值的满族文化的百科全书。整理发掘满族说部的项目工作被文化部列为中国民族民间文化保护工作试点项目，并被国务院批准列入第一批国家级非物质文化遗产名录。

　　"满族口头遗产传统说部丛书"是千百年来满族各氏族对祖先英雄事迹和生存经验的传述，一代一代口耳相传，保留下来的珍贵的满族遗存资料。经过近三十年抢救整理，从二〇〇七年到二〇一七年的十年间，根据整理文本的先后，我社分四次陆续出版了五十部说部和三本研究专著。此套丛书无论从社会价值和文化价值来看，都是一套极具资料性、科研性和阅读性融为一体的满族文化的百科全书。

　　此次出版对以下两个方面做了调整：

　　一、在听取各方专家建议的基础上，对原丛书进行了筛选，选取最有价值、最有代表性的四十三部说部，删去原版本中与文本关系不紧密的彩插，对文本做了大幅的编辑校订，统一采用章回体表述方式，并按照内容分为讲述萨满史诗的"窝车库乌勒本"、讲述家族内英雄人物的"包衣乌勒本"、讲述英雄和历史人物的"巴图鲁乌勒本"、讲述说唱故事的"给孙乌春乌勒本"等，突出了说部的版本特色。

　　二、保留研究专著《满族说部乌勒本概论》，作为本丛书的引领，新增考古发掘的图片和口述整理的手稿彩色影印件。

　　特此说明。

吉林人民出版社

编 委 会

序

冯骥才

任何民族的文学都包括两大部分。一是个人用文字创作的、以书面传播的文学，一是民间集体口头创作的、口口相传的文学。后一部分文学是前一部分文学的源头，是根性的文学。中国作为东方文明的古国，口头文学的历史去之遥远。就像西方文学始于古希腊罗马的神话故事，我国文学史上第一部作品是《诗经》，即民间口头文学集，这表明口头文学是一个民族文学的源头。在漫长的历史中，这两部分文学一直同根并存，相互滋育，各自发展，共同构成一个民族文化与精神的极为重要的支撑。

中华民族有着巨大文学想象力和原创力。数千年间，各族人民以口头文学作为自己精神理想和生活情感最喜爱和最擅长的表达方式，创作出海量和样式纷繁的民间文学。口头文学包括史诗、神话、故事、传说、歌谣、谚语、谜语、笑话、俗语等。数千年来，像缤纷灿烂的花覆盖山河大地；如同一种神奇的文化的空气在我们的生活中无所不在；且代代相传，口口相传，直到今天。

我们的一代代先人就用这种文学方式来传承精神，表达爱憎，教育后代，传播知识，娱悦生活，抚慰心灵；农谚指导我们生产，故事教给我们做人，神话传说是节日的精神核心，史诗记录文字诞生前民族史的源头。它最鲜明和最直接地表现中华民族的精神向往、人间追求、道德准则和价值取向。中国人的气质、智慧、审美、灵气、想象力和创造力，充分彰显在这种口头的文学创造中。

这种无形地流动在民众口头间的口头文学，本来就是生生灭灭的。在社会转型期间，很容易被忽略，从而流失。

特别是在这个现代化、城市化飞速推进的信息时代，前一个历史阶段的文明必定要瓦解。口头文学是最脆弱、最易消亡。一个传说不管多么美丽，只要没人再说，转瞬即逝，而且消失得不知不觉和无影无踪，所以联合国教科文组织把口头传统和表现形式，包括作为非物质文化遗产媒介的语言列为非物质文化遗产之一。

在中国，有史诗留存的民族并不很多，此前发现的有藏族史诗《格萨尔王传》、蒙古族史诗《江格尔》、柯尔克孜族史诗《玛纳斯》、苗族史诗《亚鲁王》。作为满族民族历史和文化传统的重要载体——"说部"，是满族及其先民世代相传的极其宝贵的精神财富。它最初用"乌勒本"（满语 ulabun，为传或传记之意）指称，后受汉文化影响，改称为"说部"或"满族书""英雄传"。说部最初用满语讲述，至清末满语渐废，改用汉语并夹杂一些满语讲述。在漫长的历史进程中，满族各氏族都凝结和积累了精彩的"乌勒本"传本，如数家珍，口耳相传，代代承袭，保有民族的、地域的、传统的、原生的形态，从未形成完整的文本，是民间的口碑文学。"满族说部迥异于其他文类，不仅涵盖了口头传统，也吸纳了民俗学中多种民间文艺样式，包容性极强。"

我以为，对于无形地保留在人们记忆与口口相传中的口头文学，抢救比研究更重要。它是当下"非遗"工作的重中之重，要清醒地认识到文化和文明于人类的意义。当社会过于功利的时候，文化良知就要成为强音，专家学者要在抢救非物质文化遗产中勇于承担责任，走进民间帮助艺人传承与弘扬民间艺术，这也是知识分子的时代担当。

让人感到欣喜的是，经过吉林省的专家学者近三十年的抢救、发掘和整理，在保持满族传统说部的原创性、科学性、真实性，保持讲述人的讲述风格、特点，保持口述史的原汁原味的基础上，将巨量的无形的动态的口头存在，转化为确定的文本。作为"人类表达文化之根"的满族说部，受东北地域与多族群文化的影响，内容庞杂，传承至今已逾千万字。此次出版的《满族口头遗产传统说部丛书》为四十三部说部和一本概论。"说部"分为讲述萨满史诗的"窝车库乌勒本"、讲述家族内英雄人物的"包衣乌勒本"、讲述英雄和历史人物的"巴图鲁乌勒本"、讲述说唱故事的"给孙乌春乌勒本"四大部分。概论作为全套丛书的引领，从学术研究的角度对乌勒本产生的历史渊源、民族文化融合对其的影响、发展和抢救历程等多方面深入思考。

多年来"非遗"的抢救、保护、研究和弘扬，已取得卓越的成就。但未来的路途依然艰辛漫长，要做的事情无穷无尽。像口头文学这样的文化遗产的整理和出版，无法立即带来什么经济利益，反而需要巨大的投资和默默无闻的付出，能在这个物质时代坚守下来，格外困难。

文化传统和传统文化不是一个概念，我们的终极目的不是保护传统文化，而是传承文化传统。传统文化是固定的、已有既定形态的东西。我们所以要保护它，是因为这些文化里的精神在新时代应以传承，让我们的文化身份不会在国际资本背景下慢慢失落。

现在常把文化自觉与文化自信并提，这两个概念密切相关同时又有各自的内涵。文化自觉是真正认识到文化的重要性和自觉地承担；文化自信的关键是确实懂得中华文化所具有的高度和在人类文明中的价值。否则自信由何而来？

对传统文化的抢救与整理，不仅是为了传承，更为了弘扬。我们的民族渴望复兴，复兴的重要精神支撑在我们的传统和文化里，让我们担负起历史使命，让传统与文化为民族的伟大复兴发挥它无穷的力量。

冯骥才
二〇一九年五月

目录

《红罗女三打契丹》的传承与传播

王宏刚

一九八一年初春至一九八二年冬天，我们在富育光先生的指领下，在傅英仁家录音他的长篇宗祖传说《萨布素将军》。其间我们就听傅老提到过《红罗女三打契丹》，这也是他的三叔傅永利[①]传承给他的满族长篇历史传说之一。当时，我们集中精力录抄萨布素故事，没有细问这部满族说部。但我们与傅老一起走访萨布素青少年时代在宁古塔[②]的活动地时，在不少满族老人那里听到了红罗女的故事。他们的红罗女故事都与在宁安市西南五十公里处的镜泊湖有关。镜泊湖历史上曾称阿卜湖，又称阿卜隆湖，后改称呼尔金海，唐玄宗开元元年称忽尔汗海，明志始呼镜泊湖，清朝称为毕尔腾湖。今仍通称镜泊湖，意为清平如镜。镜泊湖位于黑龙江省东南部张广才岭与老爷岭之间，世界著名的高山堰塞湖之一，是大约一万年前，因第四纪中晚期火山爆发，玄武岩浆堵塞牡丹江道而形成的火山熔岩堰塞湖泊。湖深平均为四十米，由南向北逐渐加深，分为北湖、中湖、南湖和上湖四个湖区，总面积九十点三平方公里。由西南至东北走向，蜿蜒曲折，呈"S"形，湖岸多港湾，湖中大小岛屿星罗棋布，景色异常雄伟秀丽。因为镜泊湖是当地满族人认为宁安最美丽的地方，而其八大景之一的吊水楼瀑布后有红罗女的红棺椁，所以红罗女故事被他们作为最有代表性的风物传说而广为传播。

当时牡丹江市与宁安县民间文学工作者宋德胤、马文业、栾文海等先生在与我们介绍萨布素故事传播情况时，都说起红罗女故事是当地满汉百姓耳熟能详的满族故事。其代表性传说《红罗公主》讲述的是：古时候，渤海郡王有一位小公主，美丽无比、能歌善舞，吹得一手好洞箫。她喜穿用九千九百九十九朵人参花染成的红裙，故名红罗公主。红罗公

---

① 傅永利，满族说部的重要传承人。他饱受伪满当局的迫害，仍然传承了许多重要的满族说部，如《萨布素将军传》《红罗女三打契丹》等，其生平请阅《萨布素将军传》前言。

② 即今天的黑龙江省宁安市，清代的东北政治、军事、文化重地之一。

主让求婚者说出她箫声中表达的是什么，说对的就算中选。文人武将都没有说对，唯有镜泊湖的年轻渔民以笛相和对上了。两人相爱，被红罗女父亲老渤海郡王阻拦，渔夫落水而亡，红罗女忧愁而死，被装在红石棺中，放在吊水楼瀑布下的深潭中。另外一则《红罗女》讲述的是：渤海郡王想选个天下最美的妃子，三年不成。一个云游的老道选一百个能工巧匠，造了一面美人镜，镜中映出了镜泊湖上小渔船前红袄红裙的红罗女，渤海郡王看她美丽而要娶她，但红罗女已有心上人捕鱼的青年支布了，渤海郡王带来支布，要给他高官与金银换取红罗女，支布坚决不答应，被渤海郡王杀害了。渤海郡王带着文武官员在湖上追赶红罗女，红罗女扎进了瀑布下面的深龙潭。红罗女没有死，每年的六月十五那天，善良的人们站在深龙潭畔的玄武崖上，就能听到欢快的鸟叫："织布！织布！织布！"这是支布变成了鸟，来看红罗女来了。[1] 这些故事都发生在镜泊湖，而且都与渤海郡王有关，是有满族历史文化元素的优美传说，但不是史诗性的满族说部。笔者与吉林省歌舞团创作室的陈福利先生来到镜泊湖，当时我们在湖边，看到湖中有一个闪光点，熠熠闪烁，变幻莫测，便忍不住下湖打捞，但其实只是一枚普通的汽水瓶盖。我惊讶这镜泊湖比我故乡的杭州西子湖还要美丽纯净，立志要把她写出来。如此，我直奔傅老家，傅老听了我的经历与感受，哈哈大笑，说让你更加动心的故事还在后头呢。从那天起，傅老就给我讲《红罗女三打契丹》的满族说部，讲的时候完全进行了录音，录完一段故事，我们就回放，仔细听讲，第二天就请傅老解说、补充，然后接着讲，录完一部分，就带回长春根据录音抄录出文字。如此我们间隔半个月或二十余天，再来集中录音，约半年光景，《红罗女三打契丹》全部录音完毕。

在录音的过程中，我们也不断向傅老了解该说部的传承情况，因为这是我们第一次遇到唐代的满族先民靺鞨人的渤海国时期的故事，内容达二十万字，是史诗性的满族说部。因为不是傅老的家族传说，我们对它的传承状况更有兴趣。傅老说，因为渤海的国都上京龙泉府就在宁安郊区，遗址还在，所以不少满族老人都知道渤海上京的传说，他年轻的时候，就有许多人讲过红罗女的故事，都与镜泊湖有关，都认为吊水楼瀑布后有红罗女的红棺椁，但为什么她的棺椁在那里，不是现在流行的一个很短的爱情故事，而是一个长篇的抗击契丹入侵的英雄说部。虽然

---

[1] 宋德胤:《镜泊湖民间传说》，春风文艺出版社1984年版，第33—37页。

当时的满族梅、关等氏族中都有人讲这个故事,但最完整的还是他的三叔傅永利讲述的。我们问他现在还能讲《红罗女三打契丹》说部的人还有谁,他说,宁安本来还有一个满族人关墨卿,他也会讲这部说部,而且还会讲别的说部,只是现在他到林业局当会计,不常在宁安了。我们听了,格外兴奋,请傅老设法约他一见。不久,关墨卿就风尘仆仆赶到傅老家,当时,他约五十岁,有一种仙风道骨的气度。我们问:您老也会讲《红罗女三打契丹》的故事吗?他微微一笑说:会讲。这是我们满族的女英雄,有的家族将她作为神供起来,因为她保家卫国,三打契丹。接着他概述了红罗女的故事,其梗概与傅老的基本一致。我们问,除了傅老这个故事,还有没有其他红罗女的故事,他说有哇,还有一个很长的红罗女、绿罗女故事,讲的是红罗女与大唐太子比剑结成姻缘的长篇说部,叫《比剑联姻》。我们请他讲一段,他清清嗓子,声如洪钟开讲道:话说大唐年间,渤海王率文武百官在上京城门口,迎接大唐使团,只见尘土飞扬、鼓声喧天,大唐使团来到跟前。渤海王拉着使节的手说:"看见了你们,就看见了苍天。"关老的开场白立刻震撼了我们,我们即将这段开场白录音了。因为关老要回工作单位,不能在宁安长住,我们问是否能将他的讲稿笔录下来,关老痛快地答应了。不到一年,关老分两次将《比剑联姻》书稿给了傅老与我们。[1] 这几次调查表明,关老不仅是《红罗女三打契丹》说部的传承人之一,而且他传承的《比剑联姻》也是唐代渤海国红罗女的说部,说明红罗女故事已有特定的历史文化内涵,已构成史诗性的满族说部之一。关墨卿在去世前,专程去了一趟傅英仁家,把自己所有的资料和手稿倾囊相授。所以傅老的《红罗女三打契丹》说部,是他同时代传承人的代表作。傅老的《红罗女三打契丹》说部内容是渤海国抗御契丹的长篇历史传说。渤海国是粟末靺鞨建立的一个边疆少数民族王国政权,同时又是唐王朝管辖下的一个羁縻州。本说部中有明确的历史时代背景,主人公红罗女是渤海国三世王大钦茂的义女,故事发生地在今天镜泊湖附近的原渤海国的上京龙泉府,该城从公元七五五年开始至大钦茂自中京迁至上京为国都达一百六十多年,它代表着渤海人创造的"海东盛国"的灿烂文明。故事主要情节是红罗女从长白圣母处学艺回来,承担起抗御契丹入侵的重任,在爱侣被害的情况下,忍辱负重,三打契丹,智除奸相,保卫了家国,最后投湖殉情,仍然

---

① 原稿保留在傅老处,复印稿保留在王宏刚处。

在镜泊湖吊水楼瀑布织绣锦绣山河。这部说部不仅全景式展示了渤海国初期的历史与生活画面，而且生动地反映了渤海与唐朝深刻的政治、文化联系，反映了与契丹等北方民族的关系，甚至还有"新罗平盗"的生动故事，反映了渤海与新罗的关系，堪称是一部无韵的英雄史诗。为了更准确地整理这部说部，我们曾经与傅老一起实地考察了说部中的红罗女活动地，如镜泊湖周边、渤海镇、上京龙泉府遗址等。为了更好地了解本说部的传承、传播情况，我们也向考察地区的满族老人了解相关的红罗女故事。一九八三年夏，笔者在宁安杏山乡小学关校长那里听到了红罗女"白马捎书"的故事，说红罗女在被敌人包围的时候，用自己的坐骑白马捎了一封军情密信，白马经历许多磨难，将密信送到了渤海王那里，渤海王的救兵及时赶到，解救了红罗女，打退了敌人的入侵，使家乡得到安宁。虽然讲述者不是民间故事家，只能讲述一个梗概，但故事中的红罗女也是一个保家卫国的女英雄，与傅老的说部有同一母题，而且这个故事是听他爷爷讲的，可见红罗女故事已有悠久的传承历史。一九八三年秋，笔者与于又燕、程迅同志在珲春考察了二十天，主要是收集满族的海洋民歌——跑南海，在田野调查中，满族郎、关、何等氏族的老人讲，在他们往昔的萨满教祭礼中，要在神树下祭祀红罗女、绿罗女，因为这是他们氏族的守护神，庇护着他们的平安、幸福。因为这些氏族已没有萨满，所以族人讲不出红罗女的传说故事，只能简约地说到她们姐妹俩是打退强敌、保卫了家乡的女英雄，个别人能提到"白马捎书"的简单情节。听他们说，过去在这一带还有红罗女城寨①。从红罗女成为满族部分氏族萨满教所信奉的守护神来看，该说部曾经在满族及其先民女真人中有重要的文化影响，因为只有对满族先民产生过重大历史影响的人物才能进入萨满教神系。而红罗女是一千多年前粟末靺鞨的女英雄，能够通过说部的艺术形式与萨满教的宗教形式传承、传播至今，说明其有不朽的艺术魅力与持久的文化影响力。

根据本说部所展示的内容与传承、传播情况，我们认为：傅老、关老传承的说部《红罗女三打契丹》是同类传说的母本，有其独特的历史文化与文学价值。

---

① 在与珲春相邻的汪清发现了红罗女城寨。

第一章　将军之死

　　相传在很早以前，在长白山下，粟末水^①旁，稀稀拉拉像是晨星似的，住着一些靺鞨人部落。这些靺鞨人祖祖辈辈靠打鱼、狩猎为生，日子过得倒也安宁。谁知在他们南面的高句丽国，看靺鞨部落一带水草丰美，出产富足，便将靺鞨人世世代代建立的家园抢了过去。那时高句丽国兵强势众，靺鞨人力小势孤，只好忍气吞声，扶老携幼，西迁北移。从此大部分靺鞨人来到长白山以西以北的地方定居了下来。

　　不知又过了多少年，在靺鞨人中出了个大能人，名叫大祚荣。这大祚荣五岁就能盘马弯弓，十几岁就能领兵打仗，成了几个部落的首领，威风凛凛，远近闻名。

　　却说忽一日，他领兵经过一个白石砬子，胯下的赤兔马突然腾空而起，蹿进一个石洞。他定睛一看，在一块石板上，平放着一张金光闪闪的宝雕弓。他拿过来，一拉弓弦，铮铮作响，心中大喜，知道这是一把神弓。

　　那大祚荣本来就膂力过人，勇武绝伦，又足智多谋，能征善战，自得神弓之后，更是如虎添翼，神勇倍增，从此带领各部族厮杀征战，所向无敌。流散在各地的靺鞨人，听到大祚荣的英雄事迹后，众星捧月般向他聚拢，听他调遣。如此日复一日，大祚荣领导的靺鞨人部落，人多势众，兵强马壮。

　　从此以后，大祚荣为开疆拓土，大展宏图，率领众靺鞨勇士，南征北战，东挡西杀，不几年的光景就征服了周边许多部落。

　　大祚荣为了扬名显威，招揽人才，巩固基业，抗衡诸雄，在众首领的建议和拥戴下，选定了吉日良辰，就在自己的老家——奥娄河^②畔，东

---

　　① 粟末水：今松花江。
　　② 奥娄河：今牡丹江。

牟山下的敖东城①，立都建国。因其地处诸雄之东，起名叫震国。

大祚荣登基之后，为彰显自己的地位和声望，为与大国修好交谊，学习大国的官制礼仪，考察其文化风俗，遣使朝唐，称臣纳贡。

却说朝唐使者来到长安觐见了大唐天子，呈上礼书，献上贡物礼品，表达了大祚荣敬慕大唐的深挚敬意之后，大唐天子闻知大祚荣很有才干，又深明礼义，心中欢喜，马上下了一道圣旨，册封大祚荣为渤海郡王。

朝唐使臣在长安流连数月，经过一番考察，带着大唐赐予的许多礼品，返回家园，此后震国就改称渤海国。自此社稷安定，民生日富，国势日强。

一晃工夫，几十年过去了，渤海国传到第三代王大钦茂，他也是一个智勇深沉、雄心勃勃的英主，他一面选贤任能，颁布法令，一面秣马厉兵，拓土开疆，不上几年工夫，便据东海，拥三江，地广千里，威震海东。

在渤海国立都建国的年月里，虽是国势日盛，民生富庶，上下一派升平景象，可也时有战事发生。那时，在渤海国西南地方，有一个国家叫契丹国。虽然叫国，但是他们多是游牧部落，哪里水草丰美，就到哪里放牧，成年东来西往，不管你什么国界、边界的，无拘无束，处处为家。

渤海建国后，两国常因牧场的纠葛、交易的纷争发生械斗。有时契丹人成群结队，公然对渤海国攻城劫寨，掠夺一空而去。为此，两国的仇隙，日益加深。

刚过完五月节的一天，大钦茂清晨上朝议事，首先便问查询阅边的大臣：边关是否安宁？那里的百姓能否安居乐业？管边务的大臣上前奏道："近日边地相安无事。"渤海王高兴地说："如此便好。"

不料，正当君臣和乐融融，共谋治国安邦大计之际，突然快马来报："启禀圣上，粟末江旁的山城被契丹攻破。"

大钦茂闻讯大怒，满朝文武惊得目瞪口呆。原来，那山城是与契丹交界的边关重镇，由战功累累的乌山将军统率两千精兵镇守，那里城池坚固，地势险要，易守难攻。那里又是风景宜人的好去处，登高远眺，层峦叠嶂，秀水长流，野花吐艳，百鸟争鸣，每逢节俗之日，游士如云。因此，前些日子，小王侄大英士要出门踏青，大钦茂便派人护送他到那

---

① 敖东城：现吉林省敦化市境内。

里去游春。谁能想到，不到十天光景，却传来城池被踏破的凶信呢？

大钦茂腾地站起身，手拍御案道："这还了得，谁能为我分忧，前去驱逐贼寇？"话音未落，只见一人出班奏道："微臣愿带三千兵马前去征讨。"众大臣移目一看，是敖东将军请令，那悬在嗓子眼的心才落回原处。

大钦茂心中大喜，立刻传旨，令他急驰增援，并叮嘱道："将军临敌可相机行事，待我略做安排，便前去接应。说罢君臣作别，敖东将军率领兵马，向西南一溜烟飞驰而去。

傍晚时分，敖东将军率三千铁骑驰近山城。一路上，他从驰报军情的军士那里得知：契丹可汗亲率万余狼兵，于黎明时辰，从四面猛攻山城，不到中午，城已失陷。乌山将军已转到城外厮杀，眼下不知吉凶。

却说乌山将军被突如其来的契丹兵攻破城池，便护着王侄和众百姓冲出东门，且战且退，无奈被契丹兵团团围住，左冲右杀，乌山将军不能突围，身边的将士已死伤大半，自己也多处负伤，虽然这样，他仍然保护着众百姓死命拼杀。

再说契丹可汗破城之后，一面命人掠掳，一面指挥围杀，他站在一个小山岗上，望着步步退却的渤海兵，为这次偷袭成功而洋洋得意。

正在此时，猛见两支人马从东面大道上风驰电掣如恶虎扑羊般冲杀上来。刹那间，尘埃起处，刀枪并举，箭如飞蝗，杀声震天，契丹兵顿时阵脚大乱。

契丹可汗身后一员少年将军，见此情景，"哎呀"一声怪叫，抡起大刀，跃马闯阵。

敖东将军一看这家伙凶焰万丈，横冲直撞，便迎了上去，两个人厮杀一阵，敖东将军不愿恋战，用一个假败的招式，往回撤，趁机用刀里加箭的战法，只听弓弦一响，契丹小将仰面跌下马去。

契丹可汗一看，惊得差点没坠下马来。等他定下神来，一问，得知射箭人是敖东将军，不禁胆战心寒，大喊："撤兵！撤兵！"渤海将士趁机猛杀过去，契丹可汗带着丢盔弃甲的残兵败将狼狈往西逃去。

敖东将军领兵追杀了一阵，生怕敌人有诈，就下令收兵，刚走到城边，便有人传报：乌山将军已为国殉难了。敖东将军来到乌山将军遗体旁，抚尸痛哭。

原来，他俩在多年戎马生涯中，并辔为王前驱，结成生死之交。乌山将军常年戎马倥偬，难得与家人团聚，而今膝下只有一个男孩，年方三岁。那小儿降生时，他曾与敖东将军相约，日后如他家生了男孩，就结拜为兄弟，如生女孩，就许配小儿为妻。

乌山将军和夫人，总希望两家能结成姻亲，所以，当他们得知敖东将军夫人怀揣六甲时，请人算命必生女孩，竟执意送去了定亲的信物。敖东将军夫人一看盛情难却，就高兴地收下了，从此两家礼尚往来不断，更加亲密了。哪承想，乌山将军今日竟惨遭杀害。敖东将军望着老友，真是百感交集，泣不成声。站在一旁的人，没有一个不撕心裂肺，伤心掉泪的。

这时，忽听卫士来报，渤海王率大队人马驾到。敖东将军急忙率队迎驾。

大钦茂听说敌兵已被杀得丢盔弃甲狼狈遁去，转忧为喜，连说："杀得好！杀得好！"可当他听说乌山将军已经阵亡时，不觉心中一酸，黯然神伤。

说话间来到城内，又听说大英士失散，不知下落，不觉一惊。恰在此时，突然迎面飞来一骑，见敖东将军滚马跪禀道："启禀圣上！王侄已经找到。"渤海王一听，舒了一口气，立刻传命："快！快把他领来见我！"

不一会儿，一个明眸皓齿的男孩，在卫士护领下，走了进来。虽说他只有十来岁，可浑身透出一股机灵劲。小王侄和国王、敖东将军一一见礼后，嗵地跪地哭起来，边哭边把乌山将军怎样带兵杀开一条血路，让黎民百姓逃出城外，又怎样为了阻止敌兵追杀，与契丹兵轮番苦战，最后身受重创，力尽而亡的经过，一五一十说了一遍。最后，他大哭道："要不是为了救我，将军不会死啊！叔父！你可要为他报仇哇！……"

站在一旁的人，个个掩面下泪，渤海王也是痛呼苍天。他擦了擦眼泪，随即下令，按上将军厚礼埋葬乌山将军，要刻石立碑，以慰忠魂；又传令召见乌山将军家眷，可派人找遍了城野，也不见踪影，问遍了百姓，也不知去向，渤海王为此十分懊丧。他长叹一声，吩咐继续寻找，一有消息，立即奏报！

渤海王带领敖东将军沿城巡视，见房屋尽毁，府库被劫，发誓一定要报仇雪恨。

第二天，渤海王在城外亲自祭奠阵亡将士。祭奠完了，命敖东将军做先锋，率五千铁骑，涉过粟末江，追击契丹狼兵。渤海将士见国王坐镇中军，个个奋勇争先，一路上破关拔寨，将敌军逐出三百多里，才传令班师回朝。

敖东将军大胜归来，渤海国人心大振，全城军民大庆三天。在庆功宴上，渤海王从神殿请出祖传宝雕弓，双手捧至敖东将军面前，说道："将军久经沙场，功冠群英，威震四方，堪称渤海柱石。孤遵列祖遗命，特请出开国之宝，赐予将军，彰尔功勋劳绩，共与渤海大业彪炳千秋！"敖东将军连说："微臣何德何能，敢受镇国之宝！"跪拜再三，才满含热泪地双手接过。

这天下朝后，敖东将军回到府上，一进门，就见家人兴冲冲地迎上来，连说将军大喜，将军恭喜，夫人生了一位又白又胖的小格格①。

将军中年得子，乐得眉开眼笑，府上的人也都跟着乐得手舞足蹈。将军当天就给女儿起了一个名字叫"奥都"。她就是后来的巾帼英雄红罗女。

小奥都长得很快，不多久就牙牙学语，将军和夫人都异常珍爱。可是，每当想起乌将军留下的母子二人，尤其是看到订婚信物时，夫妻二人都会叹息地说："乌将军夫人母子生死不知，至今下落不明，我们这小格格真命苦哇！"他们都为此事不安。

光阴荏苒，转眼小格格三岁了，聪明伶俐，活泼可爱，全家上下都视她为掌上明珠。再加上这几年国泰民安，朝中事少，敖东将军闲暇时，便带着奥都格格游山玩水，尽享天伦之乐。

一天，敖东将军参加渤海王举行的盛宴，为刚归国的遣唐使洗尘。宴席上，遣唐使兴致勃勃，讲了出使大唐的所见所闻。大钦茂听了感叹道："自先祖奠基创业以来，数十年间，地广千里，拥兵十万，南聘大唐，东使日本，西结突厥，北通黑水，然近年来，四方之民，向风而来者日不见多，往来使节，慕名而朝者，十无二三，孤王深以为忧，众卿有何良策？"

两班文武朝臣面面相觑，一时不知如何回答是好。沉默了一会儿，遣唐使说："启禀圣王，微臣有一孔之见，不知可否？"

"姑言之何妨。"大钦茂勉励他说。

那人向两厢望了一眼，陈词道："以微臣两次出使大唐愚见，我王欲勉承王业，大展宏图，可以'读诗书、修朝仪、建新都'，九字求之。"

"卿言甚合吾意，请一一细言其详。"大钦茂微微点头。

"愚谓自先王力战群雄，开基立业以来，虽是武功迭兴，然文治多

① 格格：满语，即女儿。

缺。今签约制度，通商聘使，酬答应对，国事日繁，如上不明天文地理，下不知纲纪人伦，何以同诸强并列周旋？故需多读诗书以知礼义。"

"好！请言其次。"大钦茂面露喜色。

"今渤海与大国相交，通聘往来，最重繁文缛节。往者大邦常轻我为化外之民，而怠慢不恭。国内府州吏役，亦多各行其是，抹额屈膝，芜杂粗俗，故需修朝仪以示威严。"

"善哉！那最后一事又怎样？"渤海王喜不自禁。

"臣观天朝京都，商贾杂错，街市繁华，楼阁鳞次，巍峨壮丽，入其境，观其俗，慨然叹服。反观我渤海都城，地势偏狭，古荒陈旧，无以观瞻，故需建新都以崇壮观。三事成，何虑四方之民不向风而来？又何愁往来宾客不肃然起敬耶？"

这一番高论，赢得君臣一致赞许。于是大钦茂采纳众言，并一一分司其职，克期复命。各大臣欣然诺诺领命。

日月如梭，转瞬就是几年。一日，新都监造官禀奏：都城告竣，请圣王巡视。那大钦茂便率文武臣僚，沿忽尔汗海①迤逦北行。

这天经忽尔汗海，大家下得马来，只见湖山褶曲，清波若镜，松涛萧萧，瀑布砰訇，鸟语花香，别有天地，人们无不如痴如醉。

又往北行数里，来到一马平川的盆地，突见草木中高墙矗立，那便是新建的都城所在。

人们站在高处往四下观看，只见一条大江宛若玉带横在城西，遥望东天，远山横斜，草木青青，莲荷艳艳，景色瑰丽。

入得城来，又见楼台殿阁，井然有序，丹柱粉壁，金碧辉煌。监造官指指点点，奏禀一切布局都是仿大唐京城建造的。渤海王看罢，哈哈大笑，立即颁敕旨令，克期迁都。

长话短说，渤海王迁入新都，志得意满，因新城周边有许多泉眼，就把新城命名为上京龙泉府。

为了拱卫京城，渤海王令在城南忽尔汗海边，依山修建了一座石头城，特命敖东将军率师驻守。

石头城旁原住有许多部落，皆以打鱼、狩猎、采珠为生，石头山城建成后，又移来许多住户。这里又是敖东城和上京往来的必经之路，因此很快就成为海边最热闹的地方。

---

① 忽尔汗海：即镜泊湖。

这一年的八月十五日之夜，天气晴朗，一轮银盘高高挂起，许多人在海边聊天游玩。敖东将军这一天特别高兴，早早陪着夫人在庭院饮酒赏月。

那奥都格格已经八岁了，近几年常跟着大人识文断字，习礼学艺，很得父母的欢心。这日她手里拿着果饼，围着大人跑来跑去，老两口听到格格逗着月亮玩，不由发出银铃般的笑声，心里感到甜滋滋的。

这时，从海边传来了动听的渔歌，小格格也跟着唱起来。敖东夫人听着听着，不禁打了一个唉声，对将军说道："那乌氏母子杳无音信，我一见他家送来的定亲信物，心里特别不好受哇！八年了，我那亲家母也没见上咱格格一面。"说着眼角滚下几滴泪珠。"我这格格要是个男孩，就能为他家报仇了。"夫人说话时，神情很感伤。

小奥都很懂事，一看这情景，问道："额娘①，今日是团圆节，你怎么伤心落泪呢？"

敖东将军拉着格格的手，说道："夫人不必难过，我一定把格格培养成有用之材。"将军安慰了夫人一番。

一家人正在闲唠家常，突然城外火光冲天，哭声四起。老将军腾地站起身，正要出去看个究竟，只见一人跑进来禀道："将军！城外有一拨暴徒杀人放火，谁也不敢上前。"老将军二话没说，提刀直奔门外，还没跑出多远，眼前闪出一人道："将军！强盗往西逃去了。"敖东将军刚一转身，一排暗箭从背后射来。老将军只听有人喊："来人啦！快跑！"便倒了下去。

老将军身中三箭，被抬回府上，伤势很重。他断断续续地对夫人说道："我……我中了奸人的暗算，我死后，一定把宝弓转呈国王，让渤海的勇士为我报仇！"小奥都飞步赶来，跪伏在将军身旁，哭喊道："阿玛②呀阿玛，是谁害了你，你告诉我，我为你报仇！"老将军伸着颤抖的手，摸着女儿的脑袋，闭上了双眼。围在一旁的人，都跪地痛哭。

渤海王在京城得知敖东将军在石头城被害，悲痛万分，亲笔写了一纸悼文，派出一队官员前往山城代他吊唁祭奠，又赐给遗属许多布帛、财宝。

专使到了山城慰问祭奠完了，对夫人说，渤海王让她们母女两个过

①　额娘：满语，即母亲。
②　阿玛：满语，即父亲。

了孝期，就到京城去住。

将军夫人叩谢了渤海王的恩典，却执意不离故居，说是要陪伴坟茔度过残生。吊祭的人无不叹息。

过了忌日，夫人便一心一意教诲女儿，整日寸步不离，生怕出个好歹，对不起死去的将军。可是小格格越大越野，一看不住她，就跑山上去玩，到海边去耍。

一天，小奥都手拿一支羽箭，箭上穿着一只乌鸦，兴冲冲跑回家来，一进门就喊："额娘快看，这是我射下来的。"

夫人接过一看，那飞禽还带着血迹，身上还留有余温，便问道："你是怎样射下来的呢？"小奥都回答说："是守门的武士大哥说我喜欢歌舞，可不会拉弓射箭，我就跟他学了一阵，恰好天上飞过一只乌鸦，我一箭就把它射下来了。"

夫人听了万分惊喜，不料小奥都格格竟有这种天分，同她亡父如此相像。只是她的年岁太小，还不能练武，需小心扶持才是。

日月如梭，不觉已是第二年的秋天。这一天，是老将军的周年，吃罢早饭，母女俩带着供品去上坟。娘俩烧完纸，又给坟上填了点新土，夫人望着将军的墓碑，一边流泪一边说："天神哪！保佑我家格格快快长大吧，让她学好武艺，好报国恨家仇。"

夫人刚祈祷完，一阵狂风刮来，吹得娘俩睁不开眼睛。大风过后，夫人睁眼一看，哎哟！一只从没见过的大鹰，"嘎！嘎！嘎"的在头上盘旋，两眼射出如电如闪的光芒。

夫人赶紧抱住奥都，双眼惊恐地紧盯着那双锐利的鹰爪。呼的一下，那大鹰猛地扎下来，夫人急忙用手去抵挡。腾一下，那大鹰又冲上天去，飞走了。

夫人拉着小格格起身就赶忙往家走，才走不几步，那鹰嗖的从林子中冲出来，一下就把小格格抓走了。

夫人当下就吓傻了，等她缓过神来，那大鹰已向远处飞去。夫人像疯了一般，举着双手往前猛追，口中大喊道："苍天哪！为什么抢去我的心头肉，叫我怎么活呀！"夫人只觉两眼一黑，"扑通"的一声跌倒在地，昏了过去。

第二章 圣母授艺

敖东将军夫人刚给将军烧完周年，没想到大祸临头，小女突然被大鹰抓去。她忙不迭地追了几步，心里一慌，只觉得两眼一黑，扑倒在地。

正在昏昏沉沉的时候，她觉得眼前有一片红光，耳边又听得一种"噌！噌！噌！"向她跑来的声音。夫人心想：莫不是那只恶鹰又来抓我？她慢慢睁开眼睛一看，是一只小梅花鹿，从林中一蹦一跳地朝她跑来。

那小鹿来到夫人面前，转动着圆溜溜的大眼睛，冲她直点头，夫人更觉纳闷，不知何意。那小鹿晃动着小尾巴，突然冲她"喷"的一声，从口中吐出一块黄绸子，正落在夫人怀里，她急忙拿起一看，上面写着四句话：

> 奥都格格我收去，
> 隐身长白学武艺。
> 报仇雪恨解国难，
> 八载还你亲生女。

夫人抬头再看看那小鹿，只见一道白光向东南飞去。夫人顿时明白了，这是天神的旨意！她连朝东南磕了三个头，口中念道："愿天神保佑奥都格格平平安安。"夫人两眼望着苍天，仍是止不住热泪唰唰往下流，她哀哀地哭了几声。后来仔细一想，自己拉扯女儿过活，原是指望等她长大了为父报仇，如今女儿被神仙收去，报仇雪恨已指日可待，正应高兴才对，何必悲叹自己孑然一身呢？想到这，心就宽了些。夫人忙收住泪，转身慢慢向家中走去。

再说那大鹰抓起了格格，一直沿着丹丹大岭朝东南飞去。飞呀，飞呀，飞越了九十九道岭，跨过了九十九条河，最后落在一座高山上，把奥都格格轻轻放下，然后"啼！啼！啼！"叫了三声飞走了。

小奥都被那大鹰抓起时，只觉得忽悠了一下子，接着就听风声呼呼作响。后来又听一阵鸟叫，睁眼一看，自己坐在一块大石头上，身旁是一片片的奇花异草，有红的、黄的、白的、粉的、紫的，鲜鲜艳艳，闪闪发光，远处是望不到边的参天古木，烟云缭绕。花丛林间，百鸟啼鸣，百兽欢跃。

小格格朝山下一看，啊！还有一个像忽尔汗海似的大湖，心里觉得很奇怪，这是什么地方啊？怎么从来没见过？

奥都格格东张西望，感到这个地方挺好玩。可她突然发现额娘不在身旁，一下急得要哭出来。就在这时，她看见迎面走来一个拄着龙头拐杖的老妈妈，后面跟着一位穿绿衣裙、挎一个小筐的姑娘。

等她俩走到跟前，小奥都一看，那老妈妈满头银发，慈眉善目，和蔼可亲，心就不慌了。

老妈妈一看小格格毛嘟噜的大眼睛含着泪珠，不禁心里一酸，说道："孩子，你额娘把你托付给我了，让你跟我在这住些日子，你看这里不是挺好玩吗？"

那穿绿衣裙的姑娘接言道："妹妹！以后你就跟我一起和师父学武艺吧！"小奥都一听，好像什么都明白了，跪地就给老妈妈磕了三个头，说道："师父在上，受小徒儿一拜。"老妈妈见小格格这样机灵懂事，更动情了，赶忙把小格格搂在怀里，说道："你真是一个好孩子。"

这白发苍苍的老太太，不是别人，就是靺鞨人常常祈祷的长白圣母。传说她是靺鞨人的始祖，不知在山上修行多少年了，她神通广大，能通天地人三界。她心地善良，专门济困扶危，救苦救难，靺鞨人无论有什么为难遭灾的事，她都有求必应。特别是哪家孩子有病了，家人把长白山的柳枝插在门旁，就能逢凶化吉。因此，远近千百里的靺鞨人都亲热地称她为佛陀妈妈。

那个年月，天下还很不安定，常常是刀兵四起，兵荒马乱。长白圣母为了保护子孙不受欺侮，就收了一些徒弟，精心教他们武艺。

她的大徒弟驰刹，为人善良耿直，刀马弓箭样样精熟，师父早就把他派下山去，帮助渤海王打江山，立了许多战功，后来做了五龙山的大将军。

长白圣母的二徒弟，说起来话就长了。这个徒弟长得虎背熊腰，力大无穷，武功出众，特别是他的脑袋，练出了一招硬功夫。

有一次，几个猎人在林子里碰上了一只大野猪，它身上蹭了厚厚一层松树油子，投去的扎枪，射出的铁箭，碰在身上就打滑落地。人们制不住它，野猪反被惹急了，它支着大獠牙，哼哼着向猎人们冲去，形势十分危险。

碰巧，这天二徒弟路经这里，他"腾！腾！腾！"几步蹿过去，用自己的脑袋，猛地撞在野猪的脑门，嗨！就一下，大野猪就倒地七窍流血死了，吓得猎人们都不敢相信自己的眼睛。人们见他长得面孔赤黑，脑袋比铁还硬，就管他叫黑铁头，以后这个外号就传开了。

话说这黑铁头在山上跟长白圣母学了一身好武艺，心想就凭我这身能耐，下了山最低也能弄个将军当当，那该多威风啊！尤其听说师兄下山后当了大将军，更是心急似火般地要下山，他几次求师父恩准，可圣母知道他性情暴烈，利欲熏心，反复无常，早就对他要下山很不放心，所以，就总劝他在山上再待几年，好好修身养性，不要着急下山。

有一天，黑铁头怏怏不乐地对师父说："徒儿学武，本是为除暴安良，总在山上待着可腻味死人了。"就嚷嚷非要下山不可。

圣母见他执意要走，就说："你实在要走，就听我一句话。"

黑铁头见师父松口了，心中大喜，就满口应承："是！是！一定听师父吩咐。"

圣母说："你下山后去找你师兄，以后一言一行，不要轻举妄动，惹是生非。"

"谨遵师命！"黑铁头给师父磕了三个头，回去收拾收拾东西就下山了。黑铁头下了山，晓行夜宿，直奔五龙山。

这天，黑铁头来到五龙山城外，见集市上有一伙人吵吵嚷嚷，就挤了过去，一看是几个当地人和一个契丹马贩子讲生意，双方讨价还价争吵起来，那几个当地人骂骂咧咧，动手动脚的。

黑铁头一看来火了，上去轻轻一扒拉，个个摔个仰八叉。他还想上去狠狠教训他们一顿，猛地想起师父不让他惹是生非的教诲，晃晃脑袋，瞪了他们一眼，就转身进城找师兄去了。

五龙山将军听说师弟来了，赶忙迎出门外，两人一见面，击掌抱肩，亲热得不得了。师兄当下把他拉入客厅，吩咐家人备上酒菜，为他接风洗尘。

宴后，黑铁头又到后院拜见了师嫂和上下家人。大家一听是将军的师弟，都非常尊敬，称他为二将军。

日子一长，黑铁头当官心切，可是师兄一直不提这事，更是急得了不得。一天，在闲谈中，黑铁头叹口气说："大哥！我下山来本想尽快报效国家，可是……"当他说到这里，师兄笑着说："兄弟不用着急，我自有安排。"

又过了一些日子，黑铁头见师兄还是不提此事，心里更是闷闷不乐。

一天，黑铁头到街里闲逛，见迎面来了一个陌生人，到跟前纳头便拜，口中连称恩人。黑铁头还了礼，问道："这位兄长，小弟记不起……"

"哎呀恩人，我是前些日子，在城外受人欺负，被您救出的外乡马贩子啊！"这陌生人一提，黑铁头才忽然想起刚来时在东关解围的事。

说起这个马贩子，他是契丹可汗派出的刺客，专门来刺杀敖东将军的。为什么单要刺杀敖东将军呢？前面故事已说到，敖东将军去解救山城时，契丹有一员小将横冲直撞，连杀几个渤海兵，被敖东将军用计一箭将其射死。

你道那彪悍凶猛的小将是谁？原来是契丹可汗的长公子。契丹可汗自那次损兵折将后，大病一场，发誓要报这个杀子之仇。可是几年过去了，老也没找到机会，无奈就派这伙契丹人，装扮马贩子，伺机杀害敖东将军。

这些人扮成商人来到渤海国，深知敖东将军胆大心细，武艺高强，轻易到不了跟前，就四处流窜，想收买一个胆大艺高的渤海人，让他做内应，再伺机下手。

事有凑巧，他们在东关认识了黑铁头，当时没有交谈，但看他身手功夫可知不是常人。后经多方探听，得知他是大将军的师弟，一心想收买他，因此常到街里转悠，就想碰到他，以便再施手段。今日恰巧遇到了他，连忙迎上前去套近乎，他不等黑铁头答话，紧忙把他拉到饭馆，要了一桌上等酒席招待他。

黑铁头这两天正感闹心烦闷，也就没推辞。酒席之间，两人越唠越投机，马贩子不失时机地忙从褡裢中拿出两大锭黄金，足有一百多两，双手送到黑铁头面前，笑着说："微薄礼物，不成敬意，权作小弟感激救命之恩。"

黑铁头是一个名利之徒，一见这么多黄金，两眼放光，嘴里说使不得、使不得，可两只手却接过来，紧忙揣入怀中。从此，两个人三天一见面，五天一喝酒，简直成了莫逆之交。

有一天，黑铁头在外面喝得酩酊大醉，回府见到师兄劈头就问："师兄！你在国王面前给我引荐了没有？我在这待得实在受不了了！"

"师弟怎能这般说呢？我正要你做个帮手，等日后有所建树，还愁没差事干吗？"师兄好言劝慰。黑铁头当下无话，可是心里直嘀咕："真是饱汉不知饿汉饥。"

黑铁头回到住处，生了一会儿闷气，感到口渴，拿起水壶一看是空的，便"哪"的一声，使劲把壶一躑："还有活人没有？给老爷弄水来！"喊了几声，才见家人进来。

家人问："师爷有何事吩咐？"

"你他妈瞎眼啦！老爷要喝水，怎么连水也不备好？"

"适才师爷不在"，家人还没把话说完，黑铁头以为下人有意顶撞他，火冒三丈，抬腿就是一脚。这一脚非同小可，只听那家人"哎呀"一声，倒地就翻了白眼。

黑铁头一看闯了大祸，趁没人看见，转身就上客店找那契丹商人。两人一见面，黑铁头慌忙地说："小弟闯祸了，请老兄想个招吧！"那商人听出来龙去脉后，一拍胸脯说："一切包在小弟身上。"

契丹商人赶紧把自己这一伙人召集到一起，匆匆收拾收拾东西，就领着黑铁头，扬鞭打马离城而去。路上，这伙人说有一批货物在石头山城，先到那里去看看。黑铁头就跟着到了忽尔汗海边的石头山城。

进了城，那商人说："小弟在此做生意，常受官府欺压、勒索，长兄要能替我出出这口冤气，小弟终生不忘。"

"哪个胆大妄为之徒，莫非吃了豹子胆，快说吧，怎样教训他？"

"这事不用大动干戈，小弟思得一计，只需如此如此就行了。"这一番毒计，终使敖东将军在八月十五夜里，被这伙奸人暗害了。

原来在山城里放火的暴徒就是这伙人。当初契丹奸细以为将军出来一定跟随不少护卫，就想让黑铁头首当其冲，事成最好，如不得手就溜之大吉。没想到那一日，偏是敖东将军疏忽大意，遭了这伙暴徒的暗算。

从此黑铁头就跟着他们逃到契丹。大可汗一看他给自己儿子报了仇，身手不凡，又熟悉渤海情况，当下就封他当了将军，赐姓耶律，以后他索性改名就叫耶律黑了。

再说长白圣母，自二徒弟下山后，心里一直牵挂不安。一日，忽觉心烦意乱，屈指一算，大叫不好！骂道："好你个黑铁头，助纣为虐，杀害了敖东将军不算，还叛国求荣，真是人中败类。总有一日，我要除掉你这孽障。"

站在身边的姑娘，见师父动怒，忙问圣母为何事伤神，圣母两眼恨恨地望着西方，没有说话。

说起这姑娘，也是后世靺鞨人顶礼膜拜的神仙，她便是长白圣母的三徒弟，名叫绿罗女，年约十六七岁，性格很文静，在圣母身边已学了十来年武艺，特别是学会了用草药治病的法术。长白山一带的靺鞨人，没少得她的恩惠，把她也当成了神仙。

绿罗女整日跟圣母形影不离，师父几次让她下山找个终身，可她说啥也要留在山上侍候师父。圣母不愿拂了她的心意，就把她留在身边。

却说，圣母发现黑铁头造下罪孽，天天忧郁不乐。转眼年余，也没想好惩治他的法儿。这一天，她带着绿罗女下山采药，隐隐听得从忽尔汗海边传来哀哀哭泣声，揪动人心，她圆睁慧眼一看，呀！那跪在坟旁的一老一少，不正是敖东将军留下的母女俩吗？黑铁头哇！你这个孽种，将来我也让你不得好死。

想到此，心中一动，她"啪！啪！啪！"拍了三掌，唤来了神鹰，命它去把小格格接上山。圣母怕小格格的额娘伤心，又"嘟！嘟！嘟！"唤来了神鹿，令它给夫人捎个信。

现在神鹰把小奥都接到了山上，小奥都跟圣母拜了师后，师父指着站在身旁的姑娘说："这是你绿罗姐姐。"姐妹俩互相见过了礼。

圣母拉着小奥都的手，走进了柳树林中的一间石屋，让绿罗女拿出一套用人参花染得鲜红的红衣裙，送给了小奥都，小奥都一穿上，绿罗女拍手笑道："小妹穿这衣裙真像仙女一样好看。"

"好！你姐姐喜欢绿衣裙，我叫她'绿罗女'，你以后就叫'红罗女'吧！"圣母当下给奥都取了个学艺的名字。从此，红罗女就留在长白山跟师父学艺。

头两年，每天一早，都是绿罗女按师命唤来一头小鹿，叫红罗女抱着上山，然后就跟着小鹿在山上跑跳玩耍。下晌，绿罗女就领她爬山越岭挖草药。下晚，长白圣母就教她使枪舞剑。

一来二去，两年过去了，红罗女个头长高了，力气增大了，身子灵活了，学会了各路枪法、剑法，还学会了采药治病。

接着，绿罗女教她射箭，先让她学拉弓。红罗女一听便说："我会射，我会射。"说着就学着她阿玛的样子，张弓搭箭，可是她连射三箭，一支也没擦上靶子，红罗女低头不语。

绿罗女笑着说："这学武艺，不是一天两天的工夫，来！咱俩一起练。接着绿罗女告诉她怎么站好伸胳膊，怎么屏气瞅目标，连说带比试，在一旁不断指点。

闲暇时候，姐俩一起上山，走到一棵野梨树下，绿罗女让师妹查一查树上有多少个梨子。这梨子结得又多，风一吹还直晃荡，红罗女查到一半就乱了。

绿罗女见她不耐烦，就告诉她，自己的眼力就是这样练的。红罗女就静静心，仔细查。以后，只要一有工夫，红罗女就偷着跑出去，一个、两个……耐心地查，很快就能把野梨的个数查准了。

过几天，绿罗女指着树梢上的干巴梨蛋子说："你看它有葫芦大吗？"

"哈！那十个也赶不上一个葫芦大。"

"那以后你常来看，多咱梨蛋子看有葫芦那么大的时候，就来告诉我。"

红罗女挺奇怪，去问圣母："师父！姐姐让我把梨蛋子看成葫芦大，那不是调理人吗？"

"这是我告诉她让你练的，以后你就知道它的妙用了。"

红罗女一听，就专心地练，一天、两天，一个月、两个月……整整苦练了三年，才练出了好眼力，从此盘马弯弓，百发百中。

几易寒暑，红罗女已经上山五年了，拉弓射箭，耍枪舞剑，技艺大进。长白圣母开始教她临阵打仗的各种招数、策略，那小红罗女越学越起劲，武功也越来越精熟，圣母暗暗自喜。

这一年，长白山周围千八百里内的各部落闹了瘟疫，寨寨户户都有哭声。长白圣母坐立不安，忙把绿罗女姐俩唤来，说道："山下闹瘟疫，你俩赶紧带些仙药去解救。"姐俩说一声："遵命！"当日就下山了。

姐俩走进粟末水的一个部落，正是晌午，可一点儿烟火也看不见，连狗咬猪叫声也听不到，心里好生奇怪。

进了寨子一看，只有几个老头老太太躺在屋前房后，就剩一口悠荡气了，姐俩忙拿出仙药给他们吃了。

过了半晌，有几个人能坐起来说话了，他们告诉说，这寨子原有百十口人，死了一大半，能走的逃走了，只剩下他们这些老天巴地的了。

姐俩一听，心如刀扎一般，忙给他们打水、弄吃的、收拾屋子，一切安排停当，又给他们留了点药，连夜往下游走去。

第二天一早，她俩又走到一个部落，一看那景象更惨：房前树下，横七竖八地躺着十来个死去的人，顺着呜呜的风声，传来一阵阵低沉的凄惨的鼓声，顺着鼓声，来到一个空场，见一个老太太跪在一棵大柳树下，有气无力地打鼓祈祷，旁边跪着几个人。

她俩悄悄来到老太太身旁，才听清她是在向长白圣母祈祷，姐俩一阵鼻酸眼热，哗一下流下泪来。

那些祈祷的人，一看来了两个好端端的姑娘，都很吃惊。绿罗女说：“我俩就是奉圣母之命，来给大家治病的。”说着就给大家分药。

这些人吃了仙药，不一会儿就打起了精神，隔一会儿，就能说能动了。那打鼓的老太太立时扑倒在地，给她俩磕头，其余的人也都跪下来，边磕头边念叨：“长白圣母哇！我们子孙万代都忘不了你。”

姐俩忙把老人搀扶起来，拿出了许多草药，让他们给邻近的部落送去，大伙千恩万谢。

当太阳下山时，姐俩要走了，寨民们拿出人参、貂皮、鹿茸、熊胆，要她俩收下。姐俩百般不收，可寨民们说是孝敬圣母的，非收不可，绿罗女才拿了两个熊胆，留作配药。

大伙簇拥着，把姐俩送到寨外路口，正要挥手告别，姐俩猛见路旁一棵树上绑着一个年轻人，红罗女没经过这样的事，心中好生奇怪，就问：“为什么把他绑在树上？不能放了吗？”

寨民们你看我，我看你，好半天才有一个人打了个唉声说：“这是靺鞨人中的一个黑心狼，他给我们部落带来奇耻大辱。”

原来，这个眉清目秀、身强力壮的小伙子，是本寨出名的猎手。谁也没想到，他趁人们逃难，四处偷抢，结果被人家抓住，送回本寨，人们就按先人留下的规矩，打了四十鞭子，把他绑在树上示众。

“像这样不知好歹的人，得教训教训他，不能让他再害人作孽。”寨民们愤怒地骂他是畜生。红罗女一听，也朝他吐了一口唾沫，拉着姐姐就走了。

长话短说，红罗女姐俩整日跋山涉水，走寨串户，治好了许多人的病，直到瘟疫渐轻，才返回长白山。

转过了年，红罗女长到十七岁，已出落成一个美丽、端庄、娴静的大姑娘，可从去年下山救灾回来，总叨念人间多灾难，她要下山去，又不好意思说，心情烦躁不安。

绿罗女见师妹郁郁不乐，就常带她游山逛景散散心。这天，来到天池边，见一只小鹿喝完水，耍欢蹦跳追逐母鹿，那母鹿不时回头蹦跳，领小鹿玩。

红罗女一下子想到自己的额娘，也不知她老人家怎样了。她正在痴思呆想，师姐冷丁拽她一把，喊道："妹妹！你看那大马蝴蝶多好看哪！"

红罗女抬头一瞅，有一群碗大的黑金蝴蝶，正噗噗地在花上飞来飞去。红罗女触景生情，想到忽尔汗海边也有这样的大蝴蝶，就更加思念家乡了。

绿罗女见师妹还是不痛快，正想问她，这时从林中飞出一只小鸟"叽啾叽啾"没命地叫着，向湖那边飞去。在它后边唰地猛冲下一只大鹰。红罗女一看就来火了：这不是欺负弱小吗？马上张弓搭箭，朝大鹰射去，只听"嘎"的一声，那鹰翻了两个跟头，随着一阵黑风向西飞去。绿罗女大惊失色，叫道："哎呀不好，你闯下大祸了。"

第三章　下山探母

　　红罗女在湖边猛见大鹰追捉叽啾逃命的小鸟，不由得心头火起，张弓怒发一箭，把那大鹰射得毛羽纷飞，翻滚逃去，心中好不痛快。

　　不料，师姐在旁却突然惊叫一声说："妹妹你闯下大祸了。"红罗女心中咯噔一下子，忙问："出啥事了？"

　　绿罗女眼望哀鸣西坠的大鹰，神色紧张地说："你射杀了神鹰，师父要责怪我们的。"

　　"什么神鹰？我射的是恃强凌弱的凶鹰啊！"

　　"不要胡说，你不知道它是我们靺鞨人的保护神吗？"

　　原来，靺鞨人在早先以打鱼狩猎为生，后来渐渐学会种庄稼，一开始，经验不足，收成不多，到秋天，那些整天在林中飞来飞去的山雀子，都一窝蜂似的扑来啄食，连吃带糟蹋，害得人们有时连种子都收不回来。部落里的老玛发[①]，带着男女老幼，跪在地边，向苍天祈祷，请求保佑。

　　天神受了感动，就命山鹰帮助驱赶、捕杀山雀子，保护了山民的庄田。以后百姓见山鹰能通神，就视鹰为神供奉起来，一直流传后世。

　　红罗女听师姐这一说，倒抽一口冷气，吓得目瞪口呆，不知如何是好。还是绿罗女有主意，说道："快！我们赶紧找师父请罪去。"

　　姐俩跑上山，就见师父站在一棵大柳树上望着她们。红罗女跑到跟前，"扑通"一声，跪下就磕头，连说："徒儿罪过，师父责罚我吧！"

　　圣母望着红罗女默默不语，姐俩的心怦怦直跳。偏巧，这时一只山鹰在头上嘎嘎叫唤，好像是来告状似的。姐俩听了心里更不是滋味。

　　忽听圣母说道："起来吧！我都知道了。"红罗女还是跪地不起。

　　圣母俯身轻轻地把她拉起来，和颜悦色地对她说："孩子！我知道你的心思，你路遇不平，能见义勇为，扬善惩恶，这正是为师盼你修成的

　　① 玛发：满语，即爷爷。

德行啊!"

红罗女一听这话,心里顿时像严冬喝了一碗糖姜水一般,感到全身热乎乎的,两眼不禁滚下晶莹的泪珠。

圣母上前紧紧拉着红罗女的手,两眼仔细地打量着她,感到这小徒儿更加可亲可爱了,不由得呵呵笑出声来,说道:"走!孩子,咱们回家去,我正有话要对你说。"

师徒三人走进屋子,圣母坐下来,问红罗女道:"孩子!你上山几年了?"

"我见草木一黄一绿八次了,算来整整八个春秋。"

"噢!"圣母点点头。"孩子!我这几日就在思谋,打算让你下山,如今我主意已定,明日你就回忽尔汗海去吧。"

红罗女一听,心里又一惊:"怎么?刚才师父还夸我,转眼工夫怎么又要赶我下山呢?"心里又委屈又害怕。她慌忙跪到师父跟前说:"师父!孩儿知罪,情愿认罚,可不要把我赶走。我这样下山,哪有脸见忽尔汗海的乡亲父老?见到我额娘,叫我怎么说呀!"说着,痛心地哭起来。

长白圣母听了徒儿这番知礼达义的言语,心里又激动又难过,她激动的是:红罗女如今德成艺进,锻炼成人,下山后必定能给靺鞨人添彩增光。难过的是:她生来就多坎坷,日后让她担负除奸驱敌的大任,还要遭遇千难万险。思虑至此,圣母爱抚地摸着红罗女的头,听着她的抽泣声,思绪万千,不觉自己也流下了热泪。

沉默了好一会儿,圣母才说道:"孩子!当年你上山时,我就和你额娘商定在此学习八年,如今期限已到,你武艺也学成了,该下山为国效力,为民除害去了。"

圣母望着红罗女,心情沉重地又打了一个唉声,接着她把二徒弟黑铁头如何下山杀害敖东将军而后叛国投契丹的往事一五一十向红罗女叙说了一遍。说完把龙头拐杖狠狠一蹾:"黑铁头这孽畜,恶有恶报,师父所以让你下山,就是让你替我除掉这个背师叛国的祸害。"师父又告诫红罗女道:"这黑铁头力大无穷,以后两军对阵,只能智取,不可力胜。"

红罗女听罢师父这番话,对黑铁头恨得咬牙切齿,于是答应道:"徒儿牢记在心,绝不辜负师父的教诲和重托。"

这时,站在师父身旁的绿罗女,对于师父为什么让师妹下山,才恍然大悟。她望了望师父,插言道:"好妹妹,眼下忽尔汗海边的部落又闹瘟疫,你正可趁此时机前去解救。而且,你额娘和你一别八年,不知怎么盼你回去呢！更何况，我们学文习武，不就是为了报效国家和百姓嘛！这里有我伺候师父，你就放心下山吧。”

红罗女听了这番教诲，心里呼啦一下子像开了一扇窗户，豁然明亮。她擦了擦眼泪，重又整衣，给师父磕了三个头，然后说："徒儿一定不辱师命。"

圣母转身走进屋里，不一会儿拿出一个小石匣，从中取出一个香气四溢、描龙画凤的荷包，对红罗女说："孩子！你认识这物件吗？"红罗女眨巴眨巴眼睛，心里纳闷：这不是小时候额娘常给自己看的香荷包吗？她又仔细瞅一瞅，答道："师父！我看像是我家的荷包。"

"你还记得里面有什么东西吗？"

"有一个簪子。"

圣母打开荷包，取出一个光闪闪的凤头翡翠簪花。

"呀！对呀！对了！就是它！"红罗女睹物触情，好像回到了童年，想起了忽尔汗海边的故乡。

圣母见红罗女若有所思，问道："孩子！你知道这些东西的来历吗？"

红罗女听师父问话，方收回神，答道："我幼时常听二老念叨，可究竟是怎么回事，我至今不知。"

圣母一手拿着翡翠簪，一手托着荷包，双眼望着两个徒儿，长叹道："这两个小小的物件，说来真有道不尽的酸甜苦辣，悲欢离合，牵动着两代人的心哪。"接着圣母便一口气把它的来历，从头到尾细说了一遍。

那红罗女听到欢乐处，犹如春风拂面，心旷神怡，喜不自禁；听到伤心处，好似秋雨浇头，唇寒齿冷，恨不能泯。

听完以后，红罗女说道："师父！如今我全明白了您老人家大慈大悲、普救众生的菩萨心肠，徒儿虽不才，下山以后，一定为国分忧，为父报仇，为师增光。"

圣母点点头说："你和师姐收拾收拾去吧，我有事要到天河去一趟。"姐俩施了一个礼就退出去了。

第二天，红罗女早早起来，一出门见师父和师姐正在门前说话，忙上前请安。

圣母慈祥地笑一笑说："你今日下山，我要送你两件礼物。"说罢，命绿罗女入禅堂取出一柄青龙宝剑。红罗女接过来，情不自禁地拔剑出鞘，只见锋刃犀利，寒光逼人。当即，喜得红罗女手舞足蹈，"嗖！嗖！嗖！"使了几招剑式，真是得心应手。她收住剑，嗵嗵地给师父磕头："谢恩师惠赠，徒儿权且收下。”

"这是师父的镇山之宝，如今赠予你，当知师父对你的厚望。"绿罗女在一旁点了一句。

"是！严遵师父和师姐的教诲。"

圣母扬起龙头宝杖，往一片桦树林中一指道："那第二件礼物，你随同师姐去取吧。"

姐俩奔入林中，见红光闪闪处，有一匹红如晚霞的大红马站在那里。说也怪，那马见红罗女走来，只一蹿就来到她的身旁，红罗女随势揽辔在手，飞身跃上，双脚一扣，那大红马如腾云驾雾般飞蹿出林，转眼间踏遍了南山北岭。等它收住四蹄之时，正好来到圣母跟前。红罗女身轻如燕，滚身下马，神清气爽。

圣母早见红罗女身着红罗衣，骑着大红马，像一团飞动的大火球，穿云破雾，就赞叹不已，眼下又看她站在跟前，飘然如神女下凡，威风凛凛，神采飞扬，心中好生得意。

绿罗女更是羡慕不已，打趣道："师妹这般英姿勃勃，一表人才，真是威若天将，艳如仙女，怕石人见了也要动心呢！"几句话，说得红罗女脸颊绯红。

道及男女情事，圣母收敛了笑容，温情地对红罗女说道："红罗姑娘，你在尘世正有一段姻缘，你下山后，早晚会遇到昨天我跟你说的那个乌将军的儿子，他手里也有着和你留存的一模一样的荷包和簪花。"

"是吗？"红罗女有点不好意思。

"可是你和他……"圣母说到这里停住了。

红罗女想问那小阿哥在哪里，还没等说出口，就听几只山鹰在头上"嘎呀！嘎呀！"啼鸣，一群梅花鹿向她们跑来。

"下山的时辰到了，让你师姐送你一程。"圣母说着，用龙头宝杖向西一指，几只鹿儿欢跳地跑到前面去引路。

这时，红罗女才发现，绿罗女师姐早把包裹拎在手中，等着送她呢。她只好躬身给师父施了个大礼。平身之后，刚想问师父还有什么训诫，师父却先开口道："你放心去吧，以后你遇到什么困难或危难，我会助你一臂之力的。我再提醒你一句，你下山后会遇见那持有荷包簪花的勇士，他是你命中注定的夫君，也是你为国报效、为民除害的搭档，不可错过机缘，切记！切记！"说到这，师父一摆手，红罗女就上路了。

长话短说，绿罗女送师妹一程，二人分手时，不免恋恋不舍，互道珍重，洒泪而别。

却说红罗女拜别了师姐，一路奔忽尔汗海而去。行至傍晚时分，来到一处密林，前不着村，后不着店，正不知如何是好，忽见林中有两个绿色的灯笼在晃动，一会儿又出现两个，接着变成六个、八个，她心中很是疑惑。

突然，又见那一对一对的灯笼猛向她扑来，一阵冷风袭身，使她毛骨悚然，心说不好。她唰地抽出宝剑，迎了上去。

这时她才看清，那灯笼原是巨蟒的眼睛，一对灯笼就是一条大蟒两只眼睛。红罗女一抖精神，挥剑和大蟒厮打起来。她刚刚把这条杀退，那条巨蟒的红芯子又触到脸上，冷飕飕，痒滋滋，好不难受。可是还没等这条杀退，又一条蟒尾已缠到身上，使劲一提，竟把她拽下马来。

霎时，红罗女感到胸闷脑涨，多亏提剑的手没有被缠上，她奋力一砍，只听"吱"的一声，冒出一股绿光，蟒灯皆无。

红罗女刚翻身站起，又一条巨蟒向她蹿来，红罗女急收身快进剑，"唰"的一下把那巨蟒的肚子劐开了。红罗女趁势靠在一棵大树上，以防腹背受敌。可正在她注视前边的工夫，唰拉从树枝中探出一个蟒头，红罗女一闪身，顺手一剑，"噗"的一声，蟒头落地。

就这样，红罗女整整和大蟒战了一宿。天放亮时，她向四周仔细瞅瞅，咦！那些被杀的大蟒，形影皆无，心里好生奇怪。心想：得赶紧离开这里。她找到大红马，费力爬上去，用手轻轻一拍，那马就往前跑去。

红罗女骑着马，刚跑出林子，才缓过一口气，一抬头，猛见前面又晃晃悠悠飘来两只更大的灯笼。这下红罗女可慌了，有心躲闪也来不及了，只得擎剑在手，准备迎敌。可那对灯笼只在远处晃悠，不向前来。

"啊！你是挡住我的去路哇！好吧，我换一条道。"红罗女刚要掉转马头，又一寻思：我在一条大蟒面前就认输了，岂不贻笑大方。想到这，她打马迎了上去。

这时，太阳呼啦一下子冒出了山头，那挡路的巨蟒竟变成一股闪亮的白烟。红罗女跳下马上前一看，白烟处有一个紫檀色漆盘，盘里垫着一块白绢，绢上是七颗晶光闪烁、像珍珠一样的黑豆。她拿起一看，绢上写着四行字，念道：

七双宝灯亮晶晶，
化成七粒黑豆兵。

留与勇士红罗女，
临敌陷阵御顽凶。

红罗女见是留给自己的，这东西又好看又好玩，就包起来揣在怀里，继续赶路。

一天，红罗女来到一条大河边，见河水汹涌湍急，投一块石子，"咕咚"作声，知道河水很深，便犯了难。她只好沿岸寻找渡口。走着走着，见一崴子边上有一座东倒西歪的土屋，柳条障子也残缺不全。她停住脚，高声叫道："请问屋里有人住吗？"没人答应，又叫了一声，听到屋里有点动静，不一会儿，走出一位拄着木杖的老太太。

红罗女见那老太太一步三颤，急忙上前搀扶，问道："老妈妈莫不是病了？"那老人喘了半天才挤出一句："我是快要死的人啦，姑娘啊！你有什么事吗？"

"我想问问从哪里能渡过河去，我要去上京龙泉府。"

"噢！再往下走三里地就有渡口，过了河再走一天就到上京的地方了。"话刚说完，老太太就离拉歪斜，身子站不稳了，红罗女赶紧把老人搀扶进屋里。

红罗女进屋一看，这屋顶漏亮见天，炕上只铺一堆干草，破坛子里连一点儿水都没有，红罗女纳闷地问道："老妈妈你家里人呢？"

"咳！别提了，现下只剩我孤老一个了。"老太太很悲伤。

红罗女一听，立时就想起了自己的额娘，心里真不知是什么滋味，恨不得马上回到她身旁。可一看眼下这位孤苦伶仃、又得重病的老妈妈，便安慰道："老妈妈，我会治病，我来侍候您老。"老人家推托一番，可红罗女还是留了下来，精心侍候她。

一来二去，转眼过了三七二十一天。这天，老太太突然张开笑脸，精神爽朗，扬起脖腔，清清悠悠地唱出一支古歌，那歌声时而像长白山那样庄严雄沉，时而又似粟末水一般轻快欢乐。红罗女听着听着入了神。

突然，老人停止了歌唱，深情地说道："孩子！你的心太好了，我唱这支古歌给你祝福。"说着又倏地从怀中抽出一条红罗巾，刹那间，满屋红光耀目。

红罗女定睛一看，那巾上绣着日月星辰，山水花草，煞是神奇艳丽。红罗女正在欣赏之时，老太人念道：

红罗巾，像彩虹，
飞行百里不费工。
要在河里摆一摆，
千条鱼儿落网中。
要在地上摆一摆，
六畜兴旺五谷丰登。

红罗巾，照天红，
只要红罗一摆动，
千军万马难阻行。
红罗巾，显神通，
只要红罗一摆动，
遇难呈祥保太平。

　　红罗女再看那老太太，呀！已变成一位鹤发童颜的老妈妈，不由得惊呆了。

　　老妈妈微微笑道："孩子！我受长白圣母之托，在此为你消灾祝福，念你前程艰难，特把这祖传的驱妖镇邪之宝——红罗巾，送你护身吧。"

　　"谢仙师赐宝之恩。"红罗女双手接过，叩头拜谢。

　　老妈妈又把使用红罗巾的妙用细说一遍，又再三叮嘱：这是日后助你为国立功、为民除害的宝物，一定要守护好，切不可为坏人所用。红罗女连连点头。那老妈妈指着前边："你快从那里过河回家吧。"说完飘然入林。

　　红罗女如梦初醒，转身牵马，扬鞭登程。一路之上，归心似箭，真是花香挽不住，鸟语不回顾。那大红马也很解人意，四蹄飞奔，风驰电掣般向西北急驰。

　　突然，那马儿扬蹄不前，红罗女四下环顾，见一非马非鹿非猪非熊的怪物，蹲在一石洞边，朝她颔首膜拜。红罗女很觉奇怪，本想不理它，可马儿就是不动，无奈提剑下马，朝那怪物走去。

　　那怪物见她前来既不逃走，也不进洞，红罗女走到跟前，那怪物张开口，发出"唔——唔——"的悲切之声，好像叫她看口里的东西。"啊！"红罗女见一根大骨刺戳进咽喉，心里明白了：这是让她救治，她伸手就给它拔出来了。

　　那怪物点了几下头，转身跑进山洞。

"嘚嘚嘚!"大红马跑到红罗女跟前,摇头长嘶,好像它也特别高兴。红罗女一路得宝,终有所悟,这必然是祖宗神灵暗助我呀!

时交五月,红罗女赶到了故乡山城郊外,见林边湖畔,有人在焚香禳灾,有人在击鼓驱鬼,心中一动,想起师姐所言,果然家乡瘟疫很重。

红罗女走进城门,见风物虽是依旧,景况却有些凄凉,心中不免黯然神伤。来到家门时,陡见庭院冷冷清清,鼻子一酸,很想为额娘的孤独凄楚大哭一场。可一想今日是母女相逢的大喜之日,便抖起精神,喊道:"额娘! 额娘! 女儿回来啦!"

房门"吱"一声推开了,走出一个老家人,他睁大了眼睛,愕然地问道:"这位格格是……"

"我是奥都格格呀! 你不认识我了吗?"

"啊! 是你,快进来呀,哎呀! 你可把我们想苦了。"

"额娘在家吗?"

"啊! ……"老管家一听问起将军夫人愣住了。

红罗女这才看出,老管家正穿着孝服,便撕心裂肺地大叫:"怎么? 额娘她……不在了吗?"

她哭着冲进屋去,一眼看到在正堂上放着夫人的神主,前面放着供品,就再也憋不住,"哇"的失声痛哭道:"额娘啊! 额娘! 女儿回来了,女儿对不起您,一天也没侍候您哪! 女儿千里迢迢赶回家,就指望母女能团圆,哪承想,病魔竟把您推进黄泉。额娘啊……额娘……"

这悲痛欲绝的哭声,惊动了四邻,大伙都来劝说,可一看到红罗女这么悲痛,也都跟着掉泪。有人打个唉声,说:"要是早回来十天,母女还能见上一面。"

后来,老管家与她上坟去吊祭,她又揪心地痛哭一场。

一日,老管家讲起这次石头山城闹瘟疫,已经死了很多人,不知得罪了哪方神佛,家家都请神、祭神,也不管用。

红罗女听罢,猛然想起下山时师父、师姐的话,便带着长白山的仙药,到得病的乡亲家里去救治。

很快,山城远近的人,都知道将军的女儿——红罗女,从长白山回来了,专治瘟疫,就是病入膏肓的人,也能药到病除。一时间一传十、十传百,远近的乡亲,谁家有个为难遭灾的都来找她,她用仙药救了很多很多的人。时日一久,越传越神,不少地方的靺鞨人,都把她当神一样供奉。这种习俗,在靺鞨人的后裔——满族人中,还能看到呢!

第四章　射虎救女

红罗女回到家乡，忍悲含泪祭奠了老母，接着日日夜夜、东奔西跑为百姓消灾解难，忙了好大一阵子才逐渐静下心来习文练武。

话说这天正在习武，忽听得南边人喊马嘶，哭声中带着骂声，眼望街上，发现不少人拿着刀叉棍棒，向南跑去，不知出了什么事。

红罗女见此情形，立即挎弓提剑，飞身跃马，追着众人往南而去。她催马跟随到城外，见一伙人正围着一个号啕大哭的女人，上前一问，方知那女人的儿子在门前玩耍时，被窜入部落的一只猛虎活活咬死。"你怎么不赶快去追？"红罗女焦躁地问。

"那老虎一蹿就是一房多高，近身不得。"一个猎人答道。

这时，忽然有一个妇女边跑边狂喊："快救人哪！珍珠、喜鹊姑娘被老虎截住啦！"

大伙一听，立刻呼啦一下子朝林子跑去，有两个老妈妈脚跟一软，扑通地倒下，把筐子骨碌碌甩出老远，野梨蛋子滚了一地。红罗女见此情景，来不及问明根由，飞马向南山跑去。

红罗女的马快，一会儿就把众人甩在后面，穿过桦树林子，进了松阴沟，前面出现两个沟岔，正不知往哪边去追，猛听虎啸的长音震动山谷，从天荒沟里传出来，连大红马也扬蹄长嘶，踟蹰不前。红罗女无奈跳下马来，分花拨柳，跨石越溪，不顾一切地向荒沟跑去。

原来，时下正是仲秋，忽尔汗海边的山岭沟岔结满了山葡萄、山枣子、山核桃、榛子、野梨等各种野果，又逢连日天晴气朗，各部落的男女老幼，一大早都背篓挎筐进山收秋，你来我往，南呼北应，一派欢乐景象。

这天，在大荒沟采山果的人正忙得欢，突然"呼隆隆"一大群獐狍野鹿撒蹄狂奔，大伙正纳闷，有一个小孩在树上大喊："老虎来了！老虎来了，快跑哇！"喊声刚落，只见一只老虎从蒿草丛中蹿了出来，带来一阵狂风，接着大吼一声，震得山谷颤动，人们拔腿没命地跑。

却说在这伙采山果的人中，有两个姑娘，虽说不是亲姐俩，可人们都称她们是姐妹花。为什么呢？这里得补叙一段。

姐姐叫珍珠，今年十七岁，高高的个儿，脸蛋美丽得像一朵带露水的莲花，眼睛明亮得像一泓清澈见底的泉水，长长的发辫乌黑油亮。她阿玛是个渔民，她从小就跟着大人到忽尔汗海打鱼、采珠，练就一身好水性。最奇的是，她去采珠，不管天头怎样，她总能采到珠子，大伙就叫她珍珠。

有一年，朝廷下令要让忽尔汗海渔民在一个月内贡纳三颗大宝珠，逾期不交，连差官也要一起治罪。这一下，忽尔汗海边能下水的都下了水，把忽尔汗海的渔民折腾得够受，结果连一颗合格的宝珠也没采到。眼看期限要到了，衙门官差天天来催逼，把大家愁得茶饭不思。

这时，有个九十多岁的老玛发，说听先人相传，在忽尔汗海天柱山下，每逢风大浪急的时候，就是蛤蜊精在那里聚会的日子，早些年，曾有一位巴图鲁，就在那里抱出一个大蛤蜊精，从中挖出两颗大珠子。现在被逼得没招，我们是不是也试一试？

大伙一听都摇头，说天柱山下风大浪急，平时连大船都靠不上去，现在要在海底捞珠，不是玩命嘛！

说来也巧，就在到期限的前一天，忽尔汗海上起了大风，真是浪涛翻腾如山倒，水声轰鸣似雷滚，望着这鬼天气，大伙急得火烧火燎，都担心期限到了，交不上宝珠要治罪。就在这个节骨眼，突然有人喊："快看！有人下海了！"人们向天柱山望去，真有一个姑娘驾船顺着风势往那里划去。这驾船的姑娘就是珍珠。

只见她几次顶浪前冲，都被大浪抛出小船，多亏她水性好，每次都抓住船帮回到船上。后来她终于靠近了天柱山，顺势把船拴在石头上，然后沿着斜坡，猛地投入浪涛中潜入海底。

说来真怪，海上是波浪滔天，海底却挺平静。珍珠姑娘睁开眼睛仔细搜寻，果然有一排大蛤蜊在海底，她抠出三个最大的蛤蜊，猛然蹿出海面，又扎了几个猛子，回到了船上。

等她回到岸边，见乡亲们正跪地焚香，为她祷告，众渔民见她平安归来，还带来很少见的三个大蛤蜊，都喜出望外，人们立刻围了上来。珍珠姑娘麻利地把大蛤蜊撬开，只见每一个蛤蜊里都有一颗鸟蛋大的宝珠，周围的人立刻欢呼雀跃，有人忙跪地叩头，说这是海神显灵了。不少人上前拉住珍珠姑娘的手，说她救了三十六寨的渔民，人们千恩万谢，淌下了感激的热泪。

珍珠姑娘淡淡地一笑，说这是托大家的福，不然也得不到宝珠。说起来，这是她十四岁那年的事。

站在一旁的妹妹叫喜鹊，是个猎户的女儿，比珍珠小一岁。两家是邻居，她额娘怀她那一年，有一次她阿玛上山打猎十几天没回来，额娘每天早晚站在门前望着山口，盼他回来。

有一天，太阳一冒红，额娘在门口盼老头回来的时候，突然听见一只喜鹊在树枝上"喳喳！喳喳！"欢叫个不停。不一会儿，她阿玛背着许多猎物回来了。说来也巧，就在当天晚上就生了她，阿玛一高兴，就给她起名叫喜鹊。

这小喜鹊长得壮壮实实有力气，乖巧伶俐会来事，从小就帮家里干些杂活。到八九岁时，就缠着跟大人上山，学会了下套子、挖陷阱、埋地箭。再大一点儿，她学会盘弓射箭，上山打围。这孩子从小胆子就大，跟大人上山的时候，还常常一个人抓个兔子逮个狍子什么的。

去年，她十五岁，在一次打围中，遇到一个猎人，射中一只大狗熊。那熊被射中一箭，没中要害，正向那猎人扑去，那人想跑，却慌忙中被草棵子绊倒了。这时喜鹊一声喊，一个箭步蹿上去，对准熊的肚子，狠狠就是一扎枪，那劲使得太大了，竟把熊扎个透窿，这下喜鹊出了名。

小喜鹊还心灵手巧，会熟一手好皮子，她绣的衣服花样活灵活现，引来蝴蝶对对飞；她做的菜香味顺风传十里；她酿的酒香气袭人，馋得人人迈不动步。这喜鹊在姑娘中人人夸，在父母身边是个宝贝疙瘩。

这珍珠与喜鹊，从小就在一块玩，长大了更是形影不离，如亲姐俩，又都那么能耐，人称姐妹花。

却说这一日，姐俩说说笑笑上山采果打猎，猛见一只老虎从西山蹿了出来，吓得上山的人们四处奔逃，有个人被石头绊倒在地，眼看要被老虎伤害，喜鹊大喊一声，又摇手、又跺脚，想把老虎引过来。那老虎看有人冲它耀武扬威，掉转头三蹿两跳直奔她俩而来。

小喜鹊毫不慌张，她先叫姐姐爬上大树，自己转身隐到一棵树后，张弓搭箭，一箭飞出，就听老虎吼叫一声，由于喜鹊来不及瞄准，这一箭射在老虎肩头上，喜鹊一闪，就势爬上一棵大树。

那老虎掉转头，朝她又一猛蹿，就听"咔嚓！哗啦啦！"一阵响，把树枝抓掉一大片。喜鹊稳稳神，就在老虎再扑过来时，又射上一箭。这一箭射在肚子上，老虎疼得更加暴怒，使劲往上一蹿，这一下差点抓到喜鹊的身子。

攀在另一棵树上的珍珠姑娘一见此状，"妈呀"一声，心一慌，两手一松，"咕咚"一声直坠落地。那虎听背后又有动静，一个急转身，直向珍珠扑来。

珍珠要躲闪是来不及了，眼看虎爪就要抓在脸上，说时迟，那时快，正在这当口，嗖的飞来一箭，射在老虎的腮帮子上，只见它滚了几滚，又站了起来，那老虎四下一看，发现在一块大石头的后面，正有一人搭上了箭，就不顾一切地向这个人扑了过去。就在半空中，嗖的又飞来一箭，重重地射在它的脑门上，只听一阵凄惨的号叫，老虎摔在石头上，蹬了几下腿，没气了。

这神箭手不是别人，就是闻声赶来的红罗女。这时一群猎人也纷纷飞步赶到，一看老虎双眼紧闭断了气，再看红罗女一点儿没伤着，大伙暗伸拇指，赞叹不已。

有一个猎人，向远处站着的珍珠姐妹俩招呼道："还不快过来，给恩人磕头。"这时姐俩才收回神，跑过来给红罗女磕头，连说："谢谢姐姐救命之恩。"

"二位姑娘受惊了！"红罗女答礼道。

一位老猎人慌忙挤过来，上前给红罗女施了一个大礼，说道："这是我的女儿喜鹊，不懂事体，今天多亏你冒死相救，真不知怎么感谢好。"

"不！老玛发，不用谢我，是喜鹊妹妹先射中老虎的。"红罗女说道。

"快回去报个喜讯吧！"这时，不知谁喊了一声。大伙这才七手八脚抬起死虎，前呼后拥地往回走。

一出林子，只见一大群男女老少在道上张望，一听说红罗女射死了恶虎，救了珍珠姐俩，都乐得掉下泪来。从此红罗女的名字便传开了。

傍晚，红罗女在家和老总管说话时，正听老人述说珍珠和喜鹊的身世人品，忽听一阵锣鼓声由远而近，接着门"咯吱"一声被推开了，走进一伙人。红罗女迎了上去，举目一看，老部落长和珍珠姑娘的阿玛，带一帮人抬来一筐鹿肉干，一筐鱼干，两坛家酿甜酒，后边还有几个青年，把虎皮支在木架上，也抬了过来。

红罗女不知怎么回事，没等张口问，只见老部落长一挥手，四个鼓手打起鼓，珍珠、喜鹊二人跑上来就向红罗女施礼。

"我代表众乡亲，向打虎英雄敬献薄礼，请笑纳。"部落长边说边向红罗女又施一礼。

"不敢当！不敢当！是喜鹊姑娘先射中两箭的。"

"要不是你射死恶虎，那我们就见不到她俩了。"部落长诚恳地说。

"红罗姑娘，这是大伙的心意，按老规矩，谁除掉恶虎，救了人命，都要献礼祝贺的，你就收下吧。"老总管在旁劝说。

红罗女还是推辞再三，后来看盛情难却，就说："好吧，这些干鲜我就收下了，只是虎皮得给喜鹊姑娘。"

大伙还是不准，互相又推让起来。部落长灵机一动，说道："我看这张虎皮就用来祭奠老将军，权当乡亲们一点儿孝敬之意。"大伙拍手赞成。这回红罗女真没招了，只得收下。

乡亲们要告辞了，红罗女拉着珍珠、喜鹊的手恋恋不舍地说："妹妹，以后闲暇时一定过来玩，我一个人在家也很孤单，你们来了，说说话，如愿意的话，我们共同习文练武。"珍珠、喜鹊一听，拍手乐，忙说："那可好了！只是我们生性粗野，怕招惹姐姐生气。"

"哎！我只怕你们活计忙，来不了，我没什么说道。"

"红罗姑娘要是不嫌弃的话，我们乐不得地让孩子跟你学学本领。"部落长满心高兴地说。

"姐姐！我们明天就来，行吗？"

"那太好了。"红罗女特别高兴。

大家说说笑笑正要分手，忽听门外一个男子"呜呜哇哇"哭着向这里走来。大家回头一看，是一个外号叫干巴鱼的小伙子，抱一张小虎皮走过来，大伙一愣。那小伙子走上前来，放下虎皮，哭道："我对不起乡亲们哪！前几天我在大荒沟蹓套子，在陷阱中发现一只受伤的虎崽，就偷偷地拿回来了，私下剥了皮、收了胆、藏了骨，没承想……呜呜呜……"他再也说不下去了。

"怪不得那老虎闯进部落，原来是找它小崽来了。"

"你好不懂事，害得乡亲们好苦。"

"部落长，他破坏了我们的规矩，坑了我们乡亲，这可得好好教训教训他。"大伙恼怒地议论开了。

"你怎么做起这昧良心的事！多少年来大家都守着规矩。唉！要是不发生意外还好说，如今一死一伤，你怎么对得起乡亲四邻！这事要是传出去，多丢人哪！"部落长越说越难过，越生气。

"我对不起乡亲们哪！我知道错了，打死我也不冤哪！你们惩罚我吧!"他一边说一边给大伙磕头,额头都淌血了。大伙一看这举动,反倒不知咋办好,静静地望着部落长。

沉默了好一会儿,部落长才发了话:"父老乡亲们,他这事做错了,可如今他阿玛重病缠身,他额娘得了瘟疫才刚刚能下地,一家生计全指着他,"部落长望望大家,接着说,"现在事已如此,他又主动认罪,就罚他将虎皮、虎胆、虎骨送给受难的人家,再加上替人家交三年皮子税,你们看行不行?"大家互相瞅瞅,还是没吱声。

部落长又说道:"这事也怪我管教不严,我甘愿出十张皮子赎罪。"

"不!我是他邻居,应该罚我。"

"部落长决断公平,我看就这么办吧。"一位胡子拉撒的老头止住了大家的议论。

"行啊!就这么办吧。"众人异口同声地表示赞同。原来这老人年轻时当过部落长,久经世事,德高望重,经他一裁决,哪个还有二话。

且说红罗女听了大家的话,很是感动,她想起下山前,在粟末水治病时,遇到一小伙子偷盗被罚的事,觉得庶民百姓这样重品德、惜荣誉,可真了不起。又看看珍珠、喜鹊,她们这么小的年纪,皆知仁义,实在令人敬佩。她深深地感到故乡的山水美,可乡亲们的心更美呀!

刚想到这,听部落长说:"走!大伙都去看看那受难的人家吧!"话音刚落,众人开始向门外走去。

"部落长!请等一等。"红罗女喊了一声,转身进屋,一会儿,只见她抱着一匹布跑了出来,连忙说:"我也到那家去看看。"

"哎呀!红罗姑娘,你去看望情意就很重了,这布你就自己留下吧。"部落长说。

"嗨!既然红罗姑娘有这个心,就让她送去吧。"又是那白胡子老头进了一言。这样,红罗女就随大伙去看望那受难的一家。

第二天,珍珠和喜鹊果然来了,三个姑娘一见面就亲亲热热,有说有笑,舍不得分开。她们互相皆以姐妹相称。红罗女十八岁是大姐,珍珠十七岁是二姐,喜鹊十六岁是小妹。从此姐仨就常在一起。

一天,珍珠说道:"姐姐!你会识文断字,就教我们吧。"

"姐姐!我看你舞剑时'嗖!嗖!嗖'的,挺好玩,就教我们两手呗。"喜鹊说着就去摸挂在墙上的宝剑。

"好哇!找一天教你们识五个字,再学一次剑法,你们看怎样?"

"太好了!太好了!"姐俩拍手欢呼起来。

从这天起，姐俩早晚都来习文学武。珍珠姑娘眼明心细，认字学得快，过目不忘。喜鹊姑娘身手灵活，剑术学得精，日有所进。

过了十几天，忽一日，喜鹊没来，红罗女问珍珠她怎么没来呢？珍珠吞吞吐吐地说："她家里活忙，脱不开身。"红罗女听了也不在意。可是，一连好几天，喜鹊都没来。红罗女就一个人上了喜鹊家，到了喜鹊家屋里屋外都没见喜鹊的影，再三问她的阿玛，才知又出了事。

原来，山林打虎的消息传开后，官府中有两个官差，听了心里直痒痒，就去找部落长，说是府衙有令，把那张虎皮当贡品交官。部落长听了，十分生气，说道："今年的贡品已经交全，怎么还来征收呢？"

"这是朝廷的命令，你敢违抗吗？"官差把脸一沉，威胁道。

部落长知道这两个人不是好东西，平日里常敲诈勒索，仗势欺人，可他们办的是官事，打的是朝廷的招牌，只得忍气吞声地向他俩说明：那张虎皮已按山规送给了敖东将军的女儿红罗女，用别的皮张代替吧。可那两个官差非要虎皮不可。临走时，还气势汹汹地叫嚷："限期不交，拿你是问。"

官差走后，部落长想出了一个办法，他暗暗派了十几个好猎手进了山，打算另捕一虎，好把给红罗女那张虎皮留住。这事被喜鹊知道了，硬是一个人撵了上去。说这话已是三天前的事了。

红罗女听罢，又气又恼又动情，气恼的是那两个官差蛮横无理，欺压百姓；动情的是乡亲们为了保住送自己的虎皮，竟不顾生命的安危，翻山越岭，追寻虎踪。想到这里，红罗女就直奔老部落长家。

红罗女到了老部落长家不远的地方，就看到他家门口围了不少人，有两个穿官服的人正在比比画画，骂骂咧咧。老部落长向他俩边施礼边说好话。

红罗女走近一听，原来是上山打虎的人还没回来，部落长请求再延几天。那两个官差连风带雨地把部落长数落了一通，最后恶狠狠地说："三天以后不见虎皮，就得把你押进大牢。"

红罗女听罢，火冒三丈，上去拦住那两个官差，厉声说道："且慢，既是朝廷额外收贡，那你俩拿出公文来！"

这话正中要害，那两个官差本是借公肥私，哪有什么公文。被红罗女这么一问，张口结舌答不上茬。其中一个就撒了泼，骂道："谁让你这黄毛丫头来狗咬耗子。"

红罗女气得上前一把拽住他，喝道："你才是仗势欺人的一条恶狗，走！上衙门去，告你们一个敲诈勒索、鱼肉百姓罪！"

这话说得两个官差心里直打怵，那个骂人的官差把手一甩，挣脱出来，拉着那个同伙就往外走。走了几步，又觉咽不下这口气，回头说道："好！你、你嘴硬，你就等着瞧吧！"说完就溜之大吉。

差官灰溜溜地走后，围看的乡亲觉得挺解恨。老部落长担心他俩不会善罢甘休，红罗女余怒未消，告别了部落长，回到了府上。

过了三天，小喜鹊和珍珠连蹦带跳地来到红罗女那里，告诉说昨天上山的猎人终于捕杀了一只老虎，给红罗女的那张虎皮留住了，大伙可高兴了。可红罗女一看小妹妹又黑又瘦，一阵心疼，眼里闪出泪花。

小喜鹊一看，说："唉！我们打到了虎，姐仨又聚到一起了，你怎么倒伤心起来了呢。"

"不，我是太高兴了。"红罗女怕扫了两个妹妹的兴，忙擦一下眼泪，姐仨又亲亲热热地唠起家常话。

姐妹正说到兴头上，忽见一个邻人闯了进来，上气不接下气地说："不好了！有一个大官带了一拨人直奔你家来了，一定是那两个官差使的坏，挑唆官府来抓你呢！"

红罗女一听很感意外，却一点儿不慌，说道："大伙别急，我出去看看。"喜鹊起身就要跟着出去，被红罗女拦住了。红罗女一个人不慌不忙地迎出门去，邻人们纷纷出来观看，他们都为红罗女捏一把汗哪！

第五章　敖东扬名

红罗女听说有一队官兵向府宅而来，急忙站起身，坦然地向外走去。这时，门外传来一阵人马杂沓声，紧接着就听有人高声问道："红罗格格在家吗？"

"谁呀？找她有什么事？"老管家习惯地上前去答话。

"啊……是敖东城来人拜访格格。"老管家回头望望红罗女，意思是开不开门。

红罗女一听，心里感到很愕然，敖东城官兵为何到此呢？于是她摆手让老管家退后，自己上前开门。

打开门一看，门口站着两个军官模样的人，右边还有六七个小校，牵马站立，个个从容自然，看样子没什么恶意。于是，红罗女侧身道："请进！请进！"

有一个将官认得她就是红罗女，点头说道："红罗格格，鄙人是本城将军麾下的副将，今陪同忠武将军特来贵府投书。"说罢，转目看着身旁那人。

那忠武将军笑了笑，从怀中掏出一封书札，上前施礼道："卑职奉辅国大将军之命，特前来恭请格格赴敖东做客。"

红罗女接过书信，还礼道："二位将军光临寒舍，不胜荣幸之至，请到宅内小坐。"忠武将军点了点头，向后面的人招呼道："把贽礼抬进来。"两个小校各抱一只皮箱走过来，随两位将军走进客厅，把皮箱放在桌上，便施礼退出。这时，围观的乡亲见是一场虚惊，各自散去。

主客三人来至客厅，红罗女请他们落座后，献了茶果，说了几句路上辛苦的话，便打开封书，展信一阅，方知是先父挚友乌黑里大将军亲笔手书，那信上说："尔父敖东大将军，乃吾之挚友也，自将军惨遭不幸以来，虽十易寒暑，吾居敖东城，尤哀思不绝。今春，正值万物勃发之机，又惊闻嫂夫人谢世。呜呼！苍天何其无情！吾顿足捶胸，难表切肤之痛。悠悠哀戚间，金风递传忽尔汗海打虎英雄，竟是大将军遗爱。闻之，悲喜交集，老泪纵横。敖东戚旧，亦无不为之感奋。尔婶母、姐妹连日焚香祷告，思念切切，咸望尔速来古城一叙。"云云。

红罗女读完，不觉热泪滚下腮边。敖东城是红罗女的故乡，今天看到乡里故旧是这样情长谊深，怎能不使人感动万分呢！

红罗女抬起头，见二位将军在旁，忙擦去泪水，站起身，对忠武将军说道："多谢将军和叔伯戚旧们的深情厚爱，待我准备几日再走，行吗？"

"好！我正有些公事须耽搁几天，我们一起走。"他们和红罗女约定了启程的日期，两位将军就告辞了。

傍晚，珍珠和喜鹊手里拎着几尾大鲤子，兴冲冲地跑来了。一进门，见红罗女正翻腾皮箱，炕上、桌上都摆着绫罗绸缎，喜鹊放下鱼，看看这匹，摸摸那匹，光光闪闪，花花绿绿，爱不释手。

"你们来得正好，我正有事和你俩商量呢。"红罗女拉着姐俩，把要去敖东城的事说了。

"那我们咋办？我们还没学完剑法呢！"喜鹊急得要哭，珍珠两眼呆呆地望着姐姐。

红罗女说："我想咱姐仨一起去，那敖东城是个古都，人才荟萃，街市繁华，我们都去长长见识。"

"不知家里能让不？"珍珠说。

"明天我去你俩家替你们说说！"

"好哇！"喜鹊拍手乐。

红罗女拣起五匹绸缎，塞给姐俩说："这是敖东辅国大将军给的，咱姐仨分。"她俩知道红罗姐姐的脾气，道声谢就拿回去了。

第二天，红罗女吃完早饭，就准备到两个妹妹家去，只见她俩叽叽喳喳地携手跑来，一进门就嚷道："姐姐！我们两家都同意了，不用劳您的大驾了。"说完，姐仨高兴地抱成一团。

红罗女说："你们赶紧回去打点打点，做几件新衣裳，出门不比在家。"姐俩嗯嗯点头答应，接着又商量了一阵，才分手告辞。

过了几天，到了约定的日子，姐仨就和忠武将军一行飞马登程，穿林过寨，跋山涉水，沿着山道迤逦向南而行。

单说那敖东城，乃是渤海国旧都，雄踞在丹丹大岭之西，坐落在忽尔汗海之东，是古来形胜之地。上京龙泉府建成之后，它成为拱卫京城的南大门，又因第一代渤海郡王大祚荣的陵墓在城南，后世郡王每年都来大祭，因此，大钦茂迁都上京时，就把朝廷重臣辅国大将军乌黑里留下镇守，总理边务。

提起乌黑里，满朝文武，无不推崇，他战功累累，文武兼备。近几年，渤海王连年传旨命他训练兵马，加强武备。去年，又从大唐使节中聘请了一位刘将军，讲习兵书战策，演习各种礼仪。传说，刘将军是大唐的武状元，十八般武艺样样精通，兵书战策，无一不晓，很受大钦茂赏识。他到敖东城后，和乌黑里一起把敖东城治理得井井有条，兵强马壮，声闻朝野。

前不久，他们接到朝廷谕旨，说是国王要在下月的吉日到西围场打秋围，命他们做好准备。

刘将军深知这围在北国不是一般的娱乐消遣，而是重在检阅军容军纪、士气武功，于是向乌黑里提议：这次参加秋围的将士，要通过比武来挑选，不再由衙门一手派定。这想法和乌黑里不谋而合，为此两人拍掌，相视而笑。

这一天，乌黑里在衙门议完事，兴冲冲地回家吃午饭。饭后，夫人和女儿都问起红罗女的消息，乌黑里算了算说："她要是来的话，近一两天就到了。"

"额娘！红罗姐姐来了，让她和我住在一起，给我讲打虎的故事。"小女儿拽着额娘的手央求着。

"行！行！你就知道听打虎的故事，你看人家，只比你大一岁，已经远近闻名了。"夫人用手指点女儿的脑门笑了。

正说话间，管家推门而入，对乌黑里说："启禀将军！方才小校驰报，红罗格格已到城外，将军有何吩咐？"乌黑里一挥手说："告诉全府上下，准备到门外迎接。"说完自己就拂衣整冠，准备出迎。

不一会儿，门庭洒扫一新。乌黑里夫妇率众家人，站在府外街衢之上，翘首遥望。这一举动非同小可，霎时间，一传十，十传百，大街上挤满了人。

这时，从南边传来一阵马蹄声，由远而近。那些眼力好的认出跑在头前带路的是忠武将军，断知来人非同一般。可谁也未料到，等他们走近了一看，在忠武将军后的竟是三位如天仙似的格格。

头一位，骑着如火一般的大红马，身着紧袖红衫、红裤，外罩红缎袍，腰扎绣花红缎带，足蹬牛皮靴，腰挂七星剑，气宇轩昂，仪态万方，俨然似凯旋的飒爽英姿、光彩夺目的英雄。

再看第二位，坐下是一骑白鬃马，穿着白衫、白裤、白绫袍，面如梨花，目如明星，飘然如仙女降临，神采飞扬，楚楚动人。

那第三位，手控黄骠马，身着黄衫、黄裤、黄罗袍，背挎宝雕弓，腰悬皮箭袋，眸明如泉，身轻如燕，灿然有武夫之风，气概非凡，令人赞叹。

数步之外，是六名小校，精神抖擞，缓辔而行。这队人马，穿衢过街，直把众人看得眼花缭乱，目怡神呆。做买卖的忘了交易，行路的忘了举步，人马早就望不见踪影了还傻呆呆地不肯扭回脖子来。

再说将军府前，乌黑里夫妇听到马蹄声，站在台阶之上，只见百步外一阵马嘶，数人同时翻身下马，整衣拂尘，移步前来。

乌黑里见状，知是客人到，带领众家人迎了上去。到了跟前，忠武将军把姐仨一一向主人做了介绍，大家互相见了礼，老将军把她们请进了宅院，进了内庭，设宴洗尘。

酒席上，夫人拉过红罗女的手，双眼仔细地上下打量，越看越带劲，越看越喜欢，不禁脱口赞道："呀！这格格一表人才，真是有其父必有其子啊！"乌黑里听了感叹地点点头，亲热地和红罗女唠起了十几年离别的情景。那边，老夫人的女儿拉着珍珠姐俩的手，问东道西，十分亲热。

宴毕，夫人把红罗女姐仨送到一屋休息，自己回到内室，见乌黑里一个人怔怔地望着窗外，眼里闪着泪光，知道他是看到红罗格格，想起了她阿玛敖东将军，动了感情，想劝解几句，不禁自己先滚下泪珠。

老将军回头一看，说道："我们不必难过，红罗格格真是将门虎女，敖东将军九泉有灵，也会感到欣慰。只是乌氏母子至今下落不明，他们两家订了娃娃亲，得想办法找到他们。"夫人点头称是，感慨万千。老两口一直唠到深夜。

第二天，将军府大摆盛宴，男女宾客坐满了九席十八桌。开筵之后，老夫人引领红罗女同大家见礼，宾客举目一看，红罗女粉红的脸蛋上长着一双含笑的大眼，乌黑的头发，高高地挽在一起，真是个眉清目秀、仪态娴雅的好姑娘。看得人人心里称奇：这样一个端庄、文静的姑娘，竟成了称誉一方的打虎英雄。

话说酒过三巡，菜过五味，大家喝得酒酣耳热，谈兴正浓时，乌黑里突然站起来说："老夫听说红罗格格自幼投师习武，谙熟剑法，现在请她为诸位献艺助兴如何？"话音未落，掌声四起，把宾客喜得舐嘴咂舌，乐不可支。

红罗女盛情难却，只得从喜鹊手中接过七星宝剑，走到中间，向大伙施礼后，就发式起舞。只见她"嗖！嗖！嗖！"一进一退，姿势曼妙，一会儿忽然跃起，似飞龙腾空，赶月追风；一会儿忽然旁刺，如苍龙入海，冲波逐浪；一会儿随身翻飞，银光闪闪，风雨不透。还未等收式，就听座上一人叫好，全场跟着喝彩。乌黑里侧目一看，那带头叫好的是刘将军，心中暗喜。

待散席时，乌将军请刘将军留步，把红罗女的身世、经历，向他细说一遍。刘将军听后，手捋长髯沉默片刻，说道："这姑娘出手不凡，很有功夫，是否让她参加敖东比武？"

"是啊！我也想让她有一个为国效力的机会，可她偏是个女的。"乌黑里面露难色。

刘将军低头沉吟了一会儿，抬头说道："何不让她女扮男装。"

"好！是个高招。"乌黑里拍掌叫好。

过了三五天，到了比武的日子。这一天，校场上旗幡招展，战鼓齐鸣，正北面搭了一个高台，台上正中坐着乌黑里和刘将军，两旁各站八员副将。校场两侧，黑压压地站满了人，参加比武的人在校场的南侧，鸦雀无声，列队待命。

吉辰一到，乌黑里站起身，一挥令旗，响起了一阵震天的鼓声，参加比武的人，齐刷刷地列队入场。

第一项是比赛射箭。校场上早架起了十个靶子，人分十队，每人射三番，每番射三箭。头半场是站射，许多人九箭中靶，但射中靶心很少在七中之上。突然，校场上响起一阵暴风雨般的掌声，乌黑里抬头仔细一看，是喜鹊姑娘刚射完，报靶人指示：八箭中靶心，一箭在靶边，成绩最好。

接着是红罗女出射，只见弓弦响处，九支箭一支挨一支接连飞出，那一头，报靶员已报出：九箭齐中靶心。立时，全场跳跃、欢呼。

人们纷纷打听：这两个小阿哥是什么地方人？他们哪里知道这是两个女扮男装的格格，只有乌黑里和刘将军心知肚明，乐不可支。

站射之后，是骑马飞射，每人三箭。这可比站射难多了，连喜鹊也只射中两箭。轮到红罗女了，她把大红马牵到百步之外，先放马空跑，然后飞步追上，抓住马鬃，轻轻一纵身，便稳稳当当骑了上去，然后一闪身，"嗖！"一箭，正中靶心。接着她背着靶子，弓开满月，猛一回身，又是一箭正中靶心。全场人都屏住了气，睁大眼睛瞅。突然观众一阵惊呼，原来方才射箭的那个"小伙子"，身子一歪，眼看掉下去……说时迟，那时快，只见从马肚子底下射出一箭，"嘭"的一声，又重重射在靶心上。这下，观众都看傻了眼，谁也没见过，骑这么飞快的马，还能来个镫里藏身的绝招。过了好大一会儿，人们才醒过腔来，这回鼓声、喊声，震天动地，经久不息。

第二天比赛的项目是真刀真枪对打。这回红罗女使一杆长枪，不到一个时辰，一连战败三个高手。

刘将军见她连胜三关，面不改色，气不长出，心里盘算：这样比赛下去难见真功夫，就在乌黑里耳边嘀咕了一阵。

乌黑里一摇令旗，红罗女又来到台前。乌黑里说："我想请一位将军和你比，你愿意吗？"

"主考官有令，不敢不从。"红罗女答道。

乌黑里唤出敖东一名武艺出众的将军，令他和红罗女对打。

那将军得令，跃马横枪，驰入赛场。红罗女也从另一队驰马入阵。两人见面施礼，互报姓名后，便举枪对打起来。只见那将军出枪似潜龙出水，点、搠、拨、扫，上下翻腾，纵横飞舞，风烈星寒，如浪压来。

红罗女毫不示弱，击、刺、钩、撩，忽如旋风扫叶，忽如顺水推舟，枪缨飞舞，宛如朵朵红梅开放。这边银光闪闪，见枪不见人；那边风声呼呼，无隙难进枪。

二人大战了十几个回合不分胜负，最后，红罗女使出了师父教的绝招，只见她跃马挺枪反手一抖，那对手的肩背上，一下子被击中数点。

主考席上，刘将军"啊"了一声，叫道："好个梅花枪！"敖东名将有些心慌，急拨马头，瞅个空子，拼全力挺枪进击。红罗女眼快手疾，狠劲一拨，化险为夷。这时，乌黑里一举令旗，锣声响了，二人都收住马，场上立时发出山呼海啸般的叫好声，全城撼动。

比武结束，乌黑里公布了前二十名入选人的名字：红罗女获得第一名，珍珠姐妹也入选了。入选者披红，在鼓乐声中绕场一周，向观众致意。红罗女腰挂宝剑，走在最前头，雄赳赳，气昂昂，好一副英武气派。

红罗女回到将军府，整个府上就像过年一样，来祝贺的人川流不息。刘将军和珍珠、喜鹊姐俩的高兴劲就不用提了。

乌黑里老两口更是喜不自禁，当晚就设位焚香，领红罗女祭奠敖东将军夫妇的亡灵。乌黑里深情地叹道："星辰在上，有我乌黑里在，定要把奥都格格抚育成材，继父遗志，扬名四海，为国争光。"

红罗女也发誓道："父母有知，孩儿绝不辱没门庭，要为山河增彩，祖坟争荣，要以忠义谢天下。"这一晚，红罗女前思后想，一宿没睡好觉。

一日，乌黑里正在校场检阅出围的兵马，忽接京城来令：三日内，按规定路线开赴围场。乌黑里立刻忙碌起来，整个敖东城都为秋围做准备。

启程前一天，老夫人设筵为乌黑里和红罗女姐仨送行，把刘将军也邀来了。席间，刘将军讲了几个大唐女英雄的故事，红罗女听了，深知刘将军对她的厚望，等他讲完就起身向他行唐礼致谢。

老夫人在旁默默地望着红罗女，好久没吱声，突然想起了一件事，悄声问红罗女道："你额娘在世之日，可曾向你提起山城乌将军的事吗？"

红罗女知道是老夫人关切她的终身大事，不觉有些脸热，凄然地答道："说过，可是他们母子十多年来一直无音信。"

老夫人也明知这是件伤心事，可一时憋不住提起来了，觉得很后悔，便岔开话头说："你这次去打围，很是辛苦，要注意保重身体，我和你小妹，都盼你早日归来。"红罗女一一答应。

大家正闲唠着，一位家人进来，对乌黑里说，外面有一位商人求见。乌黑里摆摆手说："有事请他明日到官府去办。"家人退了出去。不一会儿，他又返了回来，手捧一封书札递给乌黑里说："那商人让我先把书信转交给您，他在客寓等回话。"

乌黑里接过信，抽出信笺，看罢，一拍桌案："好哇！有消息了。"众人一惊，不知信中所言何事。

第六章　围场救驾

敖东城辅国将军府，在出围头一天，举行家宴饯行，席间，乌黑里收到一位商人捎来的书札，读完后喜笑颜开，旁人都很纳闷。

乌黑里看罢，把信递给了夫人。夫人接过一看，也惊喜道："好哇！十八年了，到底有了音讯。"说着，就让家人快将那传书人请来，家人"诺！诺！"退下。

刘将军见府上人来人往，又要接客，就借故起身告辞了。红罗女姐仨，也拜谢主人要告辞，夫人想把红罗女留下，老将军说让她们一起走吧，姐仨就走了。

散了席，乌黑里夫妇回到内宅，夫人问道："红罗格格一直惦记着乌氏母子，你为何不尽早把信中之事告诉她？"

乌黑里道："这信是投书本府的，所述十分简略，有些话若明若暗，连个名都没签署，其中必有隐情。因此，我想把投书人请来，细问之后，再说也不迟。"

"所虑甚是。"老两口你一句我一句说着，家人报客人已到。

夫妇俩把来人请到客厅，问起了投书的缘由，那商人说："这是我的一个朋友转托我捎来的，投书的主人，我并不认识。"

"那么关于投书人的情况，你一点儿也没听说吗？"乌黑里着急地问。

"听朋友说，这投书人是一个渤海人，多年在契丹一个首领家为奴，细情就不知道了。"

"你那朋友还说了些什么？"夫人也问了一句。

"他嘱咐我，替投书人传语：为大将军行将参加大围祈祷平安。"

夫妇俩又与客人唠了一会儿，看再也探不到有关详情，乌黑里站起来再三致谢，并说："明日我派人把回书送到客寓。"商人答礼告辞。

送走了客人，老两口又唠了一阵，商定待打围回来，再把这件事告诉红罗女。两人商量好了，乌黑里到书房去起草回书。

第二天，是出围的吉日，一大早就鼓角连声，城内外道旁挤满了送行的人。待全军举行完典礼，乌黑里和刘将军骑着高头骏马，走在队伍的最前面，红罗女姐仨夹在副将之中，身着男猎装，显得格外精神。一千名将士，在二十面大旗引领下，浩浩荡荡向西而行。

这西围场，在上京城西南，距敖东城三四百里。这一日，敖东城的人马来到预定的驻地，刚搭好帐篷，京城派来的特使飞马赶到，命乌黑里带一百名将士西进接驾。乌黑里立即拨兵马，和刘将军率四名副将及红罗女姐仨一行，向西风驰电掣般飞进。

第二天一早，他们赶到了接驾地点，红罗女举目一看：这是一块靠山面水的草地，北面搭起一溜大帐篷，各色彩旗猎猎作响，帐篷四周站满了披甲挎刀的御林军。草地两侧，是各路接驾的兵马，很有气派。乌黑里率领本部兵马站到了东侧。

太阳刚爬上东山，北路传来一阵号角声，立时，各路兵马整队列阵，昂首注目，鸦雀无声。

一会儿，渤海王驾到。红罗女扬脖向北一望：嗬！彩旗飘处，仪仗辉煌，文臣彬彬，武臣赳赳，簇拥郡王向大帐而来。

突然，仪仗向两侧一闪，中间赫然驰出三骑，看那当中一人，头戴红缨金盔，足蹬高腰皮靴，身披黄色长袍，腰扎镶金裹银带，骑一匹浑身纯白的雪里钻宝马，魁梧的身材，灼灼的目光，神采奕奕，威然出众，一看就知道是渤海王大钦茂。

在他左边的那位，是文官打扮，皮弁素衣，高高的身材，白净的面皮，眉清目秀，唇红齿白，长得有点像女的，约有三十来岁，洋洋自得，昂首挺胸。红罗女听旁人说，那是渤海王的亲侄，右相大英士。

在国王右边是个武将，银盔亮甲，挟弓挎剑，目光冷峻，一派勇武气魄。红罗女一打听，才知道他是随行护驾的猛贲卫大将军。

这三人行至大纛旗旁，下马站定，司仪官发令，八路兵马的大将军，一齐上前朝拜。礼毕，大钦茂入帐更衣。

不到半个时辰，司仪官宣布祭天典礼开始，只见他拿着小黄旗摆了三摆，霎时钟鼓齐鸣，号角连天，大钦茂走出帐外，由司祭领路去东南坡，后面跟着各路将军。

红罗女是头一次参加祭祀，好奇地向远处张望，只见山坡上放一木架，架上堆着干柴，上面还有祭品。司祭到了祭坛前，把手一举，声乐戛然而止。

渤海王率文武群臣，面向东南，遥望苍天，拜了三拜。司祭点燃干柴，发出一阵噼啪声，烟火冲天而起，司祭似唱非唱地念着祈祷的神词。

祭天完了，渤海王检阅各路兵马，将士们高呼万岁。大钦茂见兵马精神抖擞，很是高兴。

第二天，举行祭山典礼。在山边上用石块垒起一小山，石堆旁插着五色旗，旗下供着酒肉等祭品。典礼一开始，仍是司祭官领着君臣叩拜如仪，接着鼓乐大作，君臣退下。尔后，走出一队人来，他们各自披着虎、熊、猪、蟒等虫兽之皮，有的还插着鹰的翅膀，模仿老虎扑跳、黑熊摇摆、野猪奔突、草蟒狂舞、雄鹰飞翔的样子跳起舞来。这些表演的人，又喊又唱，旁边的人拍掌随和，热闹了好大一阵子，方算结束。

傍晚，山下水边，点起了许多处篝火，大钦茂和所有来的人，都席地而坐，在火堆旁野餐。饭后，大伙又尽情地唱歌跳舞，一直到半夜，才尽欢而散。

第三天，正式开始打围。举行了一个简单的仪式后，各路兵马按指定路线，从四面八方向中间围猎。

单说大钦茂，大驾一动，从京城来的几百人都想随驾而行，可大钦茂只留了二十多人跟随。原来，大钦茂年轻时就是一个打猎的高手，每逢打围，喜欢三五个人成一拨，图个行动方便，也好大显身手。

这个脾气大英士摸得最清楚，因此大钦茂一起驾，他就把大伙支走了，只带了一小队人马。他在出发时，悄悄地嘱咐两个心腹先期向西南飞马而去。自己就跟着大钦茂，由北向南行进。

这一拨人马走了一天的路程，野兽渐多。大钦茂虽说五十来岁了，可箭法不减当年，箭无虚发。每当大钦茂射一猎物，大英士直竖大拇指，连声赞扬。大钦茂听了，觉得自己不减当年勇，也颇得意，策马疾驰，十分快乐。

这样，又走了半天，一老臣发现越走越偏西南出了围线了，便马上奏报渤海王。大英士斜了他一眼，说道："这里人迹罕至，百兽群集，大王至此乃天意。"话没说完，一群野兽狂奔乱窜，向西南跑去。"追呀！"大英士一声高喊，尾追过去，大钦茂也转过头去，驰马飞箭，穷追不舍，一口气又跑了三十多里。

大钦茂越射越痛快，忽然，一个老侍卫跑到他跟前说："大王不能再往西走了，这里已经越围线很远了，快往回走吧！"

大钦茂四下一看，真是到了一个从来没到过的地方，正想往回走，这时，一个渤海兵拍马而来，对国王说："启禀我王，前面不远的南大沟里麕集一个鹿群。"

"哈！这可是天赐良机。"大英士立刻打边鼓。

大钦茂正在兴头上，一听有鹿群，手就痒痒，又听大英士一说，便道："好！打完这窝一定回去。"说完拨马就走。

这队人马没走几步，只听大英士"哎哟"了一声，大钦茂回转身见他双眉紧锁，手捂着腰，在马上打晃，忙问："你怎么了？"

"唉！这马一蹿，冷不防闪了腰。"说着就"哎哟！哎哟！"直叫唤。大钦茂忙让两个侍卫扶他下马，让他就地休息，自己带几个侍卫向南沟跑去。

大钦茂兴冲冲地跑进南沟，走了好长一段路，连个鹿影也没看到，心里很上火，又走了一段路，还是啥也没遇见，十分扫兴，回身问侍卫："是谁说这里发现鹿群的？"

大家你瞅瞅我，我瞅瞅你，谁也没吱声。大钦茂不悦地用弓一指来路，喊道："回去！"

侍卫们刚掉转马头，就听一人"啊"的一声惨叫，还没等大伙弄清是怎么回事，"嗖！嗖！嗖！"从林子里又射出一排冷箭，几个躲闪不及的侍卫中了箭。

这时，大钦茂看清林子里有不少人影在晃动，顿时吃了一惊，转身向来路冲去。可是没跑出一箭地，只听一声呼哨，从草丛中呼啦一下站出十几个人，个个都是猎人打扮，细看他们都带弓箭、刀枪，大钦茂一看，知道他们是契丹兵，真有点慌神。

就在大家发怔的一刹那，雨点般的利箭向他们射来。侍卫们"唰！唰！"抽出腰刀，准备和这帮人厮杀。

大钦茂见寡不敌众，不能恋战，赶忙让大家拨马上山，且战且退，再寻出路。有一个卫士连发三支响箭，这是约定的报警信号，可是附近没有渤海兵，对方倒以为附近真有大队渤海兵马，怕错过时机，一下子凶猛地冲上来。亏得这些侍卫都是神箭手，一阵猛射，敌兵倒下一片。

双方对射了一阵，渤海兵的箭很快用光了。契丹兵越聚越多，很快从两面包围上来，一个头目高喊："冲啊！抓住那穿黄衣服骑白马的人给重赏。"敌兵都不要命地往上冲。

侍卫们的箭都用完了，拔出腰刀和敌兵厮杀，有两个侍卫乘机护着渤海王往山上跑，过了那个山头就是南大沟，出了南大沟和大英士他们就接近了，想是这么想，不料一排乱箭射来，两个侍卫身中数箭而亡，大钦茂膀子上也中了一箭，他跳到了一块大石头后面，往下一瞅，侍卫们纷纷倒地，贼兵已把他团团围住，眼看着是在劫难逃了。

大钦茂定一定神，把最后一支箭搭上，照着那个狂呼乱喊的小头目猛地射去，只听"扑"的一声，那人仰面倒下，契丹兵一下子愣住了。

大钦茂趁这时机，整了整衣服，扶正了冠缨，唰地一下抽出宝剑，举目向京城遥望一眼，然后又看看山下那些为他而死的侍卫，眼圈一热，仰天长叹道："唉！都是我不纳忠言，害了你们。"说罢，就要自刎。

就在这千钧一发之际，大钦茂猛听敌兵一阵惨叫，不由得放下已挨到颈边的宝剑，睁眼一看，是几个契丹兵中箭滚下山去。

这突如其来的冷箭，把契丹兵也惊懵了，他们回头想看个究竟，可就在这一瞬间，又有三四个契丹兵中箭倒地。

大钦茂这时才看清，有一个骑着大红马的渤海兵，从东山坡冲向敌群，只见她左右开弓，羽箭如蝗，接踵飞出，弓弦每响一声，便有一人归了天。这好箭法，把大钦茂都看呆了。

忽然，那人把弓往马鞍上一挂，顺手摘下一杆银枪，冲进敌群中左点右挑，上击下刺，枪尖所到之处，一片鬼哭狼嚎，非死即伤。眨眼工夫就杀开一条血路，直奔大钦茂藏身之处。大钦茂简直不敢相信自己的眼睛，心里叨念："莫非是神人下凡，天救我也？"

这来人不是渤海兵，乃是红罗女。原来，红罗女姐仨随敖东将士从东界往西走，到第二日晌午，已近中心围场，可是附近没什么动静，乌黑里下令就地埋锅做饭，一面派人去附近联络。

红罗女见这座山到处是山花野果，便带两个妹妹东望西观，放步前行。当她们走上一个山丘时，忽听山里传来成群野兽号叫的声音，红罗女想，如不及时围堵，就要逃出围线之外了。想到这，她立即叫珍珠姐俩返回营地去报告，自己则随着山势，向西南追去。

红罗女左拐右拐，追了一个多时辰，发现前面仍有跑动的兽群，就穿过树林向沟底跑去，猛然间听到人喊马嘶，便打马飞跑，正遇到了大钦茂被围之事。

话说红罗女冲入敌阵，见敌人向西山坡追赶，用银枪杀出一条血路，奔西山而去。

契丹人一看，这来者有万夫不当之勇，不敢进前。有一头目把刀一挥，喊了几句契丹话，敌兵便向两侧一闪，霎时，密如雨点的飞箭，从两边向红罗女射来。大钦茂看得真切，不由倒抽了一口冷气，心想，这下可完了，他"啊"的一声就闭上了眼睛。

红罗女却一点儿不慌，抢起银枪，呼呼作响，风雨不透，把来箭像秋风扫落叶一般，拨落在一旁，又三蹿两跳，向渤海王藏身之处跑去。

渤海王听到马蹄声向自己跑来，睁眼一看，竟是方才单人独骑闯敌阵的勇士，于是大喊道："快到这里来躲一躲。"红罗女近前一看是渤海王，惊讶万分，不由脱口道："大王！怎么只您一个人在这里？"

"唉！"大钦茂激动得说不出话来。红罗女见大王受伤，想给他包扎，可这时契丹兵又向上拥来。红罗女扶起渤海王，把他藏匿在树丛中，然后回身张弓搭箭，一下子把那跑在头前的契丹兵射倒。可其余那些契丹兵见她只有一人，还是发疯地往上冲。红罗女跨上大红马杀进敌群，敌兵越围越紧，双方杀得难解难分。

红罗女被敌缠住，正不知怎样脱身，忽听东山坡上人喊马叫，朝这里冲来。这下契丹兵慌了神，一个个连滚带爬，抱头鼠窜。

红罗女遮目一看，是乌黑里率兵赶到，便拍马提枪杀了下去，只见契丹兵死的死，伤的伤，逃的逃，乌黑里命副将追杀，自己往山上朝红罗女靠近，二人相遇，红罗女劈头就说："大王受伤，快去救驾。"说着转身向山上跑去。乌黑里一听头脑"嗡"了一下，立刻随红罗女去救驾。

乌黑里一边跑，一边想起那捎书人的话：投书人"为大将军行将参加大围祈祷平安"是话中有话。国王遭到伏击莫非是一个预谋的圈套？琢磨这些哑谜似的蹊跷事，便不知不觉到了西山坡。

乌黑里和红罗女来到那里，不见渤海王，便跳下马来寻找，喊了一阵，最后，红罗女在一片深草窠里发现了人事不省的渤海王。红罗女立即给他灌了点药，拔下了他膀子上中的箭，敷上药包扎好。

一会儿，渤海王苏醒过来，乌黑里扑身跪倒，口称："我王受惊了，臣等来迟，死罪死罪。"国王睁眼一看是乌黑里，忙摆手道："赶紧回京。"红罗女上前去搀扶国王，大钦茂一看红罗女对乌黑里说："孤王今日得以生还，多亏这位勇士相救，你要替我重重地赏他。"

"遵旨！"乌黑里答应着，把国王扶上马。

大钦茂这时才看清：那救他的小将十分年轻、英俊，气度不凡，心中十分喜爱，一问姓名，竟是敖东将军的女儿。一个格格，武功如此之好，渤海王惊讶万分，便说道："格格随我回宫吧，我要重重谢你。"

"不用谢我，只要大王贵体无恙，就万福。"红罗女说完，就找两个姐妹去了。

乌黑里带一队将士，护送着大钦茂，刚走出沟口，见右相大英士带几个侍卫，慢悠悠地骑马走来。大英士抬头一看，渤海王好端端地骑在马上，旁边护驾的是辅国大将军乌黑里，不觉出了一身冷汗。

原来，这一切都是大英士和契丹大可汗设下的暗害大钦茂的阴谋。大英士为什么要下此毒手？说来话长。

相传第二代国王大武艺有两个儿子，大英士的父亲是长子，幼年时便被立为太子，但长大之后，耽于酒色，浑浑噩噩，老王怎么开导他也无济于事，一怒之下，便将他废黜，不久他就郁郁而死。后来，大英士的母亲也溘然而逝。这样，武王驾崩后，次子大钦茂就继了王位。

大钦茂把侄儿留在身边，爱如亲子。大英士自幼聪颖好学，深得国王和王后的喜爱。等他一成年，就委以重任，到他二十五六岁时，便被擢为右相。

大英士被擢为右相之后，身边的一些谀臣极尽挑拨之能事，尤其是右相总管，因和大钦茂有仇隙，就把大英士父亲病死，诬为大钦茂为夺权而暗害。把大英士小时候游春山城遇劫，说成是大钦茂故意置他于危境，大英士听了这些话，笔笔有宗，不由不信。再说他也好出风头，又好揽权，因他是大钦茂皇侄，又居高位，不少朝臣都很敬畏他，他很想能有一天登上王位。后来在内奸的怂恿下，想借外力夺权，便与契丹密使订下了这次伏击射杀国王的诡计。

大英士唯恐失算，故在起驾行围时，又密派两个心腹先期报信，沿线设伏。大英士见渤海王中计后，佯装闪腰，留在原地。过了一个多时辰，大英士心急如焚，不知诡计是否得逞，就骑马前行打探风声，不料刚一下坡，在沟口就碰到了渤海王和乌黑里一队人马归来。

大英士得知国王遇险，便见风使舵，立刻滚下马来，连连叩头道："臣未能偕行尽职保驾，罪该万死！"

"这不能怪你，谁也料不到这里会有契丹伏兵。"渤海王叹口气说。

大英士爬起来，挤出几滴眼泪。渤海王此次遇伏受伤，颇多疑惑，他愤愤地说道："孤王围中遇贼兵，必有人走漏消息，或为内奸所为，回宫之后，你要究查严惩。"

"是！是！侄儿一定尽力照办。"大英士连声答应，就和乌黑甲一起护驾回京。

大钦茂回到上京龙泉府，百官迎驾完毕，渤海王回到后宫，把红罗女如何救驾的事和王后说了一遍。王后听了，又惊又喜，说道："我们渤海也有这样的巾帼英雄，快让我见一见。"

当晚，渤海王降旨，命乌黑里明日带红罗女进宫。

第二天，渤海王在银安殿赐宴，朝里的文武大臣，听说要召见一位巾帼英雄，早早就在殿上聚齐了。等了一会儿，听皇门官高喊："辅国大将军到！"随着喊声，众大臣翘首一看，在乌黑里身后，有一位身穿红罗衣裙的女子走上殿来，拜见了渤海王。

这时，站在国王身边的大英士，举目一看，好一个天姿国色的美佳人，但见红罗女发若青丝，眉如翠黛，面似芙蓉，身同杨柳，秀美动人，赛过天仙，不觉动了感情，想入非非。

前面说到，这大英士才三十来岁，长得白皙英俊，显得很年轻。早年他曾娶过一房，不料染疾下世，只因眼光太高，总未能寻得如意的人儿，故至今没有续弦。今日突见红罗女美艳出众，又文武双全，怎能不让他耳热心跳呢？

红罗女给国王行完礼，已经落了座，大英士那火辣辣的目光一直没离开过她，看得红罗女都不好意思抬头了。

再说大钦茂虎口余生，心里一直不平静。群臣刚一落座，他就当着百官把红罗女如何神勇说了一番，当场赐予巴图鲁①称号，又送了一份厚礼，以表彰她的勋劳。

散席后，王后召见红罗女。红罗女到了后宫，见了王后，行了大礼。王后见她知书达礼，又长得一表人才，心中十分喜爱，若不是国礼所碍，真想把她搂过来亲一亲。

说话间，国王和乌黑里来到后宫，王后一见大钦茂便说："这格格要是咱们的格格该多好哇！"话音未落，随后跟进来的大英士立刻插言道："母后，何不收她为义女？"一句话提醒了大家。"好哇！好哇！"国王连声表示赞同。

王后一听大家都有这个意思，也不断点头称善。只有红罗女一时不知如何是好。乌黑里连叫她快叩首谢恩。大英士不等介绍，就口称好妹妹，表现十分亲切热情，红罗女只得还礼。

大钦茂特别高兴，命人传旨，凡朝廷上下，今后一律改称红罗女为红罗公主。王后并让红罗公主今后陪伴她，就住在后宫。

---

① 巴图鲁：满语，即英雄。

红罗女一听心里有些急了，忙说还要回去看两个妹妹。王后感到很惊奇，问道："你不是独生女吗？怎么又出来两个妹妹？"

红罗女于是就把前后的事细说了一遍。乌黑里又把姐仨在敖东参加比武的经过说与国王和王后。

大钦茂道："如此更好，就把她俩也接进宫来，让她们陪伴公主学文习武。"

王后笑道："我儿以为如何？"

不等红罗女答话，大钦茂又补充了一句："明日谕知忽尔汗海山城衙门，令今后免除珍珠、喜鹊两家一切徭役、赋税。"

红罗女一听，马上喜笑颜开，给国王叩头谢恩。大家又唠了一会儿，渤海王委托乌黑里，明日将姐仨护送入宫，乌黑里满口应承。

第二天，乌黑里将姐仨带入后宫，和国王、王后一一见礼。王后见这两个妹妹也是那样俊俏可爱，更加高兴。姐仨就在后宫住下了。

过了几天，大钦茂召大英士和乌黑里进宫，问起了清查内奸之事。大英士支支吾吾说还在究查之中。乌黑里开言道："臣问契丹俘虏供称，我王受困，乃是朝中叛臣事先谋定的。"

"真有此等事？"渤海王闻言大惊。

"恐怕是契丹挑拨之言，不可轻信。"大英士在旁，故作镇静地说。

乌黑里听他话外有音，嗔怒道："昨日臣得密报，扶余将军抓获一名潜逃的侍卫，朝中必有奸党作祟，望我王明鉴。"

大钦茂猛一拍案，就听"哎哟"一声，接着，噼里啪啦一阵乱响，乌黑里惊呼："快来人！"

第七章 武科夺魁

大钦茂听乌黑里说朝中出了叛臣，又有侍卫潜逃，气得七窍冒烟，猛一拍案，把箭伤撕裂，疼得他"哎哟！哎哟！"连叫不止。

大英士听乌黑里说契丹俘虏供出朝内有人牵线，已经心惊肉跳，又闻扶余兵抓住叛逃的侍卫，一下子失了神，身不由己地瘫了下去，把桌椅壶碗全打翻了。乌黑里见国王痛呼，国相扑倒，急忙唤人。

霎时，门帘一闪，侍卫、宫女鱼贯而入，七手八脚扶起桌椅，拾掇壶碗。

大英士毕竟年轻，一听乌黑里呼喊，顿时醒过腔来，他顺势爬起来，去搀扶渤海王，说道："父王息怒，侄儿立即严刑拷问，审个水落石出。"渤海王疼得说不出话来。

过了一会儿，王后和红罗女都赶来了，红罗女一看老王箭伤复发，忙取药敷上，王后在一旁也紧忙乎。过了一阵子，国王镇静下来了，大英士和乌黑里才回去。

大英士回到府邸，急忙把朝中自己的心腹找来，摸了一下乌黑里掌握的底细。又假传王命，把抓到的那叛逃的侍卫转押过来，带到了一间密室。那侍卫见只有大英士一人，便说他只供认自己受了契丹重礼，讲出了国王行围的路线，别的啥也没说。

大英士一听，心上的石头落了地，当下就许诺要重赏他。可到了晚上，大英士为了灭口，亲斟一杯毒酒让他喝下。这个叛逃的侍卫当场就一命归西。

大英士做完了手脚，就到国王那里禀报，说那侍卫招供，是他一时贪财忘义，告诉敌兵我行围路线，又谎报说发现鹿群，契丹伏击失败后，他畏罪潜逃被抓。现在他追悔不及，昨晚半夜里就自尽了。国王见他说得煞有介事，深信不疑，那人已死，也就不再追究了。

过了些日子，渤海王箭伤好了，痛定思痛，回想许多年来饱受边患之苦，使国家和百姓不得安定，长此以往，怎能得民心，振国威呢？为此他经常昼夜忧虑不止。

一天，大钦茂在早朝上愤然说道："自我渤海开国以来，契丹屡屡犯边，攻我城池，占我草地，掠我财富，夺我百姓，气焰嚣张，无理至极。往者，孤王以仁慈宽大为怀，以友好和睦为重，几次派使交涉，陈以利弊，晓之仁义，不料契丹可汗阳奉阴违，不讲信义。"大钦茂越说越气愤，他用眼扫了一下群臣，接言道："最为可恶的是，今秋大围，竟暗算孤王，是可忍孰不可忍！孤思剪灭边寇，光大国威，诸位爱卿有何良策？"

一位白发苍苍的老臣立时出班奏道："以老朽之见，安社稷，除边患，应以整军练武，广罗人才为急务，待兵精将广，自可使敌闻风丧胆，天下可安。"

这位上奏的老臣是渤海国老左相。先王在位时，就身居要津，为人深谋远虑，忠心耿耿。这几年来，他早就感到满朝将军多半年近花甲，急需荐举一批年轻将才，壮大军威。因此，大钦茂今日提起这件事，他就直言陈词。

渤海王听了老左相的奏言，深以为意，点了点头，又问道："卿所言极是，那么整军练武，广罗人才，从何处做起，方能立见成效？"

乌黑里出奏道："以臣多年经验，在卒伍中不乏勇士，在勇士中不乏将才，如能下诏招募，破格提拔，何愁没有人才？"众臣听了这番议论，有的点头，有的摇头。

忽然，有一个老臣连喊："不可！不可！"他望着渤海王奏道："乌大将军之言，其意可嘉，然从卒伍中不经考核，又无建树，就擢为将校，难以服众。且往年又无成规可循，如单凭某人好恶成见裁决，难免营私舞弊。从长计议，应谋新规方可。"他这一说，众大臣又议论开了。

过了一会儿，老左相又开腔了："臣闻天朝由汉至唐，用开科取士的办法广开仕途，使天下精英报国有门，卓有成效。今我渤海欲得俊士豪杰，可否仿效大唐，开科取士？"

渤海王一听连连称"妙"，众大臣也附议以为可行。老王又问这开科具体是如何个开法，老左相又答不出。

乌黑里笑道："此亦不难，刘将军便是大唐武科状元出身，何不请来一述。"渤海王立即下旨，召刘将军立刻进宫。

刘将军叩见国王之后，便应请把大唐开科取士的具体做法细说了一遍。渤海君臣都点头称善。于是，渤海王命有关大臣起草告谕，通令各府州县选拔、推荐举子，参加全国大比。

下朝后，渤海王把刘将军、左右二相都请到后宫，议论开科取士的事。四个人正说在兴头上，宫女报王后来了，群臣起身问安。

王后明达事理，颇具才智。平日，国王常把朝中事说与王后，今天，老王特别高兴，就喜滋滋地把开科取士的事告诉了她。

王后听了，也十分高兴，说道："我渤海向以学习大唐典制为荣，今开科取士又是一件大事，我王得此良策，渤海幸甚！"

大钦茂一听王后这话，指着刘将军说："然若事成，多请刘将军不吝赐教。"

刘将军没想到渤海王对他如此寄予厚望，慌忙答称："不敢！不敢！"

王后请大家坐下后，又问刘将军道："传闻大唐开科有女子应试之事，不知确否？"

"唐自武后秉政以来，曾三次开过女科，女辈中也是人才济济呀！"刘将军欠身答道。

大英士一听便明晓王后的意思，马上插言道："臣闻大唐宫中有女官，武科有女状元。近年来我渤海国臣民习学大唐文化，女子中也是人才辈出，像红罗公主，各府格格，多是文武双全，吾王欲广罗人才，可不分男女，凡有一技之长者，皆可应试。"

大钦茂一听，这是个新问题，一时拿不定主意，便望着刘将军。刘将军明白他的心思，开言道："右相之言甚佳，北国女子之勇武，名闻遐迩，如今国家急需人才，理应不分男女，请大王深思。"

渤海王听罢哈哈大笑，道："将军之言甚合吾意。"君臣当即决定，无论男女，皆可参加明年武科大比。

大英士退朝回府，心想，我得趁机把心腹子弟多荐举一些，只要抓住兵权，不愁将来夺不回王位。他奸笑了几声，忙派人把一些同党密友请来，大英士向他们通报了消息后，说这是攸关各府子弟前程的大事，万不可坐失良机，得赶紧请高手传授，日夜研文习武，力争武场夺魁。那些心腹皆满口称是，回去便各做准备。

再说王后回到寝宫，把红罗女请来，将开科取士的事告诉了她，说道："公主早有报国为民的凌云大志，如你真能金榜题名，就报国有门了。"

红罗女听了，马上笑展愁容。原来，前几天珍珠、喜鹊回家去了，自己觉得很孤单。再者，皇宫里虽说锦衣玉食，但长此以往，白白荒废了年月。现在一听母后说要开科比武，还期望自己金榜题名，就跃跃欲试。她心想，如能登榜，也是扬名光宗的大事，因此，她立刻要求返回忽尔汗海去，要和两个妹妹一起习文练武，准备参加大比。

王后见她胸有大志，暗暗佩服。可一时又不愿放她离去。

又过了几天，渤海王对王后说，在忽尔汗海为红罗公主敕建的红罗宫已告竣，她既想回去，就让她走吧。你要想她了，我就派人接她回来住几日。王后听国王这般说，也就同意了。

红罗女经王后允准，回到了忽尔汗海，和两个妹妹一起在红罗宫中练武。

冬去春来，转眼又到了五月端阳，全城男女老幼，清晨踏青归来，见城南护国寺前，数百军士在整修校场。城内各处作坊、买卖门市，粉刷一新，城里城外，往来运货的马帮驼群，铃声叮当。外城东西两侧，好几处在掘基筑梁，披红挂彩，大兴土木，建筑客寓。十里长街之上，叫买叫卖的，游春逛景的，比肩接踵，人声鼎沸，整个上京城，街谈巷议，都在述说着开科取士的盛事。

这些日子，右相府最为热闹，整天车水马龙，出出进进，川流不息。有禀告各路举子消息的，有密报各府子女武功大进情况的，有前来请托买通关节的，有来策划在各官署衙门安插心腹进展的，一时门庭若市。

大英士一看这些高官大吏都在他面前低三下四，唯唯诺诺，媚颜谄笑，十分得意，心想：大钦茂哇！大钦茂！你寿终正寝的日子不远了，将来，渤海是我的天下。可他得意之余，总觉得缺点什么。

一天晚上，他在孤灯下独自烦闷不安，忽见御妹红罗女淡妆素裹，推门而入。大英士立时眉飞色舞，赶忙拂尘让座。

公主笑启朱唇道："皇兄日理万机，已是劳苦，这么晚了还读书哪！"

"随便翻翻，权作消遣罢了。御妹近日贵体可好？"

公主嫣然一笑说："多谢兄长挂怀，贱体尚安。"说罢低头旁顾。

大英士见公主莺歌燕语，百媚千娇，按捺不住，一下子抓住公主的手，就想揽入怀内亲一亲。

公主猛一推，只听"哗啦"一声，将灯打翻，大英士心里一震，待睁眼一看，孤灯闪闪，原来是一梦。这一夜，大英士辗转反侧，怎么也睡不着，心里总想怎么把公主娶过来。

第二天，大英士入宫给王后请安，问起公主近况，王后道："我们母女已有三个月没见面，近日甚是思念。"

"那为何不把她请来？"

"我正想派人去看看，这孩子带两个妹妹日夜学文习武，可别把身体累坏了。"

"母后！正好我明日要去忽尔汗海打猎，顺便我把她接来就是。"大英士可找到了亲自接触红罗女的机会。

大英士回到相府，一看时辰尚早，急忙带几个家丁，牵马跨镫，向忽尔汗海跑去。

从上京城到忽尔汗海边的红罗宫，也就是三四十里地，不到一个时辰，大英士一行便飞马赶到。大英士独身走进红罗宫，推门一看，眼见姐妹三人在庭院里正闪转腾挪，刀枪并举，耳听"嘿！嘿！"呐喊不绝，"啪！啪！"刀枪山响，不由得肃然起敬，更加爱慕。

红罗女姐仨见右相来了，立即收起招数，整整衣服，上前见礼，把大英士迎到客厅。红罗女问过父王、母后安好后，问道："兄长到此地有何贵干？"

大英士亲热地说："考期临近，听说御妹练得很刻苦，特选了一些各国进贡的补品，送来与你。"

红罗女见兄长国事那样繁忙，还惦记着自己，心里很是感动，说了几句感激的话。

大英士两眼盯着公主妩媚的身姿，娇美的神态，已自失魂落魄，再听到那亲热的话语、银铃般的笑声，更是神不安体。他摸着腰间的玉佩，想解下来，赠给他那朝思暮想的御妹，可是她们姐三个形影不离，总不得机会。细一想，自己身为国相，如此鲁莽，亲自求爱，岂不贻笑于人，不可！不可！他强克制自己，才稳住了神。

红罗女毕竟年轻，他怎能想到大英士眉来眼去，话里话外的用意？她见兄长如此热情、随和，反更无拘无束、谈笑风生了。

红罗女突然说道："兄长一人生活，怕是很孤寂的，可千万要注意饮食起居，千秋大业，来日方长，不要累坏了身体。"

大英士一听这样知疼知热、明理达义的话，不由得暗暗高兴，心里想：这样才貌双全、温柔贤淑的女子天下难得，我得赶紧求王后玉成此事。想到这里，他便说道："我这次来是王后让我把你们接回去，她老人家对你真是朝思暮想呢！"

红罗女也很想念义父义母，便和珍珠、喜鹊商量了一阵儿，说再过几日就去京城。大英士一听，乐滋滋的先回去了。

过了几天，姐仨到了京城，国王、王后见了真是欢天喜地，女儿长，女儿短，亲热个不够。

正巧，刘将军和乌黑里也奉旨入京，国王就把他俩和左右熊罴卫的大将军都请来了，让他们看看姐仨武功练得怎样。

红罗女一口气使出了三十六路梅花枪，看得人真是眼花缭乱，迭声叫好。接着，珍珠和喜鹊也表演了自己拿手的招数，大伙也赞不绝口。

刘将军看完了说，这三十六路梅花枪，原来是中原枪法绝技，很少有人知道。在中原，现在很少能找到敌手。渤海王和王后闻之大喜。

时光易过，转眼来到考期。这天，寅时刚过，大校场上擂起了军鼓，咚！咚！咚！震天动地，声传十里。各路举子个个盔明甲亮，精神百倍，向校场走去。城里城外的庶民百姓，也扶老携幼，熙熙攘攘，涌向城南。朱雀大街披红挂彩，比过节还热闹。

红罗女姐仨出了城，扬鞭催马，直奔龙泉府考棚。走到护国寺，就见校场四周旌旗飘扬，东西两侧依次排着各府的考棚。校场北面正中，是一个大彩台，台前一杆大旗。她们进入考棚一看，还有十几个姐妹应考，大家十分兴奋。

三通鼓响，旗牌官一举旗，各路举子列队入场叩见主考官。红罗女抬头一看，彩台正中坐着渤海王，左右两旁是二位国相。往下是刘将军和日本、新罗、黑水靺鞨的来使，后面站着八位将军，台下站着一排执枪佩剑的卫士，气氛十分庄严。

举子们到了台前，国王起身，举子山呼，叩见礼毕，考试开始。

头一场是马上骑射，各府举子依次驰马弯弓，各展绝技，大显雄威，弓弦响处，矢如流星，只听"嗖！嗖！嗖！哧！哧！"许多人都是连中三箭。四周围观的军民，掌声和叫好声彼伏此起，连续不断。最后，红罗女名列一等第一名。第二名是扶余府穿白袍的小将，名叫乌巴图，第三名是敖东城一个穿青衣的举子。大英士心腹的几个子女，只有两人入一等，列在四名之后。喜鹊和珍珠，列一等榜末。

第二场是马上武功。第一个上场的是龙泉将军的儿子，只见他跑入校场中心，横枪立马，环视四方。中京显得府的一员举子，驰马入阵，两下通报姓名，举枪大战。只见龙泉府小将指上打下，声东击西，攻守相顾，虚实并用，其势如风卷浪涌，几个回合就将对手点下马去。接着又连胜了几个高手。

这时，大英士坐在台上，乐得心花怒放，抑制不住连连点头，高声叫好。那些大英士的同党们，一看右相击掌叫好，也跟着一波又一波地喊叫。原来，这小将是他们这些人着力培养来抢状元的。

单说扶余府白袍小将乌巴图，在旁观看了一阵，心里有了数，向主考官挂个名，得令驰马入场，二人见礼，就各自举枪进击。那龙泉府小将越战越勇，枪枪紧逼。但那白袍小将却心不慌意不乱，进退闪让，轻松自如，从前后左右招招封住对手的凶狠进击。

双方战了二十余回合不分胜负。乌巴图看对手有些急躁，便诱他进招，待他稍有疏漏，突然举枪连连进招，晃左攻右，纵横飞舞，来去莫测，不几招，只听乌巴图"哈"了一声，将龙泉府小将击于马下，顿时全场欢声雷动，经久不息。

这可急坏了台上的大英士，他立时脸色煞白，心想这半年多的心机白费了，恨得咬牙切齿。这时，从龙泉府中，"噌！噌！噌！"一连跑出三个举子，想为右相争口气，岂料，不到几个回合，都垂头丧气地接连败下阵来。

再说渤海王在主台上看各路举子都是英风雄姿，如龙似虎，兴奋地对老左相说："看来我渤海国也是英雄豪杰代有人出。"

"这是天神恩赐，我主英明所至。"老左相点头微笑道。

两人正说话间，忽见场上静悄悄的，人们都扬脖四下观望，不知出了什么事。

原来，白袍小将乌巴图连连挫败几名勇士后，再无人上场出战，人们窃窃私语，说这状元被他夺走了。监考官也正要向主考官报告，就在这时，从女考棚中冲出一人，只见那人头戴红缨铜盔，身穿红战袍，骑一匹大红马，像一团火似的来到台前请令出战。

渤海王见是红罗女，忙问："你要和这位高手比？"红罗女点点头。渤海王犹豫起来。

大英士见此情景，便说："公主素负大志，功成名就在此一举。"渤海王这才同意。红罗女拨马冲入场中。

乌巴图一看上场的是那骑射一等头名的女英雄，便处处留心。红罗女早就看出对方身手不凡，也步步谨慎。两个人试探几下之后，便各展绝招：只见一个银枪飞舞，如蛟龙出水；一个红缨闪闪，似电光破雾。两人拍马错镫，你来我往，打得难解难分，各有千秋，一连战了四十多个回合不见高低。这娴熟的枪法，高超的技艺，把全场的人都看呆了，连擂鼓的军士也忘了擂鼓。

这时，红罗女想，此刻不亮出绝招，难决雌雄，便将手腕一抖，一口气使出三十六路梅花枪，不料都被白袍小将破了。红罗女心里暗暗叫绝。乌巴图有些急了，他破了梅花枪后，瞅了个空子，突然从后面来了个饿虎扑羊。

红罗女早有准备，等乌巴图一进身，她迅疾一闪，乌巴图没扑上，反因用力过猛，身子向前扑倒。红罗女趁机反身一抖枪，乌巴图身上肩上早中了六枪。他翻身下马，躬身认输。校场内外响起一片欢呼声。

比赛结束，红罗女夺了魁元，乌巴图名列第二，龙泉府那小将屈居第三，珍珠和喜鹊也列十名之内。

渤海王一看得了这么多将才，立刻发令，给首科状元、榜眼、探花在京城夸官三日。

三天夸官之后，渤海王又在银安殿设宴，他亲自为前三名敬酒。这一日，红罗女穿着红罗衣裙，头上戴着首饰，如同天仙一般。乌巴图身着青花缎袍，腰扣红缎带，显得格外英俊。两人坐席相逢，饮宴间，两人互相敬酒祝贺。

忽然，乌巴图意有所动，不时向公主头上偷看一眼，公主也忽的心事重重，也不时地瞅上一眼乌巴图的腰身，两人都想找机会说几句话，又觉得难以启口，直到散席了，乌巴图才鼓起勇气，上前一步，喊声："公主！"就在这时，忽然有一只手拍在他肩上，说："巴图！跟我来。"

第八章　簪花联姻

御宴结束，乌巴图刚想乘散席之机和红罗公主说句话，猛被人在肩后拍了一下，并叫了声："跟我来！"他回头一看，见是扶余将军，便向红罗女点点头，转身就跟将军走了。刚出殿门，扶余将军向站在台阶上的一个人施了一礼，转身对乌巴图说："这是辅国大将军，有事要和你说。"

乌巴图赶紧给大将军请安。大将军乌黑里拍着乌巴图的肩，夸奖他武艺高强，祝贺他金榜题名。最后，乌黑里请他明日到寓所做客，说有要事相问，请他务必光临，说完就告辞了。

御宴散后，红罗女刚迈出殿门，大英士跟上来说："御妹！明日我在府上设宴，为你庆贺，席间将有四名女乐演奏琵琶曲，你可得来呀！"

红罗女哪有那个心思，委婉道："多谢兄长美意，愚妹近日鞍马劳顿，身体不适，改日再到府上问安吧。"说完就走了。

"哎！御妹，等等，我还有话要说，"大英士追了上来，说，"御妹！方才在筵席上，我见你满面春风，笑容可掬，怎么这么一会儿就身体欠佳了？莫不是生哥哥的气，还是有什么心事？"

一句话，说到红罗女的心病上，脸颊顿时唰地全红了。她望着大英士"咯咯咯"地笑了几声，口说："兄长真会取笑。"便跑开了。

大英士望着公主俏丽的身影，若有所失，快快不乐，他冷丁想起公主在宴会上与乌巴图眉眼传情的神态，妒火心中烧。这时，他悔恨自己终日只为权势密谋奔波，没能及时把身边这朵鲜花攫为己有，真是个大傻瓜。人生如梦，富贵如浮云，应该及时行乐才对，唉！

大英士愁云满面地往回走。突然他一拍脑门，有了，我何不找渤海王和王后做主，把这门亲事定下来。对！事不宜迟，得赶紧下手了，想到这，他转身向后宫跑去。

大英士见到渤海王和王后，兴冲冲地给二老道喜，口若悬河地夸红罗公主势冠群雄，誉满五京，给靺鞨添荣，给渤海增辉，接着又滔滔不绝地歌颂渤海王远虑深谋，胆识绝世，开科一举，使英才趋聚，四海惊羡，千秋大业，功德无量，真是说得满嘴泛花。

这一番顺耳话，说得渤海王和王后听了十分开心。渤海王说："这些年来，多亏你不辞劳苦，多方奔波，四处谋划，这些日子，我总想送你些什么，正好，你就自己挑几样吧！"

大英士一听，又给渤海王施礼道："承蒙二老谬爱，侄儿已享尽荣华富贵，无他奢望，只是先室下世，如鸟失侣，失爱寡欢，起居清冷，时有雎鸠之思。"

渤海王一听哈哈大笑，说道："区区小事，不足为虑，五京旁门望族，无论哪府格格，只要你出一言，保你结成鸾凤俦。你说吧，你相中了哪府格格，由我来办。"王后也热心赞同。

大英士见渤海王和王后热诚赞助，笑嘻嘻地说："此事无须远劳，近在咫尺，小侄十分爱慕红罗公主，祈望二老玉成此事。"

"哈哈哈……"大钦茂说："好！一个国相，一个状元，郎才女貌，文武双全，可谓金玉良缘，天作之合。好哇，让你婶娘替你提亲去吧。"

大英士解下腰间的玉佩，呈与王后道："母后的恩情，小侄永生不忘，这有璧玉一块，权作信物，小侄静候佳音了。"

王后接过玉佩微笑道："你就放心歇息去吧。"大英士乐颠颠地回府去了。

红罗女回到寝宫，心绪烦乱，久久不能平静。原来，她在饮宴间，发现榜眼乌巴图腰间佩挂的香荷包，和她那个一模一样。而乌巴图不时向自己头上张望，几番欲言又止，是不是对自己头上戴的碧玉簪花有所思呢？

她忽然想起那次秋围回来，乌黑里夫人告诉她乌将军遗子投书寻亲的事，当时老夫人说相会有期了，可是，以后就一直没消息。如今这位人才出众的榜眼恰好姓乌，年纪也相仿，又有那香荷包，莫非他就是要找的人？她后悔自己当时没问问他的身世。正当她愁肠百结、郁郁不乐的时候，珍珠和喜鹊挑帘而入。

"叩见公主！"

"给状元大人请安！"姐俩向她施礼请安。

"哟！你们俩啥时也学会了这些客套？"红罗女愁眉舒展，双手把两人扶起。喜鹊和珍珠做梦也没想到自己参加武科大考中了举，说了好些对姐姐千恩万谢的话。最后，珍珠告诉红罗女，宫外传信来，辅国大将军请她明日到寓所一叙，有要事相告。说罢，两人就回自己住处去了。

再说乌巴图辞别了乌黑里，回到寓所，心里也惶恐不安。原来，他去年投书敖东将军府，从回书中得知，敖东将军夫妇已过世，遗一女名奥都，自幼投师习武八载，改叫红罗女。艺成下山，在忽尔汗海救灾解难。她又参加敖东比武，大显身手，远近闻名。回书上还说，此女极重情义，一直在挂念那失散了十八年的乌氏母子。乌巴图当时读了信，真是感慨万千，归心如箭。

这次参加大比，乌巴图听说，把自己战败的巾帼英雄是大钦茂义女红罗公主，莫非这才貌双全的红罗公主就是红罗女？就是和自己定了亲的奥都格格？

为了探听她究竟是谁，乌巴图在宴会上，特意把他母亲留给他的定亲信物——香荷包挂在腰间上，果不然，引起了公主的注意。更叫他惊讶的是，红罗公主头上插着的凤头碧玉簪，就是自己要对证的定亲信物。无疑，这令人爱慕的女状元就是奥都格格。

乌巴图激情难禁，几次想要对公主说明自己的身世，可一想到如今她是一个公主，而自己多年沦落异乡，无功于国，她能再认这门亲事吗？这样，到嘴边的话，又咽了回去。

乌巴图回到寓所，又担心错过了时机，再也无缘相见，感到烦躁不安。

这一夜，乌巴图、红罗女、右相大英士各揣心腹事，都是辗转反侧，彻夜难眠。

第二天早上，大英士精心梳洗打扮了一番，就匆匆去见王后。一见面就问道："公主喜欢我的玉佩吗？"

王后笑道："你先别急，昨天我见公主那里出出进进，去贺喜的人很多，我没和她提这件事，今晚再去，你放心吧。"

大英士一听，十分扫兴，可他表面上却强作笑容："那我明天再来听信吧。"说完就走了。

这天一早，乌巴图也换上了簇新的便服，用过早饭，就驰马向乌黑里寓所而去。宾主相见，甚为融洽。乌黑里执手把乌巴图拉入客厅，兴奋地说道："自去年秋天为贤侄复书之后，杳无音信，甚为惦念，不意今日在京师相会。"

乌巴图急起身赔罪道："大人的恩德如天高地厚，小侄永生难忘。只因流落他乡，一文不名，羞于东顾，故迟迟未敢辱告行踪，望大人恕罪。"

"贤侄的苦衷志向，扶余将军多已言之，可喜可嘉。将门之后，自当如此。今一举成名，老夫为之荣光。"乌黑里满意地说。

乌巴图一听老将军的口气，方知扶余将军已把自己的身世告诉了他，怪不得开口贤侄闭口贤侄的。

乌黑里待仆人端上了果品，轻声问道："你额娘怎么死的？你又怎么回来的？"

乌巴图一听这话，眼泪唰地掉了下来，叫一声将军，便把他们母子被掠后的经历细说了一遍。

原来乌巴图的父亲乌山将军，在城破之后，为了保护王侄大英士和护卫老百姓脱险，拼死截杀，自己的夫人和儿子却被敌冲散，杂在逃难的人群中，被契丹兵裹挟而去。

到了契丹国，一开始，母子俩被分在一个契丹部落长家为奴，干杂活。乌巴图从七八岁起就给主人放牧马群，到十四五岁时，长得聪明伶俐，身强力壮，成为远近部落骑射的能手。

一天，主人家来了一位经常与唐朝廷做生意的商人，看中了乌巴图，主人便以让乌巴图学生意为名，将他卖给了那个商人，从那时起，乌巴图就和额娘分开了。

到了那商人所在的部落，才知道那商人的哥哥是一个大部落长，有钱有势。这新主人带着三四十人，专门上远处经商，这些人个个都精于骑射、刀法。

他家还有一个四十多岁的武术教师，是个汉人。他原是大唐守边的一员武将，因征战失利受伤被俘，被商人的哥哥请去，待为上宾，一直劝说了三年，才答应向部落的子弟传授武艺。

自乌巴图到商人家，那教师见他伶俐可爱，闲暇时就把他叫去，教他演习枪棒。偏是乌巴图一学就会，很得教师的欢心，后来被主人发现，十分不悦。但后来他一想，反正是帮我经商，要能把武艺学到手，岂不是更有利。此后他干脆主动出面请教师加以教授。从此乌巴图正式拜师学艺，断断续续学了五年。

平时外出经商，主人都把他带着，每到一处，乌巴图见到练武的人，都留心每一招法，这样，日积月累，技艺大进。

自乌巴图到商人家后，主人为了笼络他，吃穿花用，尽量依着他，为了使他安心，去年春天派人把他母亲赎来，使母子团圆。

这时，将军夫人见儿子长大成人，才把家世遭遇告诉他，又把和敖东城大将军家指腹为亲的经过细说一遍。乌巴图见了母亲珍藏多年的定亲信物，睹物思亲，不觉怆然泪下。后经母亲指点，就托人给敖东将军府投书寻亲，原打算一旦寻得亲朋，就想法转回故乡。

恰在这时节，得知主人家召集精明强干的武士和猎手，说是要到渤海国的西围场去打围，但他看出与平时打猎的举动不同，有些诡秘，猜知必另有所图，因此就托人捎了那句话——"为大将军行将参加大围祈祷平安"，好让渤海兵马有所准备。

没多久，接到了乌黑里的回信，可没想到，老母亲一忧一喜，又因多年积劳，竟很快下世了。

乌巴图举目无亲，悲痛欲绝，多亏那汉人教师教他多年，他暗下决心，伺机回乡寻亲。

乌巴图的主人有三个女儿，那第三女，年方十七，俊秀可爱，未曾嫁人。那女主人见乌巴图善武艺，有才智，品貌出众，早有心要把小女儿许配给他，自乌巴图母亲去世后，便放出风来要招他入赘，这更使他要离开这里。恰巧这时有人风传渤海国要开科取士，乌巴图感到是个良机，就借故外出，乘机进入扶余府。

乌巴图进了扶余就投奔将军府，扶余将军听了他的遭遇，十分同情，又见他武艺不凡，就以自己亲属的名义，让他参加了大比。

乌黑里听罢这段辛酸史，唏嘘长叹，说道："孩子，常言道，苦尽甜来，今日国家正是用人之际，如今你考了个榜眼，前途无量。"

"多谢将军勉励，小侄誓将精忠报国，为祖争光。"

"好！我今日请你来，还想告诉你一个好消息，当今的状元，正是奥都格格，你知道吗？"

"小侄于近日方知，我正为此羞愧，未敢贸然相认。"

"哈哈哈，"老将军大笑，"你得了榜眼，实出老夫意外，你可知公主的功夫，只怕渤海无双。"接着老将军把红罗公主如何在长白山跟圣母学艺，如何日夜苦练，如何教珍珠、喜鹊学文习武的事大略一叙，最后问乌巴图："你们定亲的信物可带在身上？"

"我已带来。"

"好！我想公主定能睹物动情。"

两人正说着，忽然卫士来报："公主驾到。"乌巴图立刻起身，有些不安。

乌黑里道："我今日正为你俩的事，把她请来，一会儿我就把你的事告诉她，请你暂到后屋休息片刻。"乌巴图起身就走了。

乌黑里把红罗女迎进来后，开门见山，把乌巴图的经历和心情都说给她听，末了说道："乌巴图已被我请来，他很想与公主一见，公主是否肯赏光？"红罗女笑而不答。乌黑里明白了，马上命人去请乌巴图。

乌巴图走进客厅，一见红罗公主，就觉得脸上发烧，一时不知说什么好，红罗女也脸红低头。乌巴图上前施礼，红罗女起身还礼。乌黑里说："你二人饱经离难之苦，今于科场相逢，乃天赐良缘，你们好好叙谈叙谈，我还有点公事。"说完推门而去。

屋中二人四目相视良久，乌巴图方说道："公主才德兼备，名震五京，在下万分敬佩。"

"阿哥文武双全，艺惊四邻，令人羡慕。"公主嫣然一笑道。

乌巴图见公主头上仍然插着凤头碧玉簪，心里好不激动，忙从怀里取出荷包，又从荷包中取出簪花，对公主说道："公主可认得这只簪花吗？"红罗女接过簪花一看，与自己佩戴的正好是一对，霎时春情荡漾，面如桃花，高兴地说："这正是我日夜思念寻找的呀！"

乌巴图突然忧郁地说："可现在你是公主哇！"

"那又何妨，我一会儿回去就向母后禀告，说不定母后还会为我们祝福呢！"

两个人又说了一会儿互相思念的话，见乌黑里回来，就打躬告辞了。

红罗女回宫之后，就去见王后，王后见公主来了，双眼笑成一道线，她屏退了宫女，笑道："公主！我给你道喜。"

"喜从何来？"公主不解地问。

"孩子啊，你老大不小了，我要给你找一个才貌双全的如意郎君。"

红罗女一听，怕母后提出别人不好办，忙说："启禀母后，孩儿已定亲了。"

"什么？已经定亲了？什么时候定的？和谁？"母后很感意外地问。

"是从小由父母指腹为亲，这人就是新科榜眼乌巴图。"

"乌巴图？我听说他是扶余府人氏，你们刚刚相识，怎么就知道是和他订下终身？"

红罗女从头上摘下凤头碧玉簪，递给母后，便将事情的来龙去脉一五一十地说了，最后央求母后怜悯他们的不幸，一定要成全他们。

王后听了，如梦初醒，没想到天下竟有这样的惨事、巧事，不觉眼圈发热，对他们患难重逢，很是同情。她一把拉过女儿的双手，上下打量着，心想，这两个都是功臣之后，一个状元，一个榜眼，倒也是天生的一对儿，于是说道："既由父母做主，有簪花为媒，天意不可违，待我和你父王商量，招他为驸马，不是更好吗？"

红罗女见母后如此深明大义，富有同情心，深为感动，立刻扑入母后怀中，流下了激动的热泪。

突然，渤海王笑容满面，挑帘而入，一进门见母女亲热地依偎在一起，高声说道："我为你们母女道喜呀！"

母女一愣，王后问道："又是什么喜？"

渤海王刚说出"我同群臣议定"一句话，忽听门外"咕咚！""咕咚！"连声响，又一阵女人的叫喊声，渤海王奇怪地推开窗户，大喝一声："什么人在此胡闹！"

第九章　王妃盗巾

渤海王正和王后、红罗公主说话，猛听窗外连喊带叫，心头一震，急忙推窗一看，只见一个女人衣袍一闪，向楼后走去。再一看，窗下台阶上，摔碎了一个水罐。

王后问道："怎么回事？"

"不知哪个宫女不慎打碎了一个水罐，吓跑了。"国王说罢，顺手将窗扇关上。

"你方才为何事连声恭喜？"王后又把话头提起。

"哦！我今天和众大臣议定，这次登第的前三十名举子，分别授以将军和副将衔，待命供职。我儿技冠群英，救驾有功，特法外施恩，封为大将军。这还不值得恭喜吗？"

"那榜眼乌巴图有何封赏？"王后瞅瞅公主，微笑着问道。

"提起乌巴图，又是一桩奇事，据乌黑里奏报，这个武艺非凡的小将，乃是已故乌山将军之子，少小流落异邦，艺成归来报国，其身可悯，其志可嘉，其行可彰，特恩准袭父爵，晋为大将军，人才难得，这也是一喜呀！"国王兴致勃勃地答道。

"哎呀！这可真是喜上加喜了，不知何时颁发诏谕？"王后语带双关地追问了一句。

"七月十五由寡人设宴召见，届时宣谕。"国王答道。

"公主感到快意吗？"王后抚摸着红罗女的秀发，轻声问道。

红罗女扑在王后怀里，望着母后抿嘴笑，又转头望望父王，母后察知其意，对渤海王说道："趁金榜题名之时，来一个双喜临门，把公主的婚事定下来吧。"

"好哇！快说说，你们怎样商定的？"

"让公主说说这段奇中有奇的姻缘吧。"

"哦？奇中有奇？公主，你快说与父王听一听。"国王催问道。

红罗女自己说到底抹不开，她瞅了王后一眼，转身向屋外跑去，边跑边说："母后替我做主。"

国王看红罗女跑出去了，知道是女孩家不好意思，便让王后快说。王后便把红罗女和乌巴图两家老人如何指腹为亲留下定亲信物，如何失散多年在校场巧遇，又怎样对证了荷包簪花的经过细说一遍，最后还说这两个人都情深意笃，你可得成全他们。

国王听罢，捋着长须，若有所思地问道："那大英士的事你和红罗公主提了没有？"

"没有。公主先提了这桩姻缘，我就不好再提侄儿的事。"王后答道。

国王沉思片刻，说道："两人都是忠良之后，且又指腹为亲，乃天定良缘，应招乌巴图为驸马。侄儿的婚事，可另择门第。"

王后点头称善。这时，大英士兴冲冲地进来了。国王是个直性的人，知道大英士的来意，便把红罗女和乌巴图这段姻缘告诉了他。

大英士一听真像霜打的茄子，蔫巴了。他满脸阴云，愤然道："我为济苍生，安社稷，披肝沥胆，置个人安乐于度外，二十多年来，报国予之以涌泉，而今，求之不过一滴，奈何天意独厚彼薄我呀！"说罢唏嘘抽泣。

王后看了有些不忍，劝道："侄儿不必太难过，你才貌出众，我们一定给你找一个如意的佳偶。"

"不！我就是要红罗公主，我对公主早就一片痴心，为她的前程费尽心机，实指望细雨润物添春情，哪承想竹篮打水一场空！"说罢又抹眼泪。

王后打了个唉声，说道："孩子，俗话说，强扭的瓜不甜，红罗公主对乌巴图真是一心朴实的，你就另找一位格格吧！"

大英士一听这话，心里的醋罐全打翻了，不觉怒道："乌巴图不过区区一介武夫，侄儿哪点赶不上他！"

国王听了这话，有些不悦，接着话茬说道："乌巴图是将门之后，他阿玛乌山将军为国捐躯，还是你的救命恩人呢！"

大英士一时语塞，他知道国王和王后已默许了他们的婚事，真像三九天掉进了冰窟窿，浑身透凉，呆在那里不出声。

国王又劝道："你的苦心我们已知道了，怎奈天意如此，许多老臣也知道这件事，只好听天由命了。"

王后拿出那块玉佩放在桌上，说道："这个你先收起来，我和你叔父一定早日为你选一个如意的夫人。"

大英士知再强求也无益，便强作欢颜，抓起玉佩说道："我对公主是一片真心，既然她已有了如意郎君，我也高兴，二老不必为难了。"说罢转身而去。

大英士一走，国王叹口气对王后说："我侄还是一个知情达理的人，我们得赶紧给他找一门好亲事。"王后连连点头。

大英士回到相府，一头歪在炕上，心里像锥扎似的难受。他思量这一年多来，围场设谋失败，险些暴露了自己；开科投考，费尽心机，自己的心腹只捞得第三；那红罗公主眼看唾手可得，可半路杀出个乌巴图，一把就把公主攥在手里，那叔父大钦茂还说是天意，说什么乌巴图的父亲是自己的救命恩人，真扯淡！唉！就算他父亲是我的恩人，他也不该夺人之美呀！越想越觉得一枕凄凉，万般苦处。想来想去，他知道只有除掉大钦茂和乌巴图，自己才能万事如愿。可怎么除掉他俩，大英士苦思冥想了一宿，却也无计可行。

过了几天，大英士也没思谋出好招，心情更坏了。

有一天，总管推门而入，见屋里只有右相一人，便到他跟前轻声说道："相爷！有人给你送来两匹好马。"

"哦？快请到客厅。"大英士一扫愁容。原来，这是契丹派密使前来联系的暗号。大英士正愁无计可施，现在来了狼狈为奸的伙伴，当然喜出望外。

大英士整衣拂袖来到客厅，见一个四十多岁的马贩子站在那里，他矮小敦实，双目有神，大英士知道他就是契丹密使，忙上前打躬施礼，那密使也忙回礼，两人寒暄了一番。

过一会儿，密使见左右无人，掏出一密札呈与大英士，说道："我大可汗对去年围场之约，损兵折将，徒遭恶誉，心中不悦。"

大英士一听，脸子吧嗒下撂下来，反唇相讥道："区区十数人，送于刀口之下，竟不能成事，乳儿闻之以为耻，可惜我虚掷了万贯珠宝。"

那密使一听这话，有心要噎他几句，可他一想这样有害无益，便把冲到嘴边的恶语咽了回去，嘿嘿奸笑了几声，说道："天有不测风云，如今事已过去，又何必相责。其实，我们大可汗也觉得过意不去，为此，把逃回去的那些怕死鬼，一连杀了十几个，还感到不解恨。这次派我来，就是和相爷重新计议，以补所失。"

大英士为了让他亮出底来，故意说道："唉！良机已失，吾已心灰意懒，早绝奢望，但求余生平安足矣。"

"相爷何出此言，如今正是相爷福星高照，时来运转之机。"

"何谓时来运转？"大英士沉不住气了。

契丹密使往前凑一凑，小声说道："大可汗已点拨人马，移兵粟末水畔，建四寨，逼三关，相爷如能相机促成国王亲征，那时我们便可……"说到这里，他用两手做成围拢之势，嘴里恶狠狠地"哎"了一声，表示围而歼之。

大英士摇摇头叹道："恐怕不那么容易吧，如今我渤海兵精将广，新科举子个个武艺超群，两军相遇，胜败难以预料。"

"我大可汗早有对策，只要相爷做到两件事，保证您早日登基坐殿。"

"哪两件？"

"第一，在渤海王出征前，把红罗女带的红罗巾弄到手，将来献给大可汗；第二，渤海王一离京，要尽快除掉亲唐的文臣武将，以绝后患。"

大英士不禁问道："有一事不明，那红罗巾整天戴在公主脖子上，很难盗出，且那红罗巾就那么重要吗？难道它是一件宝物吗？"

"是啊，我家军师观象得知，此乃长白圣母给红罗女的护身法宝，把它盗来，我军师就能制服红罗女。"

"哦！她竟有这样的宝物，我一定设法盗出。"大英士答应了。

契丹密使见使命完成，便拱手告辞，悄悄地溜走了。

大英士送走客人，回到客厅，反剪双手，踱来踱去，琢磨如何盗红罗巾，可是越想越犯难，便把老总管找来，把心事告诉了他，只见他小眼珠一转，笑道："要盗出红罗巾不难，只需你去求一个人……"他伏在大英士耳边嘀咕了一阵。大英士听了乐得把嘴咧到了耳根子，连声夸道："好计！好计！事成之后，我定要重重地赏你。"

大英士为何敢把这关系到他生死荣辱的秘密告诉老总管呢？说出来话长。原来，老总管是大英士父亲留下的管家，他长得狼耳猴腮耗子眼，矬不伦墩斜愣肩，蛤蟆见了也嫌他丑的怪模样，可做事为人，善谋划，多机变，熟悉官场，老于世故，年轻时便得一绰号——鬼阿哥。

鬼阿哥对大英士的父亲鞍前马后，特别尽心，实指望他一朝登基，自己怎么也捞个相爷当当，好光耀门庭。不料这主子沉溺酒色，中年暴死，自己也为此挨了渤海王大钦茂的痛骂，差点被赶出相府，表面上他痛哭流涕，发誓改过，可心里却对大钦茂恨之入骨。

大英士被擢为右相后，从皇宫搬到自己家里住，鬼阿哥发现这个新主子好出风头，喜揽权柄，便使出各种伎俩，挑拨他和叔父大钦茂的关系。大英士很快信了他的谗言。在接触过程中，大英士见他足智多谋，便答应他，一旦自己夺了王位，便封他为国相，这样，鬼阿哥便死心塌地为大英士效劳，经常为他出谋划策，这次又想出了盗取红罗巾的奸计。

第二天，国王和王后到护国寺去做佛事，大英士便带了一份厚礼，溜进了小妃的居室。

说起这位小妃，是王妃中的美人，长得眉不画而翠，唇不脂而红，颜不粉而白，发不膏而黑，且又心灵手巧，能歌善舞，年方二十出头，在众妃中，可说是丰神独逸，触目动心。她家原是敖东城名门大户，她自幼便知礼仪，进宫之后，很得大钦茂的欢心。

她有一个哥哥，平日就和一些狐朋狗友胡作非为，待她封为妃子后，那哥哥仗着自己是王亲国戚，更加有恃无恐，横行乡里，被人告到老左相那里。

老左相为人耿直，一下子捅到渤海王那里，大钦茂一看他打着王族旗号，干了这么多坏事，弄得人怨神怒，一气之下，将他正法。为此，小妃对老左相恨之入骨，对大钦茂也是同床异梦了。加上大钦茂年岁大了，不把女色放在心上，她更感到孤帐清冷，韶光辜负，满肚子的哀怨。

当她实在待得无聊之时，就一个人到后花园逛景消遣，常常碰到那鳏居寂寞的大英士，他给国王和王后请安后，也常一个人到这里挨度时光。小妃本来就风流多情，一见大英士英俊倜傥，便着意撩拨。那大英士自持不住，一来二去，免不得暗地里做些暧昧的事。大英士想利用她探听一些宫里内情，便答应将来他夺了王位，便封她为贵妃。小妃也把他当成了靠山，对他真是一心一意。

昨天，小妃见红罗女与国王、王后在室内窃窃私语，便躲在窗下偷听，当听到国王和王后说起大英士向红罗女求婚的事，气得浑身发抖，不料将窗台上的一个水罐碰掉打碎，她闪身便逃，又被石阶绊倒，连疼也不敢吱声，爬起来就跑。

大钦茂开窗时，只见衣角一闪，向楼后转去，还以为是宫女不慎打碎了水罐吓跑了。

小妃回到屋里，想到大英士在她面前甜言蜜语，山盟海誓，背地却向公主求爱，骗走她的一片痴心，不由得怒怨交加，暗自伤心。

话说大英士溜进屋来，见小妃一人面窗独坐，走上前去就要搂抱。小妃突然站起身，生气地说："别碰我！"大英士吓了一跳，忙向四下瞅瞅，没什么动静，惊讶地问："今天怎么这么不高兴？谁惹着你了？"

小妃望了大英士一眼，二目盈盈，泪珠欲下，说道："你心里有了公主，还到我这里干什么？"

大英士一听，原来是为这件事，他摸出一个首饰包塞给她，笑嘻嘻地说："你太多心了，红罗公主就要招乌巴图为驸马了，我笼络她，是为了把她身上的一件宝物弄到手。"

"真的？什么宝物？"

"红罗巾。这事全仗着你呢！"大英士接着把鬼阿哥出的盗巾奸计说了一遍。小妃听了连连点头。等他讲完了，小妃却又摇头了。大英士急了，问道："怎么？你不干？"

"不干。将来事成，你这个没良心的，又不知看上谁了。"

"唉！皇天在上，你不知道，只有咱俩才是真情。"大英士又是赌咒，又是起誓，一直到小妃答应按他的奸计办了，才溜出王宫。

这天下午，小妃就派人请来了红罗公主，一见面，小妃就眉开眼笑，连声道喜，说着就拿出一条光彩夺目的珍珠项链，说这是从黑水靺鞨弄来的珍品，送给公主留个纪念。

红罗女不好意思收下这份厚礼，再三推托，可小妃说，只有公主这样的格格才配戴它。红罗公主见她热情爽朗，便收下致谢。小妃高兴地给她戴上项链。看到红罗公主脖子上果然有一条鲜艳夺目的红罗巾，心里一喜，说道："哎呀！公主的巾子真是好看，一定是你自己绣的，手这么巧，快给我看看。"

红罗女摇摇头说"不是我绣的"，便把巾子摘下来给王妃看。小妃接过红罗巾，翻来覆去仔细看，"啧！啧"声响，赞不绝口。夸了一阵子便把巾子还给了公主。红罗女系上红罗巾便告辞走了，一点没起疑心。

当晚，小妃找了几个心灵手巧的宫女，让她们按她吩咐的样子，赶制八条红罗巾，并不得让任何外人知道。

几天以后，红罗巾绣成了，小妃又找了八个能歌善舞的宫女，习练红罗巾舞。

过了一段日子，便到了七月十五。王宫里张灯结彩，渤海王大摆封赏盛宴，同诸王百官接见首科中试的举子。

开宴前，老左相宣读圣旨，封红罗女和乌巴图为大将军，国王还亲手将一张宝弓赐给红罗女，这张弓就是先王大祚荣在石洞所得，此后靠它来建国立基的传世宝弓，曾赠给红罗女的父亲敖东将军，老将军遇难后，渤海王将它供在神殿里。

今日，红罗女接过宝弓，不禁想起了当年挎这张宝弓的老阿玛，家仇国恨在心底翻腾，两眼闪动着泪花，连大伙的祝贺都听不清了。

渤海王又把一柄青龙宝剑赐给了乌巴图，其他举子也各有赏赐。新举子们谢恩后，宴会便开始了。

那日国宴格外隆重，说不尽的繁华，写不尽的喜庆，大家伙饮着琼浆玉液，品着美味珍馐。正当君臣兴浓之时，大英士忽然提议，请新科状元献舞助兴，大伙立即鼓掌附和。

红罗女见盛情难却，起身入厅，向众人施一礼后，便解下红罗巾，轻舒玉腕，款款起步。只见她忽悠悠跳起来，像嫦娥奔月，轻飘飘落下去，似仙女下凡。莲步轻移，如祥云缭绕，红巾飘舞，似彩蝶于飞，转目动容，就好像清风吹动的一朵花，展袖急趋，又犹如从天上飞来的一只鹰，把大家看得目怡神呆。等她跳完了，还有人在那里失神呢！

红罗女回到座席，小妃斟了一杯酒敬她，又到王后身边耳语一阵，王后微笑着说："行啊！"小妃便一招手，八个花枝招展的宫女从屏风后走了出来。小妃说道："王后传命，请诸位观看宫里新排的红巾舞。"

大家转目一看，八个宫女举袖扬巾，飘飘然鱼贯而入。绕场一圈，突然牵手为圆，错落抖巾，犹喷薄旭日，又一会儿动肩扭身，左摆右摇，好像春拂杨柳，一会儿趋步追逐，引动歌喉，恰似百鸟会集，一会儿双膝接地，折身后仰象征莲花盛开，看得众人眼花缭乱，目不暇接。

小王妃和大英士一前一后走到红罗女跟前，小王妃从怀里掏出一条红罗巾说道："你看，宫里的红罗巾有你的好吗？"

红罗女哪知是计，她解下自己的红罗巾，两下一比，说道："呀！一点儿不差。"

"真的？有这样的巧事？"小妃说着便把两条巾子拿了过去，仔细对照。那里大英士笑一笑，对红罗女说："你背后有一个人一直盯着你瞅呢。"红罗女一听，不由得回头一瞅，见是乌巴图正注视着她，不觉脸一红，微微一点头，马上转过脸来。就在这瞬间，小妃已将真假红罗巾换了手，等红罗女回过头，小妃便把那条假的红罗巾还给了她。

红罗女毫无察觉，她刚把那条假红罗巾系上，就见殿外匆匆走进一人，向司仪官耳语，司仪官听罢，大惊失色，急忙禀告渤海王。

大钦茂一听，龙颜大怒，和司仪官说了一句话，司仪官高声唱道："宴会终止。圣王口谕：诸王大臣御前议事。"

第十章 一打契丹

却说参加封赏御宴的王公大臣、后妃、公主，以及那些受恩宠的众举子，正情浓意兴，推杯换盏，开怀畅饮，忽听宣布终宴，国王欲开御前紧急会议，众人无不吃惊，面面相觑。

隔了一会儿，文武大臣奉命重新入座，渤海王郑重宣布道："顷接边关驰马传报，契丹狼兵围我三关，拥兵挑衅，连日来口出狂言，要同我渤海决一雌雄，来势汹汹，气焰嚣张。为今之际，众卿有何良策退敌？"

大家一听，果然事出紧急，一时都哑然皱眉，忧虑重重，只有大英士心中暗喜。

老左相沉思片刻，首先奏道："启禀圣主，以臣多年观察，契丹西联突厥，东扰渤海，意在南进中原。今三关犯敌，不过虚张声势，故技重演，可就近调兵遣将，予以拦击，无须过虑。"

大英士斜了老相一眼，接奏道："契丹背信弃义，屡犯边关，实欺我无能。如今狼兵大军压境，居心叵测，不能忍气吞声，一让再让，应修我戈矛，整我士卒，发我三军，奋力进击尽雪前耻，永除边患。"

乌黑里听双方所言，各有道理，于是起身言道："以臣愚见，契丹虽是东剽西掠，不足为忧。然滋事日甚，使我渤海永无宁日，且口出侮谩之词，不可纵之狂妄。若欲兴师问罪，亦无须劳师千里，大动干戈，左相之言可行。"

大英士见老相和辅国大将军皆赞成兴师，趁机鼓动道："我满朝文武闻敌蠢蠢欲动，莫不同仇敌忾，皆思为国报效。我王何不趁此时御驾亲征，依诸臣将士之忠勇，赖宗庙社稷之灵佑，挥军南下，大展神威，必克有勋。"

老左相一听，连连摇头道："右相之言虽是激昂慷慨，然今日我渤海远交大唐、日本，近结新罗、黑水，国事日多，若通使朝聘，修文崇礼，皆赖圣上谋划裁决，国中不可一日无君，奈何为三五妄自尊大之徒，烦劳圣躬?”

大英士见老左相横挡竖拦，心中大恨，接言道：“圣主明鉴，臣宁不知体恤君王，然臣以为圣主希踪尧舜，向以国家迎庥、为民造福是务，以不辱先祖、不负庶民为法。当今之时，我王若趁兵精将广、秋高马肥，挥师南进，一举而环宇承平，宫廷静谧，岂不动昭日月，名垂千古。万万不可为负恩溺职之言所左右。”

老相一听大英士竟敢在众臣前羞辱他，十分不悦。但老相一贯深恶自招纷争，因此，不思报复，他只说一句：“愿闻众大臣高见。”便闭口不语。

这时，几个大英士的心腹接二连三地站起来，表示赞同右相之言，并坚请随驾出征。

大钦茂本是一个雄心勃勃的君主，一看多数武将都请他亲征，他衡量利弊得失，觉得自己自迁都以来，虽在文治上多有建树，武功尚无佳绩，亦想施展抱负，于是他高声说道：“既然众卿以亲征为请，寡人决不辱命，愿与将士同袍，择日出征。”

众武将见国王要亲征，纷纷表示要披甲执戈，为王前驱。文臣也连说要恭谨圣命，恪尽其职。

最后，国王命红罗女为帅，乌巴图做先锋，乌黑里任押运官，发兵二万,三日后启程。御驾亲征后，朝廷由左右相摄政。议定后就散了朝，各自准备。

大英士下朝回府，感到诡计得逞，心中好不得意。他喜滋滋，乐陶陶，连忙提笔修书，把渤海王亲征的行动机密，以及盗出红罗巾诸事一并写明，立即派心腹，扬鞭打马，送往边关，转递契丹元帅耶律黑。接着，大英士又派鬼阿哥把一些奸党朋伙请来，进行密谋。

再说国王散朝回到后宫，忙把边关告急、廷议御驾亲征、传命公主挂帅诸事，说与王后。王后一听，国王和公主都要赴边关御敌，又惊、又恨、又悲、又喜，惊的是强敌压境，来者不善；恨的是战事又起，生灵涂炭；悲的是国王年高，此去吉凶未卜；喜的是公主挂帅，可一展报国夙愿。

国王看出王后的心思，想到王后近年体弱多病，受不了刺激，忙安慰她道：“王后不必多虑，此乃天授吉兆，此去必克有功，不日即可同唱凯旋歌。”

王后勉强笑了笑，说道：“但愿天助神佑，靺鞨隆兴，四海同晏。”

国王亲热地拉着王后的手，说道："尚有一事，念念不安，这次出征，已命公主和乌巴图同行，不知婚事如何安排是好？"

王后道："这两个孩子，生来坎坷不幸，父母又早去，甚可怜爱。本应早日成婚，只是三日后大军便要启行，仓促为之，不能尽欢。"

国王"嗯"的一声，点点头。

王后提议道："可否把二人请来一叙，然后再商量？"

"这样也好。"国王同意。

第二天，红罗女和乌巴图奉召入宫，听国王和王后一说，都慷慨表示大敌当前，要争先杀敌立功，待他日饮完庆功酒，再谈婚事。

王后一听两人皆争赴国难，不以儿女情长为念，心下甚是赞佩。国王也一边听一边点头称好。最后国王说："明日我向大臣正式宣布，招乌巴图为驸马，命有司在京城和忽尔汗海各建一座将军府，等胜利归来，再为你们张宴完婚。"公主和乌巴图赶忙叩谢隆恩。

王后在一旁笑道："乌巴图难得进宫，今晚就在这里用膳。一会儿公主带乌巴图到花园荡舟游玩去吧。"这样，二人满心欢喜地离开宫宅，出门向东直奔御花园而去。

二人从北侧的月亮门进入禁苑，迎面不远便是一座土石堆砌的假山。乌巴图跑过去，拾级而上，举目四望，嗬！这花园可真不小，南北望不到边，东西也足有半里宽，曲径两侧，竹篱围着坛坛奇花异草，微风吹来，馨香扑鼻。假山之下，是一个小湖，青波涟漪，荷花怒放。湖东岸，石山上立一个宝塔，古雅清幽。再看那湖北面，又有两座小山，山上各有一座丹柱翠瓦的凉亭，交相辉映。"这里好玩吗？"红罗女突然问道。

"哎呀！真是仙山映琼阁，绿水衬玉桥，湖光塔影，美景如画。"乌巴图赞叹不已。

红罗女深情地望着乌巴图，两人四目相视，内心有说不出的甜蜜。乌巴图正要开口说话，突然有一对大蝴蝶，从眼前翩翩而过，飞向花丛。红罗女拉着乌巴图说："走！我们再到那边去，还有好玩的地方呢。"

二人分花拨柳一直往南走，来到一花池旁站定，乌巴图摘了一朵香艳的小花，插在公主头上，说道："你的容貌像这花儿一样美丽，你的心地像这花儿一样圣洁，可我文武都不如公主，深感有愧，今生今世，不知怎样报答公主。"

红罗女不好意思地叫了一声"阿哥"，说道："小妹心中只想让九泉之下的父母，能含笑安息。"

乌巴图一听，这是暗示他要杀敌立功，为国增辉，为祖争光，便额首点头。两个人唠了许多知心话才回去。

长话短说，转眼到了出征的日子。这天，公主升了帅帐，点齐兵马，就拿出令牌，命先锋乌巴图率十名副将，五个精骑，逢山开路，遇水搭桥；令珍珠、喜鹊等十名副将和一万兵马跟随主帅接应；令副先锋率十名副将、三千兵马护驾后援；又令乌黑里率四名副将两千兵马，沿路调集粮食；最后令其他各路兵马，各司其职，严守军令，不得有误。

分拨已毕，卫士举起帅旗，军中吹起号角，在欢呼声中，两万大军离开京都。但见军伍严肃，行列整齐，旗幡招展，浩浩荡荡，向三关进发。

送行的文臣武将，齐聚城外，焚香奠祭，大壮行色。在送行的人中，单说右相大英士，跟着渤海王，送了一程又一程，左祈祷右祝福，装出十分热诚孝敬的样子。大钦茂对此感慨道："国家有你这样的贤臣，我就放心了。我已嘱咐你婶母，如朝中遇有不测之事，可请出尚方宝剑。"

大英士一听，差点乐得从马上摔下来，心想："这下我可成大事了，真是时来运转，天助我也！"

大钦茂又叮嘱道："每日临朝决事，多和老左相商量，国之大利，莫若大臣协和，老相世笃忠贞，极善远谋，不可失敬啊！"大英士点头一一答应，这才分手告别。他站在路旁，直至望不见国王的身影了，才策马回城。

红罗女率军急行三日，路遇边关派来的探马告急，说是敌兵攻城旬日，渤海兵马伤亡惨重，城池岌岌可危，难以据守。红罗女闻讯，速命先锋乌巴图率轻骑日夜兼程，前去解围，她自己随后接应。军令一下，前行如飞，后追如电。

又行三日，接边关快马传报：三关失守，渤海将士已退出城外三十里，扎营待命。红罗女一听，十分震惊，心想：这狼兵来势果然凶猛。她立即派人向后队去把战况报告国王，同时命来人带路，抄小路向前进发。

又行三日，红罗女率兵马到了头城外的渤海兵营。乌巴图和原守三关的将领，急忙来叩见主帅。乌巴图首先禀报前锋先到边关两月，未等兵马扎好营盘，契丹兵连日来冲营，因此还未能收复头城。

接着，三关的将领把失城的经过一说，一齐跪下请罪。红罗女将他们扶起来，说道："你们已经坚持了半个多月，各自尽了职责，如今兵马疲惫,先回营休息待命。"各将领诺诺称是。

红罗女问乌巴图道:"契丹兵形势如何?"

乌巴图禀道:"据我们抓到的契丹兵说,攻三关的有两万兵马,驻扎在四寨的尚有五万人。"

红罗女一听,倒抽了一口冷气,心想:敌兵数倍于我,不可轻举妄动。这时,侦骑入营禀报,发现大队契丹兵马,从两侧向背后驰去。众将领一听,立即纷纷请战。

红罗女沉思片刻,说道:"我军日夜兼程,兵困马乏,敌兵以逸待劳,不可贸然对阵。各部倚山择地立营,不得军令,切不可擅自出战。各部将领,统率士兵,奔上山岗,阻水为营,各自待命。"

单说契丹元帅耶律黑,奉大可汗之命,率十万人马,在粟末水两岸建成四寨之后,就每日派兵到三关邀战,起初只是骚扰谩骂,偶尔接战,也只是打几个回合就走。后来接大英士的密信,得知渤海王只带两万兵马出征,红罗女的红罗巾也已被盗走,心想:这回大钦茂可逃不出我的手心了,等到狼兵杀进上京,渤海就是我的天下。俗话说:利令智昏,他立即发兵涉过粟末水,日夜攻城,想一举踏平三关。没料到渤海将士死命抵御,结果费时半月,死伤三万,才夺下三关。

耶律黑气急败坏,正要发作,忽听渤海先锋将已来至头关,立即派副将耶律乌珠率一万人马出关,叫他趁渤海兵马未站住阵脚,轮番冲阵,一举扫平。可是大战了两天,仍是未分胜负。紧接着探马又向耶律黑报告,说红罗女已率一万精兵赶到。他眼珠一转,心生一计,急忙点拨人马,抄渤海兵的后路,围歼后应的队伍。

这边,红罗女见扎寨连营完毕,便率三千兵马到头关去挑战。那守城的契丹副将耶律乌珠站在城上,见红罗女带兵不多,心想:我何不趁渤海兵胆战心惊之际,把红罗女擒下马,立一大功。想罢,披挂上马,带领五千兵马冲出城来。

耶律乌珠冲到渤海兵阵前,大叫:"黄毛丫头你听着!本帅奉命率十万大军前来踏平渤海国,你要是识时务,赶快下马受降,保你富贵荣华,要是临死不悟,就要尝帅爷这口鬼头刀的厉害。"

红罗女一听,怒目圆睁,高声喝道:"乌珠!你临死还出狂言。今日我就叫你在这里归阴。"说罢举枪就刺,耶律乌珠也挥刀迎来。

那乌珠有千斤之力,一刀劈下,红罗女一搪,"当"的一声,震得虎口发麻。红罗女试探了几招,也都被乌珠拨出,二人你来我往战了三十余回合，红罗女摸熟了对方的刀法，瞅准破绽，虚晃一枪，拨马就走。乌珠不知是计，挥刀赶来，红罗女一个回马枪，"嚓"的一下子，把乌珠的左耳刺碎。乌珠"啊"的狂叫一声，转身就逃。

红罗女亦不追赶。等主帅回营，喜鹊不解地问："姐姐，你今天为什么不使出绝招杀了那狗东西？"

红罗女笑着说："我要杀了他，就再无人出战。他们要坚守不出，三关就难以夺回。今日我故意让他们看出力不称心，如此我们才可伺机攻城。"大家一听都放了心。

过了两个时辰，契丹派使向红罗女帅帐授书，红罗女打开一看，上面写道：

> 为酬回眸一枪情，
> 夜半更深叩帅营。
> 挡驾必成刀下鬼，
> 迎客方可买残生。

红罗女看罢这几句混账话，有心要痛骂几句，可她忍住了，相反，她望着使节一阵哈哈大笑，说道："请你回去转告你家副帅，有胆量明日再战，何必要干苟且之事。"那使者连称"是！是！"便飞马回城。

耶律乌珠听完使者的禀报，奸笑道："好！今晚我就要杀她个片甲不留。"于是，他调兵遣将，布置半夜偷营。

乌珠身旁的牙将纳闷地问道："师爷！你要偷营的事告诉了他们，使对方有了准备，不知用意何在？"

乌珠哈哈大笑："这叫兵不厌诈，白天那黄毛丫头得点便宜，一定不把我们放在眼里，今天就打她个猝不及防，你们赶快准备去吧。"小牙将只好从命。

再说红罗女等契丹使者走后，立即传命各副将到帅帐听令，红罗女把契丹使者来书的内容转述之后，又把她思谋好的破城之计和大家一一叙说，大家都表示赞成。于是各自回营，一一按计行事。

亥时刚过，乌巴图率领伏兵，埋伏在头关两侧，等了半个时辰，听城门"吱嘎"一声启开，大队人马如潮水一般涌出契丹大营。

耶律乌珠头一个冲到营寨，果见营前红灯高挑，四下静悄悄的，心里暗自高兴，以为渤海兵没有准备，立即挥兵冲杀。因为夜黑，慌乱中契丹兵难辨敌我，横冲直撞之际，见人就砍，直到发现各营帐中并无人，才知道中计。

耶律乌珠大惊，刚想撤兵，突然，四面呜呜响起了号角声，耶律乌珠立即下令往回撤，可是埋伏在草丛中的渤海兵万箭齐发，一转眼的工夫，就把契丹兵射倒一大片。侥幸逃出箭雨的，又被前面的挠钩、绊马索绊倒，没等爬起身，就被一刀送上了西天。

耶律乌珠在几个牙将的护卫下，没命地往头关逃，可是来到城门，老远就见城中起火，不一会儿传来喊杀声，接着见一伙契丹兵逃出。一问，方知头关已被渤海兵攻占。

耶律乌珠无奈率残兵败将又向二关跑去，刚跑出不远，呼啦一下子又从林子里闪出大队渤海兵。一阵厮杀，契丹兵被杀得鬼哭狼嚎，非死即伤。

耶律乌珠见大势已去，刚想向草丛中逃窜，早被红罗女盯住，嗖的一箭将他射死。乌珠立即坠于马下，去见了阎王。

第二日黎明，红罗女率人马赶到第二关，走到关前一看，城上四周都插满了渤海兵军旗，不觉心中大悦。暗自思忖：乌巴图果然是个英雄好汉。

原来，红罗女接耶律乌珠扬言要偷袭渤海兵营的书信之后，将计就计，当下吩咐乌巴图率兵埋伏在头关两侧，等契丹兵离城远去，便四面登城，杀进头关。他们又换上契丹兵的衣服，跟随契丹逃兵混进二关，趁机杀了守护城门的卫兵，直冲入城内，左右奋击，喊声动地，杀声连天。

守城的契丹兵混乱中纷纷冲到街上，见渤海兵来势凶猛，已自惊慌失措，又听说副帅已战死，头关又丢失，更加六神无主，领兵截杀一阵，死伤甚大，不敢恋战，便夺路仓皇逃窜。这样乌巴图又收复了二关。

乌巴图见主帅驾到，率骑迎出门外。红罗女入城，立即犒赏将士，令大家饱餐一顿，就地休息，准备攻打三关。

再说渤海王大钦茂，在十名副将的护卫下，隔两日也赶到边关地界，忽接前线侦骑来报，主帅和先锋将，已发兵攻下头关、二关。渤海王一听连连叫好。那侦骑又说：主帅传令各副将迅速向头关靠近，并告诫附近山林藏有契丹伏兵，不可麻痹大意。谁知话音刚落，小黑山下杀声四起，渤海王大惊。

霎时间，契丹兵如飞蝗一般，从两侧猛扑过来，人一到，箭如骤雨而至，渤海将士奋勇参战，两下刀枪并举，混战起来。

大战了半个时辰，渤海兵人少，渐渐抵挡不住，顾此失彼。大钦茂和几个副将，且战且退，被围在一个小山岗上。

有几个契丹牙将，认出了渤海王的旗子，声嘶力竭地吼叫："抓住那个穿黄袍的赏金千两，女奴一百！"随着喊声，几个契丹兵不顾命地往上冲。

远处的渤海兵发现国王被围，也拼命向这边跑来，又有一队渤海兵从契丹兵背后截杀。可是毕竟寡不敌众，渤海王身边只剩几十人护驾了。

渤海王见形势危急，就带着剩下的人往密林中跑，以防乱箭中伤。可没等冲入林中，突然林中又杀声四起。大钦茂心想：吾命休矣。此时，身边的一副将发现喊声处是渤海兵，就大喊一声："快到这边来救主！"

原来这一支渤海兵，乃是乌黑里的队伍押运粮草路经此地，听这边金鼓震野，料知必有战事，就率队冲过来了。一阵格斗杀退了围追的契丹兵，渤海王这边的人马刚喘过口气，以为得救了，岂料又见一片契丹兵蜂拥而至，两下大战，血流山谷，尸横遍野。眼看渤海兵有些抵挡不住了，猛见契丹兵背后一阵骚乱，只见远处烟尘滚滚，杀声阵阵，乌黑里向远处瞭望，见有渤海军旗，知是援兵到，立即精神倍增，一声吆喝，策马冲入敌阵。

这时，契丹兵发现前后被夹击，阵脚大乱，兵将都慌了神，又听说头关、二关失守，已无援兵可救，便丢盔卸甲，慌忙逃命。渤海兵趁势追杀下去，直逼三关城下，才收住兵马。

乌黑里这时才发现，方才杀过来的援兵是喜鹊和珍珠带领的人马。乌黑里上前一问，方知她们夜间奉主帅之命，率领两千人马追击逃窜的契丹散兵，因一时杀的兴起，离开帅帐越来越远。天亮后，正想拨马回帅营，忽接侦骑惊报：御驾被围，珍珠立即一边派侦骑速报主帅，一边率领兵马驰援。

渤海王转忧为喜，君臣见过礼，赶忙整顿队伍，急速向主帅大营趋进。刚刚启动兵马，红罗女和乌巴图按侦骑急报，迅速带领众兵赶来救援。渤海兵会师后，急转三关。

三关守敌见城外烟尘滚滚，渤海兵马接踵而来，感到孤军援绝，危在旦夕，十分惶恐，就偷偷弃城，逃向耶律黑坐镇的二山寨。

单说契丹元帅耶律黑，自派出副帅耶律乌珠迎战渤海先锋将乌巴图，又派出一万兵马埋伏在小黑山下伏击渤海王，满以为这回可出奇制胜，使鬼神惊骇。哪知，两杯水酒还没下肚，凶信便像雪片飞进帅帐：

"头关失守。"

"副帅阵亡。"

"二关陷落。"

"小黑山伏兵覆没。"

"三关告急。"

耶律黑再也沉不住气了，"啪"的一声，将酒杯摔在地上，操起两把八十斤重的大铜锤，跨马驰向三关。

耶律黑来到三关城外，见渤海兵的旗帜飘在城头，气得他哇呀怪叫："渤海主帅快出来！你有什么本事敢和本帅较量！"

红罗女在城上一见耶律黑来挑战，真是仇人相见，格外眼红，提枪上马便冲出城来。

耶律黑一看，杀死副帅的竟是一个格格，以前听说过，但从未见过面，心里又惊奇又赞佩，但今日是各为其主，还得显显自己的威风，四目相对，他哈哈笑道："想不到师妹这样年轻美貌，可惜误入歧途，为昏王奸相卖命，有负师教哇！"

红罗女强压怒火，抱拳施礼道："师兄，你本是渤海人，何必寄人篱下，为虎作伥，残害骨肉同胞，现在放下屠刀，还为时不晚。"

常言道：话不投机半句多。耶律黑一听，气得七窍生烟，毛发倒竖，眦目龇牙，把两个铜锤一磕，火星四迸，喝道："既然你敬酒不吃，就尝尝我这铜锤的厉害！"说罢，就举起双锤向红罗女砸去。

红罗女闪身挺枪用力一拨，感到这两锤真有千斤之力，心想，这耶律黑的武功真是名不虚传。

那耶律黑抢起双锤，上下飞舞，铺天盖地，步步进招，似旋风怒卷，如暴雨倾泻。那红罗女不慌不惊，挑、拨、点、刺，一招一式，凶如蛟龙出水，疾似闪电穿云。这样你一锤我一枪，大战四五十回合，不分胜负。

这时，在城上观望的渤海王见天色已晚，又看出红罗女力渐不支，便鸣锣收兵。耶律黑大声叫道："小丫头，明日与你决战，我倒要看看你有什么能耐。"红罗女抱拳道："师妹愿奉陪到底。"

第二天，红罗女和乌巴图率一万人马，直逼三口寨。耶律黑在寨前列好阵，等红罗女进前，也不答话，飞骑直冲渤海军阵。

红罗女忘了师父告诫对耶律黑只能智取、不能力敌的叮嘱，见耶律黑冲来，便拍马挺枪迎战，打了三十个回合，耶律黑越战越勇。

乌巴图在一旁观敌略阵，见此情形，唯恐主帅吃亏，就想替代主帅应敌，可他刚一冲到阵前，契丹兵不知其用意，以为要冲阵，也一下率兵掩杀过来，两军一场恶战就这样开始了。

耶律黑和红罗女又对打了几个回合，虚晃几下，就往一山沟里退，红罗女紧追不舍，突然被契丹兵团团围住。渤海兵跟上来的人不多，渐渐有些抵挡不住。

红罗女见形势危急，猛然想起了黑豆兵，赶忙掏出两粒，念道："黑豆兵，显神通，杀狼兵，立奇功。"念完吹了三口气，往空中一抛，忽地一下子，满山涌出无数的黑脸大汉，手持木棍、树杈，哇哇连喊带叫，契丹兵立刻便被缠住，分身不得。

耶律黑见红罗女施展法术，哈哈狂笑，立刻从皮囊中抽出一面小黑旗，在头上摇三摇，口中念念有词，刹那间，铺天盖地地飞来无数的兀鹰，直奔黑豆兵。转眼工夫，黑豆兵被破除，契丹兵又冲上来。耶律黑高喊："弓箭手放箭！"话音一落，埋伏在林中的契丹兵一阵猛射，渤海兵纷纷中箭。

正在危急时刻，乌巴图率领大队人马杀得契丹兵狼奔豕突。耶律黑一看渤海兵个个如猛虎下山，锐不可当，忙又抽出一面小红旗，口中念动咒语，只见从山上蹿来无数狼、虫、虎、豹，向渤海兵冲去，渤海兵顿时大乱。

红罗女见耶律黑使出妖法，就把红罗巾解下来，口念咒语，往空中抖三抖，可是啥动静也没有。耶律黑哈哈大笑道："你那红罗巾是假的，真的在我手里，赶快下马投降吧，看在师兄妹的分上，免你一死。"

红罗女大怒，举枪又战，可是契丹兵越来越多，终因寡不敌众，渤海兵败退下去，契丹兵穷追不放。此刻，乌巴图大喊："公主快走，我来截杀掩护你们。"

红罗女勒马站定，望着敌兵，仰天长叹："唉！我中了奸计，又丢了红罗巾。如今仇未报、恨未雪，反倒损兵折将，奈何！奈何！"

正在这时，一阵清风吹来，空中飞来一只大鹰，"咕！咕！咕！"叫了三声，扔下一面金光闪闪的铜镜，便向东飞去。

铜镜一下子落到红罗女手里，红罗女抬头看东去的大鹰，明白是长白山的神鹰来搭救渤海兵，明白了铜镜的用意，她立时高举铜镜，口喊："神镜啊神镜，快显神威，除灭妖兵！"立时一道白光扫向那群狼、虫、虎、豹，只听一阵哀叫声，它们化成一股白烟散了。红罗女趁势掩杀过去。

突然，红罗女发现冲杀在前的乌巴图马失前蹄，眼看就要被耶律黑擒住，她急忙抽出神弓，连射三箭。

耶律黑听到冷箭嗖嗖嗖射来，伸手接住一支，用嘴又咬住一支，可第三支已来不及躲，他一侧身，被射中肩膀，仰面就往后倒，乌巴图赶来举枪就刺，被契丹牙将截住，耶律黑趁机逃走。

渤海兵看耶律黑败阵，精神大振，随后一阵追杀。耶律黑见阵势大乱，不可收拾，连三口寨也没敢进，带着残兵败将，扑通扑通跳进粟末江，狼狈逃过边界。

渤海将士收兵回到三关，一点人马，损失大半，君臣上下无不沉痛，谁也没想到契丹派出这么多兵马。对于下一步怎么办，将领们议论纷纷，有主张增兵的，有主张据守的，有主张乘胜追击的，有主张休战的。正在谋划间，从上京给国王送来一封十万火急的密信。

大钦茂拆封阅罢，"啊"的一声，猛然站起身，把乌黑里和主帅叫到身边，耳语几句。红罗女对其余将领挥挥手道："你们暂且休息去吧！"

那些人望着国王懊丧的神色，不知又发生了什么情况，一个个忧心忡忡地走出帅帐。

第十一章 右相谋叛

红罗女三箭射伤契丹主帅耶律黑，契丹兵溃败，逃过粟末水。渤海兵收复三关，占领三口寨，君臣正在计议下一步如何办的时候，上京派来一密使给国王送来一封密信，国王阅罢万分吃惊，众将应召围了上来，得知信中所言京城有变，速请国王回京。大钦茂从使者口中得知是老左相传言，心想必是大事，当即便决定回朝。

红罗女按国王口诏，烧毁三口寨，传令乌黑里、乌巴图领重兵把守三关。临行，怕耶律黑反扑用妖法，把宝镜留给乌巴图，以防不测，自己率部分兵马护驾，星夜赶回京城。

渤海王御驾亲征时，京城本一派升平景象，怎么出征月余时光，京城就突然有变了呢？发生了什么大事，让国王速归呢？这得从头慢慢道来。

大钦茂出征之日，右相大英士送了一程又一程，千祈祷，万祝福，表现出一派赤诚的样子，队伍远去，他还站在路边遥遥招手，送行官员见了，无不为之感动。

可是，当他返身回朝时，心中暗暗欣喜，心想：老昏王，你的末日到了，我的谋划就要实现了，你夺了我父子的王位，我现在把它夺回来，别怪我无情，是你无义在先。等我坐了王位，你就是活着回来，也无济于事。哈哈！想到这，他脸上绽开了笑容。

回到京城，他直奔王宫，假借为王后请安，心里盘算的是，先来个稳兵之计，再想方设法把尚方宝剑骗到手，日后谁敢阻挠、作对，给予震慑。想到这，他急步来到后宫，见了王后，先行了大礼，假惺惺地说："母后不要过于悲伤，伤了贵体，小侄依靠何人？前线有众将护驾，朝中之事，小侄当尽心竭力，替父王、母后分忧。"他在王后面前巧言令色，大表忠心孝心。

王后对这个从小养大的侄儿，一直视为亲子看待，今日听了这番言语，心里感到十分宽慰，笑言道："你父王把朝中事交给你，我也很放心，日后朝中之事，也不必事事禀报于我，尽可依朝纲处置。"

大英士打个唉声说："叔父、婶母对我这样器重，小侄即或粉身碎骨，这个大恩大德，也报答不了。小侄虽然有心管好国政，可是我年纪太轻，老臣满朝，议决某些事，恐怕……"

没等大英士说完，王后接言道："孩子！不要怕，我也想到这点，不过我们自有应对办法。"说完派人到正殿请出尚方宝剑，王后恭谨地接剑在手，双手捧至大英士面前。大英士慌忙跪倒。王后说："这尚方宝剑，是老太祖留下的，用它可斩奸臣、除叛逆，谁要不服你的管束，做出辱宗庙、伤社稷、大逆不道之事，紧急之时，不用禀奏，可便宜行事。"

大英士立时行了三拜九叩大礼，恭谨地接过尚方宝剑，转身便出了宫。

大英士出了正宫，忽然想起红罗巾还在小爱妃手中，日后如遇麻烦事，兵权不在手，一旦遇到抵制反抗，如何抵挡？如不把红罗巾弄到手，契丹国又怎能扶我坐王位？想到这，他向偏宫走去。

小爱妃一见大英士，真像久旱逢甘雨似的心中喜，面上忧，她又是哭，又是闹，说他变了心，长时间不来看她，又说他当了大王就忘了她。

大英士见此状，心烦意乱，又不好闹僵，于是拉着她的手，发愿起誓说他一辈子忘不了她的疼爱，只因朝事繁杂，又有外敌入侵，难以分身，今日刚刚送走王师出征，马上回宫就来看她，百般安慰，总算把她哄得高兴起来。

大英士和她鬼混一阵儿，打个唉声说："老昏王拥有十万大军，我就是日后夺了王位，将相不服，动起武来，我岂不是也白白送死！你我的美梦不成了竹篮打水一场空？"说完还掉了几滴眼泪。他望着小爱妃一本正经地说："此刻，我们应该多想点正事，不然，后果难料。"

小爱妃一听，心里也很害怕，忙问："依你之见怎么办？"

大英士走到门口望了望，回来斩钉截铁地说："要想成大事，无毒不丈夫，你快把红罗巾给我，一旦遭到反抗，我就用它来镇压，只有这样才能保证大功告成。"

小爱妃一听红罗巾有这么大神通，多了一个心眼，怕此刻就交给他，一旦事成，他变了心，不让自己当王后怎么办？可又一想，如不给他，一旦计谋败露，就有杀身之祸，灭门之灾，想到这，眼珠一转，计上心来，急忙说："我看还是先放在我这里为妥，一旦出事我能说得清，放在你手，犯事怎能说得清？日后一旦用的时候，由我操弄，助你行事，岂不更好！"

大英士见她不放手，亦不敢强抢，就顺水推舟说："这样也好，你能看护好我就放心了。"

小爱妃意识到大英士说的可是关乎命运的大事，于是问道："那么眼下你打算怎么办？"

大英士郑重其事地说："现在趁老王出征，我们得赶紧下手，第一步要把老昏王的亲信先除掉，尽量换上我们的人。"

还没等大英士说完，小爱妃拦话道："我看先把上京将军除掉，我哥就是他抓的，弄得我家名誉扫地。"

"对！他管御林军，先拔掉这个眼中钉！"大英士狠狠地说。

"可他挺厉害，手下人又多，对付他你有什么绝招良策？"

大英士眯眯笑道："我有王后赐予的尚方宝剑，怕他何来，再说我还想出一条妙计，管保杀他有口难言，跳到江河也洗不清。"说完附在小妃耳边嘀咕一阵。

小妃听了，娇声娇气地说："不！我不干！让外人知道了，羞死人。"

大英士板着脸说："为了大事，只好先委屈你了。我连性命都不顾了，你为成功做点牺牲，有何不可？"

小妃为了给哥哥报仇，为了和大英士结成鸾凤俦，也就点头答应了。大英士这才放心地走了。

第二天，老左相带领文武百官来给王后请安，在王宫门口，遇到右相大英士，他刚从宫里问安出来，他给老左相施了一礼说："王后身体欠安，不能觐见。"然后对众朝臣说："大家各自忙自己的事情去吧，以后有事可找老相和我商议即可。"各大臣诺诺退去。

大英士邀老左相在偏殿议论了一些国事，便退朝各自回府。

当天晚上，大英士把小爱妃的兄弟，四位大臣和另外一些亲信，都召集到自己家里，告诉他们："已接密报，契丹兵发来十万大兵，已占据三关，渤海兵将损伤大半，老昏王已被围困多时，性命难保，我们的计划就要实现了，我们的大业就要成功了，成败得失尽在此时，诸公尚须努力。"

各奸臣贼子一听，满脸笑容，齐声说："一切悉听王子吩咐，万死不辞。"

"不过，老昏王朝中耳目甚多，各位一定要谨言慎行，以防万一，稍有不慎，大祸临头。今后步步依计行事，不要露出一点破绽，坏了我们的大事。"大英士不放心地又叮嘱了几句。

众心腹、奴才连连点头，表示心领神会，绝不辜负主子信任。这一夜个个酒足饭饱才悄悄离去。

又过了一天，大英士上朝，遇见了御林军大统领上京将军，他也是两朝老臣，屡立勋功，对朝廷忠心耿耿，对部下亲切和蔼，为人忠厚，性格宁折不弯，朝廷十分敬重他。大英士为了笼络他，往时，常奉承老将军是国家的柱石，朝臣的楷模……云云，大将军十分厌烦这些油腔滑调、言不由衷之语，但又不愿得罪右相，只好说："老朽有何能，仅知恪尽职守而已。"大英士听了这般言语，觉得是不识抬举，在内心就产生了嫉恨。因此，小皇妃一提首先要拔掉这个眼中钉，二人一拍即合。大英士正在依计行事。

今日在宫内相见，二人互相施过礼，问声安，就一同去觐见王后。

王后自大钦茂御驾亲征后，多日不见众朝臣来请安，心中纳闷，暗自生气。这一日正在思量朝政之时，见上京将军和大英士共同来请安，十分高兴，马上赐座。王后问起朝中事，大英士回禀："朝中各部有司朝乾夕惕，尽职尽责，城内城外，井然有序，太平无事，请母后尽可放心。"接着老将军也把宫内外情况一一禀奏，说是各宫殿宁静如常，请王后静养贵体，无须多虑。

王后听了感到十分宽慰，三人又叙谈了一些家常事，老将军见王后有些倦意，马上起身告退。

王后见老将军要走，马上说："请将军留步。"随即命人从库房取来唐朝廷赐予的绫罗绸缎和一些珍贵礼品放在案桌上，王后说："将军夙夜操劳，从无怨言，这些东西赏赐予你，权作慰问吧。"

大英士站在一旁插言道："这是朝廷的恩典，快收下吧。"

上京将军只得磕头谢恩，拜辞王后出宫而去。当此之时，大英士也跟了出来，他和老将军说："今日东门没开，请将军从祖庙院内出宫，我尚有国事到前殿商议，就不远送了，请将军保重。"

王后稍微休息片刻，就又像往常一样到宗庙去礼佛拜祖，祈祷、恳求先祖、神灵佑护国泰民安，驱寇早日报捷。揖拜完了，举目观看神主、佛堂，不禁大吃一惊：一尊金佛像不见了。

原来这尊金佛像，是唐朝天子赐予的镇国金佛，渤海王把它恭敬地供奉在神主之左的佛案上，相传多年来有求必应，因此，深得王室敬重，非国之大典，素日朝中重臣都无缘相见。今日却突然不见了。王后甚为恐慌，急得两眼昏黑。

王后拜祷完回到后宫，一直心神不安，她赶紧把大英士招来，告知情况，又愤怒地说："此等蟊贼，无法无天，你要立即究查，一旦捕获，严惩不贷。"

大英士闻言，感到十分震惊，他怒火万丈地愤然道："何人胆大包天，竟敢入宗庙窃我国宝，简直十恶不赦，罪不容诛，小侄马上就去查访究办。"

王后说："好！尽快查个水落石出。"

大英士提醒道："此事不宜声张，也不要打草惊蛇，这绝不是一般盗贼所为，恐怕另有隐情，待我仔细暗察，一有影踪，就来禀报。"

说完，大英士装作十分用心的样子，匆匆告退。他一出寝宫门，拐个弯，就溜到小皇妃那里，把事情跟她一说，乐得两人前俯后仰，几乎乐岔了气。

第二天，上京将军巡视完毕，又到后宫去给王后请安，刚走到后宫二门外，大英士迎上前来，对大将军说："王后有旨，因身体欠安，三日之内免见。"老将军请右相代为问安，便转身而去。

第三天晌午时分，上京将军巡查结束，正想回府休息，一个侍卫跑来报告："右相有紧急事，请将军务必速去平安殿商议。"

老将军策马入宫，到了平安殿，见大英士走来走去，神色紧张，不知出了什么事。大英士见老将军来了，擦一下额头，装作惊慌的模样告诉老将军，朝中出了大事，宗庙里供奉的镇国之金佛被盗，王后气昏了，正在发脾气，急召我俩前去商议究查事宜。

上京将军一听，万分吃惊，不由得脑袋嗡的一下，差点昏了过去。他心想，内宫宝物被盗，我作为侍卫统领，负责内宫巡视保卫，难辞其咎。想到这，豆大的汗珠，立时从他脸上流下来。

事不宜迟，大英士和上京将军奉召，赶紧到后宫叩见王后。一进内宫门，上京将军立时双膝跪倒，口称："老臣有罪，辜负了君王的重托。"

其实王后让他们来，本不是追究责任，是想催促他们赶紧想办法及时破案，因此王后说："老将军，你年纪日高，为国家夙夜操劳，本自辛苦，再肩重担，于心不忍。可国家正处多事之秋，外寇犯边，闹得我们朝野不安。前日偶见国宝丢失，害得老妇食寝难安，如不早日寻回，愧对祖宗啊！我思量将军办事公平，细致认真，故请你来究查此案，且以你的身份职守负责此事也较为便宜。"

"老臣领旨，定将尽心竭力，早日破案。"

"好！为便宜行事，我已下懿旨，准你搜查内外各宫殿，任何人均不准借故阻挠，违者论罪。"

"臣遵旨照办。"说完就去筹划搜查具体事宜。

这天下午，搜查到皇小妃寝宫，刚到门口，从宫内走出一个宫女，迎上来对上京将军说："禀告大将军，皇妃令我转告你，她近日身体不适，心神不宁，害怕惊扰，让我陪你入室搜查，其他随从可否勿扰？"

老将军一听这话，心里犹豫一下，可一思量，查了那么多宫室都没事，小皇妃也不会做出伤礼败德之事，既然皇妃怕惊扰，我与侍女进室内搜查也行，于是吩咐随从暂候门外听令。

上京将军随宫女进入寝宫，举目张望，屋内无人，忽见床上垂下的幔帐在晃动，随即传出一个女人浪声浪气的呼唤："将军！请到里边来坐。"

将军一听，十分吃惊，不禁生气道："什么人，不要胡闹！"这时小皇妃从幔帐后面走出来，只见她赤着双脚，穿一件贴身的水红坎肩，披散着头发，飞快地向老将军扑过来，老将军一愣神，忙用手去推，小妃趁势抓住手不放，往将军怀里撞。就在这时，门被推开了，来人是王后。小皇妃见王后进来，故意将小衣一揽，敞开了怀。

王后见此情景，气得浑身哆嗦，十分震惊地说："老将军！你竟敢对小皇妃无礼？"

上京将军像被打了一闷棍，分不清东西南北了，一时语塞。

原来这一切都是大英士早就设好的毒计。当上京将军往小妃宫去搜查的时候，他见时机到了，就赶忙跑去见王后。一进门就大喊："出事了！出事了！"王后一愣："出什么事了？这般大喊大叫？"大英士上气不接下气地说："老将军到小王妃屋里去搜查，借机又说又笑，还拉手贴脸，宫女看不下去，跑来向我禀告。"

"会有这等事？简直是不知羞耻！"王后又怀疑又气愤。

"我也不信他会做出如此下流的事，这可关乎皇室的声誉，老人家和我去看看便见分晓。"没等王后答话，大英士牵着王后的衣袖就往小妃宫走去。

大英士推开门，王后见小皇妃赤身露体两人扯扯拉拉的模样，简直气昏了。上京将军也莫名其妙，一时有口难辩，口里只说出：

"这……这……"

再说小妃一见王后、大英士进得门来，发现了她和老将军拉扯的场面，立刻推开老将军，把脸伏到寝床上，呜呜地哭起来。

大英士见奸计得逞，故意打了一个唉声，故作惊讶地念叨着："真是知人知面不知心，没想到大将军在老王御驾出征时，竟敢在王宫调戏污辱王妃，让我们王族遭受奇耻大辱。"说完看着王后。

王后经大英士这么一点拨，不由得火冒三丈，怒道："大将军，在社稷多难之际，你在宫内又给我们添乱，做出千人指万人恨的丑事，让我痛心疾首，今日你是咎由自取，国法难容。"

这时，上京将军才醒过腔来，辩解道："王后，臣是奉旨搜查正遇皇妃休息，老臣并无意，见皇妃她……"

大英士气急败坏地打断他："一切都是王后亲眼所见，在事实面前，不知认罪，还要狡辩，真是无耻之极。"

"王后、右相大人，我没做出什么丧理亏心之事，不信你问问皇妃。"

皇妃"哇"的一声哭起来："都是你做的好事，你早就不怀好意，我尊重你是一位老将军……"

"好了！好了，别说了，先把将军押下去，听候处理！"王后一听小妃的话，心烦意乱，也知一时难以辨出一个结果来，小妃一哭，要是声传殿外，还不知引出什么麻烦来，所以王后命人把御林军大统领先押下去，慢慢再审理。

将军一被押出屋，小妃号啕大哭起来，说什么上京将军早就对我不怀好心，时常借机挑逗我，都被我挡了回去，今天我有些头昏脑热，午睡后就没起来，没想到他溜进我室内，就拉开幔帐……说罢要死要活的，一定请王后替她做主。

王后也以为小妃受了委屈，便好言好语相劝，大英士也放话说："你放心，王后都看清楚了，他欺侮王室，让你受辱，乱我纲纪，此事要传出去，不仅朝廷波动，祖宗也不安，王后岂能不严惩！你身体欠安，注意静养。王后也揪心，别说了，我和王后一定为你做主。"说完就请王后回宫议决。

回到后宫，王后问："小侄儿，你看这事怎么办？"

大英士说："上京将军是老臣，很受朝臣崇敬，这件事要交别人审问，对他对我王室有损颜面，让我来细问，再做区处。这事暂时不可声张。"

王后点点头，又问："老将军问罪，这御林军统领不可空缺，怎么办好？"

"王后想得周到，这御林军不可一日无主，接任的人选，暂不可从他麾下擢任，以免节外生枝，不好收拾。我亲朋中有几位将军，武艺高强，人又老诚，办事尽心，待我仔细思谋，再来禀告。"大英士见机揽权。

"好吧，待你定下人选，速来奏报。我也累了，你赶快去办吧。"

大英士回到相府，急忙把四位心腹找来，眉开眼笑地说："各位兄弟，时机到了。俗话说，养兵千日，用兵一时。现在就是你们为我效忠出力的时候了，将来谁出力最多，功劳最大，谁就是开国元勋。"

在座的朋党，手舞足蹈，齐声问："相爷，有什么好事？需要我们出力时，尽管吩咐。"

大英士诡秘一笑说："现在我已得到一个肥缺，让我推荐安排的就是御林军大总管、大统领的职位。我考虑再三，你们四位都是武将，论武功和影响，还是你们大哥较为合适，其他的人我也有安排。凡是今日在座的人，将来都能高官得做，骏马得骑。"

四位武将一听，都乐得闭不拢嘴，纷纷表示："只要右相心里有我们，就是让我们赴汤蹈火，也在所不辞。"

"好！不过，大功告成，仍需时日，今后言行，也必须谨小慎微，凡是咱们研究的事情，千万不要走漏风声，谁走漏出去，坏了大事，我灭他九族，不谓言之不预也。"众人连声诺诺。

大英士点点头，又说："今晚我要办一件大事，要去处置一个人。"随后指定了三个人，并把他们的任务做了交代。

当天晚上，大英士带了三个武将，到了大牢，把上京将军提到一个偏殿。上京将军一看是大英士来处置自己的事，心里很高兴，以为同朝伴君王，二人之间无有仇隙，且见大英士平日办事尚能通融，表面对自己也多有尊重，今日之事，会给他一个辩白的机会。岂料到，大英士开口便说："你知罪吗？"

一句话，让上京将军目瞪口呆，刚说出"容我说明"，大英士便厉声呵斥："还想抵赖！给我大刑伺候！"话音没落，他带来的那三个武将一齐上来拳打脚踢，可怜那老将军，倒在地上翻滚，有个武将还觉不过瘾，拿出砍刀，用刀背不管头脚一顿猛砍，霎时打得将军血肉模糊，昏了过去。

大英士趁这机会，拽起老将军的右手，在事先写好的口供上按了押。心里暗暗说："这回让你有口难分诉，跳到忽尔汗海也洗不清。"

过了好一阵子，老将军苏醒过来，大英士冷笑问道："你知罪吗？"老将军有声无力地反复说："我无罪！我无罪！我冤枉！"

大英士圆睁二目，大声喝道："现在人证物证俱在，你还狡辩，再给我大刑伺候。"那三个帮凶又是狠狠一阵踢打。老将军又昏死过去了。

大英士说："住手，给他留口气。"说完命三人将老将军拖回大牢，悄悄离去。

第二天早上，老将军睁开眼睛，再一次醒过来，全身疼痛得不敢翻身，衣服和血肉都粘在一起，过了好大一会儿，才慢慢想起被毒打的经过，心里痛苦万分。回想自己为江山社稷，流血流汗，效忠君王，恪尽职守，从无差错，前些天王后还重赏他，右相也夸奖他，怎么一夜之间前后两重天，遭此不白之冤，这到底是怎么回事呢？难道有人背地互相串通要陷害我？谁能干出如此丧尽天良的事呢？左思右想想不明白。

正在这时，牢门"吱"的一声打开了，牢卒进来送饭，见老将军全身是血，遍体鳞伤，喊了几声无言应对，感到事情严重，急忙把牢头请来。

牢头进来一看，也有些惊慌失措，正不知怎么办是好时，发现老将军发出细微的话语，便贴耳细听，老将军断断续续把他受害的经过说了一遍，嘱托他赶快派人把他的遭遇转告老左相，让他想法营救。

原来这老将军认识牢头，还有点远亲关系，知其为人可靠，故有相求。牢头接受嘱托，不敢迟延，立即密派心腹去给老左相传信。

老左相听完密报，犹如晴天一声霹雳，简直不敢相信自己的耳朵。他深知老将军为人沉稳正派，明礼达义，绝不会做出那等荒唐事，可事情闹到这个地步，必有隐情。那么究竟是什么原因？左思右想，一时想不出头绪。但救人要紧。他送走来人，立即去右相府，想探听底细，再酌情施救。

到了右相府，与右相互相见了礼，便落座叙谈朝中事。右相东拉西扯，根本不提上京将军的事，而老左相本期望右相能提及此事，他哪知这就是右相的阴谋，唯恐他人知道，保密还来不及，怎能主动泄露。

老左相谙于事故，深知上京将军托人密报处境，必有难言之隐，性命之虞。而右相亲审此案，这么大的事件，却一点儿不露声色，亦必另有所怀，然若自己主动过问此事，必引起右相猜疑，如若不过问此事，又怎能探知底细，思谋救援，思来想去，只得试探问道："听闻上京将军获罪下牢可有此事？"

大英士闻听过问，先是一惊，心想：怎么这么快风声就传出去了？

十分震惊又愤怒。他望了望老左相，装作无奈的样子，沉痛地答道："真是世事难料哇！想老将军是何等英雄，众赞朝臣楷模，不意调戏王妃为王后亲眼所见，事关纲纪国法，王室声誉，王后震怒，打下大牢。"

"据老朽所知，老将军绝不会做出伤风败德之事，事出蹊跷，你我二人可否前去面见王后，代为周旋。"老左相说出自己的心意。

"好！我也这样想，但愿能早日解脱。"大英士满口答应。老左相揖谢告辞。

大英士送走了老左相，心想，这事已被外人所知，日久生变，万一被人查知底细，一切密谋都要落空，先下手为强，一不做二不休，他赶紧入宫去见王后。

他进了宫，见到王后，痛心疾首地说："王后哇！真想不到这个老忠臣却是一个伪君子，他已承认自己色迷心窍，久怀歹意，只是平日宫女服侍，难得下手，昨日趁搜查之机，支走宫女，想要强行占有，正在撕扯之际，被王后撞破，深觉丢尽颜面，愧对君王祖宗，无颜于世，请求速死。"大英士说完，呈上了供词。

王后听了大英士的禀告，惊讶万分，待看过供词之后，连连叹息，不觉流下泪来。她不忍心在国难当头之日，再处死这样一个老臣，可是国法难容，王后想到这，问大英士："当今之际应该怎么办？"

大英士答道："我已替王后下了懿旨，罢黜上京将军御林军统领之职，任命他人接替。按朝规，罪臣先抄家，族人如何处置待议。"

王后点点头，着令大英士全权代办。大英士口称遵旨，急忙退去。

大英士回到相府，立刻派人传令御林军新任统领带着尚方宝剑去上京将军府抄家，又命几个心腹到大牢看管大将军，准备行刑，并密嘱他们调查是何人将上京将军入牢之事密告老左相的，一切安排停当，才喘了一口气。

第二天一早，老左相按与大英士约定的时辰上朝面见王后。刚入宫门，见一队刀斧手押着上京将军往外走，准备游街示众、处斩。老左相一看，大感意外，心说"不好"，急忙上前问道："你们要干什么？"

御林军新统领傲慢地说："奉王后懿旨，开刀问斩！"这时上京将军抬起头来，望望老左相，动动嘴，却吐不出声音。此刻，老左相才看清上京将军已衣着破烂，体无完肤。他心如刀绞，忙对御林军新统领说："将军之案，疑处颇多，恐遭冤枉，我与右相已商议好，今早面见王后，再做定夺，请将军刀下留人。"

新统领把剑一举，没好气地说："尚方宝剑在此，谁敢阻挡！"

老左相无奈，大叹一口气，不由得热泪满面，赶紧向后宫跑去。

老左相快步到了王后那里，一看王后怒气冲冲地正与大英士说着什么，他上前施过礼站在一旁，此时大英士指着一尊大金佛说："这是从上京将军家里抄出来的，想不到国宝被他窃去。"老左相听不出头绪。这时，王后说话了："左相大人，你这段都忙什么呢？很长时间没有向你请教，今日急忙跑来有什么事吗？"

老左相听出话外有音，但也顾不及仔细思虑，和颜悦色地答道："臣经常要向王后请安，右相大人告知，王后贵体欠安，需要静养，未经召见一律不得打扰。是以时时暗中为王后祈祷，怎敢忘怀？"

"呵！呵！"王后不悦地说道："听右相说你今日来我这要为上京将军说情，怀疑朝廷诬害了他？"

"老臣怎敢！昨日老臣与右相大人商议，只是想来聆听指教。"老左相以实禀告。

右相大英士乘机言道："左相大人，我也思量上京将军不会做出不仁不义之事，可王后这里有他画押的供词，他招认调戏污辱王妃之事，昨日搜查将军府，又搜出供奉于宗庙佛堂的镇国之宝金佛，就是桌上摆放的这一尊。事实俱在，国法难容。且他已知罪，无颜再见家乡父老，自请速死。今王后成全他，不想张扬丑事，污渎视听。大人不信，可否看看供词。"

老左相哑然无语，垂头丧气地告退了。

上京将军盗宝谋反的罪名一传开，京城议论纷纷，谣言四起。大英士借查上京将军同党为名，把许多文臣武将，不是撤职就是监押，闹得人人恐惧不安。上京城出现了动荡的迹象。

一天，从三关前线回来一个人，直奔右相府，此人就是大英士派到边关搜集战况的密探。他告诉大英士，三关已被契丹兵占领，老王正被追杀，凶多吉少。

大英士听罢，眉开眼笑，他急忙写了一封密札，请求留下红罗女的性命，其余大王与乌巴图等将士，定要斩草除根，京城这里我已按嘱行动云云。写完之后，又命来人返回，想方设法把密信传给耶律黑大元帅。

当天晚上，大英士把密探情报和总管鬼阿哥一说，鬼阿哥一听，乐得一跳三尺高，立即对大英士行起了君臣之礼，表示祝贺。

大英士摆摆手说："别高兴得太早，那老左相功高位重，颇为朝臣尊仰，把他推倒可不是易事。"

鬼阿哥耗子眼一眨，嘻嘻地笑了笑说："主子放心，我早有妙计，管保不费吹灰之力，除掉这颗眼中钉。"说罢，他附在大英士耳边嘀咕了一阵，大英士连连点头，竖起大拇指，忙说："高招！高招！事成之后，右相的位置就由你来坐。"

鬼阿哥的眼睛乐成了一条缝。

过了几天，鬼阿哥听说黑水靺鞨送贡品的使者来到渤海，他赶快到客寓对特使说："渤海王率兵北征，王后有旨，请黑水特使把礼单和贡品直接送到左相府验收，再转入国库。"黑水来使信以为真，满口答应。

鬼阿哥出了客寓，匆匆忙忙地跑到左相府，见到左相说："右相大人派小的请老大人到右相府有要事相商。"老相立即整衣束冠，随同鬼阿哥去右相府。

再说黑水靺鞨进贡使者，按要求，清点好贡品，带好礼单直送左相府。左相府总管听说这是王后的旨意，又说是老左相吩咐送过来的，未加细问，便按礼单验收了贡品，存入库房。又请使者到客厅小坐，送上果茶招待，互相叙谈了一些客套话，总管便把签好的收条送给使者。来使见左相久久未归，便告辞而去。

原来大英士把老左相请去，以议论国事为名，各自叙说了一些近日在朝野上下的所见所闻，又谈及了王后的忧虑，上京将军正法的影响，特别是大英士无话找话，出一些难题，请老左相分析，拿主意，一来二去到了吃晚饭的时间，便设宴招待，推杯换盏，一直拖到天黑还不散席。老左相不胜酒力，多喝了一点儿，颇觉头晕，好不容易才告辞。回府后，甚觉疲乏，脱衣就要休息。

这时，忽听有人敲门，原来是老管家前来禀报收验黑水靺鞨给朝廷送贡品的事，等到总管说完，老左相愣住了。"什么贡品？怎么送到这里来了？"总管说来者说是奉王后之命，左相允准送过来验收的。

老左相一听，吓得酒也醒了，心说不妙，连忙摆手说："绝无此事！绝无此事！我也没接到懿旨，我也没见到黑水来使，何来允准之说。你快领我去看看贡品，是真是假。"

二人来到库房一看，贡品确有标记，他埋怨总管："办事糊涂，古往今来，哪有送给朝廷的贡品，不经朝官验收送到朝臣库房之事，这下可闯大祸了，要是误传还好说，这要是有人栽赃陷害，就有口难辩了。"

总管也吓出一身冷汗，小声嘟念道："那黑水靺鞨为什么那样说呢？

往时也未发生过这等事。"他见左相着急上火，便安慰道："大人不必多虑，所送贡品有清单，我一一验收，一样不少，明日给朝廷送去就是了。况且使者来时是我接待验收的，是他们说奉命送到我府的，老爷当时也不在场，他们等了您多时，想要当面交割，后来见您久久未归才告辞而去。这些事他们皆可证明，一旦出事，由我交涉，今天已晚，老爷先歇息吧，明早我就把礼单和贡品押送朝廷。"

这一夜，老左相思来想去，一宿没合眼，总觉得近来朝廷怪事迭出，必有一张黑网向忠臣围来，须加警惕。

好不容易熬到天亮，老左相早早起来洗漱，换衣整冠，就想亲自去见王后说明情况。可正当他装好贡品，准备进宫之时，忽听门外人喊马嘶，不知出了何事。开门一看，发现一队御林军将相府包围。老左相问道："你们来干什么？"

御林军头领冷笑一声说："请问左相大人，你私吞贡品，该当何罪？"

老左相把脸一沉，怒道："休得胡说，你怎知道我私吞贡品？"

那御林军头领被问得目瞪口呆，一时不知怎样回答。这时另一副将说道："俗话说，若要人不知，除非己莫为。我问你，黑水鞑靼给朝廷的贡品，在不在你家？"

老左相冷静地答道："这是黑水鞑靼错放我这里代为验收，我正要送到王宫去！我自会说明，无干你们责问。"

"说得倒好听，你作为朝廷老臣，岂能不知朝廷的规矩，哪有把贡品直接藏在自家府库的？"御林军统领讥讽地斥问。

老左相忍无可忍，喝道："休得无理！我无须与你们分辩，我正要进宫，找王后禀报。"

那统领厉声道："我也没工夫与你纠缠，王后已知此事，我正是奉王后之命，前来追查赃物，有敢抗令者，立杀无赦！"

老左相气得说不出话来，转身命总管看护好贡品，自己随同御林军一同进宫。

再说大英士请老左相到府议事，又议事又招待，直拖到天大黑才放归。老左相走后，大英士的心腹回禀，黑水鞑靼所送贡品皆依计送至左相府，大英士点点头道："干得好，我会重赏各位。"

第二天，大英士起个大早，赶到王后那里进门就连说："又出事了！又出事了！"接着就把老左相怎样密把黑水鞑靼给朝廷送的贡品私吞入库的事说了，又添油加醋说老左相怎样与黑水鞑靼私下往来、互送礼品，等等，编造一通，最后沉痛地打个唉声说："老王出征，京城混乱，老臣都背着朝廷胆大妄为，如不申斥、警告，怎么得了。"

王后一听，怒从心头起，立即吩咐大英士前去查看虚实，如果确有其事，将其拿下。如此这才有了御林军统领率众围困左相府之事。

再说老左相随同御林军押运贡品向王宫而来的路上，一直思索近来朝廷蹊跷事接连不断，多少人受牵连，不经审问就抓人问罪，弄得朝臣人心惶惶，噤若寒蝉，如此下去怎么得了！又想起近来朝中事，一切都是大英士专权独断，有异议，想见王后也遭挡驾。如今这黑水靺鞨贡品事，为什么就偏偏出现在我去右相府议事之时，又为什么这么快王后就知道了。王后办事一贯沉稳，多经朝议方下决断，近来怎么一反常态……莫不是大英士从中搞鬼？想到这，他觉得必须想法把朝廷和京城危急的情况告知老王，因此他趁机和总管说了自己的想法，让他赶紧派人密告渤海王。

老总管心领神会，当即密派心腹混出城去，扬鞭打马，星夜奔向三关向渤海王密报。前面说到的密使见渤海王的事，就是在这种情况下发生的。

话说大钦茂得到密报，虽不知京城到底发生了什么事，但得知是老左相紧急派人传来密报，不是万分紧急，不会在此时告急。他又向来人问些京城情况，来人尽其所知一一禀告。大钦茂一听，心急如火，紧急召集文武官员，说明朝中有急事需要他回去议决，决定立即启驾回京。他传令乌巴图驻守三关，便宜行事，自己便带领人马奔向京城。

回头再说老左相入宫见了王后，把验收贡品的前后情形如实禀告，最后说听从王后明断。

王后一听，事出有因，依此情形，不可断为私吞，仅是不当而已，且左相事不知情，今又将贡品悉数运来，就不予深究，但为了平抑朝臣议论，也借机申斥一番，说他家教不严，办事糊涂，疏于朝政，不问国事，责令他回府自省。

老左相虽是内心不服，也不敢辩驳，口称谢主隆恩，闷闷不乐地退回府中。

大英士虽没达到陷害老左相的目的，也使老左相名誉扫地，许多朝臣闻之更加畏惧。加之不少朝官换上了自己的心腹，他暗自思忖，改朝换代的日子不远了，不由得暗自庆幸。如今他就等待前线的消息，一旦契丹主帅得手，杀掉老昏王、乌巴图，他就可夺权登基坐殿了。

大英士一伙日夜盼望耶律黑送来好消息，不料，从前线秘密跑回一密探，告知右相，红罗公主和乌巴图已收复三关，焚毁了契丹大本营三寨，国王已班师回朝，不日即可到京城。

大英士一听，犹如五雷轰顶，立刻如霜打的茄子——蔫了，一时六神无主，他立刻跑到宫中去见小皇妃，向她通报危情。小皇妃一听，笑了笑说："看你那丧魂落魄的样子，怕什么，我们有红罗巾，此时正可助我们一臂之力，等他们要入城时，我用红罗巾把他们罩住，你可带御林军杀出去，何愁擒拿不如探囊取物，你尽管加紧部署就是了。"

大英士一听，茅塞顿开，觉得小妃言之有理。他跑出去立刻布置御林军紧闭四门，没有他的命令不准放进任何人。布置完了，又请小妃登上西城门楼，准备施法迎战，自己则躲在一旁观望，见机行事。

且说大钦茂班师来到西城门外，见城门紧闭，无一人出城迎驾，甚觉奇怪，观望间见小爱妃拿一条红巾向他们招手，以为是欢迎他们，便传令命小妃快叫臣民出城迎驾。

小皇妃哼了一声，大喊道："老昏王！你别做美梦了，这江山不是你的了，今日我要送你去见阎罗王。"

渤海王一听，大吃一惊，大怒道："小爱妃，你为什么说这样大逆不道的话？"

"我不是你的什么爱妃，你杀了我哥哥，你是我的不共戴天的大仇人！"

渤海王厉声喝道："大胆蟊贼，你想谋叛？"

"哈哈！老东西，今天我就要你的命，拿你头颅来祭祖。"小皇妃正说着，一眼看见红罗女催马上前，更加来气，她急忙展开红罗巾，在空一摆，一片红光唰地放射出去，大钦茂就觉得有一种无形的力量冲击而来，立即头昏眼花，差一点儿闪于马下。

小皇妃一见红罗巾真有神力，紧摇起来，只见红光闪处，千军万马昏然倒地，挣扎不起。

这时红罗女心里才明白，红罗巾原来被小皇妃偷换去了，懊悔不迭。

小皇妃见大钦茂众将士人仰马翻，纷纷倒地挣扎，跺着脚哈哈大笑。大英士在角楼处一看这情景，心中大喜，悄声喊着："再摆几摆，我立即率兵马出去擒拿。"

小皇妃闻言，又举起红罗巾，刚要摇摆，只见从南方飞来一道白光，把红罗巾从小妃手中夺了出来，飞到空中，不一会儿就无影无踪了。

法宝被夺走，红光消失，那些倒在地上的兵将，渐渐清醒过来，纷纷站起，吓得小皇妃双脚一软，瘫倒在地，浑身哆嗦，心想这下可完了。大英士一见这情景也慌了神，不知如何是好，就在这个时候，忽见渤海王站起身来，大喊："谁给我擒了这个逆贼！"话音刚落，就见一人手举宝剑跑向小皇妃，一剑劈下，小皇妃身首异处，去了望魂乡。劈杀小皇妃这人转身向城下喊道："叔父！小侄来了！"随即催促御林军打开城门，一起跑出迎驾。

大英士率御林军跑出城外，列队欢呼，君臣互相见了礼，就随渤海王入了城。

渤海王大钦茂回到王宫，大英士陪侍左右问寒问暖。大钦茂想起小皇妃叛逆恶行，恨得咬牙切齿，回想自己此次班师回朝，乃是接到老左相传来京城有变的密报才不得已转驾回京，不知京城到底出了什么大事，于是便对大英士说："我接老左相密报，说是京城出现危及社稷的大事，究竟有什么变化，你不妨为我说说。"

大英士一听老王说出接到老左相的密报，不知是不是牵涉到自己，心生恐惧，转念一想，不管他说了什么，现在朝中上下还得听我的，就是大王、王后也信任我，更何况我还抓着他的把柄，怕什么。于是他沉痛地回禀道："叔父哇！朝廷中确实发生了危及社稷存亡荣辱的大事，说来令人愤恨、痛心。"接着他就把上京将军怎么趁国王出征之机，常到小皇妃那偷情鬼混，被王后撞见，又怎么趁巡查之机偷走镇国金佛，又怎么在御林军中培植亲信，独断专权，众怒而不敢言，事发之后，丑行暴露，无颜面君，愧对祖宗，自请赐死。他又把小皇妃盗红罗巾的事也趁机栽到上京将军身上，说小皇妃早就恨怨君王，心存报仇之意，自从二人勾搭到一起，就从不把朝纲放在眼里，今日城头叛逆，就更加暴露了他们的狼子野心。说起老左相，他又添枝加叶地说，往日就有人风传，趁与外使互相拜访之机收受礼物，自大王亲征后，也不给王后请安了，对朝中事也多是走走过场，得过且过，倚老卖老。近日，黑水靺鞨使者为我王送来的贡品，送到他府上入库，被人发现，才送回朝廷。我和王后念他是老臣，未予深究，给他留点颜面……正是这些老臣，不以社稷为重，胡作非为，闹得朝野不安。前些日子，城内外谣言四起，看来一定和上京将军有关联……想我将士，为王前驱，血染疆场，在所不辞，而朝中诸戚贵，安享富贵，却不思报恩，上京将军之流，权倾朝野，却污我王室，心存叛逆，忠臣闻之，无不凄然泪下。自父王出征，他们欺我年幼，哪把我放在眼里，多亏王后为我做主，才把上京将军那帮阳奉阴违的奸党们除掉。

大英士一口气把罪过都加在老臣的身上，掩盖自己的奸谋，说完还掉下几滴泪。

老王听罢，重重打了一个唉声，心想，自先王开疆拓土，建都立国以来，上下同舟共济，精诚团结，才创造出威震东方的基业，想不到在我朝却出现了这些大逆不道的子孙，怎能不令人痛心疾首。老王想起小爱妃叛逆弑君拒开城门还肆意辱骂，余恨未消，多亏了大英士杀逆救主，心存感激，于是说道："今日你杀掉叛贼，开门迎驾，立了大功，改日我要重重赏你。京城事就暂且谈到这，我还有公务要商议，你先忙你的事去吧。"大英士施礼退去。

这天大英士办完朝中事，回到府上，急忙又把心腹都找来，把对朝中所发生的事怎么看待都统一了口径，并叮嘱他们今后言行一定要谨慎，不管听到什么风声都要沉住气，目前做到尽职尽责就行了。这天晚上，大英士又和鬼阿哥密谋了一阵，两人相视而笑。

再说这天晚上，渤海王和王后也有说不尽的话。大钦茂听王后所叙朝中发生诸事，大体与右相所禀告相似。王后特别提及自国王御驾亲征后，大英士怎样每日请安尽孝心，怎样为朝中事不辞劳苦日夜操心，怎样为除掉上京将军行动严密果断，真是好话说尽。大钦茂也把此次回朝小爱妃怎么咒骂叫嚣，怎么用红罗巾谋害将士，又怎么被大英士斩首除奸，开城门率御林军迎驾的过程细述一遍。

渤海王和王后经此惊变，都觉得还是自己的亲侄最忠诚，最孝顺，最值得信赖。

第十二章　妖道出山

大钦茂回到京城，平定乱事，安抚朝臣，封赏将士，整顿朝纲，一时朝廷上下恢复平静，市井也繁华如初。

再说大英士杀了小皇妃，掩藏了阴谋，除掉了异己，扩大了势力，受到了国王的褒奖，加之本来就权倾朝野，因而朝臣对他的所作所为无人敢说一个不字，他也就逐渐放下心来。

大钦茂和王后这几日也逐渐开心了，见到大英士、红罗女也有说有笑了。这一日，大英士给渤海王请完安，说道："叔父，前日您说要为红罗公主摆庆功宴，我看近日天晴日朗，君臣熙洽，何不就择个吉日办了，也了却圣王的挂念。"

大钦茂自侄儿平定内乱，安定了社稷，本就十分欣喜，又见他每日勤于王事，办事认真，为人谦和，一切大有长进，就更加喜爱。听了大英士的建言，也以为妥，于是答道："好哇！这事你就张罗办吧。"

大英士积极张罗摆庆功宴，一方面是为了了却渤海王、王后的心愿，一方面是为了借机讨好红罗女。他深知红罗女爱吃忽尔汗海的鲤鱼、鲫鱼，山林中的山耳、山蘑，因此他特意关照御厨，要采办新鲜货，要按红罗公主的口味多加几道菜。

开宴之日，君臣称贺，热闹非凡。因为人们早就知道这次御驾亲征，收三关，焚四寨，救大王，退敌寇，红罗公主立了大功，国家有这样的巾帼英雄，哪个不为之庆幸，哪个不为之骄傲，况且是大王的义女，哪个又不格外崇敬，大英士更是带头夸赞，极尽讨好之能事。

可是，红罗女对这些盛情，只是点头答谢，并不表现出格外开心。大英士觉得自己前前后后使尽招法，用尽心思，不仅不能讨得她的欢心，而且连句热情的话都没有，真是远了舍不得，近了又怕露馅，左右为难。

其实，红罗女并没有看清大英士的本质，今日她没把大英士的殷勤放在心上，是因为她正在想着失去的红罗巾。她想起当年得到红罗巾时那个老太太对她说的话：这红罗巾原是她女儿的，为了助她实现心愿，赠给她护身的，如今却神不知鬼不觉地把它失落了。更让她想不通的是，那小妃怎么会盗巾谋叛？又是谁告诉她红罗巾的用处的？虽说小妃杀害渤海王没能得逞，被大英士及时除掉，减轻了自己的内疚，可红罗巾还是因为自己不经心被盗了，她越想心越烦乱，所以散席后，拜别父王母后，就回到了红罗宫。

红罗女与珍珠、喜鹊姐妹在宫中住了几日，就思念起家乡了，一心想要回去。一天，她拜见父王母后，就说要回忽尔汗海行宫住几日。王后以为她征战劳累，思念亲友，只好应允她们回去住几天。渤海王也因日夜牵挂三关战事，朝中之事，无暇照应她们，也说回去散散心也好，过一段再回来。红罗女谢过了渤海王和王后，收拾一下，便带着珍珠、喜鹊回行宫了。

姐仨一路扬鞭打马，不到两个时辰就到了忽尔汗海边，一见那蓝蓝的海水，天上白白的云朵，岸边绿绿的树，山野艳艳的花，蝶飞鸟鸣，清新美丽，佳境如画，顿觉心旷神怡，不由得跳下马来，来到海边，眼观那平静的海水，清澈见底，一群群鱼儿正在戏游，到处充满生机。她们长长地舒了一口气，觉得满身清爽好不快活，兴奋地举起双臂，大声喊着：忽尔汗海呀！你太美了。

她们玩了一会儿后，决定先到山城去看看乡亲，回老宅住几天，给老人上上坟，然后再回行宫。

日头偏西之时，来到山城，刚进城门，遇到不少乡亲。乡亲们一看是红罗女姐仨回来了，立刻围了上来，这个拉手，那个摸脸，十分亲热。有人说，自从你们出兵打仗，我们天天盼着早日得胜回来呀，今天可把你们盼回来了。又一乡亲问道："听说公主订婚了，还是一个武艺高强的将军？今天怎么没来呀？多咱能来，让我们也看看，听说长得一表人才。"

喜鹊嘴快："是啊！长得可俊了，是个大将军哪！现在镇守边关，不能回来。等我姐姐结婚那天，让你们看个够！"说完自己哈哈大笑起来。

红罗女瞪了她一眼，说："这个快嘴丫头，你都扯些什么呀！"

有的年轻人高兴得憋不住，满街喊："红罗女回来了！红罗女回来了！"这消息像一阵风似的传遍了全城。老百姓早已听说红罗女当了元帅，打败了契丹兵，没想到这么快就回家乡来了。这一招呼，不少人放下了手中活，都跑来看红罗女。

一下子围上来好多人，里三层外三层，问长问短，一时间，全城都热闹起来。

正在这时，闻讯的守城官带领一队人马匆匆赶来，来到姐仨面前，立即下马施礼，连声致歉："有失远迎！请公主恕罪！小人不知公主驾到。"

红罗女笑道："我只是想念家乡，临时回来看看，小住几天，不想惊动官府，还惊动了将军，大家辛苦了！"

那位带队守城将军接言道："公主驾到，这是山城的光荣，请公主赏光，到官府稍事休息，尝尝家乡的果品，让我们略尽地主之谊。"

红罗女被他们的热情真诚感动了，只好答应他们的请求。众乡亲让开一条道，官兵引路，向将军府走去。

进了将军府，主客落座，叙谈一会儿，品尝了果品，观看了一下兵营，红罗女谢绝了酒宴，便上马奔回老宅。

第二天，姐仨上山一齐为老人祭奠，到了坟茔前，拔去杂草，填上新土，焚香摆供，跪地叩拜。红罗女口里念叨着感谢父母养育之恩，如今长大成人，实现了老人期望女儿为国报效、为民除灾的愿望，如此一类安慰父母的话语。祭告完毕，红罗女想到这些年的酸甜苦辣，感慨万千，不由得淌下热泪。

姐仨在山城又拜访了几位老前辈，访问了一些乡亲，就告别了山城，回到忽尔汗海边的行宫。这一带渔民、猎户听说红罗女回来了，不少人带着海鲜、山货去看望她们，你来我往，天天不断，喜气洋洋，热热闹闹，姐仨十分开心。

十几天过去了，就来到了篝火祭天的节日，人们又像往常一样，点上数十堆篝火，祭完天神，大家伴随鼓声跳舞、唱歌；有些人敬怀喝酒、吃肉；少男少女追逐嬉闹；年岁大些的说笑话讲故事，真是人神同欢喜，老少皆忘忧。

时光易逝，一晃一个多月过去了。姐仨除习文练武之外，时常想起边关战事，尤其是红罗女，在夜深人静的时候，就想念乌巴图，一会儿想乌巴图被石头打的伤不知好了没有？一会儿又担忧耶律黑会不会又使诡计偷袭边城……越想越睡不着。这两天干脆就不睡了，点起灯来，要给乌巴图亲手绣一个表达心意的箭袋。

一天夜里，喜鹊翻身醒来一看，姐姐还在绣着箭袋，就冒出一句："哎呀！姐姐，别费那个劲了，到城里买一个最好的不就得了。"睡在她身旁的珍珠听见了，觉得小妹妹不懂事，就偷偷拧了她一下，她伸伸舌头再不吱声了。

喜鹊这个姑娘，从小就跟她爸爸学射箭玩刀，有点野性，从小就愿上山爬岭的，让她学刺花绣朵的可费劲了，摆弄两下没耐心就扔一边去了，所以她见红罗女熬夜绣花，不大理解，才冒出了那句话。

珍珠是细心的姑娘，她早就看出姐姐的心思，等喜鹊又睡着了，就说："姐姐！不能让乌巴图将军回来一趟吗？"

"守边事大，不能说回来就回来。"红罗女答道。珍珠不吱声了，她索性起来陪姐姐绣箭袋。

红罗女真是心灵手巧，绣哇绣，不几天就绣好了一对鸳鸯在戏水，旁边配绣两盘大莲花，鲜艳夺目，活灵活现。看的珍珠会心地笑了。

这一天，雨过天晴，万里无云。红罗女姐仨心情大好，为了散散心，解解闷，姐仨就到忽尔汗海驾一只船去打鱼捞虾。

过了一个多时辰，当她们满载而归的时候，突然刮起了东南风。红罗女感到很奇怪，秋天怎么刮起东南风呢？惊疑间，风越刮越大，不一会儿，浪涛滚滚，天昏地暗。

姐仨一看不好，赶紧往岸边划，划着划着，眼前突然出现从来没见过的一座山，山上还不时地放光，红罗女更觉奇怪，便说："现在风大浪急，我们就到那山上去避避风吧。"姐仨就把船划到了那里。

上了岸，拴好船，刚想往山上走，嗨！风一下子停了。红罗女姐仨一看，这山一片绿油油的，野花盛开着。红罗女四处观望，看了一会儿，对两个妹妹说："你们看，这座小山多么像北湖头那座小孤山哪！我们就叫它大孤山吧。"据后人传说，大小孤山的名字就是从这时留下来的。

姐仨正观望时，发现山顶又发出一道光，好奇心催赶姐妹往山上爬去。刚爬到山腰，就看到一座小房子，走近小房子，又发现后面有一座八角亭，走进八角亭，发现亭子里有一个放满清水的乌金盆，正在琢磨这是一个什么物件时，一道红光从盆中射出。

红罗女觉得这乌金盆挺眼熟的，突然想起来了，这不是师父炼丹药的乌金盆吗？怎么放到这里来了？莫不是师父来了？

正当红罗女想得出神的时候，喜鹊喊了起来："姐姐快来看！对岸白石砬子有人。"红罗女和珍珠忙过来一看，果不然，对岸立陡立陡的白石砬子上，有一个穿绿衣裙、挎小筐的女子。

红罗女仔细一看，惊讶道："呀！这不是师姐绿罗女吗？"心里不由得高兴起来，忍不住大声喊："绿罗姐姐！绿罗姐姐！"

只见那位女子很高兴地向红罗女招招手，不一会儿，就驾着小船从湖西岸向大孤山划来。

红罗女急忙跑下山，边喊边招手。等绿罗女登上小山，红罗女一头扎进姐姐的怀里，眼泪像断了线的珍珠，再也止不住了。

姐俩亲热一阵，红罗女把珍珠、喜鹊一一给绿罗女做了介绍，然后指着绿罗女筐中的红花问道："姐姐，你冒着危险，采这些红花做什么用啊？"

"给你呀！"绿罗女笑着说。

"给我？"红罗女睁大眼睛，不明白。绿罗女看她不知其意，就从怀里掏出了红罗巾。红罗女一看，羞得低下了头，好大一会儿才说："姐姐！我对不起师父，把红罗巾丢了，它怎么到你手了呢？"

绿罗女握着红罗女的手："妹妹！这红罗巾是师父费了多少年的心血才炼成的宝物，是给你保国护民、除奸解灾用的。它一旦落到坏人手里，师父立刻就能知道，就会用法术把它收回去。"红罗女这才明白，红罗巾为什么能从小皇妃手中飞走。

绿罗女又说："这红罗巾被坏人一用就褪色失去法力了，就是不收回，也不会产生威力了。"红罗女拿过来一看，果真失色，变得灰黄了，心里一阵难受。

绿罗女又说："我今日来，是受师命帮助你恢复红罗巾的神力，只要用九百九十九朵新鲜的红花，在乌金盆中洗染九天九夜，就能变回原有的颜色，就能再放光显神力。"

"这花到哪去采，还有什么要求吗？"红罗女问。

"当然有要求了，这花必须是长在人迹罕至的石砬子上，受日精月华照耀产生灵性的花朵，而且一棵花上只能采一朵才能灵验，你们方才不是看见我在石砬子那里嘛，我刚刚采够数，才回来。"绿罗女答道。

于是姐妹四人赶紧依法洗染红罗巾，洗了一个时辰，果见红罗巾清亮一些了。

就这样，姐妹几个人分工轮班采花、洗染，不知不觉已过去六天，发现红罗巾逐渐鲜艳，大家都十分高兴。

到了第七天下晚黑，绿罗女拿出一块画有神符的黑绸布，说："这后三天，红罗巾就要开始放光，这时我们就要把窗口挡上，一般的物件挡不了这光，我这块黑绸布是做过法的，只有它能挡住，我们一定要遮好千万不能叫红光射到外边，因为这是神光，一射出去，千里之内的人都能看见，一旦被有妖法的人发现，就要引来祸患。"红罗女姐仨点点头，经心照看。

到了第九天晚上，红罗巾放出耀眼的红光，照得大家都睁不开眼睛。姐几个虽然已十分劳累了，但见洗炼红罗巾，大功就要告成，精神倍增。

这时，绿罗女说："过了这一宿，明晨太阳一露脸，红光就被全部收进去变成能量，那时红罗巾就和原来一样，成为真正的宝物了。"

这天夜里，到了三星打横的时候，姐几个眼皮直打仗，你拍拍脑门，我咬咬手指，想顶着这个困劲。没想到，下半夜时，一个个东倒西歪，实在打不起精神，就在这节骨眼，喜鹊一低头，一招手，把黑绸就掀开一角，一道红光直冲斗牛，照红了半边天。

绿罗女睁大眼睛一看，脸色都变了。恰在这时，从西南方刮了一阵黑风，直向大孤山扑来。绿罗女心说不好，急忙喊道："快把东西收拾好，我们要搬到北湖头瀑布里去，到那再施法，还能挽救。这里已不可留。刚才我见那黑风，阴气很重，必是妖人所兴，红罗巾一旦被妖人查知，祸乱就跟着来了，收拾好，赶紧走。"姐四个收拾起乌金盆、红罗巾、黑绸布、采花筐，立即下山，找到船只，就奔瀑布划去。

天色渐亮，姐四个已听到瀑布流水的声音，循声划至跟前，但见石砬子上珠花四溅，吊水楼像一条素带挂在石砬子中间，绿罗女念起分水咒，只见那瀑布珠帘往两边一分，露出一个山洞，姐四个带好物品赶紧跳了进去。

进了洞一看，山洞很大，那瀑布像一个透明的大帘幕，从外面往洞里看，漆黑一片，什么也看不清，可一入洞中，里面很亮，她们试探着往里走，来到一处宽敞的地方，那里整整齐齐放着不少石桌、石椅，她们就在这里停留下来，安置好乌金盆和红罗巾。就在这时，她们闻到了一股清香味，四下寻着，发现在一些石头缝里长着一些和长白山见到过的一样的、能治跌打损伤的药草，喜鹊说："这真是一个好地方，在这待几天也挺好。"

绿罗女说："赶紧办正经事，我接到了师父召唤我的信号，我得赶快回去，临走前，我再给红罗巾施一次法。"说着她走到乌金盆前，面对红罗巾，口中念了一套咒语。念完，她对红罗女说："我走后，你就用这瀑布水，再洗九次，这红光就都收进去了，红罗巾也就恢复了往日神威。切记，千万不能让外人进来，也不能让外人看，更不能让外人用，不然的话，又要经历一番劫难。"

红罗女一听师姐要走，有些恋恋不舍，可师父呼唤，哪敢阻拦，只好含着热泪送师姐归山。临分手，红罗女表示一定遵从师姐叮嘱，并请师姐代向师父叩首请安。

绿罗女走后，姐仨按法洗炼红罗巾，终日不敢疏忽大意，紧守洞口，不轻易外出，生怕前功尽弃，招引祸乱。

回头再说，绿罗女、红罗女姐妹四人洗炼红罗巾，第九天深夜，不慎红光外露，被忽尔汗海西南一千里外大狼山的一个老妖道发现了。这个老妖道自称通灵法师，因为他会很多法术，武功也不低，加之最近几年他暗地抓了一些童男童女，炼什么返老还童丹，祸害不少人，百姓恨之入骨，都管他叫老妖道。

因为他不修正道，又常妖言惑众，二十年前，曾被渤海官府捕获申斥，他苦苦哀求，发誓改过自新，官府念他是出家人，为害不重，打了三十大棍，放了他一条生路。从此他对渤海国怀恨在心，常思报仇雪恨。

后来，他在云游中结识了耶律黑，二人相见恨晚，意趣相投，就互相称兄道弟。老妖道见耶律黑与渤海国处处作对，很合心意，就教了他许多妖术，扶助他抢掠渤海国城池、财物，自此，耶律黑更加目中无人，气焰嚣张。

这老妖道还能掐会算，自红罗女下山，他就知道了，红罗女得到红罗巾后，他就测出红罗巾的神威，深知两军对阵时的杀伤力。因此他赶紧转告耶律黑，并为他出谋划策，让他在渤海国朝廷寻找内奸，偷盗红罗巾。正是有了这个谋划，耶律黑才找到大英士，大英士又假借小皇妃之手，骗走了红罗巾。

耶律黑的要求是大英士得到红罗巾要献给他，才帮大英士夺权篡位。大英士和小皇妃用宴会演出红罗巾舞的时机，偷梁换柱，骗走了红罗巾。而小皇妃得知红罗巾是宝物，怕给了大英士自己失宠，拿他一把，制造借口就是不交，结果，大英士没得到，耶律黑更加失望。迨至小皇妃持巾谋叛被杀，红罗巾又被长白圣母收回，耶律黑气急败坏，老妖道垂头丧气，其结果都是竹篮打水——一场空。

老妖道云游之后回到老狼山，还不死心，他算到长白圣母一定会把红罗巾送给红罗女，心想：只要红罗巾下了山，我就有招得到它。于是他每天观天象，捕捉信号，等待时机。

这一天，他正观星，突然发现忽尔汗海方位一片红光，掐指一算，便知红罗巾又出世了。他感到时机到了，于是他急忙下山，直奔忽尔汗海而来。

老妖道会轻功，是一个飞毛腿，日行一千，夜行八百。等他跑到大孤山，虽有余光却不见人，更不见物，举目四下观望，发觉吊水楼瀑布一带有灵气显现，马上奔向那里。

到了瀑布前，探知洞里有人，打开灵眼一看，知道是红罗女姐妹在洗炼红罗巾。他深知姐妹仨武艺高强不可强取，也不想露真相去偷盗，他思谋了一阵，暗暗冷笑几声，转身溜到一片林子里。

再说红罗女姐仨，自绿罗女走后，经心洗炼红罗巾。可头两天洞口左右尚能采到红花，第三天，附近再也找不到有灵性的花朵，不得不远走。这天红罗女采完花往回走的时候，突然听到一声"轰"的巨响，她跑过去一看，是一个白胡子老玛发从砬子上掉下来，那腿摔在一块大石头上，好像摔断了，老人家昏死过去。

红罗女连连喊他，老人还是昏迷着不能说话，细一看，血都透出裤腿外，心想摔得不轻，看着挺心疼，附近还没有其他的人，忽然想起洞中还有治摔伤的仙药，就想救他，于是赶忙把他背起来，一步一步往洞中走。

红罗女把老人背回洞中，天已经黑了。珍珠姐俩看到姐姐气喘吁吁地背一个外人进来，刚想提醒她绿罗女的告诫，可是一看这老头腿上都是血，还昏迷不醒，就帮忙把老人放在石床上。红罗女救人心切，来不及说明情况，急忙就把洞中的仙草找来，将其捣碎，给老人敷上。把老人安置好了，她才和妹妹们去洗炼红罗巾。

第二天，老人醒过来，一看是三个姑娘救了他，千恩万谢，感动得掉下泪来。红罗女问他："老人家这么大年纪，怎么一个人出门呢？"

老人长长叹了一口气，颤颤巍巍地说："我家在南边很远的地方，前几天，我儿子外出打猎，突然一只老虎蹿到家门口，一下子把小孙女叼走了，我连哭带撵，我哪能撵上老虎哇！撵着撵着，在山里迷了路，连着急带上火，腿脚又不好使，慌忙间就从石砬子上摔下来了。要不是好心姑娘救我，我就死在那里了。"说着哭出声来。姐仨一听，老人真可怜，再一看也不像坏人，就让他留下来，给他治伤。

过了两天，老人能一瘸一拐地走动了，就在洞中转悠，偶尔还哎哟叫一声疼得坐在地上。他听姐几个叨咕红花不好采，便搭话说，我大半辈子在山里转悠，一闻味我就知道哪里有什么花，我虽然腿脚不大好使，你们把我送到船上，不用上岸，我就能指给你们哪里有你们要的花。红罗女听他这一说，也觉得老人可能有经验，等她们采不到时，也不妨试一试。

又过了两天，红花更不好找了，红罗女就把老头扶到船上，他坐在船上张开神目，搜索一番，马上就告诉红罗女就近的地方哪个碴子上有。红罗女把船划到岸边，按他指的地方去找，真的很快就采到需要的红花了。红罗女回到洞中把这事一说，两个妹妹也觉得这个老头真有经验，帮了她们大忙，于是对老头就亲热起来。

再说这老头在洞中待这几天，躺在那很少说话，一心养伤，从来不问她们采花干什么，也不问她们洗什么，姐几个也就拿他不见外了。

到了第九天夜间，乌金盆中的红罗巾突然放出一片红光，把山洞照得像白天似的明亮，隔了一会儿，红光渐渐减弱，红罗女知道，这红光是被红罗巾吸收了，等到天亮时红光全吸收，红罗巾就洗炼成了。姐妹仨一看红罗巾就要炼成，前后十八个昼夜的劳累全忘了，几个人围绕乌金盆又唱又跳。

天快亮的时候，那老头突然哼哼呀呀打着滚，说是肚子疼。红罗女以为受伤以来老头住在潮湿的洞中，吃的也不可口，这两天又出去帮助找花，折腾出病来了，于是急得团团转，不知怎么办好。恰在此时，洞中一片漆黑，珍珠觉得像似有人推了她一把，一下子摔倒在地，模模糊糊见一个人影蹿了出去。

红罗女急忙点着火把，发现那瘸老头不见了，红罗巾也没有了，心说不好，红罗巾一定被那老头偷走了。姐几个向外张望，不见人影。这时，姐仨才后悔没听绿罗女的话，把外人放进来，出了乱子。

那摔坏腿的老头，就是老妖道伪装的，她知道红罗女尊老爱幼，富有同情心，就想出了这一计。进洞之时，知道红罗巾还没洗炼成，一直等到天亮前红罗巾把红光全吸入恢复神力，便假装肚子疼，引开姐仨的注意力，趁机盗走红罗巾。

老妖道把红罗巾偷到手，明知红罗女姐仨绝不甘心，一定要追赶，因而他一出洞口，便使起妖术，一口气跑了四百里。这时已是落日时分，他感到又饥又饿，又累又乏，就放慢了脚步，想找个人家寻点吃的。

他走着走着，发现前面山下有一个道观，心里一阵高兴，三步并做两步，投奔道观而去。

一敲观门，有个小道士开门出来，他把老妖道上下打量一番，问道：

"这位道长可是要投宿？"

来者点点头，回答道："不错，云游至此，想借贵宝地安身。"小道童摇摇头说："本观陋小，且已有人借宿，容纳不下，请到前面村寨讨个方便吧！"

老妖道一见要拒绝，心生不悦，但还是忍住怒火，又打个稽首："小道兄，慈悲慈悲，行个方便。"未等对方回答，甩袖大步而入。

老妖道进门之后未去大殿朝拜，口嚷"我要见道长"，也不等小道童通报，见西厢房有动静，便毫不客气地推门闯进。当他前脚刚迈入门槛，傻眼了。原来小道童所说已有人先借宿的这位道人，乃是游云法师，正是他的师兄。

这位游云法师，自幼修真学道，曾远赴大唐拜师访友，熟读经典，兼学符箓，精通医药，近年往来云游北方各国传经教化，消灾解难，其为人正直谦和，乐善好施，深为道门敬重，名扬四方。这老妖道受不了清心寡欲的约束，近年来专攻邪魔外道，师长不齿，百姓愤恨。因而在这里一见师兄，他顿觉无地自容，转身便欲退去。

游云法师一见师弟慌张模样，便知他行为不轨，喝道："师弟慢走！古语云：自作孽，不可活。你盗取人家的东西不有愧吗？我劝你速速送回，物归原主，免遭罪谴。"

老妖道一看师兄开门见山点破要害，心有恐惧，但作了一揖，辩解道："师兄有所不知，我取来红罗巾，正是为了拯救众生，不遭涂炭之苦。当今契丹与渤海为争霸战祸不止，那渤海王更是野心勃勃，恃强凌弱，今若获此宝物，必更加嚣张。有鉴于此，我才不惜声誉，取来保管，有何不当。"

游云法师冷笑一声，严肃地说道："两国之争，不干你我出家人的事，须知盗窃乃五戒之一，知过不改，巧言狡辩，罪莫大焉。师弟如能幡然悔悟当时不晚。"

老妖道见师兄严词斥责，不留情面，便恶向胆边生，从袍中取出腰刀就要动武，怒道："人各有志，休要纠缠，如要逞能，休怪我无情！"

游云法师打个唉声说："师父授徒，原本让我们救民从善，如不迷途知返，多行不义必自毙……"

老妖道哪里还听得进去，没等师兄说完，举刀就砍过去。游云法师毫不慌张，拿起身边拐杖只一挡，"当"的一声，那刀像碰到铁棍一般，弹了回去。二人便在屋里交了手。老妖道见自己使尽招数，游云法师东搪西躲，毫毛无损，心想这样打下去不行，干脆，一不做二不休，要用点狠招。于是他又从怀里掏出一面黑旗，在空中一晃，说声"来"，立刻出现蟒蛇、鹰鹫，挟带飞沙走石向法师扑去。

游云法师一看师弟斗起法来，心下好笑，这点小伎俩，又能奈我何！接着脱下道袍，往空中一抖，一道白光，直刺怪鸟、怪蟒，刹那间，烟消云散，什么怪物、沙石，踪影不见。

老妖道看这招也不灵，又忙取出红罗巾，想借法宝制服法师，可还没等他展开红罗巾，只见游云法师一招手，说声"过来"，那红罗巾就嗖的一下，落到法师手里。

老妖道黔驴技穷，已料知自己不是师兄的对手，他扑通一下跪地，口说："师兄啊！我错了，看你我同门之情，饶恕我一回吧！"

游云法师不屑道："当你举起屠刀之时，你想到师兄弟之情谊了吗？饶不饶你，我不能做主，咱俩一同见师父，听凭他老人家发落。"说罢，就去收拾随身携带的物品。

老妖道深知见了师父，一定要受到严惩，再无出头露面之机，起身就要逃跑，慌忙中，摸到袖内藏着三根妖绳，顺手掏出，就向法师抛去，只见三根妖绳变成三条巨蟒，向法师冲去。

说时迟，那时快，法师感到一阵腥风扑来，伸手摘下发簪，说声"去"，一道闪光，把那三条巨蟒击伤，巨蟒化作三股黑风，向东北方逃去。游云法师趁机把妖道擒住，将其锁在廊柱上，回身把红罗巾揣在怀内，向忽尔汗海奔去。

第二天日出之时，游云法师来到忽尔汗海边，见红罗女姐仨正在东张西望，心急似火，已知是为寻找红罗巾事查看踪迹。他急忙走上前，送上红罗巾，留下一句"最难看透是人心，终生切记"，便向西南飘然而去。

红罗女得到红罗巾，不知怎样感谢是好，可尚不知来者是何人，更不知为何送还宝物，他扔下一句话，就不辞而去，叫人纳闷。看那人来去无踪影的功夫，当非凡人。她心想：宝物再次失而复得，一定是天意，送宝物不管是谁，就是我们的大恩人。恩人已去，无以回报，心感不安。于是红罗女带两个妹妹，长跪于地，向西南深深遥拜。

红罗女重得宝物，喜出望外，想起离家日久，赶紧领着妹妹转回宫去。

再说游云法师，将红罗巾物归原主，立即返回道观，带着师弟就去见师父。

他们的师父叫昆都道长，鹤发童颜，仙风道骨，俨然是一位老神仙，远近闻名。他只收了三个徒弟，老大留在身边，老二便是游云道长，早年奉师命，下山云游，教化众生。老三便是这个老妖道，原道号叫灵素。他原本好学不倦，颇能吃苦，略通丹鼎、符箓要义，自与世俗交往，仰慕权贵，渴求长生，抛弃清修，走入邪径，声誉大坏，得名老妖道。

当师兄弟来到师门，一见师父纳头便拜，老道长微睁二目，心有所感，便直接对灵素说："好个孽障！竟敢背师，做出伤天害理之事，大辱门规，本应逐出，送官严惩，念你往时尚知荣耻，诵经赤诚，建观出力，善根未泯，给你留条悔过自新之路，罚留观中十年做苦力，深省其身，以观后效。"

老妖道深知师父的用心，听罢师父的教训，连忙叩头说："弟子知罪，甘愿责罚。"从此他留在观中，洗心革面。

第十三章　力除三蟒

红罗女带着红罗巾回宫之后，一连几天闭门不出，天天思考有关红罗巾的怪事。她想起最初得到红罗巾时，那位老太太叮嘱她：这红罗巾是助你为国立功、为民除害的护身之宝，一定要珍藏好，千万注意不可为坏人所用；她想起绿罗师姐告诫：洗炼红罗巾，千万不能红光外露，不能让外人进来，一旦为外人占有，就要引来祸乱；她又想起前天那神秘的送宝人临行时扔下的一句话："最难看透是人心……"

她想到这些往事，就感到十分懊悔和愧疚，都怪自己疏忽大意，未加防范，先是被小皇妃偷换，未能察觉，以致在战场上用假红罗巾对抗失灵，险些误了大事；京城动乱，小皇妃叛逆，用红罗巾伤害渤海君臣士卒，若不是长白圣母收回，更不知造成多大恶果；这次在吊水楼山洞洗炼红罗巾，又因自己未能看透人心识破阴谋，好心变成坏事，再次失落红罗巾。想到这些经历，心里痛骂自己，红罗女呀红罗女！你辜负了师父的重托，师姐的期望，你怎么这么不争气！

她又百思不得其解，这红罗巾的威能外人怎么会知道的？小皇妃盗巾，是何人唆使？到洞中盗巾这个老头又是何人？又是出于何种用心？这次送还宝物的长者又是何人？他怎么知道红罗巾是我的？为什么点化我"最难看透是人心"？难道在我身边还有谋取红罗巾的歹人？

想到这里，她警惕起来，心想，今后一定要保护好这个宝物，不要再出现闪失，造成千古恨。

五六天过去了，丢宝的阴影在红罗女心中仍不能散去。这天，红罗女招呼珍珠、喜鹊想出门散散心，一出门，就听渔民说，近几天不知什么原因，海水冒泡翻花，一股腥味，很难捕到鱼虾，姐仨听了也没往心里去，到附近转转就回家了。

珍珠、喜鹊看姐姐这几天好像有什么心事，总是闷闷不乐，有时就想法说点笑话，讲个故事，想逗她开心，也不大见效。这天她俩正琢磨怎么能让姐姐高兴起来，忽听外面锣鼓响，人声嘈杂，不知出了什么事。

姐仨走出门来，想看个究竟，一问才知，这两天海水翻底，泛起泥沙，混浊腥臭，人昏船翻，无人敢下海营生。有人说这是触怒了海神，得罪了龙王爷，大家正准备去许愿还愿呢！

姐仨随着人群来到海边，只见有人已摆好大供，牛马猪羊、山鲜果品摆了一大溜。巫师面对忽尔汗海击鼓祈祷，岸边跪满老少男女。人人都显现出畏惧不安的样子。

红罗女也从未见过这样的灾害，正思疑间，突然见在海中冒出三个大水柱，每一个水柱中，有一个像大水蛇似的怪物，眼如明灯，口似血盆，人们从来没见过这种怪物，有人说是龙，有人说是水蛇精。

这三个怪物一会儿腾空而起，一会儿在水中翻腾，掀起的水花如大雨一般飞溅岸边，那巫师吓得两腿筛糠，鼓也惊落地上，百姓见状惊叫四散。

红罗女姐仨回到家里，惊魂未定，就有人跑来跪求公主，恳求她拿主意，看看是龙王发怒，还是精怪作妖，得怎样平息这场灾祸。红罗女一时也不知灾祸从何而起，也想不出对付的办法。但她还是安慰百姓，一定想法除灾。

这天晚上，她做了一个梦，梦中有个老太太对她说："要知海中事，请出红罗巾。"说完那老太太便无踪影了。红罗女半夜醒来，若有感悟。

第二天，红罗女和珍珠、喜鹊带着红罗巾来到海边，一看，海水依旧翻滚，浊浪滔天，红罗女心想这到底是怎么回事？她拿出宝巾一照，一片红光射出，立刻显现出三条巨蟒的形象，她这一照，海水也渐渐平静下来，那三条怪蟒也马上潜入海底不动弹了。

红罗女看到那三条怪蟒，心想多少年也没听说过海里有这样的怪物，它们是从哪来的呢？刚想到这，在那红罗巾上就出现了两个道人打斗的画面，打着打着，就见一个老道从袖中掏出三条黑绳，往外一撒，变成三条怪蟒，向另一老道冲去，那个老道从头上拔出一个发簪，在空中一晃，一道白光射出，那三条怪蟒转身向东北逃窜。

这时，红罗女看清了，那撒三条黑绳的老道，正是她搭救的那个摔坏腿的老头，而那个拔簪打退三条怪蟒的道人，正是给她送还红罗巾的高人。她立时明白了，那放怪蟒使妖术的道人，一定是人家痛恨的那个老妖道。如今在忽尔汗海中兴风作浪的这三条怪蟒，不正是那老妖道使邪术幻变的吗？

红罗女用红罗巾，很快查明了忽尔汗海妖怪的真相，可怎么能除掉这三个怪蟒，一时还想不出万全之策。

第二天，红罗女率领数十猎人，带上刀叉弓箭，来到湖边。她先展开红罗巾一照，发现三条怪蟒潜藏在深处盘踞不动，心想怎么办呢？珍珠立刻提醒道："你用宝巾照着它，它敢上来吗？"一句话让红罗女醒悟过来，她忙收起红罗巾，安排弓箭手刀叉汉暂时隐藏起来，待怪蟒出水，一齐下手。

过了一个多时辰，海面上逐渐掀起大浪，不一会儿，三条怪蟒蹿出水面。红罗女立刻下令动手，一排利箭、飞叉打了过去。这箭和飞叉不是没射到，就是一打滑滑了过去，一点儿不能奈何它们。那怪蟒见有人要伤害它们，猛劲向岸边喷射腥臭水柱，人们一闻到那怪味，立刻恶心、呕吐，不得不退回来。

当天夜里，怪蟒上岸，吃掉牛马还伤了人，岸边百姓吓破了胆，一传十，十传百，家家惊慌失措，一些胆小的，携家带口逃难去了。

红罗女听到这个凶信，急得团团转，她赶快招来一些猎户、渔民，商讨对策。有人提议，太远了，我们打不到，是不是找些水性好的人，想法驾船接近它，用叉刺刀砍；箭法好的，猛射它要害处，也许能制服它。大家一听，也觉得不妨试一试。

事不宜迟，众人做好分工，带上工具，一齐来到海边。大家按照事先约定，在海边排好阵式就等怪蟒出来。

等了半个多时辰，发现怪蟒掀浪而来，大家一声呐喊，驾船冲去。数十条船渐渐靠近怪蟒，等那怪蟒一露头，一排冷箭射去，数十铁叉抛去。蟒怪受了伤，圆睁二目，张开大口，猛向渔船冲来。伴随巨浪，小船纷纷翻倒，除蟒人个个落水，有些水性好的年轻人，毫不畏惧，潜入水中，叉刺刀砍，拼命厮杀，那怪蟒也妖性大发，喷水掀浪，搅得天昏地暗。双方斗了一阵子，大家也渐渐体力不支，只好挣扎回到岸边。

这次除蟒，又没能取胜，不少人泄了气。还有人传出：怪蟒已长出四条腿，要再长出犄角就成精了，那时谁也对付不了了。

红罗女也感无计可施，心想：用红罗巾一照，它就沉入海底，杀不死它，你不照，它就兴风作浪，箭射叉戳，也制服不了它，这可怎么办呢？

正在左右为难的时候，大英士从京城带一队兵马来了。原来，忽尔汗海出了妖蟒，兴风作浪，吞牛吃人，害得百姓纷纷逃难的事，传到了京城。渤海王闻报，大为震惊，经过廷议，便决定抽调御林军前去捕杀。

大英士早就想找个机会去看望红罗女，当国王决定派遣御林军前去除害时，心想这可是个好机遇，一者可见御妹，培养情愫，互通款曲，增进情谊；二者凭借武士之力，剪除妖难，上为朝廷免忧，下为黎民除害，名利双收，何乐而不为。于是，他坚请督战。

大钦茂见其毅然请求督军除害，为朝廷分忧，是大好事，当即允准。这样，他就出行了。

大英士带领御林军，风驰电掣般来到忽尔汗海。

红罗女见哥哥大英士来，赶忙上前见礼。听说他专为除蟒而来，更是高兴。

大英士趁机吹嘘道："吾于朝中闻忽尔汗海蟒妖作怪，百姓恐惧，纷纷逃难，甚为震惊，为此寝食不安。吾知为臣者，当以为国分忧、为民除害为先，故不惧性命之虞，特率军前来，斩灭妖顽。不知妖孽现下如何，请御妹略叙一二。"

于是红罗女便把蟒妖来历、如何凶残，以及连日来各寨渔、猎民如何战妖蟒之事略说一遍。

大英士一听，倒抽一口冷气，心想：这妖蟒如此厉害，看来不是仅凭刀箭，就能轻易得手。如今之际，如何应对？

正当大英士犯难失神之时，红罗女问道："兄长可前去一看，再思对策。"大英士迟疑一下，答道："待我略做准备，再行往观。"

红罗女把珍珠、喜鹊招来，叮嘱一番，二人转身而去。大英士豪言放出，不敢打退堂鼓，但又觉此番前去，吉凶未卜，为防不测，他激励将士要无所畏惧，争取立功。他的用意是为保全自己，让他人做挡箭牌。

大英士做了一番部署，就同红罗女往海边而来。走到海边，他一看海水平静如常，无风无浪，更不见蟒怪出没，心生疑惑，便问红罗女："传说波浪滔天，地暗天昏，今之怪蟒安在？"

红罗女答道："为防列位惊骇，我已事先委派喜鹊、珍珠罩起红罗巾，现时怪蟒慑于红罗巾的威力，潜藏海底，现已风平浪静，一旦收起红罗巾，怪蟒就会浮起兴风作浪。"

大英士举目张望，见喜鹊、珍珠二人正站在一块礁石上，举着红罗巾。他心里犯了寻思：怎么红罗巾又回到她们手？转念又想，好，你们先保管吧，不怕找不到机会，再设计弄到手。

这时，红罗女一招手，珍珠、喜鹊跑过来，红罗女想让他看看怪蟒在何处，长得什么样，就让喜鹊把红罗巾交给大英士，让他观察一番，看看怪蟒的真面目。

大英士接过红罗巾，刚想张开一观，那红罗巾既不放光，也不出图像，忽然来了一阵风，将红罗巾吹到红罗女手中。此刻大英士只觉脑袋像挨了棒击一般疼痛，"哎呀！"大叫了一声，一个趔趄，险些跌倒在地。

红罗女姐仨还以为是大英士看到了蟒怪吓得丢了魂，哪知，这红罗巾再到歹人手中就不灵了。其实大英士什么也没看见。而大英士惊叫的真正原因，姐仨也不知。

由于撤了红罗巾的照射，海面又涌起了浊浪，接着怪蟒冲出水面，凶猛地向人群喷射泥水。这时大英士才看清那怪蟒张开血盆大口，浑身扭曲，四爪舞动，圆睁二目，十分吓人。

大英士转身后退，但想起我是奉命除妖的，要不做点样子看看，怎么交差。于是他指手画脚，装腔作势，指挥兵将放箭投石，击鼓鸣锣。

那三条怪蟒，早见过这种阵式，毫不畏惧，你放箭，我沉潜，你停战，我上浮，你来我往，较量了一个时辰。那怪蟒越战越凶猛，喷水扬沙，兴风作浪，毫不退缩，许多兵将受了伤。

红罗女一看，这种斗法仍是难以取胜，况且箭石都用光了，无力继续抗击，只好又举起红罗巾，那恶蟒才退去。大英士趁机下了撤兵令。

这天晚上，忽尔汗海狂风大作，巨浪排空，在不少村寨里，一会儿传出牛的哀鸣声，一会儿传出猪的号叫声，一会儿又传出人的呼救声，鸡叫狗咬之声更是不绝于耳，把大英士吓得蒙上脑袋，全身战栗，直到天亮，未敢合眼。

第二天天大亮，侍卫请他进早餐，他才慢慢爬起来。吃饭时，他听人议论，说是那怪蟒已长出犄角，一旦长成，成了精灵，就能腾云驾雾，上天入地，专门吃牛马，喝人血，谁也治不了了。听了这些传言，大英士万分恐惧。

大英士这时也无计可施，他急忙派人把红罗女姐仨请来，询问下步怎么办。姐仨也皱眉头。大英士一看红罗女姐仨据有宝物都难制服，就想脱身，于是说道："忽尔汗海妖蟒作祟，恐是天意降灾，该着这一方有劫难。既然是天意不可违，我们就不能强行对抗，枉费心力，更不能莽撞行事搭了性命。于今之计，我以为你们姐仨暂随我回京，禀报大王、王后，再思良策。也许过了一年半载，天灾就自消自灭了。"

"不行啊！蟒怪成精，忽尔汗海的百姓就无生路了，京城也难以安宁。如今官府不管，置黎民生死于不顾，怎能忍心？"红罗女摇摇头说。

在场之人一时无言以对，这时，红罗女眉头一皱突然拍手道："有了，快把乌巴图请来，他手中留有降妖宝镜，我有镇妖红罗巾，再发动军民齐下手，也许能降伏妖蟒。"喜鹊和珍珠一听，连声叫好。大英士一听，心里咯噔一下子，马上心烦意乱，他最恨乌巴图，因而站在那里不表态。

红罗女打个唉声，说："好倒是好，可是没有父王的圣旨不行啊，等奏明父王再定夺，只怕怪蟒成精就晚了。"

大英士一听这话，眼珠一转，暗自思忖，好哇！我何不借此机会采用激将法，激她们去找乌巴图，把他找来让他下水除蟒。他要是斗不过怪蟒，让怪蟒吞掉了，也解我心头之恨，蟒要是没吞掉他，我还可在渤海王前告他一状，私离边关，违犯军法，便可治罪，真是天赐良机。想到这里，他便装作很高兴的样子说："这主意好！乌巴图武功高超，疾恶如仇，又足智多谋，请他来除妖，多有胜算。事不宜迟，我们派一个他信任的人前去求援，他一定能以为民除害为重，迅即前来。"

红罗女一听大英士赞同此法，也就不再犹豫，忙问："谁去好？"

话音刚落，急性子的喜鹊忙说："我去！我去把乌巴图哥哥找来。"

红罗女说："那么是否到京城禀报父王一声，以免将来怪罪？"

"哎呀！那就来不及了，将在外，王命有所不受，况且父王也很关心除蟒之事，这为民除害关系到社稷江山、黎民百姓，救民于水火都来不及，安能怪罪，赶快去吧！"大英士一本正经地说。

红罗女听了，点点头，也觉得大英士说得在理，于是说道："那还是让我去吧，我去把握大一些。"她担心喜鹊长途跋涉不安全。

"你不能离开这里，这几天你还得看住怪蟒，你要离开，黎民百姓更心慌了。"大英士别有用心，一定要留住红罗女。

红罗女也觉得自己前去多有不便，也就同意让喜鹊上路了。

那喜鹊带上弓箭，骑着大红马，立即向三关跑去。

第三天一早，来到了头道关外，正巧遇上了乌巴图带兵巡边。乌巴图一见喜鹊急匆匆一人向头关而来，料知必有大事，便下马相问。乌巴图听罢事情原委，感到十分震惊，知道红罗公主让他携带宝镜前去协助灭蟒是十万火急之事，可一想自己带兵戍边，重任在肩，怎可无王命擅离职守？

喜鹊见乌巴图有些犹豫，知道他无王命不敢前行，告诉他，请他前去除害，是公主和右相共同商定的，国王已知蟒害之事，大英士就是奉命率御林军前去除蟒的，只因一时难以制服怪蟒，才急请将军前去救援。

乌巴图得知这些情况，焦虑稍安，再一想：眼下边境安定，契丹兵已远去，加之还有刘总兵在，考虑不会出什么事。且宝镜每日随身带着，也不必再做什么准备，当即吩咐部下转告刘总兵主持军务，便跟随喜鹊打马扬鞭，奔忽尔汗海去了。

再说那怪蟒近几天更加疯狂，天天夜间上岸吃猪吞牛又伤人，许多老百姓吓跑了。大英士也是谈蟒变色，虽说是天天有护卫保护他，可仍然提心吊胆，生怕出现意外，丢了性命。他见喜鹊去了四五天也没消息，心里更没底了，就想趁怪蟒还没成精赶快脱身，于是他暗地里密嘱亲信打点行装，准备第二日赶回京城。

再说自喜鹊去边关送信，红罗女姐俩心急如火，生怕耽误了时间，每天都要向西去边关的大道张望多少次。

第六天，红罗女姐俩正在观望，忽听从远处传来急驰的马嘶人喊声，不一会儿从山弯处露出几个人影，红罗女一见有将军装束的人，就知是乌巴图来了，还没等她有所表示，那边喜鹊便大喊："姐姐！我们回来了！乌巴图将军来了！"

跑到近前，姐妹们抱在一起，不禁淌下热泪。红罗女一看乌巴图满脸是汗，心喜又心痛，二人四目相对，有多少的话要说，可一时又不知从何说起，二人笑了笑，互道了一声辛苦便一同回到行宫。

大家在前厅落座之后，红罗女便急忙把忽尔汗海出现蟒怪的经过以及大英士率御林军前来除妖蟒，人马都受伤害的事实细说了一遍。

乌巴图听说红罗女她们已经几战怪蟒，终未得手，心里也很急，便问道："那么下一步你打算怎么办？"

红罗女说："我设想明日你用宝镜照射怪蟒，使之昏迷辨不清方向，失去凶残威力，我率众人乘机用剑砍下它的脑袋，你看此法是否可行？要不怎么办？我们都急死了。"

乌巴图说："除怪蟒之事，我倒有点经验，过去我在上京龙泉府时，豆满江①也出了一条怪蟒，用箭射，用刀砍，都未能除掉它，后来有一个老人家说他年轻时在长白山天池除掉过怪蟒，他的办法是，在怪蟒常出现的地方，撒上许多生石灰，把它赶到浅水处，众人一齐围杀，终于除掉怪蟒。我照他说的办法一试，果真灵验。当然对付忽尔汗海这三条已

---

① 豆满江：即图们江。

成气候的怪蟒，要费些周折，只要我们齐心协力会战胜怪蟒的。"

大英士得知乌巴图来了，便亲自到红罗女家拜访。当走到门外隐约听说有除蟒的办法，心里寻思，要是真能除掉这三条大怪蟒，那可是奇迹，大大的功劳，这荣誉不能让他们独享，我已经费了这么多精力心血，人马伤损，我要是走了，岂不前功尽弃，不妨先留在这里看看再说。于是他装作十分亲热的样子大声喊着："听说乌巴图将军来了？"不等人迎接便推门而入。

乌巴图见右相大英士前来，急忙上前施礼。二人寒暄几句，大英士便问："想必你们已经商量过除蟒之事，不知将军有何良策？"乌巴图又把自己在豆满江除蟒之事说了一遍。大英士一听，竖起大拇指，称赞道："大将军原是除蟒英雄，这回忽尔汗海有救了！"

红罗女心急，不想唠客套话，忙说："正好右相在此，我们就共同计议具体除蟒办法。"

乌巴图说："现在急需准备几船生石灰，另外，除蟒时我要下水战恶蟒，搏斗需要气力，因此我要不断地吃些东西，这样就要准备好九筐大馇馇，到时候我需要时投给我就行了。"

大英士点头说："这事不难，我一会儿回去就做安排。"大伙又说了一些除蟒的办法，就分头去做准备。

大英士回到自己的住处，命令将士分头准备石灰和馇馇。自己又找了几个心腹密谋一番。

第二天一清早，红罗女、乌巴图和两个妹妹，先到忽尔汗海边查看情况。这天，天气雾气罩罩的，昏暗不明，浊浪滚滚，一片死气沉沉阴森恐怖的气氛。不一会儿大英士率领御林军，带着石灰和大馇馇也赶到海边。

大家观察了一会儿，大英士便按乌巴图的指点，把石灰装上小船，把馇馇装上大船，指挥除蟒人员乘坐的船只从何地下水，撒石灰的人员从何处抛撒，一切安排就绪，便分头准备行动。

就在这时，附近村寨的百姓听说乌巴图将军要来除妖，便互相招呼，从四面八方赶来助威。

乌巴图看石灰撒完，海中一股热气升腾，不一会儿，三条蟒怪蹿出水面，一看这些家伙足有二十多庹长，头有箩筐人，眼大如碗，血盆大口吐出一庹多长的红芯子，口中还有两排尖牙，身上长四只爪子，头上长出犄角，似蛇似龙。

这三条怪蟒在水中翻滚，激起几丈高的水花，像要把忽尔汗海翻个个儿似的，凶猛吓人。

乌巴图准备下水了，岸边的老百姓击鼓、呐喊，为他壮行；红罗女双眼望着乌巴图，虽然心里为他捏把汗，口中却说，"有我们支援，你放心"，为他壮胆；大英士心里盘算着：乌巴图哇乌巴图，今天你的末日就到了，你逃过怪蟒这一关，也逃不出我的手心。

这时红罗女望着凶险的浪涛，不觉流下泪来，生怕乌巴图出个好歹。

乌巴图知道红罗女的心事，对她淡淡地一笑，说："不要替我担心，我拿着宝镜下水可防身，你用红罗巾照着它，你心里想着它在什么地方，我就能知道，这个妖孽跑不了，我一定要除掉它，为大王分忧，为百姓除难。"

大英士见乌巴图和红罗女说着什么，生怕乌巴图胆怯，心生变化，便急忙挤过来，假惺惺地说："将军是除蟒英雄，英名在外，今四方之黎民，齐聚两岸，翘首待望，切莫辜负重托，为社稷争光，为百姓分忧，切莫迟疑，有我们助阵，下水除妖去吧！"

乌巴图憨厚地点点头，说道："大人，我下水之后，风浪再大，你们也不必害怕，你要指挥众兵继续抛撒石灰，当我伸出手时，就往我手里倒饽饽，切记！"

"放心吧！我一定做好你的后盾！"大英士拍拍胸膛很诚恳地说。

乌巴图向红罗女姐仨和众乡亲点点头，一个鹞子翻身，跳入水中。

红罗女站在船头，展开红罗巾，搜索妖蟒踪影，大英士命令士兵继续抛撒石灰，水中又升腾起一股热气，水中不断嘟噜噜冒出水泡。大家睁大眼睛四处观望。

突然，一道白光冲出水面，红罗女知道，这一定是乌巴图用宝镜照出来的神光，猜想他正在寻找怪蟒，准备厮杀。紧接着，忽尔汗海像开锅似的，一股腥臭之气冒出来，直恶心人。

随着一波大浪，一条怪蟒张牙舞爪地蹿出水面，遇到红罗巾射出的红光，又钻入水中，这样来回折腾了好几个来回，不见乌巴图的影子，红罗女心里有些紧张，暗暗为乌巴图祈祷：老天爷呀！你保佑这个好人平安吧！

又过了一会儿，水中伸出一只大手，足有小簸箕那么大，大英士假装没看见，喜鹊高喊：快扔饽饽！这时大英士才慢悠悠地让士兵把船划过去。喜鹊、珍珠姐俩急了，船刚划近那只大手，赶忙和士兵就往手中扔饽饽，足足装了三筐的饽饽，那只巨手才缩回水中。

岸边的老百姓又鼓声大震，呐喊声不断，就在这时，全忽尔汗海的水晃动起来。突然，一声比炸雷还响的声音从水中传出，海水晃动得更厉害了。

约莫过了半个时辰，"咕咚"一声，一股血水往上冒，红罗女看见，心里一紧，当她闻到一股腥臭味，料是怪蟒的血，才放下心来。

黑血越冒越多，臭气熏天，冒了一阵子，随着一股血柱，喷出一个怪蟒的脑袋，它是从脖子上的小白点那块要害处被砍下来的。红罗女一看，暗暗佩服乌巴图在深水中，能找到要害处杀死怪蟒，该是多么不容易呀！

老百姓听说杀死了一条怪蟒，没命地敲锣打鼓，又跺脚，又喊叫，真是百年都遇不上这样感动人的场面。

除掉了一条大蟒后，按事先约定，又抛撒三船石灰，湖中又升腾起热气，水中又冒出无数水泡，海水又晃动起来，一阵大浪之后，乌巴图的巨手又伸了出来，又接了三筐大饽饽，过了一个时辰，第二条怪蟒又被除掉了。

这时，只见那最后一条怪蟒蹿出水面，人们才发现，这个家伙比前两条怪蟒身子更长更大，犄角也更粗壮，只见它一会儿蹿出水面，一会儿钻入水中，蹿出时吐血水，熏得人头昏眼花，入水时掀大浪，搅得天昏地暗。

人们哪见过这样的情景，很多人替乌巴图担忧，纷纷要求大英士派兵助阵，尤其是珍珠、喜鹊急得直搓手跺脚，一个劲地要求自己下水助阵。

大英士冷冷地说："你们有乌巴图那两下子吗？别四两蛤蟆装大牛，乌巴图自有招数，你们下去搅乱了他的阵法，出了事谁敢负责？"

红罗女听了，虽然觉得心里扎得慌，可细一想，他说得也有一些道理，就没吱声，珍珠姐俩见状，也就不言语了。

最后三船石灰扔下去了，水面升腾起一股热气，水中又冒出无数气泡，那怪蟒又蹿出水面，只见它全身流着血，拼命挣扎，口中不断喷出血水。

乌巴图钻出水面，只见他满身伤痕，他一手擎着宝镜，一手握着宝剑，与怪蟒厮杀。当乌巴图追怪蟒时，砍了几刀，都被蟒用爪子挡了过去，一不小心，那怪蟒扭曲身子，反把乌巴图缠住了。这时，人们都愣住了，红罗女见了，她的心也被提溜起来，眼睛紧盯着乌巴图，替他担心。老百姓生怕出事，赶紧击鼓鸣锣，呐喊助威。

好个乌巴图，真是机灵，只见他猛一缩身子，乘机一剑砍去，砍到要害处，那怪蟒疼得直翻滚，潜入水底。乌巴图一个猛子，追了上去。

过了一会儿，乌巴图又伸出巨手，喜鹊、珍珠和士兵又扔大饽饽，剩下最后一筐时，大英士命两个心腹和他一起抬到船边，卖力地扔了起来，大家一看右相大人亲自助阵，好不感动。可大英士心里此时却想："你这臭小子，我让你逞能，你想当英雄，我今儿就成全你。"

原来，放在他身边的这筐大饽饽，他早就派心腹做了手脚，让那几个缺八辈德的亲信，挑了十几块和大饽饽样子差不多的石头混在其中，他怕别人发现，所以他和亲信一直看着，不让别人投放，现在他亲自在扔，想在乌巴图身疲力尽之时伤害他。

乌巴图接完大饽饽，又潜入水里和蟒怪大战起来，那怪蟒受了伤，也不甘服输，它从这头蹿到那头，忽上忽下，寻找机会伤害乌巴图。

前面已经说过了，这是三条怪蟒中最大、最凶恶的一条，再过一个时辰，它就要成精了，一旦成精，连神仙也不怕了，它早有了灵性，知道自己再挺过一个时辰，就能成正果，就能成为忽尔汗海的王中王，所以它也拼命和乌巴图斗智斗法。无奈红罗女手中有红罗巾，乌巴图手中握有宝镜，镇住了它，使它招法难得施展。

乌巴图已经除掉两条怪蟒，虽然感到身疲力竭，可一想到红罗女对他的信任与期盼，众百姓对他的热诚与鼓舞，他就是拼死，也不能留下这条祸根，再为害黎民百姓。想到这些，他振作精神，紧追怪蟒不放。

时间眼看就快过去一个时辰了，海面一点儿动静没有，一直没见到腥臭黑血冒出水面的迹象，红罗女心如刀绞，眼泪唰唰掉了下来。大英士见状，心中暗喜，可表面上也跟着连打唉声，不住叹息，装作十分痛心难过的样子。

就在这时，水面上泛起一片黑血水，紧接着一颗怪蟒的脑袋漂浮水面，一上一下波动着。这时海水也逐渐平静下来，水气也都散去，四下静悄悄，天也晴朗起来。一群小鸟鸣叫着飞过，大英士脸拉长了，红罗女舒展眉头，老百姓昂头远望，所有的人都知道：第三条怪蟒被除掉了。

红罗女和珍珠、喜鹊四下张望，可就是看不见乌巴图的踪影，又担心起来。红罗女打开红罗巾一看，发现乌巴图正手抓着一条船的船帮，漂在水中，已无力爬上船来。红罗女和喜鹊姐妹忙划船过去，把乌巴图拉上船来，此时只见乌巴图满嘴流着血，紧闭双眼，不能说话，就剩下一口悠荡气了。

红罗女见状，又哭又喊，乌巴图还是不省人事。渔民也把船划过来，看乌巴图。红罗女在他胸前揉哇揉，又找来一把草药给他闻。经过好大一会儿，只听乌巴图"哇"的一声，吐出一口血水，慢慢睁开眼睛，又轻轻合上了，还是不能说话。红罗女忍着心痛，继续呼喊他的名字。

乌巴图又睁开眼睛，看见红罗女姐仨都哭得像个泪人似的，慢慢抬起手比画着，好像劝说大家不必担心，又过了好一会儿，嘴角露出笑容，轻声说："我没事！"

大伙一见乌巴图说话了，都挤上前，这个拉手，那个摸肩，这个道喜，那个欢呼，人群欢动。

只有大英士铁青着脸，站在一旁不言语。当大家寻找乌巴图的时候，他巴不得乌巴图永远不出水面，这样，他下步的棋就好走了；当乌巴图被救上船时，一直昏迷不醒，他又巴不得乌巴图永远不醒。现在乌巴图被救过来了，还坐起身来，直气得他七窍生烟。如果红罗女不在场，他恨不得把那些为乌巴图叫好的人，都推到忽尔汗海去喂鱼。

这时，船已靠岸边，大家把乌巴图扶下船，岸边的渔民忽地一下子都围了上来，有人给献烟，有人给敬酒，有人说老天有眼，这一对男女英雄是天配良缘。这些话都像箭一样穿透大英士的心，他对乌巴图更是恨得咬牙切齿，但表面上还得装作热情的样子，上前夸赞几句。

红罗女姐仨扶着乌巴图向家里走去，大英士率领御林军也撤回营地。大英士想借乌巴图除怪蟒之机伤害他的打算落空了，就又筹划最后一招：回京城告他个私离边关、悖逆王命的大罪。这样，他也没跟红罗女、乌巴图打声招呼，连夜赶回京城去了。

隔了两天，寨民们遵照族长的提议，为了报答乌巴图和红罗女除掉怪蟒祸害的大恩德，各家拿出最好的吃喝，来到忽尔汗海边举行庆功祭神大会，祭完天神、海神，群众打起鼓板，开始酬神娱乐活动，寨民们不断赞诵乌巴图和红罗女为民除害的功德，而乌巴图和红罗女一再答谢父老乡亲，说这是神仙的福佑，乡亲的诚心，感天动地，才除掉妖蟒，这是大家共同出力的结果。

红罗女经这次生死考验，发现乌巴图不仅聪明勇敢，而且还十分热诚谦虚，更加喜欢敬重乌巴图了。

群众经过这次劫难，对红罗女和乌巴图的大恩大德永生念念不忘，有人编了不少民歌民谣一直流传到今天，有一首在我们满族人中是用满语唱的，那词是这样的：

哼西比雅，什母，依尔哈。

罕西比雅，莫喀多，依尔哈。

多乌阿里，莫西比什母，依尔哈。

多乌阿里，多辛阿里，阿特窝哈，依尔哈。

阿济格都，阿鲁哈什母，依尔哈。

阿济格查，鲁哈克，依那么，依尔哈。

查里根，开的什么，依尔哈。

查里根，开的是，苏木依尔哈。

第十四章　巴图发配

　　乌巴图除掉了三条怪蟒，忽尔汗海边的寨民足足欢庆了三天。这三天里，乌巴图经红罗女的精心护理，加之服用了寨民们送来的好多补养佳品，他的精神一日好似一日，大家都很高兴。

　　一天，红罗女问乌巴图："那日把你救上船时，为什么牙齿破落，满嘴是血？"

　　乌巴图说："也不知是谁这么粗心，把石头块当成了大饽饽扔给我，差点把牙都硌碎了，本来体力有点不支了，吃到了石头，牙咬坏了，再不能进食，就感到有气无力，和第三条蟒厮杀，特别费劲儿。"红罗女听了，心里挺纳闷：饽饽里怎么会有石头？

　　又过了三天，乌巴图的伤虽然还没有好利索，可自己能走了。虽说他和红罗女情深意长，有说不完的知心话，互相难舍难分，但一想到边关事大，就急着要回去。红罗女虽然舍不得让他这样就走，但她深明大义，还是替他打点行装，送他回边关。

　　到了两人要分手的时候了，红罗女含着眼泪，把绣好的箭袋送给乌巴图。乌巴图接过箭袋，一看上面绣着一对鸳鸯和两朵莲花，绣工精细，像真的一般，就知道了红罗女对他的深情爱意，不觉激动得热泪盈眶，更觉依依难舍，可是官身不由己，只能横下心来，说声谢谢，便跨上马背，准备催马回营。

　　正在这时，从京城方向飞也似的跑过来四员骑马武将，领头的便是大英士的亲信，新封的将军。他看到乌巴图骑马要走，马上拦了上来，说："大王有旨，让乌巴图将军火急入京。"

　　乌巴图接过圣旨一看，果然是催他入京，但为何事，没有说明。乌巴图二话没说，马上跟随四人，往京城去了。

　　红罗女见京城来人要乌巴图进京，还没说明为何事，先是一愣，心想：莫非是乌巴图没有王令，私离边关，出了什么事情大王怪罪下来？

125

又一想，不能吧，右相大英士知道他是为民除害而来，一定会向父王说明真情，要是那样，备不住父王要奖赏他？也许要问问边关的情况？这么一想，红罗女就宽了心。

谁知，红罗女完全想错了，大英士回到京城，见了大钦茂，锁着眉毛绷着脸。渤海王一见，以为怪蟒难以除掉，回来搬兵，便问道："侄儿，为什么这般模样？是不是那妖孽真像传说那样，难以制服？"

"唉！百闻不如一见，山跳蚤吹成黑瞎子了。"

"怎么回事？"大钦茂挺奇怪。

大英士慢条斯理地说："忽尔汗海不过出了三条大一点儿的水蛇，被侄儿带兵射杀。"

"那好哇！能平安无事就好，那你为什么满脸不高兴呢？"

"侄儿有一件事不敢说。"大英士故意装出为难的样子，两眼望着旁边不吱声。这一来弄得渤海王也摸不着头脑，到底是啥事，弄得这么神秘，于是催促道："有啥事，就照直说。"

大英士感到可有告状的机会了，就添油加醋地说乌巴图如何居功自傲，不经圣命允许，不听同僚劝告，假借到忽尔汗海除蟒为名，擅离职守，偷偷跑到忽尔汗海和红罗女私会，又如何混了多少天……编造了一大通。

渤海王一听，一个新封的将军，就是有些功劳，也不能这样居功自傲，目中无人，简直没了王法，这还了得！十分生气。可又一寻思，他是新科榜眼，这次出征又立了大功，以后还要当驸马爷，眼下边关紧急，缺少御敌上将，现在就拿他正法，于社稷无益，一时不知如何处置是好。

大英士知道渤海王的心思，便故意长叹一口气说："乌巴图将军真是不争脸，为儿女私情竟敢不顾王法道义，在大敌当前之际，偷弃边关，寻投私欲，纲纪难容。对上妄行，不以儆惩，何以服百官之心，依律当斩，可他又是将军之后，公主驸马，守边大将，难哪！难哪！"

这些看似义正词严的话语，对渤海王犹如火上加油，他想到姑息养奸、败坏朝纲的恶果，不由怒从心头起，厉声说："下旨，立刻传乌巴图进京候审！"

乌巴图和红罗女一样，谁也没想到表面客客气气的大英士，暗地里却这样狠毒。乌巴图接过圣旨，便兴冲冲跟着那几个官差到了王宫。

一进王宫大殿，见渤海王虎着脸坐在那里，几次叩拜不搭不理，没有笑模样，心下纳闷，又见大英士站在一旁，两眼冷冷地盯着自己，一声不吱，心想情况不妙。

就在这时，国王厉声问道："是谁下令让你从边关离开的？"

这一句话，问得乌巴图冷汗唰的一下流出来了，话也卡住了，总不能说是小喜鹊下令让他回来的呀。

乌巴图憋了一会儿，头脑冷静一些了，说："禀大王，我是听说忽尔汗海出了妖蟒，为害百姓，我曾有除妖蟒的经验，自己就回去了。"

老王带点讽刺的口气说："你倒是真英雄，竟敢无令便擅离职守，我问你，你怎么知道那三条水蛇是妖孽？"

"我听传说，这水蛇过了七七四十九天，就成精了，到那时就难以除掉了，不但为害忽尔汗海边的黎民百姓，还要祸害全国。"

"你看见它成精了？祸害全国了吗？"

渤海王这冷冷一问，真使乌巴图张口结舌，一时答不上来。

大钦茂看他果然私离边关，还巧词掩饰，更加来气，他很气愤地把手一挥："你先下去吧，等候发落。"乌巴图满肚子委屈地走下金銮殿。

乌巴图一走，大钦茂就召集大臣们议论怎样处置他。老左相得知是大英士弹劾乌巴图，就有了警惕，因为他曾被大英士举报私收贡品的事，觉得是大英士有意诬告，因此乌巴图的此次被告，怕是他居心不良陷害忠臣，又想到乌巴图是防御边关的大将，万万不可在此时撤职查办，于国不利，为防不测，他立刻奏请大王，给乌巴图一个悔过自新的机会，让他回边关戴罪立功，以观后效。

大英士一伙却争先恐后禀奏，说乌巴图临阵逃离，置社稷利害于不顾，触犯大法，理应问斩，以儆效尤。

大钦茂一听这个"斩"字，心头一惊，暗自思忖，乌巴图到底还是年轻，虽是私离边关，理法难容，但毕竟未造成大患，且国家正值用人之际，仓促斩杀大将是为大忌，一时还拿不定主意。

大英士这时心里想的是，恨不得立刻将乌巴图斩首，但他见心腹们已经替他表达了心意，觉得自己不便再暴露心愿，就装作痛心的样子，唉声叹气，别人看不准他是同情乌巴图还是不满乌巴图。

渤海王见众臣说什么的都有，心里挺烦，便说："散朝，明天再议。"

大钦茂回到后宫，王后一见他闷闷不乐，便问出了什么事，大钦茂一五一十地说了。王后一听，连说乌巴图杀不得，他屡立大功，又是当朝驸马，年轻人一时冲动，抽空去看看情人，也是人之常情，虽说犯了王法，并未酿成严重后果，大王应三思。

渤海王经王后这么一说，也软了心，觉得老左相提议让乌巴图回边关戴罪立功，不失为良策。

止在这时，大英士急忙跑来探听风声，听王后一说，不能处斩刑，心里凉了半截，急忙插言道："乌巴图居功自傲，大敌当前，置王法于不顾，众将痛恨，今若不加严惩，军心如何稳定，军纪又怎能严明，这可是关系社稷安危之大事。"

渤海王一听，也觉得在理，可王后的看法也不能不听，于是连打唉声，犯了难。

大英士察言观色，明白了二老的心思，他想红罗女和乌巴图都是王后的心肝宝贝，自己也得罪不得，要马上就杀了乌巴图，也不是时候，老臣们未必心服，如果事情原委一旦澄清，自己也脱不了干系，不如此时顺水推舟，讨个人情，也使二老欢心，于是转言道："王后说得很有道理，乌巴图还年轻，可给他一次悔过自新的机会，依侄儿愚见，不妨把他发配到东海，以息众怒。"

大钦茂一听，连连点头，心里想，这样处置既使乌巴图受到了处罚，严了朝纲，又留住了他的性命，日后还有周旋的余地。好！就这么办吧。

第二天一上朝，大钦茂就向文武大臣宣布：将乌巴图发配东海服劳役三年，以观后效。

老左相见国王决心已下，只能遵旨，不敢再净谏。乌黑里等武将也觉得把乌巴图发配边塞也算公允，也不再提出异议。国王便把此令交给大英士去办。

大英士接令，赶忙派心腹官员去宣旨。

再说乌巴图回京，被渤海王质问后，心里一直不安，因事牵多人，不敢辩解，实指望知情人右相大英士能向国王奏明实情，减轻罪责，哪知正是大英士诬告，渤海王信以为真，不少朝臣又十分激愤，才不得不忍痛下了罪诏。

大英士派出的解押差役去到牢号里，当着乌巴图的面宣读了圣旨。乌巴图一听，要把他发配东海服三年苦役，心情很是悲痛，他知道这一结局已是难以挽回了，此刻他有些心里话还想对红罗公主说一说，怕她为自己伤心，因此就对公差说，能不能转禀大王让他和公主见一面。

那公差冷笑道："如今你已是罪犯，别不知好歹，没把你处斩，就算你祖宗替你烧高香了，官衙让我们今日就上路，少说废话。"说完，扒下乌巴图的官服，套上锁链子，吆喝一声，就把他带上路了。

三个人刚走出城门不远，忽见城里一拨人骑马赶来，到了跟前，一看是右相大英士。乌巴图刚想问问到底是怎么回事，大英士却先开了口，说："将军，你受委屈了。那些老臣最容不得年轻人，你一有辫子就抓住不放，他们就是不看你除蟒有功，争说你大敌当前，私离边关，蔑视王法，罪该当斩，我费了多少口舌，老王才息怒，改为发配，你多屈呀！"说完还掉了几滴眼泪。

乌巴图一听这话，又见大英士这样难受的样子，信以为真，心下感动，当即戴着枷锁，就要给他磕头，谢他的救命之恩。

大英士连忙扶起，说："你我同朝伴君王，又是皇亲，我未能帮你解脱，深感惭愧，又何必多礼。"说罢，亲自斟酒，为他送行，显出十分真诚的样子。

乌巴图流下了热泪，说："我自己受点罪没啥，只是我愧对了祖宗，辜负了大王的厚爱，无地自容。公主也要苦等三年，令我伤心。"

大英士劝慰道："你们都还年轻，三年易过，不可自弃，容我日后在大王面前多替你美言几句，或可有回旋余地，你放心吧，红罗公主那里，我也会照看。"

这一番话，说得石头人也能动情，乌巴图千恩万谢，便告辞走了。

乌巴图一走，大英士不禁哈哈大笑，他为自己装得这么像洋洋得意呢！这个毒蝎心肠的家伙，暗地里，早就吩咐那两个差役，把乌巴图送到东海最粗野、最蛮荒的部落去，那里部落间常常为争地争物打仗斗殴，到了那里，被粗野之人打死了他才解心头之恨呢！

过了两天，大英士抽空特意去忽尔汗海见红罗女，把乌巴图被朝廷发配到东海边塞服劳役的事告诉了姐仨。红罗女一听，愣了半天，都不相信自己的耳朵，心想：哪有为民除害立了大功的英雄不给重赏，反受惩罚的道理！

红罗女越想越觉不公正，她听不进大英士的解释，要找父王、母后说明情况，为乌巴图申冤。她向喜鹊姐俩嘱咐一番，骑马就直奔京城。

一路上，大英士见红罗女满脸怒气，想要说点讨她欢心的话也没机会，只好陪她一路绷着脸前行。

到了京城，红罗女直奔王宫。见到父王问过安之后，就想把乌巴图在忽尔汗海不惧危险勇敢除蟒的过程说一说，可人钦茂却先发话了："孩子！我知道你为乌巴图发配的事不好受，我和你母后，也不忍心哪，乌巴图确实犯了私离边关、触犯王法的大忌，许多大臣都谏说按律条要处以斩刑，多亏大英士想出两全之计，才留住了他的性命。"

红罗女一听，事已如此，再难为他开脱，不觉流下悲痛的泪水。平日里，实指望能驱逐敌寇之后，早日团聚，哪承想，心上人却因罪离她远去。她扑在王后怀里哭泣起来。

渤海王和王后怕她伤心、烦恼，劝说她留王宫住几日，观观景、散散心，于是命仆侍为她准备一个宫殿，让她歇息。相传上京城王宫后面真有一殿称为红罗宫。

老王和王后怕她苦闷、不开心，派不少宫女陪她下棋，逛花园。大英士也总是找机会去看她，不断地安慰她，开导她，有时还派人给她送些礼品，讨她欢心。红罗女也不断向他表示感谢，并表白，虽然乌巴图犯了罪，但海枯石烂，爱他的心不变，我会耐心地等他归来。

大英士本意劝她想得开一点，是想动摇她对乌巴图的爱心，是想离间他们之间的恩爱情思，没想到，意在让她变心移性，却促成了她山盟海誓，要一心一意等下去。红罗女不断当大英士的面表白，乌巴图就是在天涯海角，要过九十九年才能回来，我也要坚如磐石不动摇。

大英士费尽心机把乌巴图驱走，想要把红罗女拉进自己的心怀，可是步步难遂愿，把他气得七窍生烟。他气急败坏地找鬼阿哥替他出主意，鬼阿哥也一时拿不出妙计，只好说，这事看来得放长线钓大鱼，乌巴图不除掉，很难得到公主，怎样除掉乌巴图，我会帮你找机会。当今之计，你要全力策划夺回王位，有了君权就有了一切，切不可为儿女情长，误了终身大事。

大英士听了鬼阿哥的一番言语，虽然觉得远水解不了近渴，总还是存有一线希望，从此他就把夺权的事放在了心上，日夜奔波，阴谋策划。

再说红罗女在宫中虽然有宫女陪着游玩，但心情总感觉不舒畅，她又想念家乡了，常常梦见那里的山山水水、兄弟姐妹，她觉得那才是她的开心之地，生命的源泉。她几次向父王、母后提出要回忽尔汗海去，父王、母后几次挽留，后来，见她实在思念家乡，也就同意让她回去了。

再说乌巴图被押解到东海的一个荒僻部落，那里离京城很远，住房多是用桦树皮搭建的，穿的是鱼皮衣和狍皮衣，吃的是山野菜和兽肉、鱼虾，有一丁点布就当成宝贝，当作装饰品戴在头上。

部落的大首领，是一个六十多岁的老妈妈，叫胡苏里，别看她满头白发，一脸褶子，可照样骑马打猎，在部落里很有威信，说一不二，群众都很敬重她。

这一日，她见官府给她送来一个这么漂亮的小伙子，气度不凡，挺高兴，也不管他是什么罪人，对他就像对自己的儿子一样，亲切热情。

乌巴图刚到这里，处处都有些不习惯，吃的住的和家乡大不相同。这里平日不管男女老少都在腰间插一把刀，冷丁一看好像要去打仗似的，起初和这群人交往，他处处都留点心，很怕伤了和气。可时间一长，他觉得这些人挺善良，性格特别豪爽，尤其是胡苏里妈妈，特意给他腾出一座好房子，经常派人给他送好吃好喝，有时还登门和他唠唠家常话，真像自己的老妈妈一样，关怀他照料他，他心里十分感动。

乌巴图逐渐适应了这里的生活习惯，心情渐好，伤情也好了，有时就跟随这里的人出去打猎、捕鱼，人们见他箭法高超，还会耍刀舞棒，挺有本事，就要跟他学。而他见这里的人使的弓箭都很粗糙，就帮他们造了一批更好的弓箭，有时就把年轻人集合起来，教他们武功，人们见他精通武功，远近的人都来拜他为师，跟他学艺，一传十，十传百，都把他当作神人一般。

乌巴图在这里受到尊重，日子过得也很开心，情绪逐渐稳定下来，可他内心的伤痛，怎么也泯灭不了，每当想起这些年起起伏伏、坎坎坷坷的人生经历，感慨万千。这些日子，他一个人静下来的时候，就想起了红罗女，一想念红罗女，就常常把绣花箭袋拿出来左看右看，一看这绣花箭袋，就勾起了往日和红罗女相遇相知的回忆。一想到那些美好的日子，也就激发了他要坚强活下去的信心和勇气，他想将来还要干一番大事业，报效国家，为祖争光。

在以后的日子里，不少姑娘小伙都愿到他这里来，听他讲些他们不知道的事情，慢慢也发现了他的箭袋，这个看，那个摸，都喜欢得了不得，有的人还和他要，他却说这个东西可给不得，这是我的护身符，大家才明白，这是个神物，以后谁也不敢轻易碰它了。

乌巴图在这里和大家越处越融洽，可不知为什么胡苏里老妈妈却多日不愿搭理他了，也不和他在一起吃饭了。乌巴图心里犯了寻思。

一天，胡苏里妈妈独自一人在屋里歇息，乌巴图走进去，恭恭敬敬地给她行了一个礼，说："老妈妈，近些日子您老好像不大高兴，是不是孩儿有什么过失，使您老生气了？"

"你的心和我们不一样！"老妈妈有点伤心地说。

"不！我的心和你们是一样的，我也爱这个部落。"乌巴图诚恳地表白。

　　"你真把这里当作你的家了吗？那为什么部落里有这么多好姑娘喜欢你，你一个也看不上？你对我们不真心。"老妈妈说出了心里话。

　　乌巴图一听，脸都烧红了，他知道部落里有不少姑娘对他有情意，虽说这里生活很苦，没什么像样的穿戴，还有些野性，但天生美人也不少，乌巴图不是没看上，是他心里只有红罗女，而这里的人谁也不知道他的身世、经历，也不知道他有心上人。乌巴图到这个部落，也一直没暴露过自己的身份、地位，这里的人就看他有能耐，就都喜欢和他接近、交朋友，有些姑娘主动向他表示好感，他也不搭边，这事反映到老妈妈那里，才引起老妈妈的反感。

　　乌巴图一听老妈妈的话音，就明白了，原来是因为这些事，这才引起他不得不道出实情。乌巴图拿出绣花箭袋，把自己和红罗女的事一五一十都告诉了老妈妈。

　　老妈妈虽然没有见过大世面，但是人情世故还是懂得的，经乌巴图这一说，也很体谅他，于是说道："好啦！你这一说，我就明白了，你们京城和我们这里的婚俗不一样，我也能理解，现在你在这里，也不要受拘束，尽管和她们往来。你要是想念红罗女，让她到这来，我给你们完婚。"

　　乌巴图对老妈妈这番言语，又感激又感动，以后乌巴图和这里的人们又像一家似的，亲亲热热地往来，欢欢乐乐地过日子。

　　冬去春来，忽尔汗海的冰融化了，湖水又像往年那样波平如镜，树枝绽开叶苞，小草长出绿叶，成群的小鸟又叽叽喳喳地嬉闹起来，远山近水，一片生机。

　　近日已是踏青的好时光，各村寨的男女老少，成群结队，游春祭祖，十分活跃、热闹。可是红罗女没有游春的兴致，她没有凑热闹的好心情，目睹春光、游人，更激起她对乌巴图的思念。她想乌巴图一去半年，毫无音信，不知他的伤好了没有？他在野人部落里生活习惯吗？不知我给他绣的箭袋带没带在身上……她朝思暮想，饭吃不香，觉睡不好，人一天比一天瘦。大英士得知她心情不好，也不敢前来纠缠自讨没趣。珍珠、喜鹊姐俩知道姐姐的心思，想了多少招也哄不好，干着急。乡亲邻里常来看望她，为她送来许多好吃的，她也不开心，照样以泪洗面，愁上加愁。春光也没给她带来多少温暖和乐趣。

　　有一天，喜鹊憋不住了，说："姐姐！我们去找乌巴图将军吧，他不能看我们，我们可以去看他，就当出远门串亲亲，一路还可游山逛水，不好吗?"

红罗女摇了摇头,长叹一口气,似有为难之处。

喜鹊见姐姐不同意,知道她有顾虑,就想让珍珠姐姐再劝劝她,她说:"珍珠姐,你看红罗姐姐瘦成这样,整日愁眉苦脸,这样下去怕要出事的。再说,乌巴图哥哥多好的一个人,除蟒立功,反倒受罚,真是冤枉啊,我想他也很苦恼,你劝劝姐姐,让我们一起去看看乌巴图行不?"

珍珠虑事仔细,她对公主的心思明镜似的,早就看明白了,深知劝说几句,也无济于事,况且红罗公主是渤海王的义女,能够不经圣命就去看一个钦定的罪犯吗?她看喜鹊妹妹心急的样子,对她也很有触动,她忽然想起一个绝招,以为可行,就伏在喜鹊耳边嘀咕了一阵。喜鹊一听,连声叫好。

姐俩串通了一家邻里,把她俩的想法和他们说了,他们听了,虽然觉得有点冒险,可也没有别的好招,也就答应了同时一起做准备。

过了几天,邻里那位大伯打了几条很大的红尾鲤鱼,拿到红罗女那里,说要大伙聚一聚,共同喝一盅。红罗女一看人家那样真诚、热情,当然不能拒绝,就答应了,一起张罗起来。

大伯回家又把两个儿子找来凑热闹,珍珠姐俩也邀了邻里几个姐妹,大家一起热热闹闹地吃喝起来。

红罗女三杯酒下肚,脑袋就觉得特别沉,不一会儿就迷迷糊糊睡过去了。

原来,珍珠姐俩在酒里已经放了一种草药,喝了它可以昏睡三天,药劲过了对人一点儿没伤害。她们看红罗女睡过去了,赶紧把她放在已经套好的大车上,车上铺了厚厚的褥子,把她放得平平稳稳的,就连夜赶车走了。

三天一过,药劲快没了,珍珠姐俩把她扶起来,塞点吃的东西,没等她清醒过来,又给她灌了点药酒,这样重复折腾了好几次,红罗女一直舒舒服服地睡着。

过了十天半拉月的工夫,一天红罗女醒过来,一看,到了一个从来没有见过的新地方,看那房子,尖顶上多搭着树皮,几个围着她的人,都穿狍皮衣服,觉得这么生疏,她刚想问问这是什么地方,她怎么到了这里,仔细一瞅,在人群中还有珍珠、喜鹊姐俩,还有邻里大伯家人,更感奇怪。珍珠看红罗女清醒过来,赶紧告诉她,我们来到东海部落了。

红罗女一听来到乌巴图所在的地方了,一骨碌坐起身来,心里真是又惊又喜。胡苏里妈妈怕她身子弱,摸着她的双肩,说:"孩子,这些天你太劳累了,你再歇歇,乌巴图打猎去了,我已派人去找了,很快就会回来。"老人家连说带比画,红罗女听明白了,马上站起身来,强打精神,给老妈妈行了个礼。

老人家早就听乌巴图说红罗女打仗多么勇敢、武艺多么高强,今日一见,这姑娘长得这么俊,真像天仙似的,打心眼里稀罕得了不得。现在看她对老人还这么有礼,更是爱得要命,上前一把搂住了红罗女。红罗女也像倒在自己亲妈妈怀里一样,又温暖又心酸,多少年了,没得到过母爱,眼泪立刻止不住地流了下来。

过了一会儿,胡苏里妈妈为新来的这些人安排吃住的事去了。珍珠姐俩便把她们怎么把她带到这地方的前因后果一五一十地说了。红罗女知道两个妹妹完全是为了她才这样莽撞,不得已出此下策,现在生米已经做成熟饭,也就没责怪她们,只苦苦一笑,也就算是理解了。红罗女又见家乡邻里为了自己千里迢迢付出了许多辛苦,对他们谢了又谢。

不一会儿,胡苏里老妈妈来招呼客人吃饭,别看这部落在穷乡僻壤,招待的东西可都是当地的山珍野味,还有用野果、野葡萄酿成的土酒,十分丰盛,就像过节一般。红罗女见这番热情招待十分感动。大家吃得正在兴头上,老妈妈说:"姑娘,你别走了,你和乌巴图在这里成婚吧,我给你主婚、操办。"这下把红罗女羞得脸和穿的红衣服差不多了。

胡苏里老妈妈又说了乌巴图平日里怎么偷偷看箭袋;部落里的姑娘怎么喜欢乌巴图,可他为了等红罗女,又怎么一直一个人生活;又说他到部落后怎么和大家一起捕鱼、打猎;又怎么教大家学武艺,这里的人又怎么敬重他、热爱他的许多事,把这些一一说给红罗女听。最后,老人家说,我已经收乌巴图为义子了,娶儿媳的事,我这个当妈妈的就应该说了算。

红罗女听老妈妈讲述乌巴图对自己情义这么深,心这么纯,这里的人这么喜欢她,老妈妈又这么慈祥、可亲、纯朴、真诚,她很受感动,她怎么能不答应老妈妈的要求呢!她点了点头,对老妈妈说:"我听您老人家的。"

老人家一看红罗女这么痛快,高兴得都合不拢嘴,连说:"好哇! 好哇! 真是个好闺女。"珍珠、喜鹊姐俩也乐得直拍巴掌。

就在这时,乌巴图骑着大白马飞奔而来,这大白马就是他原来的坐骑,是它自己不知怎么找到主人的。乌巴图一见红罗女,马上滚身下马,跑了过来，这一对情人，经了多少难，吃了多少苦，今天又在这里见面了，两人心里都十分激动，二人拉着手，脸上露出了幸福的笑容。

乌巴图看见家乡的人也来了，高兴地和大家一一见礼，然后便坐下来，互相敬酒致意。这时，红罗女才发现乌巴图胡子拉撒的，瘦多了，可还是那样精神，豪气不减，暗自为之庆幸；乌巴图看红罗女，也感觉瘦多了，两个水灵灵的眼睛显得更大，也就更美了，心里更加爱慕。两个人你看我一眼，我看你一眼，眉来眼去，总也看不够。真是爱意浓浓，情意绵绵。

胡苏里妈妈看在眼里，早已明白了年轻人的心思，她乘机当众宣布："三天后，我要为他俩完婚，请部落的人都来喝喜酒。"红罗女和乌巴图都抿嘴乐。

酒喝完了，席也散了，红罗女和乌巴图两个人终于在一起了。这时，红罗女心里像翻了五味瓶，不知是啥滋味，两眼望着乌巴图，眼泪像泉水般涌了出来，怎么也止不住，一时不知说什么好。乌巴图拉着红罗女的手，悲喜交集，也禁不住热泪横流。

等红罗女心境稍微平静下来，乌巴图冷丁说："我看婚事现在别办了。"

红罗女一听，挺感意外，有些不解地问："为什么？"

"我现在是一个犯人哪，等三年以后再说吧。"乌巴图痛苦地说。

"噢！原来是为这个。"红罗女心上的石头落了地，她轻轻地在乌巴图的胸前捶了一拳，说道："你怎能这么想？你忘了我们定的春天成亲的话了吗？"

乌巴图摇摇头，说："没忘，可现在要成亲，什么嫁妆都没有，亲朋贵宾都不在场，如此寒酸草率，太委屈公主了。"

"只要我俩心心相印，比什么都珍贵，其他的事我都不在乎。你不要再说了。"红罗女十分真诚地回答说。

乌巴图见公主这样情真意切，甚为感动，一把拉过公主，再次流下热泪，轻轻说："我听你的。"这一宿两个人有说不完的知心话。

三天过去了，胡苏里妈妈按当地的风俗，做好了一切办喜事的准备，给乌巴图和红罗女举办了盛大的婚礼。按照当地的婚俗，是在傍晚举行婚礼，在大神树底下点上篝火，拜大成亲。这天全部落的人都在各自忙乎各摊的事。

乌巴图和红罗女，早早就穿好了新衣服，红罗女头上还特意插上了订婚的信物——一朵翠花簪，乌巴图也把翠花信物插在帽沿边。因为举办仪式的时间还没到，他俩偷闲就去小河边溜达。

太阳傍西了，红罗女和乌巴图往回走，红罗女突然说，如果今天师父和师姐也能来该多好哇！我真是想念她们。乌巴图也说，他也非常想见见这位可敬的老人家，不知何时有这个缘分。

两人正说着，发现从东面沿着小溪轻飘飘走过来一个人，红罗女仔细一看，正是她师父长白圣母，她赶紧拉着乌巴图的手跑了过去。

到了长白圣母跟前，红罗女急忙对乌巴图说："快！快给师父行礼。"说罢，两个人双双跪下了，行了大礼。圣母把他俩扶起来，对乌巴图说："你就是乌巴图？真是个英俊、多才多艺的好小伙子。"说得乌巴图有点不好意思，说得红罗女心里乐开了花。红罗女趁机说道："师父，你来得正好，今晚我俩就要成亲了，你看，他头上插的那朵翠花和我的一样。"

圣母明白她的意思，她把两个人的翠花拿下来，放在手上看了又看，然后又分别给二人插了回去，深情地看着二人，打了一个唉声说："孩子，你们两人好是好哇，虽是天配良缘，可惜生不逢时。"

两人一听，真像被浇了一桶冷水，一下愣住了，不明白师父指的是什么。

长白圣母说："如今天下乱纷纷，刀兵四起，烽火连天，奸臣当道，忠臣受害，你们只能看见白天的人，看不到暗中的鬼；只能感到眼前的福，未能察觉背后的祸；只能体察眼前，不能预知未来。你俩今生结成姻缘，将来必有大灾大难。"

二人一听，双双跪下，说道："师父哇！我俩心纯志坚，海枯石烂心不变，任凭灾祸起，不怕火海与刀山。"

圣母微微笑道："你们还年轻啊！哪知命运的奥秘，你们只有识破天机，化险为夷，才能躲过灾难大关，方能白头到老哇！"

"那咋能躲过这些灾难？"二人忙求教。

师父说："你们要想白头到老，必须做到我说的几件事，一步失误，难以挽救。"

两人齐声说道："您就说罢，我们一定按您的话去做。"

师父说："第一件，见花轿不坐。"

两人说："这行，花轿有什么非坐不可呢。"

"第二件，见书信，不信。"

"行，我们一定不信。"

"第三件，见美酒不饮。"

乌巴图一下愣住了。渤海国连女人都会喝酒，喝酒是平常事，怎么我们饮酒就不行呢？可师父既然这样说了，一定有道理，便坚决地点点头，说："这也行，只要我们俩的情缘能天长地久，不饮美酒也算不了什么大事，能做到。"

两个人就这样，把师父的指点、要求都满口答应下来。

师父微微点了点头，说："切记！切记！终生不悔。"

两个人又给师父磕了头，叩谢师父的指点。二人站起身来，正要邀请师父参加他们的婚礼，抬头一看，圣母已经无影无踪了。两人又跪地朝东南方磕了几个头，说道："师父！我们一定按您的点化去做。"说完就回部落去了。

胡苏里妈妈见他俩回来了，马上宣布婚礼庆典开始。胡苏里妈妈一挥手，只见一群姑娘马上把红罗女围起来，一拨小伙子也冲到乌巴图身边。原来按当地婚俗，新郎要想得到新娘，必须从姑娘圈里去抢出来。而新娘的保护者，那群姑娘，是连阻带挡，连拉带拽，就是不让你轻易得到新娘。再说乌巴图身边的小伙子们，抢新娘时，也要替新郎官开道，破除那些姑娘们所设的重重障碍与刁难。

大家互相推拉撕扯一阵，到底是小伙子有劲，在众人的护卫下，乌巴图终于破阵抢出了新娘。

接着胡苏里老妈妈把二人引导到大神树下，举行拜天仪式，这时四周点起了篝火，人们打起手鼓，吹起螺号，群众欢呼起来。

新郎新娘拜完了天地，酒宴便开始了，大家围着篝火，喝酒的喝酒，唱歌的唱歌，跳舞的跳舞。乌巴图和红罗女记住了师父的指点，一直没有喝一点儿酒。可唱歌、跳舞他们都参加了。

红罗女今日特别高兴，在大家一再要求鼓动下，她跳了一次红罗巾舞。这优美的舞姿，变化万千，这里的人从来没见过这样美妙、高超的舞技，看得大家十分开心，人们喊哪唱啊，从来没有这么开心过。

这场婚礼，直闹到三星甩尾，才散了席。乌巴图和红罗女就这样在东海部落成了婚。

第十五章　红罗抗命

乌巴图被发配东海边胡苏里部落后，由于武功出众，许多部落的年轻人都向他拜师学艺，聚拢了不少人。他见当地人捕鱼、打猎的工具都很破旧、落后，除了亲自帮助当地人改进之外，还派人跟随护送红罗女来的忽尔汗海的亲友们，同去内地换来一些渔网、铁箭头，又在忽尔汗海学造大木船技术，全寨人都很振奋。

乌巴图和红罗女成亲后，远近的人都知道了他们的身份，更加敬重他们了，不少人慕名迁到这里来。胡苏里部落日益人丁兴旺。

胡苏里老妈妈见这夫妻俩这么有能力、有威信，就把许多事交给他们去办，天天说这里的乡亲离不开你们，你们可千万不要走。

红罗女他们看这里的人们对他们这么真诚，也十分受感动，他们也喜欢这里的山山水水，可红罗女还想着家乡忽尔汗海的乡亲，还想着国恨家仇，所以她和老妈妈说："我在这待一天，就是这里的人，朝廷需要我，我就得回去，因为我还有官职在身。"老妈妈是通情达理的人，就说："那行，现在你们夫妻俩，把我的子孙调教好，我把他们全托付给你们了。"

从此之后，一有空闲时，乌巴图就教授武艺。不少姑娘得知乌巴图的箭袋是红罗女绣的，就央求她，跟她学刺绣。传说东海部落后世子孙衣服上插花绣朵的手艺，就是从那时学来传开的。

红罗女多才多艺，她还把她学会的民歌和舞蹈，也都教给了当地的姐姐妹妹，一时间，那里的日子过得红红火火，充满了乐趣。

有一天，红罗女姐仨带领一些寨民往大北边去打猎，走了两三天的路程，来到一条大江边。那条江又宽又深，成群的鱼顶水往上游，岸边是密密的树林子，在河边有几只小破木船，还可看见一些破烂房子，东倒西歪，一看便知早就没人住了。红罗女挺纳闷，这么好的地方，怎么没人住了？她便问跟来的寨民。

一位年长一些的人回答说：这个地方，原来本是胡苏里部落居住的寨子，那时生活挺安定的。后来，居住在江北的萨哈部强大起来，人多势众，有一拨人，常常依仗人多，渡过河来各处抢东西。那时，部民居住分散，打不过他们，只好忍气吞声，任凭抢掠。日子长了，受不了这份窝囊气，就逐渐往南迁，最后就在现在居住的地方停留下来。

喜鹊一听，火冒三丈，说："什么人这么横行霸道，简直目无王法，今天我们就留下来住在这里，就在这捕鱼、打猎，看谁敢来欺负咱们。"

红罗女一看这地方也挺好，适合打猎、捕鱼，又见这里有几座破房子，修修可用，江边还有几只破船，也可修补将就用，就决定留下来。

那时，各个部落没有永久居住的地方，见哪里打猎、捕鱼方便，就往哪里迁，所以想在这停留下来，是挺正常的事。

红罗女决定后，一方面派人回去给胡苏里妈妈报信，一方面分派人搭窝棚，扎筏子，修船。

过了一些日子，萨哈部落的人发现江南又有人烟了，不知是哪来的，人不是太多，就把这一情况报告了大首领萨哈。这萨哈大首领势力挺大，手下管好几十个小部落，由于平日联系不是太多，有些人就不守规矩，偷抢别人的猎物。

这一日，萨哈接到报告，就派一个小部落长带二十多人过江去看看。这些人过了江，大摇大摆，咋咋呼呼，根本没把胡苏里来的这帮人放在眼里。一碰到新来的这帮人，就喝问道："你们是从哪里来的？到我们的地界来，也不打个招呼，懂不懂规矩？"

喜鹊一听他们这么不讲道理，拎刀就迎了上去。红罗女为了弄清情况，就把喜鹊拦住了，这时，来的这帮人见喜鹊不服，个个抽出腰刀杀气腾腾冲了上来。

红罗女走上前施礼道："请问各位兄弟是哪个部落的？为何事到此？"

那来的小头目扬着脖说："大爷是萨哈部的，你问我过来干啥？要税来了，你在我们领地打猎，要懂规矩，快把东西交出来，要不然别怪我不客气。"那小头目根本没瞧得起红罗女这伙人。

胡苏里部落来的小伙子一看他这么蛮横，拔刀上前就要教训教训他，可被红罗女拦住了。红罗女还是耐着性子说："兄弟！如果你们有什么难处，可以好说好商量，东西也可以给你们一些，你要来蛮的，那可不行。"

那个小首领不吃这套，眉毛一竖，喊道："兄弟们！不和他们啰唆，动手吧，给他们点颜色看看。"他这一说，手下这些人呼啦就冲上来。

喜鹊来气了，挥刀就向小头领砍来，两人一交手互不服气，可三下两下，还没看明白怎么回事，只听"当"的一声，那小头目的刀被劈飞了，接着喜鹊一个扫堂腿，那小头目摔个四仰八叉，喜鹊趁势抢刀就要砍。红罗女急喊："住手，不可伤人。"喜鹊抬腿踢了一脚，喝道："起来！别装蒜。"那小头领哼哼呀呀的在地上滚。他带来的那些兄弟，一看头领受了伤，急了，"噢"的一声喊，都冲了上来。

两个部落的人一交手，虽然萨哈部落的人多年轻，胡苏里部落的男女老少都有，但萨哈部落的人只有蛮力，不会武功，不懂刀法，哪是红罗女姐仨和带来的男丁的对手，不一会儿工夫，萨哈部落的人就被打倒七八个，被抓住的那个小头领早被一个姑娘以刀逼住，动弹不得。萨哈部落的人一看打不过人家，转身就跑。

胡苏里部落的人早就对他们恨之入骨，这回可算出了口气，现在见他们被打败了，就想报仇，有人张弓搭箭，就要射杀，被红罗女喝住了。眼看那些人爬到船上逃跑了，有些人很不理解。

这边，被抓住的十来个人都被绑上了，这个踢，那个踹。红罗女上前制止，并命人松了绑，问他们道："你们到底为什么到这里来抢东西？"那个小头目说："今年我们这里遭了天灾，储存的食物发了霉，牲畜也得了瘟疫，就想借机来抢点东西，我们错了。"

红罗女一听，心有些软了，就把他们先留在这里，热情地招待他们，还想乘机通过他们了解这一带的情况。

再说，红罗女派人回去给胡苏里妈妈带信，老妈妈一听说他们在部落原住地停留下来，知道萨哈部会来捣乱滋事，她很不放心，就又带些人赶来了。胡苏里妈妈来到这里，得知萨哈部的人来抢劫，十分生气，就要责罚被抓到的这些人。

红罗女深知冤家宜解不宜结的道理，为了顾全大局，免除后患，她对胡苏里妈妈说："他们的部落遭了灾，闹了饥荒，一时想不开，做了错事，他们也都是一些老实人，现在又认了错，就宽恕他们吧。他们原来与你们都是老邻居，低头不见抬头见，以后打交道的日子还多着呢，得饶人处且饶人吧。"

胡苏里妈妈一看，这被抓住的人中还有认得的，也就软了心肠，数叨几句，也就不想责罚了。那萨哈部的小头目，忙带领被抓的那些兄弟们磕头谢恩。

红罗女说："方才有几个人，已渡河逃了回去，我料他们一定回去报告大首领，他们绝不会善罢甘休，我们也要提高警惕，加强防备。"

胡苏里妈妈笑笑说："你看得很对，我知道萨哈那老熊的脾气，他得到信，准会来。不过这回我们可不怕他了，正好借机教训教训他，不过咱们可不能往死里打，从前我和他打过交道，虽然他有些霸道，但还是善良的人，在这一带很有威望，要是伤害他们的人，结下了仇，以后谁也不会过安宁的日子。"

红罗女一听老妈妈这番话，真是识大局顾大体，深表赞同，就说："老人家放心，我们会按您说的办。"这样，红罗女找乌巴图合计一番，就分头安排去了。

果然不出红罗女所料，不过两个时辰，老萨哈在邻近部落聚集了一些人，骑马挎刀，背着弓箭冲过来了。

原来，那拨逃回去的人找到萨哈大首领，说是胡苏里部落来我围场偷猎、捕鱼，我们去交涉，他们还不讲理，把我们的人打伤了，抓去十来个人给绑了起来，他们当中有几个女人挺厉害。

萨哈一听，气得嗷嗷叫，说："这还了得，简直目中无人，要不把他们教训一顿，我这脸还往哪搁。来了几个女人，好哇！抓她几个给我们的小伙子当媳妇。"于是他赶紧招集几十个人就赶来了。

萨哈一伙人过了江，直扑胡苏里部落来的人。红罗女和乌巴图也带一伙人迎了上来。

红罗女一看，这萨哈长得虎背熊腰，黑漆漆的脸上，长着一对铜铃般的大眼睛，满脸大胡子，煞是凶狠，骑一匹黑色高头大马，挥舞腰刀，不断叫骂。

萨哈一看，迎上来的红罗女，手握长枪，骑一匹大红马，是一个细高个儿的女人，细眉大眼，长得十分清秀，水灵灵美得像一朵花，看那穿戴和本地人不大一样，看那神情，沉稳中显出一股无所畏惧的豪气，气度非凡。

正在观望时，只见红罗女把枪一横，双手抱拳，施礼说："大首领，我们都是鞑靼人，何必互相残杀，伤了和气。我知道你们遭了灾害，生活艰难，如果需要帮助，我们可以送给你们一些东西，何必动武！"

萨哈一看，这女子说话倒是挺客气，他还以为是惧怕他，便哈哈一笑说："不打也行，你得先把我们的人放出来，还得把胡苏里部落的东西分给我一半，你们这些女人，也得到我们部落去，不满足我提出的这些要求，我这腰刀可不答应。"

红罗女见他无礼，十分生气，心想，要不教训教训他，恐怕改变不了他的蛮性，怒道："你休要敬酒不吃吃罚酒，既然你不识抬举，休怪我们不客气。"

咳！这小姑娘这么大口气，不知天高地厚！萨哈不愿再费口舌，仗着自己带来的人比红罗女他们人多，便把手一挥，大声喊道："上！谁逮到这个女人，她就归谁。"这伙人一阵喊，便像恶狼扑羊一般扑了过来。

红罗女和乌巴图带上身边的人，上前交手。单说红罗女挺枪接战萨哈，那萨哈真是有股蛮力，把那腰刀舞得哗哗响，上劈下砍，东扫西搪，看样挺吓人，可一点儿招法也没有。红罗女心中感到好笑。

红罗女不想伤害他，任萨哈发威，只是一搪一拨，一挑一横，招架几下，并不进杀。萨哈以为对方没什么功夫，自己占了上风，越战越来劲。

那边，乌巴图也是带领众人，打打躲躲，进进退退，谁也不下死手。萨哈部来的人，个个都想出口恶气，报报被抓被打的仇，狠命厮杀。乌巴图这伙人，且战且退，突然间，乌巴图打一声呼哨，胡苏里部落的人一齐往林中退去。

红罗女这边，面对萨哈的凶狠劈杀，招架一会儿，也显出力不能敌的样子，她见乌巴图后撤，也拨马追去。

萨哈一看胡苏里部落的人都往林子跑，以为被他们打败了，更来了精神，拨马便追。红罗女不紧不慢往林子里跑，来到密林处站下了。萨哈追上来，刚刚举起刀要砍，只觉从树上落下什么东西，把自己罩住了，手脚不得施展，仔细一看，是一张大网把他套住了，正想挣扎，上来几个人就把他按住了。

萨哈手下的人正要跑过来救他，那边乌巴图又一声呼哨，呼啦从林子中跑出许多人，齐举棍棒刀枪杀了上来。萨哈部落的人招架不住，也没人指挥，就乱了套，急急忙忙就往河边撤退，胡苏里部落的人在后边大声呼喊，并不追杀，任凭他们逃过河去。原来，这一切都是红罗女他们设计好的擒敌之策。

这边，萨哈被捉住，被人捆绑起来，送到胡苏里老妈妈面前，听候处置。胡苏里老妈妈一见这个老冤家，冷冷地说："萨哈老熊，今天你被我们活捉了，还有什么话可说？"

"你砍了我脑袋我也不服气，你们是靠那张网把我逮住的，那算什么本事，有能耐咱们单打独斗，那才叫真本事。"萨哈一脸怒气地叫号。

胡苏里妈妈见萨哈还不服气，就说："老东西，你那么有能耐怎么还败在我们手里？还要单打独斗，那你还要和谁比试？"

"和他"，萨哈指着乌巴图说。他看乌巴图个子高大，身材魁梧，觉得可作为一个对手，心想要战胜他，谁敢不服。末了他又加了一句："要比咱就比刀功。"因为他力气大，远近出名，年轻时用刀劈死过老虎，砍伤过熊瞎子，人们都说他有千钧之力，使刀是他的看家本领，所以他提议要比刀。

乌巴图早就观察了他与红罗女对战时的刀法，看穿了他的底细。在他眼里，萨哈那两下子，只能叫作用刀打仗，没什么招式，更谈不上功夫，只是有一股蛮力气而已，所以笑着点点头说："愿意领教。"

萨哈心想，这回我可争点气，耍耍我的威风。二人骑上马来，也没什么阵式，萨哈抡起刀就一阵猛砍，乌巴图还没见过这种打法，试探着应了几招，感觉到这萨哈还真有把力气，心想不能硬拼，推搪了几下，躲闪了几回，瞅准了空隙，猛进一刀，这萨哈慌忙搪了一下，震得虎口发麻，连马都立不住蹄，向后退了几步，萨哈挺吃惊，心想，看不出这个秀气的小伙子刀法这样厉害，心里不免有些发慌。

萨哈勒住马，喘了一口气，运足了力气，拍马上前，又是一顿乱砍。乌巴图还是左闪右躲，不肯轻易出招，生怕伤了萨哈。萨哈挥刀砍了一阵，见丝毫伤不着乌巴图，心里来了气，只见他高高举起腰刀，大喊一声，猛催马进前，眼见就要砍在乌巴图的头上，没想到乌巴图轻轻拨马一闪，由于萨哈用力过猛，马又向前猛冲，一下子失控，摔下马来。乌巴图跳下马来，赶紧上前扶起来，替他拍打尘土。老萨哈瞪大眼睛说不出话来。

胡苏里妈妈走过来，问道："老熊，怎么样，还不服气吗？"老萨哈撇撇嘴说："这是我没加小心，自己摔下来的。行啦，这个先不算，咱再比比射箭。"

"那你想和谁比？"胡苏里妈妈笑一笑问。

萨哈眼睛转了一圈，一边找人一边心想：再和比刀的小伙子比，怕没把握，再输了可就丢尽脸面了。可和一般猎人比，自己是个大首领，也太掉身价。正在寻思的时候，红罗女进前说："咱俩比一比，你看怎样？"

萨哈一见，正是刚刚和他对打过的姑娘，本不想和她比，可一想起此前正是她设套把自己逮住的，心里就来了气，心想她这回又直接向他挑战，没把他放在眼里，既然是她主动提出来的，还怕她不成，就说："好！你要比咱就比。"

红罗女不动声色地问道："比射柳还是比射飞鸟？"

萨哈冷冷一笑，说："那算什么本事！要比就不怕出点血。"胡苏里老妈妈一听，脸色就变了，老妈妈知道，萨哈的意思，按当地风俗，就是两人对射，这种射法虽不是要把人射死，但伤人是免不了的，就有些生气，气愤地说："老东西！你也太毒了！"老妈妈哪知红罗女的功夫，她生怕红罗女吃亏。

哪料，红罗女却心平气和地说："老妈妈，就依他说的办吧！"

说完，两人量了一百步，各自站住了。当场，两边部落的人，都在一旁观看。萨哈部落的人，人人暗自高兴，因为他们都知道，这萨哈从年轻时，就是远近千百里内出名的猎手，射猎百发百中，被誉为神箭手，就因为有这本事，才成为萨哈部大首领。现在要比对射，稳赢，这怎能不让手下人心里偷着乐呢！

胡苏里老妈妈怎不知萨哈射箭的厉害，所以她不同意这么比，没想到红罗女却答应和他这么比，心里为她捏把汗。

再说，两人站定后，萨哈心里有数，满不在乎地让红罗女先射。而红罗女是久经沙场的老将，面对这点小把戏，更是胸有成竹，她执意让萨哈先射。

萨哈也不再推托，心想，胡苏里部落的人已经给我面子了，我也绝不能趁机下死手，我不妨吓唬她一下，让她见识见识我萨哈的本事。于是他张弓搭箭，往她的肩上部射了一箭。

这一箭，射得强劲有力，只见一道黑光从红罗女上身擦肩而过。红罗女是见过世面的人，从萨哈射箭的姿态，箭矢飞行快慢，便知萨哈的功夫百里挑一，红罗女已判断此箭不是奔要害而来，她也丝毫没有躲闪，但她深知萨哈是一个厚道善良的人，根本没想伤害她。依他的箭法，要想射中她，轻而易举，因而对萨哈很是敬佩。萨哈也确实不忍心伤害红罗女。

萨哈射出第二箭，直奔红罗女右手袖边，想要射穿她的衣袖，可射完一看，红罗女又是纹丝不动，再看那箭，却被她用手接住了，围看的人都叫起好来。

萨哈一看，红罗女的功夫从来没见过，因而对她又惊奇又敬佩。萨哈想试试红罗女的胆量，第三箭射向衣领，"嗖"的一声直奔脖子飞去。

好个红罗女，不慌不惊，只见她轻轻一扭头，用嘴把箭叼住了。这下，全场人都拍手叫好。老萨哈也二目圆睁，愣住了，心说：这姑娘也太厉害了，胡苏里部落多咱出了这样的能人。

现在轮到红罗女射三箭了。红罗女心想，我也不能伤害他，他也是一个了不起的人才，但也要煞煞他的威风，这样才有利于以后两个部落和好相处，想到这她射出了第一箭，一道白光飞去，只听"当"的一声，把萨哈的腰刀挂带射断，刀落地上。第二箭射出，又听"嘣"的一声，"叭"的一下，原来这箭把他的弓弦射断，大弓落在地上。第三箭射出，老萨哈自觉头顶一股凉风"嗖"的一声响，回头一看，把他那插有羽毛的头盔射落地上。围观的人，也是一阵欢呼叫好。老萨哈有些愧意地笑了一笑。

红罗女快步跑了过去，拣起那头盔，拔去箭，恭恭敬敬地送到老萨哈跟前，说道："老人家，小女失礼了。"

这一句话，说得萨哈动了情，他走到胡苏里老妈妈跟前，"扑通"一声跪在地上，说："大首领，我服气了，你怎么处罚我都行。"

胡苏里老妈妈把他扶起来，说："好兄弟，我们都是靺鞨人，又都是老邻居，互相间应该友好相处，不能种下仇恨的种子，各部落都有规矩，要互相尊敬，再不能放纵手下胡来。从今以后，旧账一笔勾销，我也不想责怪你，大家要友好相处，你们有什么困难尽管说，我们会尽其所能帮助你们。"

这一番话，说得老萨哈热泪直流，他说："以前我做了错事，心里有愧呀，我是该好好教育子孙，以后做啥事不能蛮来，谢谢大首领的一番好意。"

胡苏里老妈妈说："过去的事就不提了，咱俩也是多年不见了，今天你们到这里串门，也算是缘分，俗话说不打不成交，现在是朋友，我应该好好招待你们，好了，啥也别说了。"

接着，胡苏里老妈妈把乌巴图和红罗女姐仨介绍给萨哈，大家见过礼，亲热地说着话。胡苏里老妈妈叫人拿过酒肉，在场的人便围坐一起，吃了一顿和解的饭。

吃完饭，胡苏里老妈妈和萨哈，代表两个部落，杀牲摆供，对天盟誓：南北一家，结成联盟，世代友好，永不相犯。

萨哈他们临走时，胡苏里老妈妈送给他们许多礼物，还邀请萨哈有空到胡苏里部落大寨去做客。从此，这两个部落就像走亲家一样友好来往。

邻近的部落听说这件事，又惊奇，又感叹，又羡慕，不少地方有了困难就到这里来求援，有了疾病灾疫，也找他们救治，有些小部落受大灾，生活不下去了，来到这里，他们就收留下来。这样，胡苏里部落人丁越来越多，生活越来越好，在整个东海地方出了名，尤其是红罗公主，她的事迹越传越奇，越传越神，教功习文，治病除灾，插花绣朵，捕鱼打猎，样样能，样样精，有求必应，有的人就把她当神仙供起来，直到现在，在珲春、汪清一些地方，靺鞨人的后裔，住在那一带的满族人，有病有灾，还有祭红罗女的呢。

红罗女、乌巴图威震东海、扬名北疆的事，传到了京城，把大英士气得嗓子眼直冒烟。当初，红罗女去东海看望乌巴图的事，谁也不知道，大英士得知红罗女不在忽尔汗海时，曾到处派人明察暗访，始终无音信。

大英士有时猜想，红罗女因乌巴图被发配东海，距离忽尔汗海千里之遥，又几年不能见面，可能因心里难受，又耐不住失去情人的少欢寂寞，去长白山找师父去了。最近才突然听说，红罗女姐仨都去了东海，而且红罗女还和乌巴图在那里成了亲。成了亲还不说，这乌巴图、红罗女人见人爱，被视为英雄，甚至敬之如神，原意本想借发配之机毁坏乌巴图的功名前程，扭断红罗女与乌巴图的情丝，为自己篡权夺美创造条件，哪承想，却适得其反，成就了二人的好事，自己却鸡飞蛋打，到头来自己感伤不尽。

大英士一连三天三夜食不香寝不安。到了第四天，他想开了，不能自己整天窝囊，让他们过舒服日子。他又想出什么损招了呢？他跑到渤海王大钦茂那告状去了。

大钦茂一看侄儿气色不好，忙问他是不是得病了，大英士上气不接下气地摇摇头，连说："不得了啦，乌巴图在东海造反啦！"

渤海王一听，脑袋嗡了一下，十分惊讶，连问："到底是怎么回事？"

大英士就说乌巴图到东海后，怎么对朝廷不满，又怎么把红罗女骗到东海，打着朝廷的旗号，勒索贡品，又怎么训练兵马，扬言要攻打上京城。

大钦茂原来就因红罗女不告而别，不知去处而生气，现在一听，乌巴图不思悔过，暗中骗去红罗女在那私下成婚还不算，竟敢在那里养兵买马、聚众造反，这还了得，这是逆天大罪。渤海王龙颜大怒，立即召集文武百官，说了这件事，让朝臣议决。

老左相深知红罗女和乌巴图的品德、智慧，料想乌巴图遭受发配罪惩，心存疑惑，言语不满尚有可能，而红罗女更是深明大义，以社稷功名为重的侠女，若一时为情所困，暗自去探亲，也非意外，但要说二人在地广人稀、穷乡僻壤之地聚众谋反，大出情理之外，万万不可能，于是出班奏道："启奏圣王，乌巴图、红罗女皆乃忠良之后，近年来逐寇救驾，除灾救难，屡立勋功，功成名就，位列上卿，常思报效君王，救助黎民，岂能遽然造反？传言以何为据，请圣王三思。"

大英士的心腹们则强调无风不起浪，人心叵测，不可轻视。大钦茂思虑再三，传下圣旨，令乌黑里率五百军士前去查验，便宜行事。大英士深知乌黑里与乌巴图、红罗女交往深厚，一旦识破传言，深究起来，于己不利，他便乘机进言，说东海部民无知刁蛮，无法无天，乌巴图又武艺高强，难以镇抚，需增派两员副将，方保无虞。老王大钦茂不知大英士阴险用意，还以为是为老将军着想，未加深思，就准其所奏。

大英士不等乌黑里谏言，主动指名道姓从御林军挑选两名副将随军前行。渤海王又准其奏。

这样在大军临行前，大英士密嘱他推荐的两员副将，一方面让他们暗中监视乌黑里，一方面罗织乌巴图罪名，如能暗中迫害，那就更好。那两个心腹心领神会，都表示绝不辜负主子栽培。

再说乌黑里受命前去东海查验，临行前渤海王又曾密嘱，不管二人谋逆与否，都要把他们押解回来，以防后患。

在乌黑里心中，很喜爱乌巴图和红罗女，他深信这二人不会在东海各部，人不过千、马不满百的人烟稀少之地聚众谋反。可他觉得乌巴图在外敌犯边之时擅离职守，受惩发配是罪有应得，而对红罗公主，不经朝廷允许，不管什么原因，私离红罗宫，也是蔑视纲纪王法，不可宽恕，但料想他们怎么也不会闹到谋叛的地步。他理解渤海王明恨暗保的用心，对他们二人也是充满了爱呀，生怕在外日久生变，闹到难收拾的地步，押回来看管，总有挽救之机。对此，乌黑里也十分赞赏老王的谋略。

兵马出发的日子到了，乌黑里点齐五百精兵，带领大英士推举的两员副将，晓行夜宿，向东海部进发。

这一日，乌黑里率军来到东海部南面的绥芬大甸，安营扎寨。他想先不要惊动东海部落，以免大动干戈，生灵涂炭。自己带领小队人马，前去打探乌巴图和红罗女的行踪动静，如能找到他们，凭自己老辈的关系，说服他们，跟随自己转回京城，就不必动武，伤害百姓，扰乱地方，造成不必要的后患。

乌黑里点齐兵将，正要出发，却发现红罗女带领一拨人马，向军营走来了，甚是惊疑。

红罗女怎么会到这来了呢？原来，乌黑里的兵马还没有到绥芬大甸，早被猎户发现，到胡苏里部落告诉了红罗女，说是朝廷发了许多兵马朝东海来了。部落的人都感到奇怪，他们认为这边也没有战事，东海部落按时交纳贡品，这里的百姓生活也都挺安定，向这里发兵干什么？

红罗女听说这事，也挺纳闷儿，一看这里的部民有些惊恐，就想探个虚实。她和乌巴图商量一下，便决定由他俩带十几个人到南边去看个究竟。

这一天，红罗女他们来到绥芬大甸北面的一座山上，一看山下旌旗招展，真有不少朝廷兵马。红罗女当过统帅，兵将认识不少，她就想前去探问一下，她把带来的人留在山上，自己下山了。

再说乌黑里点齐兵马，刚离营门，就发现北山上有不少人向他们这里张望，仔细瞅瞅，发现有骑红马、骑白马的人，在那里指指点点，就知道是红罗女和乌巴图。再看那些人都挎弓提刀像是随时都要进行厮杀的样子，心里咯噔一下子，心想：他们真是聚众造反哪，立刻来了气。

乌黑里手下那两个副将，得知乌巴图和红罗女带着野人部落的人据守北山，心想我正要找你们，你们还送上门来了。他们想起临行前主子大英土告诉他们要利用各种时机杀掉乌巴图、捉回红罗女的密嘱，感到机会来了，一看山上的人也不太多，就没把这伙人放在眼里。所以当乌黑里见红罗女一干人马正不知怎么办是好时，二副将主动请战，说是要把逆贼擒来。

乌黑里说："你们带人前去看看，他们究竟在干什么，千万不要是非不明就动手。"那两个副将带领一队官兵就向北山进发。

红罗女一看，有一队兵马杀气腾腾向这边冲来了，不知何意，就和乌巴图打招呼，做好准备，看他们到底要干什么。

那两个副将渐渐走近了，突然大喊："冲啊！抓住那个穿白袍的逆贼！"官兵们呐喊一声，就嗷嗷地冲了上来。

乌巴图一看这阵势，先是一愣，本能地拔枪就要迎战，被红罗女制止了，她想要弄个明白再说。可是那些跟随来的部落勇士们，一看官兵杀了过来，急了，马上投石射箭，一阵乱箭，把官兵打退了。那两个副将又往上冲，又被射了回去。

两个副将一看，这拨人很难对付，便撤了回去，他们对乌黑里说："老将军！乌巴图真是造反了，没等我们说话，他们就先动起手来，赶快发兵捉拿。"

乌黑里早看清了，是这两员副将先动的手。再说，红罗女也没带多少兵马，也不像要和官兵对抗的样子，心里琢磨不定，红罗女和乌巴图带这些人到这里到底是为了什么，事情没弄明白，不想派大军围剿，于是就让那两个副将先回营歇息待命。

傍晚时分，从山北又来了百十多人，向红罗女这边走来。红罗女一看，正是萨哈部交过手的那个小头领，他一见红罗女，便说是奉萨哈大首领之命带来百十人，支援红罗女对抗官军的。

红罗女一听，十分感动，就让来人先歇息。红罗女这次来绥芬大甸，本意是探听消息，不是来打仗的，可一见官军的态度，红罗女一直想不明白，这官军为什么说乌巴图是逆贼？为什么派这么多官军来捉拿？他们为什么不说明白就要动武，他们派这么多人，看来是来者不善，我必须弄个明白。

第二天一清早，红罗女告诉乌巴图和同来的人，一定要稳住，不要下山，我去军营问个明白，再做安排。于是她单人匹马就下了山，直奔军营而去。

乌黑里见红罗女一个人来了，就明白一定是要到这里交涉，或是要表白什么心意，他怕副将们鲁莽，便下令不许任何人动手，一个人迎了上来。

红罗女一见是乌黑里老将军，眼泪唰地流了下来，一边施礼一边说："老将军久违了，小女盔甲在身，不能全礼，敬乞见谅。"

乌黑里是看着红罗女长大的，如今在这个场合相见，心里也感到很酸楚，但一想到她私自跑到东海来，本就失礼，又传闻他们在东海操练兵马，聚众造反，欺君背祖，变成乱臣逆子，这还了得，不由得惋惜又生气地问道："孩子，你怎么这么糊涂，有什么委屈，也不能聚众造反哪！"

红罗女一听，十分震惊，怎么乌黑里也说他们聚众造反呢？是凭什么给他们安了这样一个罪名呢？心里想不通，也不服气，便问道："老将军，说我们聚众造反有何凭据？"

乌黑里反问道："京城早有传言，说你们在东海私造兵器，操练兵马，还打着朝廷的旗号收税要贡品，谁要不服就动武，有无此事？且眼下你和乌巴图带来的这些人，竟和官军动起手来，这不是造反是什么？"

红罗女一听这些话，本想辩论几句，但又觉三言两语说不清，便又对乌黑里施了一礼道："老将军，朝廷对我们恩重如山，功名利禄齐聚一身，今生一心报效君王，每有征召，赴汤蹈火无所畏惧。今居僻野，不忘社稷，何人诬我造反，意欲何为？将军口出此言，令小女惶惑不安。"

乌黑里在京城时本就怀疑传说不可信，今听红罗女表白，也觉句句在理。可抬头见北山之上聚众渐多，又生怀疑，于是，他指着北山头说："你看那山上聚集那么多人，做何解释？"

红罗女笑了笑，说："老将军，俗话说：未做亏心事，不怕鬼叫门，君子坦荡荡，小人长戚戚。我们到底是不是做了像你们说的那些事，将军何不调查一番，乌巴图就在北山上，将军如能念惜往日我们同朝伴君王的情谊，体谅我们无辜受枉的悲情，可否上山一见，便知底细。"

乌黑里经她这一说，想起君王密嘱他暗中查访的事，此时也正是一个机会，便答应红罗女的要求，和红罗女一同来到北山。

乌巴图见到了乌黑里，先行了大礼，又把珍珠、喜鹊姐妹招呼来，与大将军一一相见。此番故人相见，真是别有滋味在心头。本应叙叙别后互相的思念，谈谈往事的荣辱悲欢，可现在，朝廷竟把乌巴图和红罗女视为叛逆。乌黑里说明出兵的原委后，乌巴图便把他来东海后怎么和胡苏里老妈妈结识，又怎么帮助这里改进射猎和捕鱼工具，怎么教这里的猎户使刀射箭的技术，又怎么使邻里部落化敌为友和睦相处，又告知红罗女是怎么在妹妹和邻里帮助下来到东海，又是怎么按当地习俗在胡苏里老妈妈主持下成婚的，一一细说一遍。

乌黑里听了，感慨万分，想起京中传言觉得是有些捕风捉影，夸大其词，红罗女他们受了冤枉，可毕竟自己是受王命而来，渤海王让他把他们押解回去，怎敢违抗君命。无奈之下，乌黑里向他们宣读了圣旨，宣读完就要求乌巴图和红罗女跟他回京，并暗示回京之后，渤海王和朝臣会从中救援的。乌黑里是一片好意。

可是，红罗女和乌巴图听了圣旨，如五雷轰顶，怎么也没想到朝廷把他们当作叛逆押解回京，这一世的英名不被玷污了吗？不觉都流下泪来。

乌黑里见二人发愣，痛心、流泪，便安慰他俩，说是回到京城后，他一定会在老王跟前保奏。

红罗女觉得刚刚过了几天安定快乐的日子，没想到祸从天降，心里十分委屈，对于乌黑里要他们马上回京一事没有思想准备，所以她对乌黑里说："大将军，你先回营，容我考虑考虑，安排安排再说。"乌黑里就回营去了。

第二天，乌黑里又找红罗女来了，问她考虑好没有。红罗女昨晚和乌巴图讨论他们造反的事，觉得是有人借由陷害，眼下就跟大将军回京，恐怕说不清道不明，后果难料。如果不回去，有大王圣旨，又不敢违抗，合计来合计去，找到了一些对付的办法。因此，今天乌黑里一来，红罗女便提出第一套方案，她请求大将军先回京城，把这里的实际情况告诉渤海王，请渤海王重新裁定，还他们清名。

乌黑里一听，以不敢违命为由，不接受他们的建议。这老头还有点犟脾气，说是你们要不听圣命，我就死在这里也不回去。

红罗女一听，这样下去弄僵了，不好收拾。于是就提出第二个要求，说是有些事我们还要对部落做些交代，我们也要做点准备，后天，你带那两位副将来，到北山后狻猊泉那地方，我设宴招待，你再看看这里的真实情况，然后我们就跟你回京城。

乌黑里一听要跟他回去，舒了一口气，乐了，也就同意了她的邀请。

乌黑里走后，红罗女和乌巴图就把自己带来的这些人撤到狻猊泉，红罗女拿出红罗巾，在泉边照了照，点了点头，就吩咐众人，按她指点去安排。众人便分头做事去了。

话说第三日，乌黑里率两名副将到狻猊泉赴宴考察。乌黑里走近狻猊泉一看，这是一个由几处山水聚成的很大的深潭，潭边长满古树，泉边有两个草棚子，有些人正忙着烧烤鸟肉、兽肉，在岸边空地上，铺了两块草席子，众人就在那坐下来吃肉、喝酒。

喝了一会儿酒，乌巴图站起身来，端着一碗酒，用手指蘸了一点酒向上弹几下，向下弹几下，表示敬天敬地，然后对乌黑里说："大将军，我乌巴图一生想为国效力，光宗耀祖，不幸成了罪人，愧对祖宗，如今已无颜见君王，见父老，生不如死，辜负了将军的关怀，来生来世有缘再见罢。"说完，他拉着红罗女的手，一起跳入潭中。

等乌黑里醒过腔来，二人已沉入潭底。乌黑里愕然不知所措。珍珠姐俩和部落来的人，一见二人投潭而死，捶胸顿足，号啕大哭。只有那两个副将心中暗喜。

乌黑里连忙命人打捞，可那么大个深潭，用什么打捞，几个人下水胡乱捞了几回，也不见二人踪影。部落的人急了，大骂官军害死了他们，有几个憋不住，握起腰刀就要和乌黑里这几个人拼命，被珍珠姐俩好歹拦住了。

珍珠姐俩和两个部落来的人，痛哭了一场就回家乡去了。

乌黑里回到京城，心情也十分沉痛，他流着泪，把在绥芬大甸见着红罗女、乌巴图的经过，以及二人以死明志的过程细说了一遍。老王听了，十分懊悔，王后听了哭了三天。

后来，大钦茂派人在三陵屯，给红罗女造了一个墓，里面放了几件她生前穿过的衣服。后来，在我们牛场这一带的满族人相传，每逢七月十五日，东北方向出现一片红光，就说那是红罗公主回家来了！

再说那两个副将把事情经过报告了大英士。大英士听了，拍案大骂："全是无用的货，我不是让你们治死乌巴图，把公主带回来吗？怎么把公主也逼死了！"

大英士不耐烦地说："滚！滚！"那两员副将灰溜溜地走了。

总管鬼阿哥看大英士总是愁眉苦脸的，便说："右相大人要保重，红罗女跟乌巴图做鬼去了，再苦思苦想何益，要看到，大钦茂失去了这两个台柱子，等于给我们去掉一块心病。现在老的都不被重用了，各府部都有我们的心腹，登基坐殿的日子就不远了。到那时，天下都是您的了，还愁得不到美女不成？"

"哈哈哈……"大英士乐了。

第十六章　京城解围

红罗女和乌巴图投水的事，传到了忽尔汗海，乡亲们难受极了，很多人哭了三天三宿，眼睛都哭肿了。还有些人跑到忽尔汗海边，焚香祈祷，怀念和感激为民除害的英雄。

一年以后，在忽尔汗海边传唱起了一首满语民歌，并流传至今。这首歌这样唱道：

> 山英格格，则衣则。
> 更将门阿布卡，依格勒喀。
> 阿克展红红则，则衣则。
> 塔尔玛，安顿尼玛，阿尼喝。
> 尼红衣，阿布凯，依则依则。
> 吞都安，巴尼呀啊，山英格格。
> 罕尔汗，萨卡达比，阿西哈勒。
> 山英格格，红罗格格。

这首民歌的内容，大意是：

> 好姑娘啊红罗女，
> 你像春天一样，
> 和我们在一起。
> 可惜啊可惜，
> 突然雷声隆隆，
> 下起了大雨，刮起了大风，
> 红罗女离开了我们。
> 苍天啊苍天，

让红罗女快回来吧，
我们老老少少，
都在想念你呀！
好姑娘红罗女。

还有一首民歌，也是怀念她的，那歌唱道：

红罗女在时百花开，
千山万岭开不败。
红罗女走了百花谢，
荒山秃顶长茅蒿。

老左相、刘总兵听到噩耗，都流下了悲痛的泪水，为她长叹，为他惋惜，为他们鸣不平。唯有大英士一伙狼心狗肺的人，在暗地里幸灾乐祸，手舞足蹈，庆幸自己为实现卖国求荣的目的，又扫除一个大障碍。尤其是鬼阿哥，从此以后，无所顾忌地在契丹和渤海之间上蹿下跳，干些见不得人的勾当。

一天，大英士在家里正在为篡权计划总不顺利犯愁的时候，鬼阿哥跑了进来，他不像往常那样小心翼翼的，一进门便高兴地说："有招了！有招了！这回你王位是坐定了。"

大英士打个嘘声，他才压低嗓门，兴冲冲地从褡兜里拿出一封信。大英士接过一看，是契丹大帅耶律黑给他的。他忙拆开仔细观看，一边看一边脸上露出笑容，连连说："这招真绝！"接着便命鬼阿哥把几个心腹找来，密谋一番，然后就各自行动去了。

过了不久，就在渤海国南面的新罗国，传起了一阵谣言，说什么现在渤海国兵强马壮，正在调兵遣将，要一举灭掉新罗国，还有的谣传，说渤海王要新罗王割地一半，要不然就踏平皇宫。

本来新罗国和渤海国是睦邻友好国家，你来我往，互相关照，互通有无，边民随意越界往来，两个国家又都学习大唐，向大唐进贡，两个国家的边界也从来不驻军队，也从来没发生过抢夺之事。自从谣言一起，新罗边界的寨民人心惶惶，有的逃到深山老林去，有的往内地跑。

这一闹腾，新罗国镇守地方的将军感到挺奇怪，派人一打听，才知渤海国要动武，就赶紧报告了新罗王。

新罗王这几日也正在焦虑。原来，以前新罗派到渤海国的特使，总受到渤海王的召见，招待得特别周到，礼仪都不差，且每次回国时都要赠送许多礼物。可近日出使渤海国，几次要求觐见渤海王，都被右相大英士拒绝了，说国王有疾，不能接见。每日住在会馆里，招待也不大热情，最后竟婉转地下了逐客令。

新罗国王不知在什么地方得罪了渤海王，左思右想，不知缘故。今日接到地方官报告，才猛然省悟，原来渤海国有了要吞并新罗的野心。经过朝议，朝臣都说要做好准备，于是新罗王派出一万兵马向边界移动，再探探虚实。

再说大英士故意慢待新罗特使，又派人四处放风，说渤海国要对新罗动武，经探子回报，谣言已生效，说是新罗王已派兵向边界移动，全国上下都很紧张。大英士听到这些消息，心中大喜，以为这回契丹大帅耶律黑挑拨两国关系，制造仇恨，引起战争的诡计就要实现了。为了制造矛盾，他赶紧找到渤海王，说："秋围日子临近，往时边界安定，军士稍有懈怠，正可借此整军经武，振奋士气，我王可下令，做好准备。"

大钦茂自红罗女死后，精神不爽，终日若有所失，正想散散心，经大英士一提，便同意积极准备。

大英士趁机说："往时都是到西围场，那里经常有契丹兵出没，不甚安全。而东围场界临新罗，十分可靠，也可借势巡狩，以壮国威。"大钦茂点头同意。

过不几天，秋围准备完毕，大钦茂带领很多兵马向鹿道一带东围场进发。大英士一直护在老王身边上传下达，跑来跑去，尽力尽心，表现出一派忠心耿耿的样子，大钦茂十分满意。

打了两天围之后，大英士便安排一些卫士服侍老王休息，他自己则以检查为名，率领一大队人马直奔新罗国边界。

到了国界，一看村落都很安静，没发现有驻军守卫，便指挥人马越界抢掠了三四个村寨，还打伤了一些寨民。一些逃跑的寨民正遇上新罗将军率兵向边界开来，马上报告说渤海国军队入境烧杀抢掠。那将军一听，果然有渤海兵进犯，立即派人往新罗京城送信，报告国王。

新罗国王立即召集群臣商讨对策。大臣们一听渤海王不讲信义，义愤填膺，十分恼怒，纷纷谏言，不可受侮，派兵御敌。于是国王传下圣旨，增派两万兵马，日夜兼程，发往边界。

此时，大钦茂打完秋围，已班师回京，只有大英士指派的部分兵将留守边界。新罗大军发往边界，只见旌旗蔽日，烟尘滚滚，人喊马嘶，杀气腾腾。当地寨民从未见过这阵势，人心惶惶。大英士的心腹们便乘机大造谣言，说新罗国派兵犯边，杀人抢物，一时气氛紧张，寨民逃离。

大英士的心腹马上派人回京奏报。国王大钦茂刚刚收围回京，连接奏报，先是心生疑惑，觉得两国往日和睦相处，早有互不相犯的约定，况且凭新罗的国力，安敢进犯渤海大国？可又一想，天有不测风云，也许新罗乘我西部战事频发之际，乘虚而入，占我土地，抢我财富，想到这，不由怒从心头起，立即召集文武大臣谋划对策。

大英士首先出班奏道："启禀我王，想我渤海盛国，虽是兵强马壮，地大物博，但与各国交往，向以仁义、诚信为本，往时视彼新罗为兄弟，每有灾难，援助不辍，往来交聘，大礼相待，仁至义尽。岂料，趁我多事之秋，不思报答，反是胆大妄为，不断挑衅，是可忍孰不可忍！既是忘恩负义，绝不宽宥，当发重兵，予以教训，树我尊严。"

大英士一番添油加醋的挑拨，紧接着大英士的心腹们争趋附和，大钦茂未能深思，便决定发兵。

老左相总觉事出蹊跷，怎么在秋围时毫无迹象，也无察觉，才几日就这般危机重重？忍不住上前奏道："启禀圣王，以老臣之见，新罗乃仁义之邦，多年与我和睦相处，互本互利安定有序，从无不义之举，何以骤然出兵，以卵击石，自取其辱？圣王应三思。"

大钦茂早对老左相生烦，因为每次朝议，那老臣的谏言，多与王意相左，如今听了这番话，更是反感，冷冷回言道："彼背信弃义，今已大兵压境，还侈谈什么友好！边境紧急，勿误国事。"说罢，当即令乌黑里率五万大军，星夜进发。

老左相受到国王的奚落，甚觉不快，但一听国王欲发兵五万，抽空京城兵力，以为不妥，又想进言，大钦茂却宣布散朝，只好退去。

老左相放心不下，散朝后赶紧找到乌黑里，又说些谨慎行事，以国家大局为重之类的叮嘱。

第二天，乌黑里率领五万大军，浩浩荡荡向东南边界开去。一路上晓行夜宿，走了七八天，来到了渤海国与新罗交界的地方，驻扎下来。

本来，新罗国的军队赶到边界，哨探几番侦察并没有发现传言中所说大军压境的迹象，新罗大将军就在远离边界的地方屯兵，继续侦察。

再说乌黑里率军到达边界后，经多方了解、侦察，得知真有新罗大军屯兵在二十里外的山后。乌黑里从京城出发时，本来对传言还将信将疑，如今得知新罗果有大军压境，百思不解，十分震怒，就要下战书。可他想起临行前老左相让他谨慎行事的叮嘱，就冷静下来，一想人家毕竟没有越界，又据这一带的寨民反映，也没有新罗兵越界抢掠之事，反是秋围时有渤海兵越界抢东西，就感到事实与传言不同，且两国开战，要无正当理由，怎能服人心，想到这，就决定按兵不动，派兵继续侦察。

一天，乌黑里派出的巡逻兵越过界河把新罗的巡逻队给抓了过来，送到乌黑里大帐。乌黑里一问，新罗兵说，一个月前，渤海国大军压境，抢了我们不少部落，说是要新罗国让出一半土地给渤海国，不然就要踏碎京城，许多边界寨民背井离乡逃难去了。新罗国王恐惧，才派兵前来。可是我们来了之后，没发现渤海大军，就在十八岭驻了下来。

乌黑里一听，原来是这样，就把抓来的人招待一番放了回去。临走，乌黑里让他们给新罗大将军传信，说是我渤海国获知新罗国调兵遣将，威胁我边境才兴师前来，望大将军以两国和睦友好安宁为重，不可造次，自取其辱。话中有话，软硬兼施。

前面已说过新罗大军开赴边界之时，原以为渤海国大军已经进犯边界，可他们发兵到边界时，没见到渤海国大军，也对传言产生怀疑，后来经过侦察，得知渤海国正有大军向边界进发，就提高了警惕，并不断派人巡逻探察。等到被抓走的巡逻兵放回以后，新罗大将军听完传话，一方面对他们越界抓人不满，可另一方面，也觉得渤海兵一时不准备大动干戈。

目前，双方都不想先点燃战火，都知道一旦撕破脸，后患无穷。就这样，双方对峙着，互相观望，互相摸底。

回过头再说渤海国京城那一头。乌黑里刚率兵马出发，大英士就急忙派出心腹给契丹送去密信。契丹大元帅耶律黑看完密信，眼睛笑成了一条缝，肚皮都乐得直疼。原来那密信告知耶律黑，红罗女、乌巴图已死，乌黑里率五万兵马进发新罗交战，京城只留一千御林军，朝中上下人心浮动，正是推翻大钦茂王权的好机会，请他耶律黑抓住机遇，迅疾发兵。

耶律黑是个利欲熏心的人，早想在契丹立大功，名扬天下，无奈单单碰到红罗女、乌巴图，让他几次丢了面子，这回一对冤家对头都死了，上京城又空虚无防，真是天赐良机，让他怎能不眉开眼笑呢！

耶律黑点了一万精骑，绕过三关，从西南荒僻山路，日夜兼程，悄悄奔上京城而来。

等到渤海王发现契丹兵时，耶律黑已兵临城下，几番猛烈箭射火攻，御林军死伤过半，哪能抵挡得了契丹兵。直到这时，渤海王才后悔当初没有听老左相的话，如今成了契丹兵的网中鱼。渤海王急召大臣商讨对策，有人主张拼死护着老王出城；有人主张赶快派人给镇守三关和征讨新罗的乌黑里大将军送信调兵；有人说眼下要加强防御，坚守不动，以待外援；有人主张送些财宝，派人谈判陈述利害，迫其退兵。

大钦茂听了，还是拿不定主意，便问老左相当下如何是好。老左相不慌不忙开言道："自我祖开基创业以来，虽屡经磨难，无不化险为夷，披荆斩棘，名扬四方。临危不惧，乃靺鞨人美德，齐心协力，乃民族传统。当今之时，倾其所有，发万民之众齐上阵，君臣一心，军民一心，誓与京城共存亡，天不灭我必有救。"

经老左相这么一鼓励，大钦茂点点头，精神也为之一振，立即发令，凡宫中和各官员家丁奴仆、全城民众，无论男女老少，坚守城池，立功者受赏，退却者严惩。

传令后，大钦茂亲自督战，拼死抗敌。那耶律黑几次攻城，都被乱箭、滚木、投石打了下去，总不得手，气得直瞪眼。

那耶律黑不怕单枪匹马厮杀，可现在你叫阵，城中人就是不出来接战。他带来的这些骑兵，还不善于攻城，所以几次攻城自己也损伤不少，加之他这次偷袭，还没带多少粮草，心里胆怯，不知下步棋应该怎么走好。正在犹豫不定之时，接到大英士暗传密信，说城中民众人心恐慌，朝中君臣离心离德，全无斗志，只要将军连番攻城，必有变乱。

再说城中军民虽然日夜守城，击退了几次契丹兵的攻击，但这样对峙下去安危难保，总在想办法往回调兵。不想派出去的人都被契丹兵抓住了，令君臣十分忧虑。

这天，有两个年轻小伙要见国王，说有大事要禀报。国王召见了他们，问他们有什么事，他们就把如何突围给渤海兵传信的想法说了。国王一听，十分赞赏，连说"好，不妨一试"。

来见国王的这两个人，是亲兄弟，原在忽尔汗海山城住，因有手艺，在西门开个铁匠铺，前些日子为生意上的事，到京城办事，正赶上契丹兵攻城没走了，被安排守城御敌。

这哥俩因为做生意，接触人多，不少民族的语言都会说一些。昨天他们守城时，抓住几个攻城的契丹兵，一问话，得知城中往外派出的要调兵的人，被契丹兵抓住了。他们说，得知城中要搬救兵，主帅很害怕，就命令我们两天内必须攻下城池。这哥俩一知这情况，就想出假扮契丹兵传信调兵之计，特前来报告国王。

国王听这哥俩一说，也觉得此计可行，就连说"好"。于是国王找来守城的官员，做了安排，就把哥俩带走了。当又一拨契丹兵攻上城墙时，有几个契丹兵被推下城墙，这其中就有铁匠哥俩。

这哥俩摔下城墙时，装作受伤很重的样子，哼呀痛叫，就被抬了回去。进了契丹营房，一时也无人照看，他俩东瞅瞅，西瞧瞧，看到了他们要找的东西，便趁无人注意，到马房里挑了两匹好马，装作要上阵的样子，骑上马就跑了出去。

他们在假扮契丹兵时，国王已告知搬兵的路线，所以一逃出契丹营盘，老大便往西去找刘总兵，老二朝东去找乌黑里。

单说老二不太熟悉往新罗去的路，加上心急，跑着跑着就跑差了道，往东海部落去了。

这天，他来到一片大林子，荒无人烟，不知往哪边走，加之又饥又渴，便跳下马来歇息。正在这时，忽听一阵人喊马嘶的声音传来，他正要找人问路，便赶忙循着声响奔去。刚走出林子，见一队人马正在前行，走在头前的是一女子，冷丁一瞧像是红罗女，心里划个魂，再上前仔细一瞧，"妈呀"一声摔下马来。这女子正是红罗女。老二家住忽尔汗山城，和红罗女是老乡，早见过红罗女，前些时候传说红罗女已死，怎么今日在这里活见鬼了，一时连惊带吓，昏了过去。

原来，红罗女真的没有死。那次乌黑里逼迫红罗女和乌巴图回京，他们要执意抗命，乌黑里难以交差；他们要顺从领命，则又难以承受叛逆罪名，在进退两难之时，于是他们二人就想出一个脱身之计。

往时，红罗女来过猞猁泉，那日红罗女用红罗巾一照，发现潭中有一个大石洞，这洞向上有一个出口，通往山边，他们以设宴的方法，让乌黑里和两个副将亲眼看到二人投水自尽，让他们回京有个明确的交代。实际上二人投水之后，躲在石洞中，根本没淹死。等乌黑里走后，他二人爬出水洞，安然无恙。

当时，乌黑里派人打捞，不知底细，怎能找到尸身？在场的那些部落勇士，也以为他二人死了，跪倒号啕大哭，哭得乌黑里都伤心落泪。

后来，是珍珠、喜鹊向跟来的部落人做了解释，大伙才化悲为喜、化涕为笑。她们回到胡苏里部落之后，怕官军再来捣乱，就一直没有声张。而乌黑里回到京城一禀报，还有副将证明，就都以为二人已死，无人再追查，红罗女他们就过了一段安宁的日子。

这天，红罗女领一伙人，正在追逐猎物，突然见一年轻人蹿出林子，一到她跟前"妈呀"一声摔下马来，不知出了何事，上前一看，这人昏了过去，赶紧给他喝了一点儿水。不一会儿，那人睁开眼睛，醒了过来。他四外瞅一下，叹道："可惜呀，我没完成国王交我的大事，就这样死了。"他以为看到红罗女，就是到了阴间呢！

红罗女一听他给国王办大事，忙问是办什么事。那二铁匠说："告诉你也无用，你我都变成鬼了。"红罗女为了探明真相，便把她未死的事简单说了几句，那二铁匠一看身边的人都是活生生的，又看到自己的马正在吃草，才知自己没死，便把耶律黑怎么围攻京城，军民如何抵抗，城中如何危急，他们哥俩又怎么奉国王之命出来报信调兵的事一一细说。

红罗女一听，契丹进犯京城，国都告急，她立刻想起了师父所嘱"为国效力、为父报仇"的点化，马上带领一行人转回部落，找到胡苏里老妈妈，告知京城有难，她必须回去解救。

胡苏里老妈妈虽然是舍不得让她走，但经过这一段相处，早知她的身世和为国效力为民除害的终生大志，表示理解并十分支持，当即传话，把部落中最好的马匹拨给她用，还召集了百余名年轻力壮箭法好的小伙子，让他们跟随红罗女、乌巴图去杀敌立功。

红罗女和乌巴图对老妈妈的支持和鼓励十分感动，双双给老人行了大礼，勒缰上马，直奔京城跑去。那二铁匠经人指点，也沿着大路向新罗边界给乌黑里报信去了。

再说京城里自铁匠哥俩伪装契丹兵出城报信之后，契丹兵攻势一天比一天紧，渤海军民抗击越来越力不从心，人人都吃不好、睡不好，天天盼援军来救驾。

大钦茂的心里更是着急上火，日日夜夜盼望铁匠兄弟能把信传到，连做梦都梦见乌黑里回来了。可是形势一天比一天紧，却不见救驾官军踪影，愁得他头发都白了。

再说大英士，也急得如火上墙，每日坐立不安，他不安的是，契丹兵这样轮番攻城，就是攻不进来，城里的人拼命死守，不乱不跑，连那些老臣们，也都跑出来参战，这是他事前没有想到的。更令大英士恐惧的是朝中不断派人出城报信搬兵。而一旦救驾官兵赶回来，他的阴谋计划就要泡汤了。尤其是他得知铁匠兄弟伪装契丹兵混出去，他把这事告诉了耶律黑，而耶律黑回信说二人已逃脱，不知去向，更令他担心。

就在大英士焦急万分的时候，耶律黑传来密信，让他想法杀死大钦茂，他找鬼阿哥一合计，鬼阿哥说，这事使不得，大钦茂身边护卫很多，不易动手，强行动手，民众知道了，会把他们剁成肉酱，一切都完了。

鬼阿哥趁机又给大英士出了个主意，大英士一听，点点头，便派人又给耶律黑回了一封密信。

第二天，守城士兵接到契丹兵用箭射来的一封信，是呈给大钦茂的。大钦茂接过来书一看，说是你们假扮契丹兵的两个铁匠已被我们抓住，他们已招供，你想等援兵救驾，那是白日做梦，我们已在各关口设了埋伏，就是有人得到信，想来救你，也过不了我们所设的铜墙铁壁这一关。耶律黑在信中还说，明日我们将有两万后援大军在城下会师，届时攻城，那时整个上京城，必将灰飞烟灭，化为废墟。现在最后给你一次机会，你要开门投降，可保全城安全，荣辱得失，在此一刻，不可错失良机，请大王思之，云云。

大钦茂看完来书，又愤怒又惊恐。他把来书递给大英士，问他怎么办好。大英士看完，这正是他和鬼阿哥想好的计策，心中暗喜。他见大钦茂有些犹豫，便乘机吹起阴风，说什么留得青山在，不怕没柴烧，先把人和城保住了再说，往下的话就不说了。他双眼望着大钦茂等他表态。

大钦茂一想，要是投降，我不成了对不起祖宗的千古罪人了嘛！宁死不可。但他看到事情紧急，便吩咐大英士快请各大臣来殿商议。

大英士一听，心中大喜，心里想：只要你大钦茂一开城门，你就是亡国之君了，这个叛国投敌的罪名，你就永世说不清了。他一想到契丹兵一进城，就扶自己登上王位的情景，真美得自己不知姓啥了。

大英士把一些大臣找来后，满以为他们一定贪生怕死，也会劝渤海王弃城求和，哪知大钦茂把事情一说，群情激奋，纷纷表示宁为玉碎，不为瓦全，尤其那老左相，居然说我全家族誓与城邦共存亡，生为渤海人，死为渤海鬼，绝不玷污祖宗。接着不少大臣跪请大钦茂，要与契丹人血战到底。

不多时，老臣们的话传到民众中，刹那间一大片男女老少跪在朝门外，一边磕头一边高喊：善人不能向恶人求可怜，我们民众一定要和大王同契丹人血战到底！

大钦茂的眼泪扑簌簌地流下来，他站起身来，赶忙扶起老左相和那些跪地不起的大臣们，高声说道："君臣勠力与城同在！"

接着他率领众大臣来到朝门外，扬起双手让民众起来，民众不知王意，就是不起来。大钦茂扬起头，大声说："苍天在上，吾心已决，人在城在，死战到底！"民众这才高呼万岁站起身来。大钦茂抖擞精神，重做了一番部署，准备血拼。

到了第二天快晌午时分了，耶律黑看城中毫无开门投降的动静，火冒三丈，一阵火攻之后，挥舞双锤，狂喊："大钦茂听着，再不开门投降，死无葬身之地。"

大钦茂这时反而不紧张了，他手提宝剑，站在城头上，抱着必死的决心，沉稳地指挥。此刻，全城的民众，都涌上了城头，毫无惧色，拼力厮杀。只有大英士一小撮人，胆战心惊，生怕契丹兵冲进来，死于乱兵之下。

大英士曾安排心腹，乘乱之时，打开城门，放契丹兵进来，再乘机杀死大钦茂。可是各城门早已堵死，且有军民把守，不易下手。有些心腹此刻也怕担当投敌叛国、乱臣贼子的罪名不敢下手，弄得大英士在暗中干着急。

再说耶律黑见大钦茂披甲站在城头，任凭他叫骂，毫无惧色，便野性大发，喊声"冲啊！"就率兵攻城。只见大钦茂把剑一挥，渤海军民把一排排箭发了出去，差点把耶律黑射下马来。

耶律黑暴怒，大吼一声，向大钦茂所在的城头攻来。一时间，契丹兵有架梯登城的，有堆柴草树木登城的，有抛绳索爬城的。耶律黑亲自督战，见谁敢迟疑、退却，就一锤上去，便把脑袋砸个粉碎。契丹兵也只有猛冲猛打。

城墙上成了战场，双方你上我推，你砍我劈，你刺我击，你射我挡，你抱我咬，你踢我踹，战成一团，不到一个时辰，双方死伤成片。此刻渤海人视死如归，前赴后继，一个个比老虎还邪乎。契丹兵那边耶律黑也不甘示弱，这个梯子被推倒了，又架起一架，那边柴草垛烧着了，在旁边重新堆起，弓箭手们更是一排接一排放出利箭，双方杀得真是天昏地暗，鬼哭狼嚎。

就在这难解难分、你死我活之际，忽见一队契丹兵乱了阵，不是丢盔卸甲，就是仰身倒地，接着就传来一阵喊杀之声。

大钦茂在城头上看得清，原来在契丹兵背后杀出一队人马，那冲在前面的二人，一个是骑着红马、穿红衣裙的女将，一个是骑着白马、穿猎装的勇士，细一看那身影、神情、兵器，很像是红罗女和乌巴图，可又不敢相信，口中喃喃道："这二人怎么那么像红罗女和乌巴图？"

大英士也看到这一对勇士了，也觉得像红罗女和乌巴图，可心里暗自思忖，乌黑里和两个副将都亲眼看到他们死了，怎么又跑出一模一样的一对？

耶律黑一见契丹兵乱了阵，马上冲过去，一看，正是红罗女和乌巴图带领人马杀来，一时也造懵了，难道他们从阎王殿那里跑了出来？心想，不管你从哪里来，反正你也没有宝物了，我还怕你，你来得正好，我一块收拾掉，便拍马进战。

红罗女一见是耶律黑，恨从心头起，也不施礼，举枪迎战。

二人战了几个回合，不分胜负，红罗女自知兵力不多，不可力敌，抽空掏出两颗黑豆，念动咒语，撒了出去，顿时出现两股兵马，为红罗女助阵。

耶律黑一见这场面，心里也不害怕，暗中抽出小黑旗，口念咒语，摆了三下，立刻飞来一片大兀鹫，纷纷啄向黑豆兵，不大一会儿，黑豆兵们化作一股股烟气消失了。

红罗女趁机取出了红罗巾，向契丹兵摆去，霎时散出一片红光，如锥刺眼，伴随一种无形的力量冲来，推得契丹兵东倒西歪，再无还手之力。

这个时候，大钦茂和一些臣民已看清来人是红罗女和乌巴图，又见契丹兵渐渐后退，精神大振，一阵杀砍，攻城的契丹兵都被杀退。

大钦茂见红罗女和乌巴图所带人马不多，刚想打开城门，派出军民前去支援，又见远处烟尘四起，杀声震天。原来是乌黑里和刘总兵解围救驾的兵马到了。

耶律黑的兵马已死伤大半，自知难以招架，便率队逃去。京城就这样解围了。

第十七章　二打契丹

上京城绝路逢生，大钦茂喜出望外，他忙派人大开城门，把各路解围救驾兵马接进城来，全城军民夹道欢呼。

为了给各路援军洗尘、庆功，大钦茂大设欢宴，匆忙间，虽无玉液琼浆，珍馐美味，但大家都觉得比往日哪次宴会都更加令人激动。

席上，文武大臣目睹红罗女、乌巴图高坐上席，无不生疑，面面相觑，议论纷纷。大钦茂也对红罗女和乌巴图的再现十分惊疑，他听众臣也都议论这事，便唤过红罗女，让她当众说说，她和乌巴图是怎么来京城解围的。

红罗女向众大臣施了一礼，便把她在忽尔汗海为除怪蟒之害，怎么和右相共同商议，把乌巴图请来一起灭了蟒妖，使寨民得以安宁；乌巴图除害，置生死于不顾，立了大功，被朝廷召回，却突然以临敌离守获罪发配，内心如何悲痛；乌巴图被发配东海部落后，她怎么日夜挂牵、思念，珍珠、喜鹊姐妹和乡亲怎么同情她，把她送到东海与乌巴图相会；胡苏里老妈妈怎么以当地的风俗，为他们成亲；她和乌巴图又怎么帮助当地部落人习艺学武，聚拢人丁，增收财物，安定生活；又怎么帮助萨哈部落和胡苏里部落泯灭仇怨，两家和好互助如亲戚往来；后来，乌黑里将军率兵马至绥芬大甸，以聚众造反大罪，要拘拿他们回京受审，他们遭受如此奇耻大辱，难以辩白，甚感痛心，生不如死，无奈投潭，以死明志，因投潭前查出潭中有石洞通岸的秘密，出水后隐迹偷生；一日于行猎中，偶遇铁匠老二，得知京城受困，二人不敢忘仙师先祖以社稷为重的教诲，不计个人名利、得失、安危，在胡苏里部落长支持下，倾部落全力，率百名勇士，日夜兼程，前来解围救驾，就这么从头到尾细说了一遍。

君臣闻之无不为其爱情忠贞、报国忠心的高尚品格感慨唏嘘，赞叹连连。此刻，只有大英士越听心越虚，越听神越乱，他斜着眼睛四处偷偷察看，生怕自己不慎露出狐狸尾巴。这大英士惯使阴谋伎俩，也颇有见风使舵的手段，他见众臣个个流露出敬重之心、爱慕之意，他赶紧举杯，跑到红罗女、乌巴图面前，慷慨陈词，说什么，听了公主的一番叙说，万分感动，夸赞二人是什么国家柱石、民众福星、社稷英雄、朝廷忠良，大唱赞歌。转而煞有介事地打了一个唉声，装作沉痛的样子说，往时，我也未能深察，错怪了他们，看来那些无知的刁民，所传谣言真不可信，险些酿成大祸，正是：真金不怕火炼，忠良就是忠良，仰赖先祖有灵，社稷大幸。接着，他高举酒杯，提议道："为英明坚毅的国王，为赤胆忠心的英雄，干杯！"

群臣一听，跟着热烈欢呼，弹冠相庆。可是众臣哪里知道，那一切谣言都是他一手策划出来的。

再说大钦茂听了红罗女的一番陈述，听了大英士的说辞，心里也颇感内疚，他点了点头，感叹道："是啊！老糊涂了，几番听信了传言，自以为是按章法办事，赏罚不避亲，未虑轻重直曲，莽然行令，使忠良蒙冤受屈，何其愧也！"说着，老眼流泪。

红罗女听罢，内心酸楚，感慨万分，她拉着乌巴图，跪于老王面前，沉痛地说道："父王如此自责，让儿臣无容身之地，乌巴图虽是除蟒有功，却未得君诏，私离边关，触犯军法，是为大罪，乃是自取其咎，后事乖违，事出有因，今得昭申，未酿大祸，实乃大幸。而今尔后，儿臣当牢记教训，三省吾身，报效朝廷，以功补过，望父王宽宥，重叙亲情，整顿朝纲，俾使国泰民安。"

老国王止不住热泪，急忙扶起红罗女和乌巴图，感慨道："苍天不弃，使我君臣团聚，日后，当黾勉同心，扬威东国。"

宴会在阵阵欢呼声中结束了。

酒席散后，红罗女和乌巴图急忙到后宫觐见母后。红罗女见母后苍老许多，弱不禁风，心生悲戚，一下扑到母后怀里，痛哭起来。

母后擦擦眼泪，也抚摸着红罗女的头，轻声说："公主哇，自你离宫后，无不时时惦念，怎奈社稷多艰，祸不单行，令母女天各一方，若不是京城解围，再相见，恐怕只能于九泉之下了。"

原来，京城危急之时，王后早把三尺白绫悬于梁上，准备一旦城池失守，悬梁自尽，不受污辱。如今，京城得救，喜从天降，母女得以相见，有说不完的话，述不完的情，渐渐的都破涕为笑了。

当王后得知红罗女和乌巴图经历种种磨难，才喜结良缘，心生感触。

她拉过乌巴图的手，仔细打量面容，见乌巴图还是那样英俊，意气风发，而红罗女依然是那样娇美出众，不禁连连为这对天配良缘的夫妻赞美、祝福。

原先，王后对大英士没得到红罗女，心里总感到有些遗憾，也有些不解，如今看到这夫妻俩情投意合，才貌双全，更般配，由此对乌巴图更喜欢几分。是日，她们倾谈了好长时间才分手。

第二天，乌黑里上朝后，就禀报了远征新罗的概况，说大军开到边界，并未发现有新罗兵越界抢掠之事，更无大军侵犯之迹，反是听当地寨民反映，在我渤海行秋围之时，有一队渤海兵越界抢掠村寨。当时不知传言真假。一日，我侦骑兵发现有新罗兵在边界出没，被我俘获，审问之下，方知是在我秋围撤兵之后，新罗兵奉命开往两国边界。后经两方交涉才知真相。原来是渤海兵越界抢掠财物之时，扬言要新罗国把国土分割一半让给渤海国，不然就要发兵踏平新罗京城。不久他们得知渤海国果然有大军进发两国边界，新罗王以为渤海国真要进犯新罗，才急忙派兵增援守边防御，如此看来，双方皆为传言所误，都没有要进犯对方之意。后经双方协议，为确保边境安定，永续友好，各自撤兵。

大钦茂一听，十分生气地说："何人大胆，竟敢越界抢掠，惹是生非，败我声誉，着实可恨，着有司究查明白，应予教训。"

大英士生怕深究露馅，赶忙接言道："传令东京龙原府究办。"其实，这一切谣言和越界抢掠，都是大英士一伙策划实行的。

老左相听完乌黑里的报告，回想近年来朝中怪事不断，就怀疑国王身边必有进谗小人，惑乱君心，危害社稷，很长时间，令他坐立不安。今日见出兵新罗险些酿成大祸，便斗胆进言道："近来朝野内外，谣言四起，灾祸连连，民心浮动，深为臣忧，乞望陛下深虑明鉴，防患于未然。"

大英士一听这话，白了他一眼，愤愤然不悦。可惜渤海王还是没能听出弦外之音，引起警惕，只是应道："知道了。"然后，他对大英士说："右相可令人写封书信，送给新罗王，说明原委，解除误会，重续友好。"便再无下文。大英士连连点头答应。

这天下午，大钦茂在金銮殿面见了胡苏里部落来的人，对于他们的勇武、忠诚，夸奖了一番，当下又赏了他们许多布匹、器皿、工具，叮嘱他们回去以后，和周围部落友好交往，和睦相处。胡苏里部落的小首领，领了赏赐，谢了隆恩，退回寓所。

这天晚上，大钦茂单独召见了红罗女和乌巴图，说话之间，老王有意流露出要恢复乌巴图原职，以彰救驾之功之意，探询红罗女和乌巴图的态度。红罗女和乌巴图心想，自他们入朝效力以来，磨难重重，心力交瘁，总觉得在朝廷不如在家乡和乐、安宁。尤其乌巴图，以为自己是戴罪之人，未建大功，便立即凭借王力恢复原职，深恐朝臣不服，故委婉表示："小将不才，辱没圣望，日后如有效劳之处，定当赴死不辞。"

老王听了这番表白，心想，这一定是乌巴图对被发配之事伤了心，也觉得乌巴图所言在理，未赦其罪，安能复职？于是转过话头，让他们先在京城住几日，散散心，解解闷，看看朋友。红罗女高高兴兴答应了。

红罗女得知胡苏里部落的兄弟们尚未动身回家，就邀请他们到红罗宫见面欢叙，又带他们到京城各处游游逛逛，让他们长长见识，开开眼界。

当胡苏里部落的兄弟们要走之时，还问红罗女和乌巴图何时能回到他们那去，说部落里的人实在不愿他们离开。红罗女说，我们也十分挂念胡苏里的乡亲们，只是我们在京城还有些事要办，以后有机会，一定会到东海看望你们。这才恋恋不舍，挥泪告别。临行时，红罗女还给胡苏里老妈妈捎去不少礼物。

东海部落的人走后，红罗女和乌巴图先后看望了老左相和乌黑里，又送走了刘总兵。

红罗女和乌巴图在京城住了一些日子，就又想念起忽尔汗海了。一天，在向老王和王后请过安后，他们说了自己的心事，老王看留不住他们的心，也理解他们对故乡的深情，对亲友的挂牵，因而也就答应了他们的请求。

临行前，老王特意设宴为其送行，还特意请来一些文武大臣来作陪。席间，说说笑笑，气氛和乐融融，大家互相敬酒，这中间有人发现红罗女和乌巴图总是举举杯，做做样子，却滴酒不沾，不知这一反常状态是什么缘由。有人纳闷，正想问个明白，忽然一位守门官进来报告说："耶律黑回到契丹国，调兵遣将，占领了西边扶余府的一些地盘，到处抢掠，民众恐慌，州府不安。"

大伙一听，火冒三丈，纷纷说耶律黑不除，渤海国永无宁日，有些武将当场就要求老王调兵征伐。老王听到这个凶信，立时皱起眉头，心想，三朝以来，向以和睦为重，几次与契丹协议，互不侵犯，友好交往，可是他们常常背信弃义，犯边不绝，更让人难以容忍的是，阴谋设埋伏欲害国王，又乘隙偷袭京城，亡我之心不死；又想我朝对契丹多是兵来将挡，被动挨打，有损国威，长此下去，凶多吉少，想到这些，国王就气不打一处来。听朝臣议论，让他下令出兵征讨，他也毫不犹豫下定决心，要与契丹决一雌雄。他巡视众臣，说道："谁愿为我分忧？"

红罗女早看出老王的心意，接言说道："父王不必忧虑，小女不回忽尔汗海去了，如可效劳，愿领兵二打契丹。"乌巴图见红罗女抢先请缨出征，自己也正想立功赎罪，便接言道："末将不才，如蒙不弃，愿戴罪立功。"

老王听了，眉头舒展，精神倍增，又经一番议论，当即下令，命红罗女为主帅，乌巴图为先锋，克日征讨。

老左相一看这样安排，很放心，很满意，连说："好！好！"在场文武大臣也都很服气，只有大英士心里酸溜溜的，还有点丧气。

红罗女接令挂帅，立时出征，要求发兵两万前去收复失地，留兵三万镇守京城，如需后援，可从各州府抽调。老王和众臣都以为可行，就这样定了。

准备了几天，在点将台举行完出征仪式，红罗女和乌巴图告别了父王，挥师西去。

到了西边州府，两军对阵之时，耶律黑一看，红罗女带的兵马只有他的一半，心里有底，就神气起来，提起双锤，拍马上前。红罗女和耶律黑几经交战，也深知底细，毫不惧怕，也英姿勃勃，催马迎了上去。

两人相见，还未忘抱拳施礼，红罗女道："二师兄，久违了！如今你听我进一言，多年来，你助纣为虐，烧杀抢掠，残害生灵，多行不义，遭众生唾弃。现在回头是岸，为时不晚，从此两国罢兵，信守约言，万众欢欣。如若不然，你死无葬身之地，必将遗臭万年。"

耶律黑听了，嘿嘿一笑，眼睛一转，说道："小师妹，说得好，你让我罢兵也中，不过我有一个要求，现在你我单打独斗一场，谁也不要使用宝物、暗器，比个上下，你要赢了我，我就服气了，那时，不用你说，我就退兵，你看可好？"

红罗女想起了师父的话："两人相遇，只能智取，不能力胜。"于是她灵机一动，就大声说道："我们一言为定，比个高低，不过，我也有一个要求，我是个女子，没你力气大，每战一个时辰就歇息一会儿再交手，你确实用武艺战胜了我，那我就自己绑了，让你送给契丹王。"

耶律黑一听，这要求算啥，便哈哈大笑说："中！就依了你说的方式办，可不准暗使红罗巾，要是违规我可不答应，别怪我翻脸不认人！"二人说定，便各自回营，说明情况，又做了一番安排。

不一会儿，两边鼓声大作，耶律黑一马出阵，前来挑战。渤海兵那边，也只有穿红罗裙打扮的一人，挺枪迎战。两个人你来我往，你挥锤我进枪，一连打了几十个回合，不分输赢，两边都不断擂鼓助威，又打了一阵。

渤海战将到底是女的，没有耶律黑力气大，打了近半个时辰，有点吃不住劲了。可耶律黑越战越勇，心里暗暗算计着，如何瞅个空当，一锤把红罗女打下马来，活捉回朝，扬名四方……

渤海女将也早识破了耶律黑的算盘，不敢懈怠、疏忽，一边招架一边躲闪，偶尔狠命进一招，打打耶律黑的威风，给自己争取一点儿歇息、缓口气的时间。

耶律黑一看，这师妹的招法渐乱，不像自己想象那样高超、神妙，就更加狠命步步紧逼，渤海兵都为自己的主帅担心，捏一把汗，生怕出了闪失，受到伤害。

就在这时一个时辰到了，双方敲起了收兵鼓，各自回营。

耶律黑一回到阵中，许多兵将围了上来，争夸大帅武艺高超，说渤海那女将不是你的对手，元帅要再劈她几锤，就送她上西天了。耶律黑晃晃脑袋说："别着急，热闹在后头呢，有你们好瞧的。"

耶律黑正在做美梦，渤海兵营擂响了战鼓，他有点纳闷儿，刚才红罗女累得上气不接下气，怎么休息这么一气就又上阵？你逞强，我还怕你不成，提锤交手再战。

两个人又战了几十个回合，耶律黑见对方一点儿也不怯阵，心里犯了寻思：她是吃了什么灵丹妙药？怎么一下子又有这般气力了呢？

其实，耶律黑没细瞅，现在和他对打的不是真红罗女，乃是穿了她的盔甲、战袍的喜鹊，第一次与耶律黑交手的也不是红罗女，而是穿她衣袍的珍珠，因二人皆受艺于红罗女，所以枪法都相似，只是精粗高低略不同，外形与武艺相近，耶律黑没有识破，这便是红罗女靠智取胜的一招。

再说这第二战，喜鹊是不惜用力的人，一上来就推拉点刺猛杀一阵，把耶律黑造愣了。但毕竟喜鹊也不是耶律黑的对手，渐渐招架不住，眼看要败阵，停战鼓又敲响了。

可没等耶律黑缓过劲来，渤海兵又敲起了挑战鼓，耶律黑只好提锤应战。这回上场的是真红罗女了，她一上来，便精神抖擞，一杆银枪上下左右，点刺纷飞，弄得耶律黑眼花缭乱，心神不安，耶律黑经这三次交手，气力下降，大锤有点抡不动了，只有招架之力了。红罗女见他招架不住，收了枪，大声喊道："师兄！还要比下去吗？就此罢兵吧。"

耶律黑自知没有力气再对抗下去，可也不甘罢休，更不愿认输，虚晃两锤，也不答言，拨马便走，耍赖了。

红罗女看他输了还不服气，不想丢掉大好时机，挺枪就追了过去。渤海兵见耶律黑败阵，主帅杀了过去，一声高喊，全军掩杀过去。

耶律黑是人乏马疲，很快被红罗女和乌巴图撵上，被围了起来。契丹兵见形势不妙，一拥而上，想把耶律黑救回去，但渤海兵来势凶猛，红罗女和乌巴图更是所向披靡，耶律黑一看觉得这下可完了。

正当耶律黑绝望的时候，突然一个老道打扮的人，手提大禅刀杀了进来，大喊一声："徒儿放心，我来也！"耶律黑一看，正是他的师父通灵法师，也就是老妖道。

原来，老妖道被师兄收服以后，表面上在师父面前讨饶认错，师父给他一次悔过自新的机会，让他去看守北山，他感激涕零，表示潜心修炼悟得正道，可骨子里不服气，心里又一直等待他度化放出的三条怪蟒成精后兴风作浪，他好乘机谋权夺利。可等来等去，没有一点儿征兆，后来经他反复掐算，得知怪蟒被红罗女他们除掉了，懊丧不已，愤恨不已，无可奈何，又不死心服输。

他师父见弟子一年多来，晨钟暮鼓，坐禅诵经，语不多言，行不违规，真以为他洗心革面，也就放心，疏于看管了。一日，他心有所动，乘师父不防备，就找个机会溜了出来，往契丹国去找弟子再谋出路，恰巧在这里相遇，见弟子临危，便半路上杀了进来。

老妖道武艺不低，与红罗女战了几个回合，仍是不分上下，又见渤海兵攻势不减，料想如此战法，难以取胜，他便想使用邪招来取胜。他一边对打，一边偷偷地把怀里揣的一个葫芦打开了盖，一股黑烟向红罗女喷出。

红罗女见一股黑烟喷来，知道是邪术，躲闪不及，料知不好，刚想拨马后退，只觉得头一晕，眼一黑，栽下马来。

再说那边乌巴图盯上了耶律黑，由于耶律黑连续大战了好几个时辰，已觉筋疲力尽，在副将和众兵护卫下，且战且退，乌巴图仇恨满怀，恨不得一枪刺死耶律黑，眼看契丹兵已无斗志，他便紧追不舍。

正当乌巴图奋力追杀耶律黑之际，偶听渤海兵大喊："快救主帅！"他转头一看，见红罗女摔下马来，拨马来救。

那老妖道见红罗女中毒落马，举起禅刀便杀将过来，正想对红罗女下毒手，说时迟，那时快，乌巴图一枪拨来，将老妖道震出三步开外，这时渤海兵将都冲过来，老妖道一看形势不利，再一寻思，红罗女已中毒，一时无药可救，必死无疑，不敢恋战，追着耶律黑向西逃去。

乌巴图见红罗女不省人事，赶紧跳下马来，将她抱回大帐。灌了水，不见醒，灌了药，也不见醒，有人把随军萨满请来，使了不少招法，红罗女直至天黑还是没能苏醒，只有一口悠荡气，军营上下急得直掉眼泪。

正在大伙没招没落的时候，有一个当地的老兵说，在北面石砬上有一种香草，能解邪毒。乌巴图一听，便对珍珠姐俩说，你们留在这里照顾好姐姐，又做了一番御敌的安排，自己举着火把，带几个护兵，跟着那个老兵去北石砬子采香草。

来到北石砬子，乌巴图一看，倒抽一口冷气，那石砬子又高又陡，山崖上突出的石头又尖又利，很难爬上去，何况天又这么黑，可是为了赶快救红罗女，就不顾一切危险了。他让几个兵丁高举火把，他便深一脚浅一脚往石砬子上爬，那石头很尖利，爬了几步，手脚都扎得直流血，腿都直打战，乌巴图顾不上这些了，攀哪，爬呀，终于接近石砬子顶，他的手脚都划破了，鲜血直流，这时便一手攀住石头，一手向石砬顶摸草，左摸右摸摸不着香草，那攀石头的手钻心的疼，头上冒着汗。

这时他眼冒金花，心里急得了不得，他突然喊道："老天爷呀！长白圣母哇！快来救救红罗女吧！救了她就救了渤海了！"他刚念叨完，只觉眼前一亮，啊！长白圣母就站在眼前，他刚要说红罗女中邪毒的事，圣母说："孩子！你不用说，我已经知道了，她被妖道的毒气熏了，这里的香草也救不了她，我这里带来一瓶天池法水，拿回去给她喝了就好了。"说着就递给他一个小玉瓶，乌巴图接过来，刚想道谢，等他一抬头，圣母已经无影了。

乌巴图爬下石砬子，三步并做两步，跑回军营，一看红罗女只有呼出的气，没有吸进的气了。乌巴图赶快打开瓶盖，把法水慢慢给红罗女灌了下去，过了半个时辰，红罗女动弹了一下，刷白的脸也有了一点儿血气。又过了半个时辰，红罗女睁开了眼睛，又过了一个时辰，红罗女忽地坐了起来，和好人一样了。

红罗女睁大眼睛，问道："你们都围着我干啥呢？"喜鹊嘴快，就把事情一五一十说了。红罗女听了，满眼流着泪，向东面长白山方向，磕了几个头，感谢仙师救命之恩。

这时，天已蒙蒙亮了，虽然全军官兵一宿没休息好，但见主帅得救了，大家精神仍很振奋。

红罗女清醒后，料到老妖道还要放毒气伤害渤海兵将，她立即把师父送来的天池仙水分给官兵们喝。大家都喝了仙水，可那玉瓶里的仙水还是满满的。

再说老妖道施放毒气，熏倒红罗女后，以为她没救了。耶律黑觉得除掉了红罗女，他谁也不用怕了。这样，第二日早饭后，耶律黑耀武扬威地到渤海兵营前叫阵。

红罗女和乌巴图、珍珠、喜鹊计议了一阵，商量好了对策，便披挂迎战。

红罗女一出阵，老妖道吃了一惊！心想：我这毒气葫芦不知修炼了多少年才修炼成的，无人能破解这毒气的厉害，这红罗女怎么还这样精神，备不住是昨日放的太少，没伤她的元气。好，算她运气，今日我多放点，让她再尝尝我这毒气的厉害。

两军一交手，红罗女姐仨直奔老妖道，乌巴图带兵围住了耶律黑。老妖道一见红罗女姐仨冲上来，心里暗说：好，我送你们一块上西天。他不慌不忙，早把准备好的毒葫芦往上一扔，口中念念有词，刹那间，那毒气就像一片黑云向红罗女姐仨头上罩下来。只见姐仨晃了一下，没咋的。再一看，身旁的契丹兵却倒下一片。他心里纳闷，怎么会这样。

就在这时，红罗女姐仨挥枪冲上来，老妖道抡起禅杖赶忙招架，打了几个回合，自觉身疲力软，难以抵挡，转身就逃。

红罗女想用红罗巾制服他，一想前有约定，不用宝物，就改变主意，拿出弓箭，想射杀老妖道。可就在这时，忽然发现有一件道袍向老妖道飞去，转眼间，把妖道缠住，捆倒于地。

红罗女趁机拍马赶去，老妖道一看，吓得脸色煞白，心想：吾命休矣。红罗女正要挺枪刺杀，忽听一位老人高声喊道："姑娘！手下留人，让我来收拾他！"

红罗女回头一看，是一位白眉毛、白头发的老者，从一片白云中飘下来，他对红罗女说："你师父是我师妹，我有这样不孝的徒儿，实在惭愧！"

　　红罗女一听，连忙下跪施礼道："师伯在上，受徒儿一拜。"老人点点头说："我知你军务在身，不便多谈，日后给你师父捎个好。"转过头对老妖道说："孽障！还不快跟我走。"老妖道哆哆嗦嗦跟师父走了。传说，老妖道回去之后，被锁在北山严加看守，最后他活活气死了，变成了一块怪山石，孤孤单单，被风吹雨淋。

　　红罗女送走了师伯，又回到阵前，她见乌巴图和珍珠、喜鹊正在大战耶律黑，拨马冲过去，耶律黑一见红罗女又杀过来，自知难以拼杀，大喊一声，拨马逃去。

　　红罗女也没去追杀，领兵回营。她拿出红罗巾，念动咒语，立时在红罗巾上显出耶律黑大帐的影像，再细一瞅，在元帅的案桌下，有一个地洞，顺着洞往前看，出口就在南山一棵大树旁边。红罗女仔细看完，心生一计，他让乌巴图带一拨兵马，守在南山大树周围，用鹿筋把洞里网住，她带一拨人马去袭营，安排完了，乌巴图带人悄悄向南山进发。

　　夜深了，看守契丹俘虏的渤海兵吵吵嚷嚷喝酒去了，一个契丹小头目，一看机会来了，就带几十个契丹兵偷偷逃跑了，一口气跑回契丹大营。来到营门外，守门的契丹兵怕上当被骗，说什么不开门，不让进。逃回的契丹兵急了，在门外大骂。后来守门兵找来一位巡夜的将军，那将军一看，认识那小头目，就让守门兵打开大门，放他们进来。

　　哪想到，刚刚打开大门，契丹兵还没进去几个，呼哨一响，红罗女带领一队人马乘机冲过来，守门兵想关上门也不赶趟了，又见来人众多，慌乱逃窜，红罗女在后面追杀，一时乱了营。

　　等耶律黑听到禀报，刚想出营接战，可红罗女带渤海兵已冲到大帐前。耶律黑自知死拼是凶多吉少，危急之下，他赶紧一头钻进地洞里躲藏，心想：君子报仇，十年不晚，先把命保住要紧。

　　红罗女杀进大帐，一看帐中无人，再一看案桌，心里就明白了，立刻下令焚烧大帐。耶律黑生怕被抓，连滚带爬使劲向出口逃去。

　　由于契丹兵被冲乱了营，大部分兵将逃跑，几百人被捉，成了俘虏。红罗女下令，一个不准杀，统统带回营，押了起来，静等乌巴图的消息。

　　再说耶律黑心慌意乱，在洞里深一脚、浅一脚连滚带爬，跌得鼻青脸肿，人不像人，鬼不像鬼，好不容易爬到出口，一伸脑袋，哦？不知被什么东西缠住了，他以为是什么野藤子，便用手使劲东拉西扯，可是越拉越紧，双手被缠住了，他一使劲，钻出半个身子，乌巴图趁机一手把他提溜起来，几个渤海兵上来把他四马攒蹄捆绑起来，用马驮了回来。

耶律黑被押进大帐，渤海的将领们一见仇人都红了眼，立刻拔剑围了上去，恨不得把他剁成肉酱。红罗女摆摆手，让大伙退出去。大伙以为红罗女要替父亲报仇，要亲手杀了他，就走出了大营。

耶律黑被押进大营时，一看众将杀气腾腾，自知难过鬼门关，就伸脖子等死，挺直身子一声不吱。等红罗女令众将出帐后，耶律黑就以为红罗女要亲自动手了，不料，红罗女却给他松了绑。这一来耶律黑反倒傻眼了，不知要什么名堂。

红罗女心平气和地说："二师兄，你说话到底还算数不？"

"怎么不算。"耶律黑说话还挺冲。

"那你们为什么使用毒气葫芦？"

"那不是我的事，那是我师父的事。"

"那你现在服输了不？"

"我，我是不会投降的。"耶律黑还是那么倔。

"不要你投降，要你说话算数立即撤兵。"

"哦？你不杀我？"耶律黑挺意外。

"只要你撤兵，再不来犯边，我就放了你，把那些俘虏也放回去。"

耶律黑惊讶得说不出话来，要知道耶律黑对她有杀父之仇唉。过了一会儿，耶律黑点点头，不吱声。当下红罗女就让耶律黑立下永不犯边的字据。

红罗女主帅要把耶律黑放回去的消息一传出来，整个渤海大营就炸了，大小头领都聚到红罗女大帐里，劝红罗女千万不能放了耶律黑，说他是渤海国的祸害，嚷得最凶的是喜鹊，她提醒红罗女不要忘了杀父之仇。

红罗女让大家先冷静下来，她说现在要杀他，确实易如反掌，这样，我也报了杀父之仇，可他是契丹元帅，我们杀了他，两国还要交兵，民众都要遭难，现在他立下了永不犯边的字据，各自撤兵，这样，两国都要少死很多人！

"那他再来怎么办？"有人不放心地问道。

"再来，我们就毫不客气，下次就绝不会饶他。"

将士们一听，红罗女都是为社稷、为民众着想，不计个人仇怨，暗暗夸她仁义至上，忠孝两全，十分敬佩。

红罗女把耶律黑和俘虏都放了，耶律黑临走时对红罗女点头作揖说：

"我一定说话算话。"说完，领契丹兵回契丹去了。

红罗女领着渤海军，打着得胜鼓，凯旋班师。

第十八章　三难红罗

　　红罗女得胜回朝，刚到京城外，大钦茂已带文武百官前来迎接，后面跟来的民众前后排了几里长，场面十分热烈、壮观。入了南城，城内商铺更是张灯结彩，洒扫街道，焚香酬神，献花迎宾，万众欢呼，争看英雄风采。

　　到了宫门，御林军列队挥刀致敬，礼仪执事挥旗欢呼，宫廷乐队三奏凯旋歌，迎接礼仪这才结束。众将入宫歇息，等候庆功宴入席。

　　这次征战契丹，驱逐寇虏，收复失地，迫签协议，大振国威，京城上下，朝野内外，一派喜气洋洋。国王大钦茂更是喜笑颜开，特设百席宴，祝捷庆功。

　　宴席上，推杯换盏，歌舞交错，笑语脆，欢情浓，老国王多长时间也没这么开心过了，他在君臣和乐融融的气氛中，提议让红罗女讲讲二打契丹的故事。

　　红罗女不愿讲自己的功劳，但她想到师父告诫的和耶律黑交战"只能智取，不可力胜"的点化，值得让大家明白其道理，便讲了这次征战的计策。她说，这次与耶律黑对阵时，开始怎么用换装之计，姐仨轮番上阵，消耗他的体力，麻痹他的思想，挫伤他的意志，又怎么设计跟随逃跑的契丹兵攻进契丹兵帅帐，最后如何捉住耶律黑，又怎么逼迫他讲信义，践诺言，放他性命，最后签订撤兵协议。大家听了都叫绝，佩服红罗女的智谋和勇气，忠义和胆量。

　　不过，有人对放了耶律黑觉得可惜，认为是放虎归山，必有后患。但是老左相和一些老臣认为红罗女识大局，气度大，目光远，放敌酋签和议，利国利民。老国王和王后见大家夸赞红罗女智勇双全，忠义兼备，那高兴劲就别提了。

　　只有大英士听了这些故事，心里像挂十五个吊桶，七上八下。你想这红罗女制服了耶律黑，还签订了永不犯边的协议，他那要借助契丹力量夺取江山的事，不成泡影了吗？所以，开始他还和大家夸红罗女几句，后来，大伙越高兴，他心里越扎得慌，最后实在憋不住了，便假借自己突然头痛，不能作陪，要先走一步。当时老国王和大臣都沉浸在欢乐中，谁也没在意。

酒席散后，老国王给红罗女和乌巴图赏赐了许多财物，还要晋封高位。红罗女和乌巴图不慕富贵，婉言谢绝。

遵照国王和王后的要求，乌巴图和红罗女在王宫住了数日，便带着珍珠、喜鹊回忽尔汗海家乡去了。

二打契丹得胜，一时间渤海四方宁静，上下和乐。只有大英士打那以后，眉头紧锁，意志消沉，托病安养，不理朝政。老王和王后以为他多日为王操心担忧，劳累过度，身体欠安，十分惦念，因此常命人馈送美食、珍贵药草，安慰再三。

一日早朝，老左相禀奏："黑水靺鞨大王派特使想觐见大王。"

"好！快请进来。"大钦茂一口答应。

老左相立即传旨，请特使入殿觐见。大钦茂见来使是一位膀大腰圆的靺鞨同族，十分高兴。特使给渤海王行了大礼后，说："我们大王去年秋围，获猎颇丰，正要收围回转，突然从东面刮来一阵狂风，刹那间飞沙走石，风稍停，不知从哪里窜出一只怪兽，奇形怪状，往所未见，十分吓人，马见其来，四肢战栗，嘶鸣不已。众兵齐射，无所畏惧，反趁机把我们所获猎物顷刻吃了一半，才慢腾腾地走了。当它走的时候，所有的马都摇头晃脑，像在恭恭敬敬地送它。奇怪的是，这怪兽这么凶，却一个人也没伤害，以后又有猎人见过这怪兽，每次也是把猎人所获猎物吃掉一半就走。人们还发现，林中大兽，像老虎啦，黑瞎子啦，见到它也迈不动步。"

说到这里，大伙顿觉透不过气来。

黑水特使又说："自从猎人们碰到这个邪乎怪兽，现在都不敢再去打猎了。我们黑水王深以为忧，如今，已把这个怪兽画了下来，让大伙指认，凡能认出它，并能制服它的人，都给重赏。可是半年过去了，至今无人能叫出它的名字，更无制服它的妙招。"

特使说到这里，从一个木匣子里取出一卷画，说道："我们大王没招，就说渤海能人多，请渤海大王找人给认一认吧，我就带来了这幅画。"

"那请你快打开，让我们看一看。"渤海王着急地说。

黑水特使把画卷一打开，渤海君臣都愣住了，只见那画上的怪兽是：

乌达呼的犄角，

楚西东的脑袋，

勒呼宾的嘴，

他色胡的尾巴，

牙勒哈的腿，

莫东吾的鳞片，黑又黑。

这怪兽龇牙咧嘴，张牙舞爪，十分可怕。金銮殿上半天没人吱声。渤海王看看老左相，看看其他大臣，大家都摇头说不知道。

渤海王也十分不好意思，让老左相先安排特使去客寓歇息，小住数日，等找到识画的人再商量。特使一看渤海朝廷也无人知晓，不禁长叹一口气，没别的招，只能等等再说。

下朝后，渤海王回到后宫，把事情和王后一说，王后也愁得够呛，让人家给问住了，我渤海盛国也无人知晓，该多丢脸哪！

渤海王忙把老左相找来，商量怎么办。老左相说，找找深山老林的老猎户，查查是否有人见过。再贴一道皇榜，谁能认画，谁能制服它，重赏千金。老王听了，一一应许，又发了一道圣旨，传至五京十五府，招引能人。

一个多月过去了，各州府都来禀报，没有一个人来揭皇榜。访了多少老猎手，也是白搭，把老王愁得打不起精神。

一天，红罗女和乌巴图骑马到京城来，想看望义父义母，走到城门，看到城门旁贴了一道皇榜，都有些破烂了，上面画有一只张牙舞爪的怪兽，红罗女一看，好像在哪见过，可一时又想不起来了。

到了王宫，红罗女见义父义母都愁眉苦脸的，忙上前去问。大钦茂把黑水特使来问怪兽的事细说了一遍。红罗女和乌巴图也为之着急，尤其想到黑水特使已住了一个多月，尚无回答，让人家空跑一趟，对不住人家。更让人痛心的是，渤海大国，威震东方，竟也无人识破，有损声誉、尊严，怎能不让人愁得慌。

红罗女和乌巴图回到红罗宫，还是放心不下这件事。红罗女总感到看见过这样的怪兽，可是在哪看见的，就是想不起来，一直想到东方发白，突然想起来了，不就是告别圣母下山时遇到的吗？我还给它拔过口中的刺。对了，就是那样的怪兽。

红罗女把事情的经过和乌巴图一说，乌巴图听了，乐得直拍手。红罗女让乌巴图转告国王一声，她自己天亮便骑马直奔东南方跑去，寻觅怪兽。

红罗女骑着马，日夜兼程，向丹丹大岭跑去。她追寻记忆，去找那个两山夹着的羊肠小道，可是从头走到尾，也不见那个怪兽的影子。一边走一边寻思，我怎么这么傻，它怎么会老在这条道上不动弹呢，这和守株待兔差不多了。

红罗女马上拿出红罗巾，祈祷一番，念动咒语，只见在红罗巾上显出一块大圆石，大圆石上有个洞，洞里放着一本书，怎么看也没发现那个怪兽。

红罗女寻思，它兴许是在黑水没回来呢，就骑着马去找那个石洞。找了半天，那块大圆石找到了，可是石洞却在石上面，站在马背上也够不着，她往上爬了几次，也都出溜下来了，摔得两眼冒金花。

红罗女一看硬爬是不行了，心想得另外想招。她抬头向四周一看，距那大圆石十步远有棵五人搂不过来的大树，树顶比石洞还高许多，她就费尽力气攀爬上去，然后沿着树枝，向石洞口接近，借助树枝的反弹力，猛地一跳，跳到大石顶上。

石洞里面很亮，红罗女走进去，一看里面放有许多奇花异草，这些花草围着一块比一铺炕还大的大青石板，上面铺着几张连在一起的虎皮。青石板的一头突出了一块，上面铺的是白貂皮，像是一个枕头，旁边放着一本书。

红罗女细看那本书，时不时地放着光，红罗女好奇地走过去，拿起那本书，翻开一看，尽是各种兽的画，就是没有字，各种各样的兽共有一百种，有她见过的，也有没见过的。翻了一遍，就是没有她要找的那种怪兽。又仔细地查了一遍，唉！还是没有。

俗话说，急中生智，她想出来了，她想，这本书放在枕头旁，这是石洞主人的书，这主人一定是管理百兽的布罗布恩都力[①]，她心里特别高兴。她把书放回原处，准备走出石洞到附近去寻找兽神。

红罗女刚要出洞，只见那怪兽大摇大摆走进洞来。那怪兽一见红罗女，赶紧合掌作揖，说道："恩人到此，有失远迎。"

红罗女知道它是兽神，过去救过它，所以一点儿也不害怕，她一边还礼，一边说道："请问布罗布恩都力，黑水靺鞨人有什么过失，遭到

---

① 布罗布恩都力：即兽神。

惩罚？"

兽神一听红罗女已识破它的身份，更高兴了，答道："黑水人本和你们是一个祖先，早些年，他们和你们一样每次进山行猎，都要祭山神，可是他们的后代有点忘本了，祭得越来越不勤了，即使祭祀，也是草草应付了事，尤其去年，黑水王秋围时，只祭天不祭山，根本不再把我放在心上，我怎能不生气。"

红罗女一听，明白了是这么回事，便问还有什么补过的办法没有。兽神说："只要他们以后按时祭山，就不再惩罚他们了。"

红罗女一看都弄明白了，知道渤海国王和乌巴图都急盼她回去听信呢，所以就要告辞。

布罗布恩都力把她拦住了，说为了报答红罗女上次拔刺救难之恩，把这本百兽图赠给她，说是有了这本百兽图，就不会受到这百兽的伤害。红罗女十分高兴地拜谢了兽神，就告辞返回京城。传说后来的女真人、满族人知道的兽这么多，这么全，都是因为红罗女得了百兽图传开的。

打那以后，黑水靺鞨与渤海国的关系更好了，他们对渤海国更加尊重，佩服盛国真有能人，红罗女的名字也传到了黑水一带。

红罗女刚解开了一难，接着又来了二难。不知从哪里来了一个老木匠，心灵手巧，没用多少时间，就在宫内后殿修了一阁，名叫"七星阁"，那阁上雕龙画凤，壮丽辉煌，样子都是仿大唐的。

最有趣、最奇妙的是七星阁的那七扇门：头门叫额姆阁乌赤哈，画的是花鸟。二门叫查再乌赤哈，画的是山水。三门叫伊兰乌赤哈，画的是虫鱼。四门叫都因奇乌赤哈，画的是百兽。五门叫朱爪齐乌赤哈，画的是人物。六门叫尼温齐乌赤哈，画的是刀枪剑戟。七门叫那坦乌赤哈，画的是日月星辰。

渤海王一看木匠修得这么快，这么好，就要重赏他，他摆摆手说："我是慕海东盛国的名威而来，如果你们渤海真有一个人自己进去，又能从原门走出来，我就分文不取；如果没这样的能人，那我得拆掉它。"

渤海王听了，心想：这算什么难题，就这么不大的楼阁，怎么会进去出不来呢？不觉哈哈大笑，满口答应老木匠的要求。于是渤海王先带几个大臣走了进去。

走进去一看，真是别有洞天，里面有山水，有小桥，还有花草树木，比御花园还漂亮。大钦茂暗暗记住走进去的是头门，画的是花鸟。

走过一座小桥，一座假山，他心里都在查数，走了一圈往回返，重过假山、小桥，还是一边走一边查数，到了门前一看，和进来时的门一样，便放心地走了出去。

"咦？"大钦茂出门一看，那门上画的竟是日月星辰，从一门走到七门了。大钦茂心里挺纳闷，我数了又数，明明见此门与进去时的一模一样，怎么一出来就变了？

有些没进去的大臣都不服气，争先恐后地走进去，都要试一下。可是等他们一出门，个个都蔫巴了，没有一个人是从原门出来的。

天色渐晚，所有不服气的人，都先后进去游一遍，结果没有一个成功的。大钦茂急了，觉得太丢面子，竟让一个木匠考住了。他马上派人去找红罗女和乌巴图再来试一试。

红罗女和乌巴图一来就给老木匠施了一礼，问了问，知道这阁叫七星阁，就一起进去了。他俩已经知道这七星阁不简单，必有奥秘之处，所以一进去，就处处留记号。回来的时候，又循着记号走，眼看要走到进来时那道门，可是一拐弯，那门却岔开了，又循着记号走一遍，又回到原路了，就是找不到进门时的记号，只能试着闯了一门，不用说，一定走错了门。

老木匠看红罗女挺着急，在一旁观望的君臣们也拉下了脸，就对渤海王说："我看这样吧，我过三天再来，那时，还没有人能走出来，我就把阁拆了。"说完就走了。

第二天，红罗女和乌巴图又来到七星阁，红罗女让乌巴图在门口等着，等她走一圈后，让乌巴图在门外拍巴掌，她就能听声音从原门出来。后来试了一下，满以为这样就能走对，可一出门，又错了。原来，那七星阁里面是圆形的，你从哪里听外面的声音都是一样的。

第三天，红罗女和乌巴图用各种办法反复试了，全没用，仍是不能从原门出来。红罗女心想：眼看明天到期了，这么好的七星阁就要拆了，堂堂海东盛国这不丢脸吗？他们急得坐立不安。

到了深夜，红罗女翻来覆去睡不着，还在绞尽脑汁思谋着，她想那七星阁的奥秘找不到，就破不了这个迷，想到这，她又悄悄地去七星阁仔细查看。

她围着七星阁一边看一边叨咕："七星阁，七星……咦？"她看到七星阁上方的北斗七星了，心里咯噔一下，那北斗星旁有一颗又大又亮的北极星，好像对她眨巴眼睛，有了！机关一定在阁外。

红罗女就在七星阁外来回走，后来，按北斗星和北极星的位置走，果然发现了在七星阁旁有个小亭子，亭子里有一张用青石板做的小石桌。

红罗女走进去，左看右看，瞅了半天，没找到机关，心想，这样瞎找不行，抬头再看看北斗星、北极星，觉得星位在北方，那机关可能在亭顶的北方位置上。于是她到亭顶查看，果然发现在亭顶北方上有七颗钉子如北斗星那样排列，在闪亮，又发现离那七颗钉子不远，有一颗大钉子在放光，看那位置和发光的样子，真像北极星。她想奥秘可能就在这里。

她登上石桌，先按那七颗如北斗星的钉子，这才发现这都是木头钉子，按完了，她听到一种声音，脚下好像动了一下。她又去按那颗大钉子，这一按，就听石桌"吱嘎"一声动了起来，她跳下石桌一看，桌面石板移开了，里面亮堂堂，中间有一个挺好看的小木鸟，它的嘴正对着围着它的一个小门，这样的小门，转圈一共有七个。

红罗女料知这就是七星阁的机关。再一细看，七个小门上的花草虫鱼啦，山水人物啦，和七星阁大门上的图案一模一样。红罗女用手转一下小木鸟，纹丝未动，可过了一会儿，它自动转了一下，对准了下一个门。红罗女琢磨老半天，最后弄明白了，这小木鸟每一个时辰转七次，正好把每个门对一次。一个时辰后，又对准原先那个门。

七星阁的奥妙全在这里了，它里面的地是活动的，全由小木鸟控制。红罗女发现了这个奥秘，高兴得早忘了乏和累。

最后一天期限到了，渤海王带着文武百官来到七星阁，那老木匠不知何时早来到这里等候了。他一见国王便毫不客气地问道："怎么样？时候到了。"

红罗女上前施了一礼，说："老人家，我想再试一试。"

"那好，你在里面玩一个时辰，再从原门走出来，就算成功。"大伙一听，原来是刚进去一会儿都找不到门，现在要待一个时辰，更记不住了，都为红罗女捏把汗。

红罗女答应了老木匠的要求，从容地走进七星阁，过了一个时辰，乐呵呵地从原门出来了。观看的人都拍手祝贺。

老木匠心里犯了嘀咕：是不是蒙出来的？就说："孩子！你再进去，这回是你听到我一拍巴掌就出来，你敢不敢再试一试？"红罗女有经验了，心里有了数，就点头答应，又走进去了，刚进去不久，就听到巴掌声，只见红罗女满面笑容地从原路走了出来。

观看的人都觉得挺奇怪，这红罗女怎么这么快就熟悉了这些路径？

老木匠心里是服气了，知道是她识破了七星阁的奥妙，找到了机关。

红罗女问："老人家，你还要再考考我吗？"

"不了，姑娘，你真聪明，我很佩服。这个七星阁给你们留下，那个小木鸟我带走了。"

别人一听，不知什么意思。红罗女心里明明白白的，她又给老木匠施了一个礼，感谢他给渤海留下这么好的楼阁。老木匠跟大钦茂打了个招呼，笑了一笑，就走了。

老木匠一走，大伙就问小木鸟是怎么一回事？红罗女刚要回答，只见那小木鸟从亭子里飞了出来，红罗女指着小木鸟说："快看！就是这只小木鸟。"大伙一抬头，果然有只小鸟，在七星阁上面飞了三圈，就朝老木匠走的方向飞去了。

大伙谁也不相信这小木鸟是木头做的。红罗女把大伙带到那小亭子，打开石桌的青石板，一看，果然还留着那七扇小门，中间那小鸟没了。

红罗女把她发现奥妙机关的事，前前后后一说，大家才知道，这七星阁是莫一法科西恩都力①盖的，为了感谢木匠神，众人都向七星阁跪地磕头。

那小木鸟飞走了，七星阁里面就不会转了，谁进去都能从原门走出来。但这是神留下的杰作，大伙仍很敬奉它。以后宁古塔一带的满族人祭祀的时候，还有祭七星、闯七门的习俗呢。

红罗女解了二难，和乌巴图回到红罗宫，正准备收拾收拾，待两日就回忽尔汗海家乡去，突然珍珠和喜鹊气喘吁吁地找来了。红罗女忙问出了什么事？

原来，在忽尔汗海的西面，有一家打鱼人，老两口只有一个姑娘，名叫海兰。她从小心灵手巧，到了十八岁，真是出落成一个水灵灵的大姑娘，十里八村的小伙子来求婚的很多，但姑娘不动心，她只爱鹰哥岭的一个小阿哥，名叫昆布。他家也是打鱼的，那小伙子是当地有名的狩猎打鱼的高手，人又长得魁梧英俊，为人处事随和憨厚，谁家有事求到他，没有不热心帮助的。海兰和他住在一个村落，两家来往密切，这样天长日久，两人的感情越来越深，再也分不开了。两家老人知道后，高高兴兴地给他们定了亲。

成亲的良辰吉日选好了，两家老人正准备婚礼。有一天，海兰额娘

---

① 莫一法科西恩都力：即木匠神。

一个人在家收拾东西，忽然走进一个穿龙袍戴高冠的小伙子，看见老人便上前施了一个礼，说："老妈妈，小子特来求婚。"

老人笑一笑说："我姑娘已经和昆布定亲了，再过三天就过门了。"

那小伙一听，把脸一沉，凶声凶气地说："谁也不行，海兰就是我的。我是忽尔汗海龙王的太子，三天以后，我来娶海兰。我一娶了你姑娘，你二老后半辈子就有享不完的荣华富贵。"

海兰额娘一听，又气又急，连连摆手，说："大人！不行啊，我们渔民哪能配得上龙王太子，你还是找一个龙女吧。"

"什么？你竟敢不答应！三天以后，我来接人，要不，忽尔汗海边的渔民都得死。"龙太子瞪大了眼睛，放下一颗大珍珠，气哼哼地走了。老妈妈急得昏了过去。

等她醒来，老伴和姑娘早已围在她身旁了，又是灌水，又是拿药，以为她得了什么急病呢！老妈妈一看到自己的姑娘，眼泪再也止不住了，支吾了半天也说不出口，最后还是如实地说了。

海兰一听要拆散她和昆布的婚事，扑通一下跪倒了，流着泪说："我谁也不嫁，要不只有一死。"她额娘一把把她搂在怀里，母女俩抱头痛哭，哪个父母舍得把儿女送下火坑呢！

这一家人的哭声惊动了邻里，左邻右舍的人都过来了，听说这事都气得了不得。

过一会儿，昆布也来了，一看海兰哭成了泪人，知道是龙太子来逼亲，气得拔刀就要下海找他拼命去，被大伙死死拉住。

一个老玛发劝告说："你下了海，没等靠近他，自己就被整死了，那是白送死，我看咱们一起想想办法再说。"

海兰一听，也来拽昆布。昆布冷静下来，就和大家一起商量对付龙太子的办法。

大伙合计了一天一宿也没想出好招，一想再过一宿，那可恶的龙太子就要来接人，都气愤得打转转，尤其那海兰姑娘，想到明天就要和昆布永远分开了，心如刀绞，失声痛哭，还想要投湖寻死。她额娘拉着她，说道："孩子，你一死，忽尔汗海的乡亲们就全完啦。"海兰一听要牵累乡亲，就断了寻死的念头。

正在这没招没落的时候，先前劝阻昆布的老玛发带着一个小姑娘进来了，大伙一看，那是他的小孙女，比海兰稍小一点儿，长得苗条俊俏，走起路来轻盈盈的，真像一枝被春风吹得摇曳多姿的年息花。那姑娘一上来就拉着海兰的手说："姐姐，别哭了，我替你去。""啊？"大伙全愣住了。

老玛发流着泪对海兰阿玛说："让海兰和昆布成婚吧，我孙女自个愿意去。"这时，海兰醒过腔来，一下子站起来说："不！老玛发，我去，我和昆布商量好了，昆布会伺候额娘和阿玛的。"然后，她问昆布，"昆布阿哥，你说是吗？"

昆布咬着嘴唇，默默地点了点头。大伙一看全哭了。海兰好姑娘，为了救乡亲，把自己豁出去了。

这事传到珍珠姐妹俩耳朵里，喜鹊气得要下海立刻杀了龙太子，珍珠说赶紧去找红罗姐姐，这样姐俩就来到了京城。

红罗女听完这件事，当天就和珍珠她们赶回忽尔汗海，让乌巴图和国王打个招呼，带上宝镜，随后就来。

红罗女姐仨打马扬鞭，一口气跑到忽尔汗海，一看忽尔汗海开始泛花起浪，知道离龙太子娶亲的时间很近了，再一看西边有群人，立刻朝湖西面跑去，在西大泡附近，看见众乡亲在这地方搭了一个彩棚，四周围了不少人，每个人两眼都哭得红红的。红罗女一打听，原来是海兰姑娘在这里等待龙太子来迎亲。

红罗女挤进彩棚，看到中间坐着一个穿大红喜服的姑娘，头上蒙一块红头巾。红罗女上前揭开红头巾一看，多好的一个姑娘啊，脸上挂着泪珠，红罗女心疼地把她拉起来，在她耳边轻声嘀咕了一阵。

海兰姑娘先是一愣，后来要下跪磕头，红罗女急忙拦住，把她轻轻推出彩棚，自己代替海兰坐在棚中，用红罗巾把自己的头蒙上，乡亲们一看忽尔汗海的女英雄来了，都感到有了获救的希望。

红罗女刚蒙上头，就见忽尔汗海冷丁掀起一个几丈高的大浪，浪头直扑岸边彩棚旁，从浪中走出龙太子。龙太子走进棚中，抱起新娘随着大浪返回龙宫。

龙太子把新娘带回海底龙宫，立刻鼓乐大作，龟臣、龙女、虾兵、蟹将，排列成队，出来迎接，红罗女透过红罗巾，一切都看得清清楚楚。

龙太子拽着新娘进了大殿，红罗女一看，殿中间放一个天地桌，四周放有不少珍宝礼品，看样子就要拜天地成亲了，龙宫内外欢天喜地，都在做美梦，一点儿没识破新娘是谁，她感到真好笑。

等红罗女走到天地桌前，来宾和龙宫文武大臣都拥上前来，欢呼祝贺，司仪刚要开口，红罗女猛地揭掉红罗巾。龙太子一看先是一喜，新娘子是这么漂亮；又是一惊，怎么和过去在海边见过的姑娘不一样？哼！管她是谁，只要漂亮就行。龙太子嬉皮笑脸地说："夫人，你太着急了，得拜完天地，由我揭开盖头才能露脸哪！"

红罗女冷笑一声，怒斥道："别白日做梦了，你仗势逼亲，威胁无辜，天地不容，今天我来就是要和你算这笔账！"

龙太子见这新娘竟敢在大喜之日，当众宾朋的面辱骂他，他哪受过这样的窝囊气，立时恼羞成怒，伸手就要教训红罗女。红罗女顺手操起一个烛台和他对打起来。

那些虾兵蟹将生怕主子吃亏，拿着兵器一齐拥上来，就要擒拿红罗女。红罗女闪身退了几步，顺势掏出红罗巾一展，一片红光射出，虾兵蟹将七扭八歪纷纷倒地，龙宫也晃动起来，那龙太子两眼被红光照得如针刺一般疼痛，身子也筋软骨酥站不稳，一看眼前景象，心知不好，立刻向上逃去。哪知，刚出水面，又被一道白光罩住，感到魂飞魄散，难以成形，马上变化成一条小水蚰蜒，循着一条小水溜溜走了。

再说红罗女见龙太子逃跑了，随后追赶，当她钻出水面一看，只见乌巴图站在岸边，举着宝镜往远处照，红罗女忙问看见龙太子没有，乌巴图说，他一露出水面，被我用宝镜一照，遁形逃去，我正用宝镜追赶，不知逃向何方。

红罗女立刻展开红罗巾，仔细一看，那龙身已变成一个一拃来长的小水蚰蜒，钻到一个小石洞里藏起来。

红罗女追踪，找到那个石洞，用手掏了半天也没掏出来，一时想不出更好的捉拿办法，只好先撤回来。

回家以后，乌巴图说："龙太子已受伤，现在他变成了水蚰蜒，恐怕没什么危害了吧？"红罗女说："不能放过他，必须斩草除根，不然等他缓过来，积聚能量，还要祸害一方。"说罢，她拿出红罗巾察看，发现龙太子果然变回原形，正在调兵遣将，还要去抢海兰姑娘呢。

乌巴图和红罗女姐仨，为了阻止龙太子兴风作浪，祸害渔民，顾不得吃饭、休息，赶忙向湖西跑去。刚赶到西大泡，就见海水又翻腾起来，乌巴图拿出宝镜一照，水面又恢复平静。红罗女拿出红罗巾一看，发现龙太子又变成水蚰蜒逃跑了。可是她还没想好能抓住他的办法，就让乌巴图和珍珠他们先用宝镜镇住龙太子，不让他逃回龙宫。她自己继续思谋抓住龙太子的方法。

她在海边一边观察，一边想办法，走着走着，在鹰哥岭下，看见几个老渔民在唠嗑，心想，那些老人经历多、见识广，兴许有制服水蛐蛐的办法，就上前去恭恭敬敬地施了一礼，把她心里想的事情说了。

有一个八十多岁的老玛发说："姑娘，这水蛐蛐用手抓、用棍捅都不行，过去老人留下这样一套嗑：

菱角开花角对角，
飞到洞里刺蛇妖，
三扎两扎受不住，
只好钻出往外跑。

这一说，大伙都乐了，红罗女更是高兴，说了声谢谢，就赶紧跑回去，对乌巴图他们一说，都说可以试试，说罢就一起去采菱角，不一会儿，就采了一堆。

红罗女他们带着菱角，又找到水蛐蛐藏身的石洞。他们先把附近的各个洞口都塞进菱角，然后来到主洞口，把菱角不断地用棍子往里塞，那水蛐蛐开始不动弹，可塞进的菱角捅到身上，扎得十分疼，它就往回缩，再无退路，它就想往别的洞口跑，可没等到洞口，就被早已塞进的菱角扎伤，跑了几处都是这样。被逼无奈，它只好在洞中求饶，说今后我一定改邪归正，再不祸害渔民，再要犯科，怎么处罚都行。红罗女这才把它放出来。

小水蛐蛐一出来，又变成了龙太子，马上给红罗女他们磕头作揖，求他们饶过他这一回。红罗女不想与水族结下冤仇，又不想轻易放过他，就说，得给他一个教训，以免日后作恶，就剪掉他一个犄角，告诉他以后改恶从善，为渔民做点好事。

龙太子一一答应，磕头如捣蒜，红罗女数落他一顿，就放他回去了。这第三难，就是听了老人的指点，红罗女解除了龙太子的祸害。

后来，忽尔汗海叫镜泊湖了。湖上每到冬天，渔民看到冰面上出了一道大"檩子"，才可以跑马车。这大"檩子"，相传就是红罗女给剪掉一个犄角的龙太子豁出来的。这独角龙从此就年年给大伙报信，做好事呢！

第十九章　新罗平盗

自从耶律黑写了永不犯边的字据，撤兵以后，契丹兵有很长一段时间不来犯边，两下平安无事。

大英士虽说装了一段病，不问朝事，可心里折腾不断。王后关心他，给他找了几个门当户对的好姑娘，让他续弦，他一个也不理，每日专心想着怎么夺回王位，怎么把红罗女夺到手。

这天，大英士还在家里生闷气，总管鬼阿哥又来了，说他一个人在家窝火有什么用，还得上朝去，备不住哪天就抓到一个机会，治乌巴图一把，还能探听到朝廷上下的动静。这样，大英士又常常到王宫里去了。

一天，大英士上朝，老左相出班奏道："渤海每三年遣使朝唐，互致问候，畅叙友好，敬献贡品。今年出使，日期临近，请大王及时选定人员，预做筹划，定期出行。"

渤海王听了，点点头，目视大英士，笑了笑。大英士心里明白，叔父为美其声誉，广其见闻，增其才智，早就应许今年朝唐，派他为特使。然而，机遇临头，他却改变了主意，他上前一揖道："启奏大王，小侄昔日渴慕朝唐，承蒙我王厚爱，允我今年前行。无奈近来身体欠安，思绪杂乱，朝中之事，勉强应付，看来此次出使，难孚圣望，甚感愧疚。不过，臣荐一人，可胜此任。"

"是何人？说来一议。"大钦茂着急地问道。

"驸马乌巴图。"

大钦茂思虑片刻，开口道："好！众卿可有异议？"老左相和众臣都表赞同，渤海王立即传旨，让乌巴图预做准备，择吉日出行去长安。

乌巴图接旨后，红罗女心里又喜又悲，喜的是红罗女早就听师父说了，大唐天朝，礼乐之邦，出使天朝，可以开阔眼界，增长学问，悲的是一去三年，天各一方，难通音信，再尝相思之苦。想到这，红罗女鼻子就酸了。

乌巴图接到圣旨，想到自己就要离开家园，离开亲人，也有些恋恋难舍，可又一想这是关系社稷声誉的大事，对于个人前程，也是千载难逢的机遇，是百人想千人争的美差，我不想不争，重任却落在我肩上，这是多么幸运和光荣啊！想到这，又激动又高兴，他见红罗女有些挂牵，就安慰了她一番。这天晚上，两人说了许多互相勉励的话。

第二天，红罗女姐仨送乌巴图来到京城，立即叩见君王。大钦茂千叮咛万嘱咐，让他做好准备。

过了几天，到了出使的黄道吉日，朝廷为他们举办了饯行典礼，礼毕，乌巴图便率领使团，带着好马、皮张、东珠、人参等许多渤海土特产，向南进发。

红罗女送了一程又一程，临别，把长白圣母说的三条告诫，叮咕了一遍又一遍，这才分的手。

乌巴图走后，大英士暗笑，原来他推荐乌巴图有自己的盘算，他早想好了离间乌巴图和红罗女的计划，把乌巴图调离京城，不过是他阴险用心的第一步。

接着，大英士就有事无事纠缠红罗女，他一会儿给红罗女送珍馐美味，一会儿送点绫罗绸缎，接近红罗女，讨好红罗女。红罗女以为是哥哥关心妹妹，对大英士的殷勤、热情也没在意。

有一天，大英士跑到忽尔汗海对红罗女说："御妹呀！你赶紧进宫吧，叔母想你都想出病来了，你快去看一看吧。"红罗女一听，心里不安，收拾一下东西就准备走。珍珠姐俩说在宫里住不惯，不想去了，让你们母女好好叙叙情吧。红罗女就跟大英士回京城了。

一路上，大英士讲了不少城里的故事，也说了不少爱慕红罗女的话，可红罗女一心惦记义母的病情，没听进去多少。

到了王宫，一个守门官急匆匆走过来，告诉大英士说："右相大人，大王正派人到处找你呢。"大英士一听，直奔金銮殿去朝见大王。红罗女也跟着去拜见父王。

大钦茂一见他俩一起来了，很高兴，忙说："呀！公主何时来的，正好，要不我还要派人找你呢。"

原来，今天一早，接见一位新罗特使，他禀告渤海王说新罗海岸近日不知从哪里来了一股海盗，到处烧杀抢掠，祸害了许多渔民。当地官兵和渔民，跟他们打了几次，不但撵不走海盗，还死伤不少。现在，这些人垒城筑寨，扎根不走，新罗国王无力驱赶，特向渤海国求救。

189

大钦茂听完请求，很想伸出援手，因为自从那次弄清两国边界交兵是个误会，尤其是由于渤海人过界抢掠引起的，一直觉得过意不去，现在新罗派人前来求救，正可趁机补过修好，老王就想派红罗公主前去平盗，因此急忙找大英士商议办理，不想他二人一起来了。

大英士一听这件事，知道大王想派红罗女去，心里不大高兴，就趁机极力推荐乌黑里大将军，说他有威望，有经验。老左相说他都胡子一大把了，路途又那么遥远，恐怕难以胜任，表示可另选他人。大英士接着又推荐刘总兵。老王摇摇头，说是从那调人路途遥远，来回折腾误事，尤其是边关不稳，万万不可放松。这一说，大英士就再不吱声了。

红罗女明白父王的心事，知道他难于开口，便主动请缨，她说："父王，让女儿去新罗平盗吧，我年轻，大小战事都经历过，我能想出办法驱逐海盗，为新罗除害，为渤海争光。"

大钦茂很是感动，但一想到每遇大难都让红罗女闯关解难，很是劳累，又于心不忍，心里反倒有些犹豫。可在这时，老左相一帮臣子都表赞同。老王思虑一番，也认为红罗公主去把握最大，最后点头同意了。这一来，大英士又傻眼了，心里暗暗叫苦，这一番心机又成了水中捞月，竹篮打水。

平盗紧急，红罗女受命后，拜见了母后，互道珍重，说了几句体己话就告辞了。她急忙赶到军营，排选五百精兵，准备明日就启程。

第二天一早，红罗女拜别了父王，率领一队人马，和新罗特使一起奔新罗去了。一路上晓行夜宿，风餐露宿，很快就要出渤海国界了。就在这时，后边传来一阵急促的马蹄声，红罗女回头一看，原来是珍珠、喜鹊姐俩追来了，她们在忽尔汗海听说姐姐要去新罗，也想跟随她出把力。红罗女不愿让她们去，她们硬说要照顾姐姐，说啥也不回去，就只好带她们一起去了新罗。

她们到了新罗京城，新罗国王接报，带了文武大臣到城外迎接。进了京城，一看那城门、宫室、街道，虽然比渤海京城小一些，但景物都差不多，都是学大唐的。

新罗王在宫里摆了盛宴，为渤海将士洗尘接风。新罗王说："早就听说红罗公主的英名，想不到，为了帮助我们平盗，公主不畏艰险，不辞劳苦，不远千里，率军来援，感激不尽，敬佩之极。"

红罗女客气几句，便询问海盗之事。新罗王打个唉声说，海盗来的人不算多，也就是一千多人，是从北面乘几十条大船而来，在岸上用石块、木头垒建了七八十处小城寨。我们派出一万兵征剿，可是驱逐不了他们。你进攻，他们就缩回城寨中，用箭射，射不到；你靠近城寨，他们就射出火球箭，这箭太邪乎了，射到身上扑不灭，那火球冒出一种紫色的烟，人一闻到那气味，便中毒昏死过去。海盗我们一个没逮着，官兵却死伤不少。我们想了不少办法，也破不了他们的毒火箭。这伙海盗见我们胜不了他们，胆子越来越大，到处抢劫，奸淫妇女，我们犯了难，只好向渤海国求救。

红罗女边听边琢磨，要想平盗，一定得找到破毒箭的办法，硬打硬拼不行。她想了一阵，便对新罗王说，这次我只带了五百兵马，请新罗再拨出一千人，听我调遣。新罗王说，现在京城已聚集两万兵马，任凭公主指挥。红罗女说，目前不可调动太多兵马，眼前急需摸清毒箭的秘密，人多反倒引起他们的警惕。等到必须调遣大军时，我再安排。

新罗的文武大臣一听红罗公主只调一千人参战，都伸舌头，心想，我们派出一万人马都未能取胜，你用一千多人就行了？都暗自摇头。可红罗公主一再声言够用，也只好依了她。

红罗女带领一千多兵马，向北海沿岸海盗城寨进发。到了海盗城寨之外，红罗女仔细观察，只见城寨虽然不大，但都很厚实坚固，各城寨三三两两排列，互为犄角，七八十个城寨布置得像一盘棋，互相照应，你进攻哪一城寨，都会遭到附近城寨的阻击，真是难攻易守。红罗女不敢轻易接近，在距他们很远的地方安营扎寨。

驻守在城寨里的海盗看到这次来的官军人数比以前几次都少，还离他们远远的不敢近前，根本就没把这些官军放在眼里，照样出去抢掠，照样吃喝玩乐。

红罗女想：骄兵必败，咱们走着瞧吧。她为了探查毒箭的秘密，不想利用士兵去冒险，而是用黑豆变成两支兵马，向城寨杀去。

城寨里的海盗一看来的黑兵黑马晃晃荡荡，蹦蹦跳跳，挺奇怪，这是什么兵？直到跟前了，才放出一排排毒烟火箭。不一会儿工夫，那些黑豆兵全身是火，最后烧成一股烟消失了。这黑豆兵没起什么作用，红罗女见了，大吃一惊，赶紧带兵退回去了。

第二天，红罗女带一小股人马，穿戴厚盔甲，跑到城外去叫阵。海盗不理这一套，你叫你的，我就是不出城寨，你靠近了，几个寨子一齐放箭。官兵很难靠近城门，别说攻城了。红罗女无可奈何，只好又撤了回去。

　　红罗女回营后，心情烦躁不安，不知怎样对付。她左思右想，到了半夜也睡不着觉，就走出大帐，想透口气，散散心，走着走着，走上一个小山包，往远处一看，见海盗大船上都亮着火光，冒着紫烟，不知是怎么回事，就想前去探一探。

　　她先回到营里，见喜鹊睡着了，珍珠还没睡着，便把她招呼起来，对她说了自己的打算。珍珠怕她一个人去探营危险，就想跟她一起去。红罗女说人多了容易被发现，就自己一个人悄悄地去了。

　　她沿海岸悄悄接近大船，一下水，红罗女才发现这里的海水比忽尔汗海的水凉多了，只能咬咬牙，钻进水里，游了过去。到了大船跟前，她轻轻攀着船帮翻身进入船中，屏住气不动弹，四下观察。

　　她看清在大船当间儿，支着一个大锅，旁边有人正往灶中添加木柴，火烧得很旺，锅里煮着什么东西，正冒着热气。一会儿，又见几个人往锅里放红色石和绿色石，煮了一会儿，又有几人往锅里放几捆箭杆。

　　红罗女恍然大悟，原来毒气箭是这么造出来的。她看破了秘密，心中一喜，急忙潜水回营。

　　第二天，红罗女回到新罗京城，向新罗国王说明了海盗炼制毒箭的事。新罗国王听了皱起眉头，从来没听说过用红绿石头炼制毒箭的事，更不知怎么破解。群臣听了，也不知如何对付是好。

　　憋了一阵子，老宰相说，他的夫人到大唐峨眉山学过炼丹术，不知是否和这种方术有关，可请来问一问，不过她前些日子去了金刚山，不知何时能回来。

　　红罗女一听，觉得是一个解密的途径，于是她对新罗国王说，暂时从京城派一位大将军，到珍珠所在军营去坐镇，监视这帮海盗就行了，先不要忙于剿灭，我去金刚山会见宰相夫人，等我回来再商议下步行动。老国王一一答应。

　　红罗女策马扬鞭，第二天日偏西时分，赶到了金刚山。举目观望，只见群山巍峨，古树参天，真是一个修身养性的好地方。

　　红罗女无心观赏这秀美壮丽的景色，直奔宰相夫人修炼的朵云观。她进去一看，香烟缭绕，清静肃穆，有一位慈眉善目的老太太在殿中坐禅，心想，这位可能就是宰相夫人吧，于是上前施礼，说明来意。那位老者果然是宰相夫人，她久闻红罗女大名，今日一见，惊叹原来在渤海国为了江山社稷东征西讨，几令敌寇魂飞胆破，名扬四方的红罗女，竟是一位如花似玉的美娇娥。如今为了救助新罗之难，她又不远千里，挂帅出征，真是又喜爱又敬佩，立刻把她请到偏殿叙谈。

二人寒暄一阵，红罗女就说起了用红绿石头炼毒箭的事。老夫人听罢，略微沉思一阵，说道："那红石头，是红毒眼，那绿石头，是绿毒眼，两种石头合在一起，用盐水一煮，奇毒无比，这是北方古人流传下来的秘术，今人多不知。"红罗女经她一说，才明白海盗炼毒箭的秘密。

红罗女忙问："不知有无解毒的方法？"老夫人打了一个唉声说："办法是有，可远水难解燃眉之急。据我所知，在大唐国峨眉山有一种坤山石，洁白如玉，具有特殊药性，把这种石头放在那红毒眼、绿毒眼石中一熬，那毒性就被解掉了。"

红罗女一听，心凉半截，心想：要到峨眉山去找这种石头，来去就得一年，等到那时，这海盗不得成精了。她心里惴惴不安。

红罗女愁得一宿无眠，第二天鸡叫三遍，她实在憋得头昏脑涨，索性爬起来到庭中舞剑，想解解闷。舞了一阵，东方发白，天光放亮，就想歇一歇。当她收剑之时，一道白光在眼前一晃，红罗女仔细一瞅，是系在剑穗上的一块小白玉石发的光。这块小玉石是她和乌巴图成亲时胡苏里妈妈送的礼物，她想：会不会这就是坤山石呢？

红罗女想到这，急忙跑进屋里，恰好此时宰相夫人刚打完坐，就把那块石头给她看。老夫人接过来，瞅了又瞅，摸了又摸，闻了又闻，弹了又弹，惊喜道："不错，就是它。"

红罗女高兴得跳起来，胡苏里妈妈有，我就能再得到，这样海盗就可以平了。她赶忙告别了老夫人，快马加鞭，直奔东海而去。

红罗女到了胡苏里部落，老妈妈和部落的乡亲高兴得眼泪直流。她们以为红罗女又回来了，可听了红罗女说明来意后，大伙都愣住了，一是知道红罗女不能在这里留下来有些失望，二是这种石头这里没有，是老妈妈在别处偶然碰巧拣到的，不知是否还能找到，有些担心。

红罗女并没失去信心，她想既然能拣到，就绝不会只有这一块。她忙问老妈妈是从哪拣来的，老妈妈寻思了一会儿，说："孩子，你别急，我想起来了，是有一次我出去办事，在过豆满江时拣到的，我想有一块就会有第二块，你先歇一歇，我派人去给你找。"

红罗女说，不行，救人如救火，新罗渔民正遭海盗涂炭，早点找到他们就能早日得救，说完，告别老妈妈就要自己亲自去找。老妈妈不放心，就派了十几个人与她同行。

红罗女这伙人很快来到豆满江，沿江找寻，突然发现在一个河湾处，河水泛着白光，走近前一看，河底真有那种白玉石，三三五五连成一片，红罗女高兴极了，马上卷起裤腿就下水去捞。同来的人都跟着跳下河去一起捞。

人多力量大，不一会儿就捞了一大堆，大伙歇了一会儿，正准备装起来运走，江对岸划过来一只小船，上面有一个小伙子，一边往这边划一边高喊："站住！这里是我们的地界，不准偷偷拿走我们的东西。"

大伙一听，愣住了，这小子是干什么的，说话怎么这么冲？红罗女寻思，只要和他好好说，要些石头是不难的，于是就迎了上去。

那小伙子把船一靠岸，直奔那堆石头，二话不说，就要往回扔。胡苏里部落的小伙子们一看要把他们好不容易捞上的石头往河里扔，气不打一处来，立即围上去就要和他理论，红罗女刚要劝阻，只听那小伙子笑着说："各位兄弟，请等一等。"

红罗女以为他有什么话要说，就没吱声。只见那小伙子解下腰刀，插在河边，双手一抱拳，说道："要想拿走石头，得先比比武。"胡苏里部落的小伙子看他也太轻狂，满不在乎地与他交起手来。哪承想，三下五除二，不一会儿工夫，胡苏里部落来的人，都被他打翻在地直哼哼。

红罗女见这小伙子手脚利索，有些力气，也很灵巧，但看出没什么武功套路拳法，但也算是一条好汉。这时，那小子洋洋得意，哈哈大笑说："就这两下子也想出手，再吃几年奶，再来照量吧。"

红罗女不想伤了和气，所以没动手，她给小阿哥施了一礼，说："小阿哥，我们有难处，急需一些这样的石头，这河里有的是，就给我们一些吧！"

那小子摇摇头，说什么谁要能赢了我，还好商量，不然，就别想那美事。

红罗女见这小子一点儿不开面，把脸一沉，说道："既然这样，那我就和你较量一把怎么样？"

"好男不和女斗。"那小子扬着脖，摆出一副大男子汉的样子。

"敢情是你害怕了吧？"红罗女刺激了他一句，那小子哪受过这般奚落，转身就和红罗女打了起来。

那小伙子使出全身的劲，不但一拳打不着红罗女，连近身都难，打了一阵子，便气喘吁吁，豆大的汗珠，从脸上不断地甩落下来。

红罗女不想伤害他，开始只是招架，偶然出拳吓他一下子，这小子一看一点儿占不到便宜，自己累得喘不上气，对方还是那样身轻如燕，跳来闪去，一点儿不在乎，就急了，大喊一声，一头猛撞过去。红罗女趁他猛扑时，一个闪身，轻轻一勾脚，"啪"一声，那小子摔出老远，倒在地上爬不起来了。红罗女忙上去把他扶起来。

那小子站起身，心想，这些年来，我打遍部落无敌手，今天栽在这个女子手里，可见她功夫不浅，可这个女子是哪里的，怎么没见过呢？于是他轻声问道："敢问尊姓大名，你是哪个部落的？"

胡苏里部落的人告诉他，这就是渤海国英雄红罗女。那小子早就听说过红罗女的大名，这一带人都传说她是活神仙，今日得见，真是身手不凡，马上跪地磕头，非要拜她为师，不答应就不起来。红罗女无奈，只好答应他。他才又磕了几个头，满面笑容地站起身来。

红罗女问他是哪里人，叫什么名字。他回答说我们的部落离这里不远，我叫豆满。红罗女这时才把为什么寻找这种白玉石的事前后一说。豆满一听，说啥也要跟着去，胡苏里部落的人也争抢要去。红罗女告诉他们，新罗国不缺少人手，此次来就是寻找白玉石，就让豆满一人帮她运送石头就行了。豆满在江边留下一个记号，帮红罗女装好石头，就随她赶往新罗去了。

红罗女他们赶到新罗京城，新罗国王正急得像热锅上的蚂蚁，红罗女一去，一直无消息，生怕再出了什么岔子，今日见红罗女归来，喜出望外。红罗女让豆满拿出白玉石给新罗王和各大臣们看，并把怎么寻到宰相夫人，又怎么找到白玉石的经过细说一遍，又告诉国王，有了这些白玉石，就可破海盗毒箭，破了毒箭，驱逐海盗的日子就不远了。

国王和各大臣一听，悬在嗓子眼的心才落回原处，人人露出一丝笑容。国王见平盗有指望了，更是高兴，对红罗女说了许多感激的话。红罗女在回来的路上，早已想好了破毒箭的计策，因此，他告诉新罗王取来一些红绿染料，便带着准备好的应用之物，立即赶回军营。

回到大营，红罗女见了新罗大将军和珍珠、喜鹊，便询问海盗情况。他们说："自她走后，海盗见官军不敢打他们，就更加猖狂了，白天也敢到处抢人、抢财物，看见女人更是不放手。"

红罗女听后，说道："他们是秋后的蚂蚱，没几天蹦跶的了。"接着就把自己的破敌之计说了一遍，大伙都表赞成。当晚他们把白玉石分别涂上红绿颜色，准备行动。

第二天下晚黑，天黑得伸手不见五指，豆满阿哥和一个新罗兵，穿戴好和海盗一样的衣服，装成海盗的样子，把染成红绿色的白玉石装上船，向海盗大船划去。

到了海盗船那里，不少人正忙着炼制毒箭，累得东倒西歪，没仔细看豆满他们，见是送毒石的，和往常的一样，也没起什么疑心，就让他们自己搬上来。豆满他们正往上搬，突然发现一个小矮个的人也帮着搬，看不清他的面目，不知是什么人，也不敢问。

搬完石头，他们又帮船上人搬柴，炼箭的人看他们挺勤快，正好自己要歇一歇，就让来人帮着忙活。豆满他们便乘机把搬来的石头一部分掺和在船上原有的石头里，一部分放在锅里，还趁船上人不注意，把已炼好的箭又放回大锅里。

豆满见目的达到，赶紧拉着那个新罗兵撤回自己的船上，刚要起船，那个帮他们搬石头的小矮个，不知何时也爬到他们船上。

起船以后，豆满问那小矮个是什么人，小矮个不吱声，再问一遍，还是不吱声，豆满纳闷，你是个哑巴？那人实在憋不住了，笑出声来。豆满奇怪了，哪来这么大胆的女子，竟帮我们的忙？

原来，这姑娘不是别人，正是小喜鹊。她一听说晚上要往海盗船上运石头，觉得挺有趣，她想看个究竟，也想暗中助一臂之力，就偷偷找来一件破男装披上了，等船上装完石头，她就乘机上了船，猫了起来，一直到往海盗船搬石头时才露面。她把事情经过说完之后，苦苦哀求他们一定不要把这事告诉红罗女。豆满很佩服她的胆量，就满口答应了。

三个人回到营中已经半夜，珍珠正发着愁，睡不着觉。喜鹊临走时告诉她要到外面去办点事，说是一会儿就回来，可怎么去了老半天才回来？问她她还不说，只是一个劲笑。

第二天，红罗女让珍珠姐俩到大帐来，喜鹊以为她发现了昨晚的事，要责怪她呢，有点提心吊胆的。可听红罗女一说，她高兴得直拍巴掌，心想，这姐姐真好。原来红罗女交给她俩一件大事。姐俩接了军令后，赶紧回营准备了一番，就匆匆忙忙走出大营。

再说那城寨里的海盗，见官军离他们远远的，不敢来攻城，胆子越来越大，青天白日也大摇大摆出来抢东西。有一伙海盗，这天出得城来，看见西山道上有两个女人，便骑马追来，两个女人看海盗跑近了，拔腿就跑，可人哪有马跑得快，眨眼工夫就被海盗捉住了，他们用大皮口袋把人套住驮回了城寨。

回到城寨后，海盗把套在她俩头上的口袋摘掉，一看，都摇头了，原来是两个又臭又脏又老的女人。有一个海盗扬鞭就要赶走她们。

她俩连说带比画，意思是说她们会洗衣服会做饭，愿意留在这里。一个海盗小头目拦住了那个海盗的马鞭子，嗷嗷了一阵，意思是让她俩做点粗活，这样就留下了。

这俩女人不是别人，正是珍珠和喜鹊姐俩。她俩按红罗女的指点，用锅底灰把脸抹黑了，穿上破烂衣服，装成丑女人，混到了海盗的城寨里。她俩装作愿意干活的样子，出来进去，这里扫院子，那里搬柴火，海盗们都不在意。

到了下晚黑，只听一阵呐喊，红罗女带领兵马向各个城寨冲过来。海盗们不慌不忙守在城寨里，就等官军接近。官军来势凶猛，向各城寨发起攻击。

海盗见官军逼近，放出一排一排毒箭，官军毫不畏惧，很快攻到城下，海盗见状，傻眼了，怎么这毒箭不管用了呢？一时惊慌起来，城门很快被攻破，海盗乱了营。渤海兵和新罗兵人多势众，一阵砍杀，三下五除二，不到一个时辰，所有城寨全被攻破。

海盗们见大势已去，活着的都像烧了窝的野蜂子，拼死往海上跑去，跳下水的人刚想登船，各艘船突起大火。有些海盗不顾火烧的危险，想赶快划走船，可是怎么划也划不出去，真是想哭都哭不出个腔来。这是怎么回事呢？

原来红罗女早就算好这步棋，事先派人把大船都连在一起了，有横有竖怎么能划得动，这时红罗女带领众兵赶到，一阵乱箭，射死射伤不少，剩下几十个有口气的跳入海中，想要游水逃出去，也被红罗女事先埋伏的几船水兵射杀。渤海兵和新罗兵密切配合，大获全胜。

红罗女平了海盗的喜讯，像长了翅膀似的，很快传遍了新罗国。全城人都焚香庆贺。新罗国王听到消息，亲自到城外把红罗女和渤海官兵接到城里，大宴三天。京城来看红罗女的人，把王宫的大门都要挤破了，都把能亲眼见红罗女一面看成喜事。

打那以后，红罗女的名字，几乎家喻户晓。

红罗女率领渤海官兵启程回国的时候，新罗国王让红罗女捎带一封国书，千谢万谢渤海王派了良将精兵，解了新罗国的大难。另外，新罗国王还赠送红罗女许多珍贵礼物。

在渤海官兵凯旋回师的路上，喜鹊对豆满阿哥特别热情，没话找话说，你要让她离开一会儿，比饿她一天还难受。红罗女见此情状，心里暗暗在笑。以前，红罗女对她说，你也老大不小了，有可心的得找个婆家了。那时喜鹊口口声声说不找，要一辈子跟着姐姐过，可现在，比她珍珠姐姐先找心上人了，而且她认识豆满阿哥才几天哪！其实，喜鹊那晚偷偷跟着豆满送石头回来，两人经过交谈、接触，就深深爱上了。

　　红罗女回到上京城，大钦茂没想到这么快就干脆、利落地把海盗平定了，真是喜出望外。听说珍珠、喜鹊和豆满小阿哥也出了大力，就给他们记了功。

第二十章　巴图使唐

红罗女新罗平盗凯旋，渤海王又为他们祝贺了三天。大钦茂听说豆满有些虎力，在新罗平盗中立了大功，想要把他留在京城效力，他说要和红罗女回忽尔汗海去学武功，等学好了，国家需要尽力时再出来报效。渤海王见他有志气，也只好由他们去了。

红罗女姐仨和豆满回到忽尔汗海之后，就张罗喜鹊和豆满的婚事，选择了一个吉日，请了不少乡亲，热热闹闹给他们成了亲。

成婚以后，小两口你疼我爱，十分幸福快乐。此后，虽说红罗女身边还有珍珠相伴，可是心里还总惦记乌巴图，因为他去大唐出使，已经半年多了，一直没有音信。那么乌巴图到底怎么样了，这得回过头来从他到大唐长安说起。

话说乌巴图率领使团，走村过寨，跋山涉水，走了几个月才到达长安地界。

这一日，来到长安城外，只见城墙高大，门楼高耸，气势雄浑，摄人心魄。入得城来，举目四下观望，只见三街六巷的商铺、作坊、客店、会馆，鳞次栉比，来往行人，车水马龙，长相穿戴各不相像的人，擦肩而过，一时分不清都是哪方哪国的人。街边商铺摆满了绫罗绸缎，各色各样的果品，见所未见，叫不出什么名字。所经寺院宫观，处处香烟缭绕，看客如织。皇城附近，到处是富丽堂皇的深宅大院，门口多放立张牙舞爪的狮子，给人一种威严神圣的印象。左看右看，街道纵横，却井然有序，显现出一派富庶升平景象，处处让使团一行人看得目瞪口呆。比起渤海京城，真是天差地别，令人嗟叹不止。

大唐接待使臣的官员接报，亲自迎接，把他们安排在一处建有阁楼的会馆里歇息。乌巴图进去一看，招待他们的都是渤海人，相见之后，问寒问暖，十分亲热。再看那墙上，挂有渤海画匠所画的山水花鸟画作，有历次使唐官员所作诗赋，到了会馆，就像回到自己家一样，使团的人都高兴极了。

第二天，一位官员前来传旨，大唐天子要设宴招待使团。乌巴图赶紧穿好官服，随那官员入宫觐见。刚入午门，便有一股清香味扑鼻而来，细一观察，只见庭院中，有一个大鼎正点着龙涎香，左右还有四个像仙子一般的宫女捧着香炉点着香，香烟缭绕，美女微笑，似仙境一般。再看那飞龙屋檐下，挂着八彩宫灯，大殿上，两排宫女，左持香扶，右拿宝扇。台阶上，大殿下，两排御林军，各持武器，闪闪发光，真是富丽堂皇，威武森严。

不一会儿，钟鼓齐鸣，大臣们文东武西侍立两侧。一个太监下殿高喊："传渤海使臣觐见。"乌巴图赶紧上殿。

乌巴图临来前学习了大唐礼仪，上了金銮殿，行了三拜九叩的大礼，恭恭敬敬地献上礼单。那上面写着海东骏马一百匹，人参一百斤，鹿茸一百架，貂皮一千张，都是渤海的特产。

大唐天子接过礼单，看了看，十分高兴，说了几句慰劳的话语，便让乌巴图等候赴宴，乌巴图赶紧磕头谢恩，退下殿去。

大唐天子又接待了几位使臣，才退了朝。这时乌巴图等人被太监领到内宫。那里已摆放许多小桌子，中间有一个大桌子，各张桌子上都摆满了酒菜果品。乌巴图被领到大桌旁的一张小桌子前坐下了。他坐下后，看见不一会儿各张小桌子前都坐满了人，各种面孔、穿戴不同的人都有，乌巴图明白了，这是天子招待各国来使的宴会。

等各张小桌子前的宾客都坐好了，大唐天子在侍从护卫下来了。来使刚要行大礼，唐天子忙摆手，说："免礼，你们从各方来，千里迢迢，十分劳顿，辛苦得很，今天就随便点吧。"乌巴图这时才看清，天子穿龙袍戴金冠，十分威武。

宴会中间，各国使臣纷纷向天子敬酒，唐天子见乌巴图仪表堂堂，人才出众，高兴地说："渤海国真是地灵人杰，听说有位巾帼英雄红罗女，武艺出众，两次挂帅征讨契丹，屡获胜绩，东土才得以安宁，民众视之如神。"

乌巴图一听，唐天子这么熟悉渤海事，真是又高兴又敬佩，连连点头，口称托天子之福，受大唐礼义感召所至。乌巴图十分谦虚，应对几句，可就是没说他和红罗女是夫妻关系这宗事。

酒过三巡，菜过五味，唐乐歌舞演奏完毕，唐天子让各属国献舞，那各种各样的歌舞，各具特色，南方的歌舞轻盈飘逸，北方的歌舞刚健雄壮。单说渤海姑娘所演的红罗巾舞，既轻柔潇洒，又雄劲豪放，融南北方特色，独具一格，把主客都看呆了，阵阵拍手叫好。唐天子也喜爱异常，令宫女习练，这是后话。

各国使臣为渤海演出的红罗巾舞受到天子的赏识、赞扬表示祝贺，纷纷向乌巴图敬酒，可他只是礼仪性地举杯，却滴酒不沾。唐天子问他为什么不饮酒，他说遵从师训，戒酒多时。唐天子表示理解，再没多问。

散席前，唐天子说，各方属国人才辈出，而今适逢我朝大比之年，依循惯例，不分种族国别，有志者皆可参加文武科考。说完就散席了。

乌巴图早就听说渤海曾有人参加过科考中第，受到封赏，这次来恰逢机遇，也在武科报了名。

大考的日子到了，乌巴图备好用具赶赴考场。走进校场一看，比渤海国的大多了，考棚一个接一个，四周插满各色彩旗。乌巴图在校场官员指引下，找到了渤海考棚，到了这里一看，渤海国参加应试的虽说不多，也有十余人。

鼓号声响过，主考官走上高台，宣布考试开始，第一项是考箭法。

参加武科的人很多，无论是立射、骑射，个个箭法不俗。轮到乌巴图上场，他抖起精神，策马而出，到离箭靶二百步外的地方，正射一箭，反身一箭，镫里藏身一箭，三箭皆射中靶心，校场一片喝彩之声。比赛结束，乌巴图位列甲等。

第二天比赛科目是举硕子，乌巴图位列三十名之内。

第三天比赛科目是十八般兵器。乌巴图只是剑法、枪法不错，其余兵器不熟悉，未能样样参赛，比赛结果位列乙等。

最后，乌巴图考取了武进士，成了外番考生中的佼佼者。

科考张榜之后，中举之人都要进宫谢恩，天子接见，宴请新科文武进士，而后又加以封赏赐官，这才结束。

七月十五，长安举行了盂兰盆会，就在唐僧取经前住过的大庙里开展，各地方的和尚都来这里礼佛、诵经，放焰口、放灯。各方善男信女前来追荐祖先，超度亡灵。庙里庙外，人群涌动，好不热闹。

乌巴图这天也前来观看，他随着人流来到讲经堂，见一位老方丈正在讲经。他见许多善男信女在那里虔诚地静坐听讲，也凑过来听了一会儿。

老方丈讲完经，见乌巴图不是本地人，甚是惊讶，询问之下，得知他是从渤海国来的，便打听渤海国的佛事。二人谈得很投机，那老方丈便赠给他亲手抄的一部《金刚经》，乌巴图恭恭敬敬地接过来，如获至宝一般，拜谢告辞。

乌巴图留居客寓之时，有不少外使前来拜访。他们互相介绍国俗民情，互赠礼物，乌巴图学到不少知识，结交了不少朋友。在谈今论古之时，他们盛赞大唐天子圣明，九州一统，各族兄弟方可于此相聚，亲如一家。

乌巴图在每日习武之后，常常入宫听博士讲经论学，每听一次，便觉心胸更加开阔，眼界更加宽广，从此越学越爱学。

每当闲暇时，他还常到街上买许多在渤海国见不到的器物，想要带回去赠给亲友留念。

有一天，大唐天子召见新科进士入宫，进行封赏。乌巴图接令入宫，大家行完大礼，大唐天子讲话，勉励这些新科进士，为官要清正廉洁，为民做主；为将要赴汤蹈火，为国立功。

正说着话，一位武将急急忙忙上殿，禀报皇上，说西域边关有一个守将勾结外邦，裂土为王，拘役黎民，急筑三关，阻断交通，抓捕官兵，强征租税，滥杀民众。邻近州官派人，六百里加急来报。

大唐天子不慌不忙，他把急报情况说给众进士，未等皇上说明对策，乌巴图马上请求杀敌平叛，众武进士也纷纷要求为王前驱。

大唐天子早从来使通报上了解到，乌巴图在渤海就是久经沙场的著名战将，且文武双全，深为朝廷器重，此次科考又一举中武进士，深受天子喜爱，今又见他第一个出来请缨，很是果敢坚毅，考虑到北番祸乱，乃宵小自取罪咎，无须动用大唐上将，便想给乌巴图一次立功报效的机会，于是问乌巴图："这位渤海将军愿为朕分忧？"

乌巴图立即伏地磕头道："臣万死不辞，愿当先锋，打头阵。"

唐天子大喜，说道："好！朕命你领三千兵马，火速西进，援兵随后便到，明日即点兵征剿。"乌巴图领旨下殿。

乌巴图回到寓所，稍做准备，对使团人员叮嘱了一番，便到军营点了三千大唐精兵，会见了副将，做了一番安排，第二日便火速向西关进军。

到了西关口，乌巴图一看叛将修的第一道关，不禁倒抽了一口冷气，那关口修在一个立陡的大石山上，只有一条羊肠小道对着关口，关口两侧是土石堆砌的旧长城，真是一夫当关万夫莫开。他在渤海国，从来没见过这样险要的地势。

　　乌巴图在山下选了一块平地，安营扎寨，还没等埋锅造饭，只见南边一溜尘烟起，转眼间一队人马杀到营前。乌巴图立刻提枪迎了上去。只见那为首的战将蓝眼珠，黄头发，大胡子，鼻子又高又大，长得怪模怪样，手提一把大砍刀，十分凶恶。

　　来将一见乌巴图，嗷嗷喊了一阵，乌巴图一句也听不懂，两人就交上了手。那敌将的刀法乌巴图从来没见过，一开始还真有点不顺手，招架了几个回合，乌巴图看出点门道，心里有了数，故意卖了一个破绽，那敌将趁机抢刀砍来，乌巴图一闪身躲了过去，拨马便跑。敌将见乌巴图胆怯想逃，猛追过去，乌巴图等他靠近，一个回马枪刺来，敌将躲闪不及，一枪刺在肩膀上，敌将晃了一晃，就要掉下马来之时，一帮叛兵围住乌巴图，把敌将救了回去。

　　乌巴图杀退围兵，领着唐兵追杀，一直追杀到关口前，眼看要撵上敌将，被山上敌兵射来的乱箭挡了回来，敌将率残兵逃进关内。

　　敌将逃回关内，紧闭关门，再不出战。唐兵几次攻到关前，都被乱箭、滚石拦住。唐兵数十人伤亡，但叛军却没死一兵一卒。

　　那叛将站在城头上，哈哈大笑，叫喊着："英雄好汉们，不怕死的来呀，来呀，我替你们收尸。"

　　这样，双方对峙了三天，乌巴图攻不进，叛军也不出城。那敌将心想，用不了几天，粮草断了，不怕你不退兵。

　　乌巴图见久攻不下，心烦意乱，这天晚上他带几个兵想另寻出路，向北走去，不知走到什么地方了，突然听到一阵狗叫，仔细一看，前面有座小草房，还亮着灯，心想，这么晚了，怎么还没睡？就走了过去，轻轻推开门，只见一个小伙子正在给一个老妈妈捶腰，老人家直哼哼。

　　乌巴图走上前，轻声说："小阿哥，我是过路人，想讨一碗水喝。"小伙子一看乌巴图挺和善，就去舀了一碗水给他，也不说一句话。乌巴图看那老妈妈好像病得不轻，就说："小阿哥，老人家病得不轻啊，明个你把她送到大营，我给你找个郎中看一下才行。"

　　"哪个大营？"小伙子这才说话。

　　"大唐军营。我们是从长安来平叛的。"

　　"你们真是天朝王师？"

　　乌巴图把天子怎么派兵平叛搭救民众的事一说，那小伙子听了，像见到了亲人，就把他家的不幸遭遇说了出来。

　　原来这小伙子是当地世代老户，他说他们一家四口靠打猎、砍柴、种地为生，这里是大唐与西关交界之地，驻有唐兵，生活安定。不知怎么回事，这里突然来了一伙外邦的兵将，在这里修城把守。他们来了之后，到处抓人修城，还抢东西。"我爹不让他们抢，就把我爹活活打死了，还把我媳妇也抢到城里去，当时我正在山上砍柴，回家才知道这些事。我妈妈有病，所以这些天一直守着她，我恨不得有一天亲手杀了那些坏蛋。你们来了要给当地人报仇哇！"

乌巴图一听，这才明白，那个敌将长得怪模怪样，挺吓人的，原来是外邦人。他安慰这小伙子说："你放心，我们一定为你们报仇。只是这城关在山上，易守难攻，你知不知道，可有小路绕到城后去？"

"有哇，我早就发现有条上山人踩的小道可通城内。可那道不好走，又湿又滑，还得爬山洞。"

"这不要紧，你能不能为我们带路？"

小伙子一口答应，可一看老母的样子，有些不放心，一时又犹豫起来。老人家得知官军要去杀坏人，为民众报仇，就说："孩子，你不总说要为我报仇吗？你去吧，我还能挺得住。"小伙子咬咬牙就跟乌巴图走了。

乌巴图领那小伙子回到大营，先找到郎中让他去给小伙子的老娘治病。自己挑选一千精兵轻装出发，顶着星星找那山洞去了。

那小伙领着唐兵拨蒿草，钻树丛，七拐八拐来到山洞前，他先爬进去，乌巴图紧随其后。那山洞果然不好走，地上又湿又滑，有的地方还有水，冰冰凉，冷飕飕，走一段，爬一段，等爬出洞口，三星已经打横了。

乌巴图借星光四下瞅一瞅，发现不远处有不少灯光亮着，知道那地方就是叛军大营，他和副将商量几句，就分头扑向大营。

鸡叫头遍，正是睡觉最香甜的时候，除了守城兵在巡逻，其他兵将正做美梦呢，不想都进了鬼门关。唐兵一阵喊杀声，冲进营房，喊咔咔嚓，还没等敌兵分清东西南北，就被杀死了。

单说那叛将听到喊杀声，也慌了，没等穿好衣服，乌巴图已闯进来，借着灯光一看，正是与他交过手的敌将，他本想活捉他，冷不防却被那小伙一顿乱枪给扎死了。

在一个厢房里，唐兵发现关着十几个妇女，一问才知道，都是被敌兵抓来做苦工、取乐的。那个小伙走进来，发现自己的媳妇已经被折磨得不成样子，二人一见，抱头痛哭。

攻下了头关，乌巴图要重赏那小伙，他说啥也不要，只求郎中给他娘把病治好就行了，乌巴图让郎中又给他娘带些草药，那小伙领着媳妇就回家了。

乌巴图领兵赶到二关，一看，那关口建在一条大河的对岸，河水不深，河面宽阔，原有的一座木桥，叛军闻唐兵到来已将其拆掉。乌巴图急忙下令砍伐树木做木筏子渡河，做好木筏子就向对岸运兵进攻，结果，还没等上岸，就被乱箭射了回来，冲锋没有成功。

乌巴图一看，这明晃晃地渡河不行，就带人沿河边查看，思谋渡河的办法。走着走着，他看见一群小孩从河里冒出头来，嘻嘻哈哈地笑闹，一会又钻进水里，半天才从河里又冒出头来走上岸。乌巴图心想，这些孩子怎么能在水里憋那么长的时间，走上前去一问，小孩笑着拿出一根草杆，乌巴图拿过一看，原来是一根又粗又长的草杆子，中间是空的，人在下水后一头含在嘴里，一头露出水面吸气，这样在水里愿待多久就待多久，乌巴图弄明白了，心里十分高兴。

回到大营后，他立即派人准备好了这种草杆，全军饱餐一顿，趁着夜色，悄悄渡过河去。等叛军发现，唐兵已攻上城头，一阵厮杀，叛军没准备，渐渐不敌，便往后退，唐军打开城门，大军涌入，叛军吓得七魂丢了六魂，光顾逃命去了，唐兵很快攻占了二关。

乌巴图乘胜追到三关。那三关是建在平地上的一座城，城的正面高大厚实，城头站满兵将，一看便知早就做好了抵抗的准备。乌巴图见这阵势，知道硬攻是凶多吉少，便在城关附近一块土岗子后面扎了营。

守城的是一个副帅，他在城头上一看来的兵马不多，也没带什么攻城器械，就没把他们放在眼里。乌巴图知道硬攻不行，就想智取。他安排众兵日夜向城内挖地道，自己则带兵去城头挑战，探听虚实，分散敌兵注意力。

敌兵副帅一看来挑战的是一个穿白袍的小将，带的兵马也不多，就派两个副将带兵出城应战。那副将近前一看，乌巴图长得很文气，又年轻，一点儿也没把他放在眼里，狂傲地说道："你这样的娃娃不是自己找死吗？快换你们主将出来。"

乌巴图大怒，也不和他费口舌，举枪便刺，那副将不慌不忙与他交战。乌巴图试探几个回合，知他不是对手，武功一般，但不想露出自己的真功夫，偶尔出一狠招，震一震敌将的煞气。

敌兵副将和乌巴图战了十几回合，虽然未占便宜，但见乌巴图也只有招架之功，求胜心切，便招呼另一副将一齐杀上来。乌巴图只想拖延时间，与他们周旋。

敌兵副帅看他们三人你来我往，各有各的招法，不分上下，挺有趣，就看起热闹。三人战了一个时辰，乌巴图收枪，招呼一声"明日再战"，就撤回去了。那两个副将也没有追赶，一齐撤回城去。

乌巴图回到大营，催促挖地道的轮番打洞，到了下半夜，终于把地道挖进城里。乌巴图带领众兵，钻出地道，马上到处放火。

这大火一起，城里的叛军自己就乱了营，那敌兵副帅见大势已去，心慌意乱，在卫兵的护从下，骑上马便没命地趁乱逃跑了。

乌巴图刚取下三关，后拨的大唐兵马到了，便决定乘胜追击。

再说那叛军主帅，自筑了三关，以为万无一失。又想这里是天高皇帝远的边塞，自己还有众番邦做后盾，便做起独霸一方的美梦。他把原来的将军府改成大元帅府，在原来的基础上，大兴土木，修楼建阁，一心想要当皇帝。

叛军主帅这天正做皇帝梦，不料副帅慌慌跑来，说三关都丢了，气得他拔刀就把副帅砍成两截。正当他不知下步怎么办是好时，探马来报，说大唐几万兵马已追到城外。他一听，吓得脸色煞白，自知末日到了，回到住房，把几个准备当妃子的小老婆乱剑砍死，然后赶忙带几个亲信，骑马逃向外邦去了。

他这一走，叛军都成了惊弓之鸟，一窝蜂似的各自逃去。大唐兵马不费吹灰之力，攻下城池。那叛逃的主帅，没跑多远，就被唐将追上，死于乱刀之下。

唐兵打着得胜鼓，班师回到长安。唐天子在金銮殿犒赏有功之臣，褒奖乌巴图，赞赏乌巴图智勇双全，为大唐平叛立了大功，封他一个将军，另赏金银绸缎若干。从此乌巴图的名声在长安传开了。

一天，乌巴图独自去京城西面的天仁观进香拜神，一个五十多岁的老道接待了他，把他请到客房，以好茶礼待。乌巴图向老道请教修禅炼道之事，二人唠了一会儿，谈得很投机。那老道抬眼望望乌巴图的五官，似乎有什么感悟，就说，我教你一点儿修禅的诀窍。乌巴图就跟他示范的样子，盘好腿，打好手印，闭上眼睛，慢慢静下心来。

就在他似睡非睡、似醒非醒之时，觉得有人叫他的名字，他睁眼一看，是一个红罗宫的侍卫，气喘吁吁、汗流满面地对他说："将军，快回去吧，公主有急事。"

“什么事？”乌巴图急问。

“你回去就知道了。”

“那我得报告皇上才行，哪能随便不告而别。”

“不用了，已经禀报皇上了。”

“好，那就走吧。”说完，起身就跟来人急忙走了。

转眼之间，就来到了忽尔汗海边，快到自己家了，已经看到红罗女姐仨迎出屋来。乌巴图心里一阵高兴，正想跑过去，忽然不知从哪蹿出一只白脸狼，张开血盆大口，迎面扑了上来。乌巴图手无寸铁，只好躲闪，可他往左一躲，它就跳到左边；往右一闪，它又跳向右边，怎么躲也躲不开，眼看被它咬着了。

那一头红罗女也急了，大喊：“我来了，别着急！”喊着沿湖边向他身边跑来，不知怎么，这时乌巴图一着急掉到水里，越挣扎越往下沉，乌巴图急喊：“公主救我！”那白脸狼见状哈哈大笑。红罗女刚要伸手拉乌巴图，那白脸狼又猛向红罗女扑去。乌巴图一惊，“啊”的一声喊叫，浑身一抖，这才发现自己还在天仁观客房中，原来是做了一个噩梦。从此，他对红罗女和家乡思念不断。

一天，乌巴图正在屋里看书，一个太监进来说：“王后请你进宫。”乌巴图整理好装束，就跟太监进宫了。

太监把乌巴图领到御花园，王后已经摆了酒席在等乌巴图了。乌巴图一见王后这么盛情，受宠若惊，忙行大礼。王后摆摆手说：“今天我请你叙叙家常，不必拘礼，来吧，坐下。”乌巴图坐下后，王后说：“我听皇上说你不喝酒，就随便用点别的吧。”乌巴图点头称谢。

王后唠了一阵，说：“皇上常常夸奖你年轻有为，在渤海国就早有英名，来长安后科考进士，出兵又立了大功，前程无量，皇上有意留你在皇朝任官职……”王后说到这，看了看乌巴图。

乌巴图近来一直思念红罗女，总盼使团的事办完，早日返回故乡，如今听王后一说要留他在王朝做官，心里有些忐忑不安，他想了想回说：“小臣十分感谢皇上的厚爱，可我生性愚鲁难离故土，还是让我回去吧。”王后笑了笑说：“恐怕回不去了，皇上欲招你为驸马，将小公主许配于你。”

乌巴图一听，脸由红变白了，一是他深爱红罗女，二是渤海风俗，没有娶二妻的，但这是大唐天子的圣意呀，怎么回答是好？愣了一会儿，他对王后施了一礼，说：“皇恩浩荡，臣万死不能报，但许配公主之事，臣不敢当,臣在渤海已有妻室。"

"那也无妨,皇上已传旨给渤海王,决意留你在朝廷任职。"

"不行啊,臣留恋家乡,还是回去为好。"乌巴图急得脸通红。

"哦!真是故土难离呀!那么你的夫人是谁?你是不是留恋她?"王后稍有不快。

"红罗公主。"乌巴图一下子脱口说出。

王后吃了一惊,打了个唉声说:"这事也怪我办得鲁莽。"接着微笑地打听他俩是怎样相爱成婚的。乌巴图便把父母间怎样指腹为婚,又怎样在科场相遇,后来又怎么被发配东海,红罗女怎么到那里相会成亲的事,从头说了一遍,一边说一边掉下眼泪。

王后听了,也很是动情,她感慨道:"我很理解你的心情,我尽力让皇上收回成命,待你完成使命,按时回去罢了。"乌巴图千恩万谢,临走,王后还送了几样礼品,让他带给红罗公主。

打那以后,乌巴图一想起天仁观的噩梦,就心神不安,更加挂念红罗女,时时盼望早些回去。可他来长安还不到一年,还有两年才到期,只能没人的时候,拿出绣花的箭袋看了又看,借以消愁,可是睹物思人,越看越想念。

一天,太监传旨,让乌巴图入宫。乌巴图见了大唐天子,皇上说:"我本想留你在京城效力,听了王后的说辞,人各有志,不想勉为其难,近日接渤海王来书,说边关事急,催你早些回去,你做些准备,就启程吧。"乌巴图一听,喜出望外,赶紧磕头谢恩。

过了两天,乌巴图拜别了皇上皇后,离开了长安,归心似箭,奔渤海去了。

第二十一章　红罗中计

　　红罗女从新罗回来以后，回到了忽尔汗海家乡，她为豆满和喜鹊完婚之后，便和珍珠妹妹在一起生活。在习武之余，她常常想起乌巴图，思念之中，觉得他到大唐天朝，能增长见识，学到本领，也是难得的机会，想到这些，心情也慢慢开朗起来。

　　一天，红罗女偶然想起长白山下那老妈妈给她红罗巾时说，在红罗巾中绣啥就会有啥，她想，我为啥不绣点好东西，让家乡的山水更美呢。于是她一有空就绣起来，她绣了许多花草虫鱼，飞禽走兽，绣完一样，把红罗巾一展，忽尔汗海就多了一样东西，家乡的景色就更美了，寨民的生活也更富裕了。后来有一首民歌唱道：

绣东山东山百花艳，
绣西山西山百花全，
绣南山南山养百兽，
绣北山北山果满川。

绣南湖南湖金翅鲤，
绣北湖北湖红翅鲢，
绣东湖东湖鲫鱼嫩，
绣西湖西湖鳖花鲜。

绣大地大地生五谷，
绣湖岸湖岸黎民欢，
绣出一个巴达呼尔罕，
绣出一个山英依尔罕。

红罗女绣完红罗巾，一看给家乡带来这么大的变化，这么多的欢乐，比谁都高兴。之后她又给乌巴图做衣服，做了夏衣，做秋衣，做完冬衣，做春衣，一年四季的衣服都做了，整整齐齐放在箱子里，每当想念乌巴图，就翻衣箱看一看，每看一次就好像见了一面。

这一天，大英士骑马奔忽尔汗海来了，一到这里，吃了一惊，觉得山清水秀，风和日丽，鸟飞蝶舞，人欢马叫，景物人情都大变样了。一打听，都说是红罗女在宝巾上绣出来的，这让大英士更想早日把红罗女追到手。

大英士来到红罗女家，兄妹见面施礼问安之后，大英士说，契丹狼兵野心不死，大敌当前，我既不会防身，更不能御敌，深感愧疚，我想偷闲跟御妹学点武艺，你看如何？红罗女一听，言之在理，就答应下来。

头几天，大英士也和豆满阿哥他们一起早起晚睡，练完箭就练枪，用心学了一阵。可他的心思不在这里，总想借机会和红罗女套套近乎，给她个好印象。可红罗女一唠起嗑来，三句不离乌巴图，把大英士心里的醋缸全打翻了，没有好滋味，再加上这几日练武，腰酸背疼的，还没什么长进，就再也挺不住了，借一个理由，说朝廷事忙，就酸溜溜、灰溜溜地溜回京城去了。

大英士回到相府，心里窝着火，每天垂头丧气的，总管鬼阿哥围着他转悠，急得干搓手，也治不了他的心病。

有一天，鬼阿哥喜气洋洋地走进大英士跟前说道："给你解愁治病的人到了！"

"哼！谁也治不了我的心病。"大英士冷冷地说。

"这人准能行。"

"那就让他进来吧。"大英士寻思，给我解解闷也行。

总管出去了一会儿，带来一个人，那人足有六尺多高，披一件黑大袍，脖子上围一条毛皮围脖。他一进门，没等大英士问话，就往正座上一坐，把围脖一摘，把大英士吓得一鼠迷，只见那人黑面大眼，咧着大嘴，凶神恶煞一般，真吓人。

总管摇头晃尾地给那人脱去外袍，对大英士说："这位就是契丹元帅耶律黑。"

大英士一听，纳头便拜说："小子有眼不识泰山，恳望海涵。"

耶律黑把他扶起说："我们都是老朋友了，别客气，还是唠些正事吧。"

大英士起身，让总管赶快预备酒菜，鬼阿哥不一会儿就张罗好了，三个人把门关得紧紧的，喝起酒来。

耶律黑端起酒杯，瞪着眼睛说道："老弟，胆小不得将军做，这半年多你怎么猫起来了？"

"哎！红罗女、乌巴图这么邪乎，你们立约撤兵，我就是有三头六臂又有啥用啊！"

"立什么约？那是哄哄黄毛丫头的，大可汗这次又给我五万兵马，限我三个月平了渤海，你可得不失时机地做好内应啊！"

"那当然，现在乌巴图在大唐，乌黑里年老体弱，红罗女在家闲居，不问朝事，只有老左相，那老不死的东西眼睛可毒了，许多事都坏在他身上，朝中有些人还就爱听他的，我看要想成就大事，得先把这老东西除掉。"

"你要难下手，我就派一个刺客干掉他。"耶律黑喜欢见血的。

"恐怕硬来不行，一旦露了馅，那我们就要被一网收了。"

鬼阿哥眨巴眨巴小眼睛，一拍大腿，说"有了"，就对他俩嘀咕一阵。耶律黑和大英士一听，连说"高招、高招"。

三个人一直密谈至深夜，耶律黑才鸟不悄地走了。

过了几天，大英士阴沉着脸，气哼哼的样子，急匆匆拿着一封书信走上金銮殿，大臣们一见他那神情，都很不安。大钦茂也挺奇怪，忙问道："侄儿，出了什么事？"

"你自己看吧。"大英士气冲冲地把那封书信往渤海王手上一塞。

大钦茂拆开一看，气得手都哆嗦起来。他瞪着眼睛，把老左相叫到跟前，把书信甩给他，说："你干的好事！"

老左相真被整懵了，心想：我干啥对不起人见不得世面的事了？他拣起书信一看，立刻如五雷轰顶，豆大的汗珠掉了下来。

原来这封信是契丹元帅写给他的，说他上两次送的密报很重要，大可汗非常满意，要重赏他，要求他继续注意大钦茂的举动，一有机会就里应外合除掉这个篡位夺权、假仁假义的老昏君。灭了渤海后，可以分一半江山给他，让他子孙永世享受王爷封爵。信中还说了些渤海朝廷内部的一些事，鼓励老左相多培植心腹，共襄大事。

老左相愣了一会儿，慢慢醒过腔来，知道是有人陷害他，他镇定地对大钦茂说："请大王息怒，老臣辅佐先王几十年，谋划安邦治国，殚精竭虑，常存鞠躬尽瘁、死而后已之心，何来认贼作父之行，此必歹人作祟，祸乱社稷，望大王明察。"

这时大钦茂也冷静一点儿了，说："真的假不了，假的真不了，你先回去吧，待孤王派人查明。"说完就退朝了。

大钦茂回到后宫，大英士也跟去了。渤海王跟王后说老左相通敌之事，让他心神不宁。王后听了直门儿摇头，她说老左相是历朝老臣，几十年风风雨雨，为社稷勋功卓著，岂能做出欺宗叛祖之事，必为小人构陷。

大英士打个唉声插言道："人心隔肚皮呀，开始我也不信，可那传信的的确是他的家臣。"

大钦茂急问："那家臣在哪呢？把他拘来，待我一问。"

"被御林军射杀了。他一早就在京城外鬼鬼祟祟地出溜，御林军前去盘查，他拔腿便跑，御林军疑他是奸细，让他站住，他跑得更急，就把他射死了，从他身上搜出了这封信。"其实，这正是大英士和鬼阿哥、耶律黑设的迷魂阵，想法借此毒计除掉老左相。

大英士见大钦茂还有疑惑，又接着说："那耶律黑的亲笔信还能是假的吗？其实，满朝文武对他早就有议论了。"说到这，他还卖了一个关子，故意不说了。大钦茂和王后再三催促，大英士才说："上次叔父御驾亲征，他就不来上朝，哪把叔父婶母放在眼里，自己却暗中和外邦勾勾搭搭，把黑水靺鞨的贡品也独吞了。这次，他让他大儿子到日本出使，恐怕也有名堂，京城都在议论呢。"

"明日我得一一追问。"大钦茂怒气冲冲地说。

大英士一看他俩的火都勾起来了，得意洋洋地回府去了。

再说老左相，下朝之后，满肚子冤屈回到家里，正在思量这到底是怎么回事。忽然家人来报，说是左相府一个家臣，被御林军射死在城外，这个意外噩耗，让老左相真是雪上加霜，愁上加愁。

老左相紧锁眉头，他前思后想，认为这当中一定是有人背后捅刀子，可这人是谁呢？虽说自己有时说话太直性了，有时说话撞人，可也没和谁结下冤仇哇。大英士这个年轻人有些摸不透，可他是大钦茂的亲侄，平时也敬我三分，也不至于和我过不去，陷害我吧？越寻思心越烦。

老左相觉得老王要真相信那封信诬陷的事，必将危及社稷，于是拿起笔来就写奏折，一直写到鸡叫天明。他理了理衣帽，饭也不顾吃就上朝去了。

到了王宫门外，文武百官一个也没见到，只有大英士从宫内走出来，他一见老左相，就上前施了一礼，说："左相大人，大王昨天发怒，让你在家候旨，满朝文武都知道你是冤枉的，今天我们一定替你辩白，等大王怒消了，事情弄清了，就还你清白了，老人家回去听喜讯吧。"

老左相听了，感动得直落泪，他给大英士施了一礼，说："皇天在上，忠心可鉴。"

大英士说："您老回去吧，有什么奏折，我替您转呈大王。"

老左相也没细寻思，就把奏折交给大英士，说声"拜托了"，转身就回府了。

渤海王一上朝，就问老左相来了没有，大英士出奏说老左相在家生气不上朝，托人捎来一个奏折在他那里，说着把奏折递了上去。

老王接过奏折，看着看着，叹口气，摇摇头，火消了下去。大英士看老王这种神态，生怕老王不再追下去，就又装出为难的样子，说："奏折侄儿也看了，也以为他是冤枉的，可这奏折比一支毒箭还厉害。"

"怎么？"大钦茂丈二和尚摸不着头脑。

"你看这纸。"大英士手指奏折纸。大钦茂把奏折翻一下，也没看出什么问题。大英士说："你仔细瞅瞅，那第二篇的纸和第一篇的纸颜色就不同。"

大钦茂又瞅了瞅，第二篇纸是比第一篇纸的颜色深一些，这还有什么说道吗？大钦茂并不明白。

大英士冷冷地说："恐怕这纸里有文章。"老王似有所悟：这深色纸好像有点特殊的味，是不是涂上毒药了？就让侍卫牵条大狗来，然后撕了第二篇的一角，让狗吃了下去，不一会儿，大狗叫了一声，在地上打了个滚，四蹄乱蹬一阵儿，七窍流血死了。

大钦茂看了，头发根都竖立起来，真比毒箭还邪乎。他恨自己有眼无珠，看不透老左相的蛇蝎心肠，气得猛一拍御案，怒道："这还得了！"

大英士一看火候到了，就凑到老王跟前，轻轻说："他是一位老臣，我看给他留一点面子，赐他自尽留个全尸吧。"大钦茂点点头，命人写了一道圣旨，让大英士去办。大英士派了自己的心腹，催他赶紧去办。

这时，金銮殿上鸦雀无声，文武官员眼瞅着那条死狗，都弄懵了，谁能相信这样一个老忠臣竟要毒死君王？可又有谁能替他说得清呢？只有那大英士的亲信，乐颠地骑着马，带着圣旨，直奔左相府去了。

此时，老左相在家里以为大英士和大臣们一定会替他说话，老王看了他的奏折一定会消怒。眼下一看来了一位钦差，赶紧摆香案接旨。当他听到圣旨上说他私通外敌、图谋不轨、立刻赐死时，一下昏了过去。钦差指使手下人用冷水把他喷醒了。

老左相醒来后，并不慌张，说道："臣不足惜，只是这些诬词，纯系捏造，我要面君说个清楚。"

那钦差冷冷地说："本钦差没那闲工夫伺候你，大王让我马上复命呢。"

老左相一看没什么好说的了，就整了一整朝服，向东南行了三拜九叩大礼，山呼万岁，然后拔剑自刎。可惜这位服侍三代君王，一生忠心耿耿的老臣，竟落得身败名裂，可悲可叹的下场，而且至死还不知道是谁害死他的呢！

大英士除掉了老左相，大臣们都有些惧怕他，他也更加目中无人，肆意揽权，只是在大钦茂面前装得更加忠心，而且，老左相一死，许多事都交他去办。

大英士万事如意，只有红罗女总让他放心不下，连鬼阿哥一时也想不出什么好点子。但机会还是来了。

一天，大唐使者送来天子的一道圣旨，说是要招乌巴图为驸马。大英士首先接待，他接过一看，如获至宝，乐得脸上像开了花似的。他把来使安排到客馆，马上换了一套新装束，揣着大唐天子的圣旨，骑马直奔忽尔汗海边。

他到了红罗女住的地方，一看红罗女正在教一帮人习武，累得汗淋淋的。红罗女见大英士来了，忙上前见礼，把他请进屋，献上茶，询问他此番来有何贵干。

大英士长吁短叹，用眼睛盯着红罗女，显得坐立不安的样子。红罗女见他欲言又止的态度，猜知他必有难于开口之事，便说："到底有什么事，你尽管说，如有用我之处，我会尽力而为。"

大英士瞅瞅红罗女，又瞅瞅珍珠姐俩和豆满阿哥，装作为难的样子，还是不说话。豆满阿哥以为他们在场不便说，就让大家出去了。

红罗女也急了："有什么为难的事，快说呀。"大英士才从怀中掏出大唐天子的圣旨，说道："御妹，我给你看一样东西，你可别太难过了。"说着就把圣旨递给了她。

红罗女接过圣旨，看着看着，就觉天旋地转，差一点儿倒了下去。大英士连忙扶住她说："御妹，你别太痴情了，想不到乌巴图去大唐不到一年，就被花花世界迷住了，喜新厌旧，背弃誓言，太辜负御妹的一片真情了，唉！贪恋新欢忘旧情。"这些话真像万箭穿心，使得红罗女柔肠寸断。

红罗女边流泪边寻思：乌巴图哇乌巴图，我每天盼星星盼月亮，就盼你回来，我为你吃了多少苦，流了多少泪，遭了多少难，你就忘了我们一起钻猞猁泉的情分了吗？红罗女自言道："乌巴图，难道你真的变了心了吗？"

大英士立即火上浇油，说道："乌巴图如不变心，不想做天子东床快婿，不去讨好、巴结大唐公主，人家天朝皇帝会下圣旨招他为驸马吗？"

红罗女不信乌巴图会这样，可眼前有大唐天子的圣旨在，又不能不相信这是真的。想到这，她真是痛不欲生，喃喃地说："乌巴图变心，我只有一死。"

大英士拉着她的手说："御妹呀，为这样的负心郎去死，太不值得了，像你这样才貌出众的人，一定会有人爱你的，说实话，我……我早就……"大英士正想把心里话说出来，珍珠姐俩进来了，大英士只能放开红罗女的手，装作很同情的样子，还掉了几滴眼泪。

珍珠姐俩一看红罗女直门儿掉泪，忙到她跟前问："姐姐，怎么了？出了什么事？"红罗女摇摇头，说不出话来。大英士在旁边气愤地说："乌巴图变心了，不要你姐姐了。"

"啊？不会的，我姐夫不是那样的人！"喜鹊高声喊了起来。

"不会？那你看看这个吧！"大英士把圣旨递了过去，姐俩看了也傻眼了。过了一会儿，喜鹊把脚一跺："哼！想得美，要做天子的驸马，我先杀了他。"珍珠忙把妹妹的嘴堵上。

大英士一看火已起来了，又假惺惺地劝了红罗女几句，让珍珠姐俩好好关照她，别为那负心郎哭坏了身子，说完就打马扬鞭回京城去了。

一路上，他好不得意，还哼了几句小曲。到了京城，他直奔王宫，见了老王和王后，忙把圣旨呈上，气哼哼地说："乌巴图这小子变心也太快了，这可害苦御妹了。"王后在旁听了大吃一惊。

大钦茂看完圣旨，也挺生气，忙问："乌巴图在长安搞些什么名堂？"

"别提了，这下他可显山露水出尽了风头，又是武科中举，又是平叛立功受赏，又是要留在京城任职，又是赐宴招为驸马，不要说把红罗女早忘脑后，抛在一边，恐怕连叔父婶母也不放在眼里了。"大英士这一挑拨，老王和王后更来气了，恨乌巴图昧了良心，想要教训他。

大钦茂寻思了一会儿，觉得按渤海国的婚俗，乌巴图已有妻室，就得按本国章法，不可再娶，绝不能让皇室的人带头坏了祖宗规矩，以此为由，就给唐天子回书，婉言谢绝唐天子的美意，还说近日渤海边关战事紧急，要把乌巴图调回并催其速归。老王的用意是担心乌巴图久留大唐，日久生变生米煮成熟饭，难以更改。另一方面想把他调回来，再根据情况议处。

大英士的用心是想借机把大钦茂的火引起来，激他一怒革除他的功名，等乌巴图三年以后回来，拔除这个眼中钉就容易了。再说他已偷偷把大唐皇帝欲招乌巴图为驸马的事告诉了红罗女，以后再用计把红罗女弄到手是早晚的事。可没想到老王不提惩罚乌巴图的事，还要调他速归，让他感到意外，一时不知怎么办好。

大英士回府后，赶紧找鬼阿哥商量对策，又想出了斩草除根的毒计。

过了几天，大唐又派来一个特使，带来了天朝皇上的又一道圣旨。大英士到公馆一看这圣旨，冷汗立刻出来了。原来这第二道圣旨，是说大唐皇帝得知乌巴图与红罗女已经成婚，按渤海婚俗不能再娶，收回欲招驸马的成命，并表彰了乌巴图的平叛功绩，说了不少好话。大英士明白了，这小子不但没有变心，还很受唐天子的赏识，他这一回来，自己的一切谋划都要落空，他心里全凉了。

大英士狗急跳墙，他心想，无毒不丈夫，于是又出了一个损招。他立即郑重其事地对大唐特使说："现下渤海王病重，暂不能召见特使，这圣旨就由我转交吧。"大唐特使一看右相这么说，当然以为是真的，就放心地把圣旨交给了他。

大英士拿着圣旨回到相府，一把火把圣旨烧了。过了几天，他就派人把特使送走了。他又派出几个亲信打探乌巴图回来的事。

再说大钦茂把国书交给唐朝特使带走之后，担心红罗公主获知此事后精神受刺激，闹出病来，就派人召红罗公主入宫。

红罗女进宫，听老王讲，已经下旨让乌巴图快回来，心也就平静了一些。她想等乌巴图回来再好好问问他，如果他真的变了心，自己就一个人回长白山去。

大英士见红罗女进了宫，就常来探望，今天送金，明天送银，问寒问暖，显出很关心的样子。红罗女不要那些金银财宝，更不理会那些甜言蜜语，她也没想到大英士的阴谋，只把他看成一个皇族哥哥。

大英士见红罗女总是左一个乌巴图，右一个乌巴图，对自己的心思一点儿也不理会，所以向红罗女求婚的话到底没说出口。他想还得放长线钓大鱼。

过了不久，他的亲信来报，说乌巴图早已经离开长安，奔渤海来了，过不了十天半月就能到了。大英士一咬牙，好小子，这回我就让你尝尝苦果子是什么滋味。

大英士按总管鬼阿哥的毒计，让亲信在京城里到处放风，说红罗女就要和他成婚。他又叫人把相府装点成娶亲的样子，又告诉家人，过三天把喜鹊姐妹和豆满阿哥叫到红罗宫来，说是红罗女叫他们来的。

大英士把一切安排好了，就进宫去找红罗女，说王后三天后要到护国寺做佛事，让她一起去。红罗女正心烦意乱，心想去求求神也好，就答应下来了。

第二天傍晚，大英士派一个亲信对红罗女说，大唐的一个商人给他送来一把宝刀，锋利无比，让她去看看是不是好刀。

红罗女武艺高强，素爱各种兵器，一听有宝刀让她看，虽说自己心情不佳，但哥哥派人来请，也不好推辞，就跟着去了。

到了右相府，大英士到门口迎接，一看到红罗女就说：“哈！识货的来了。”说着就把她领到自己的屋里，一拿出宝刀，果然是寒光逼人，是一把好刀，红罗女赞不绝口。大英士说：“好！既然真是宝刀，我就给御妹买下吧。”红罗女推辞再三，大英士也硬要送给她，红罗女盛情难却，只能先收下再说。接着，他们又唠了些别的事。

红罗女一看，天时不早了，着急要回宫。大英士说这么晚了，就在这里住一晚吧，明日一起去护国寺。红罗女只好和宫女留住一宿。她怎么也不会想到，她已经中了大英士的圈套。

第二十二章　巴图被害

乌巴图接了渤海王催他速归的圣旨，出了长安城，一路上又是喜来又是忧。喜的是快回到了家乡，能见到爱妻红罗女了；忧的是圣旨上说边关事紧，难道契丹背信弃义，又来犯边？黎民又遭涂炭？这么一想，更是马不停蹄地朝上京城奔来。

乌巴图风尘仆仆地骑着马进了京城，一看，京城里人来人往更加繁华了，一点儿没有打仗的迹象，心想，兴许是已经把来犯之敌平定了。他心情也轻松了，就牵着马慢慢走，碰到几个熟人，匆匆忙忙打个招呼就过去了，有的见到他还摇摇头，叹口气，转身而去。乌巴图见此情形挺纳闷，不知为何对他这般态度。后来遇到一位要好的朋友，把他拉到僻静处，再三催问，那人才支支吾吾地说了，今天是红罗女和大英士成婚的喜日。乌巴图一听，真如晴天霹雳，差点昏倒在地。那人劝了他几句就叹息着走了。

乌巴图愣了一阵子，骑上马，想到右相府问个明白，可是快到右相府，他又犹豫起来，心里寻思，人家已经看不上自己了，自己再去闹多丢脸；可是对这样的负心人，一句话也不说，又不甘心，还是散打游魂般地向右相府走去。

乌巴图到了离右相府不远的一个僻静处，举目一看：那右相府挂了四盏大红灯笼，门牌上披红挂彩，连那一对石狮子头上都戴着一对彩珠。乌巴图见此情景，心里格外扎得慌，真想冲进去问大英士，你身为国相，为何夺人妻子？又想问问红罗女，临走前还海誓山盟，怎么一转眼就负义变心？可又一想：真到了这一步，还有什么可说的呢，真是进进不去，走又走不了，左右为难。

正当乌巴图想要一走了事的时候，右相府的大门打开了，走出四个穿新衣服的家人，垂手站立两旁，接着几个人抬出一顶披红彩轿。乌巴图心里一阵颤：难道红罗女真要坐花轿、当新娘不成？难道红罗女忘了师父的话——"花轿不坐。"红罗女呀红罗女，你不仅负心于我，你连师父也忘在脑后了。乌巴图一阵伤心，目不转睛地望着大花轿。

果不然，红罗女出来了，虽说没有笑逐颜开，却也镇定自如，那在一旁的大英士上下一身新，眉开眼笑，好不得意。

只见大英士凑近红罗女跟前，亲亲热热地不知说了些什么，红罗女摇摇头，也不知说了些什么，就一步一步地走上那花轿。大英士步步相随，把她扶上轿，放下了帘子，然后，骑一匹高头大马，在头前走，接着就是那花轿，后面跟着一队家人，手里拿着香烛等各种东西，奔护国寺去了。

大英士在马上，还四处撒目，好一副洋洋得意的样子。乌巴图心里一阵翻腾，要不是他拽住大白马，就要倒在地上了。

其实，这哪里是红罗女跟大英士成亲办喜事，这是大英士故意给乌巴图看的。那红罗女自从被老王召进宫后，知道已去圣旨传乌巴图快快回来，心里平静多了，心想，只要乌巴图回来了，什么都能问清楚。后来，她知道老左相已被赐死，心里一阵难过，她怎么也不能相信这么忠心的老臣会通敌弑君。她仔细一想，现在朝廷真是多怪事：自己最信赖的老左相会通敌，自己最倾心的乌巴图会变心，难道真是自己有眼无珠，不知人心的险恶吗？难道师父也看错人了吗？兴许是坏人陷害好人？乌巴图并没有变心？这样一想，她的心更平静了。她想到了护国寺一定替乌巴图多多祈祷，不管他是不是还爱自己，但愿天神保佑他在外身体健康，一路平安。

却说大英士和红罗女去护国寺，刚刚离开府门不远，忽然一阵狂风也不知从哪里吹来的，吹得人睁不开眼睛，就在这时，忽听一声巨响，府前一棵大松树被齐刷刷当腰斩断了。红罗女一阵心惊肉跳，感到不是好兆头，再没心思去了。

大英士故作镇静，见红罗女不想去，便皮笑肉不笑地说："御妹，你也是久经沙场的英雄，怎么还会怕树叶砸了脑袋，那刮风下雨不是常事吗？"

红罗女只觉得心堵得慌，说道："哥哥，这千年古树一朝被折，我只怕乌巴图遭到不测。"

大英士最烦红罗女念念不忘乌巴图，但他也会顺杆爬高，说道："这么说来，你还一定得去护国寺，那里新从南边来了一个老方丈，消孽除灾可有招了，你可请他替乌巴图消消灾嘛。"

红罗女听他这一说，也觉得有理，就又跟大英士去护国寺了，不过她不想坐轿了，想骑马去，说坐轿不得劲。

大英士说："哎！做佛事必须男骑马女坐轿，心诚才灵啊。"

红罗女一心想着祈祷神灵保佑乌巴图，忘了师父的告诫，坐上了大花轿，往护国寺去了，没想到由此却惹下了一场大祸。

乌巴图看着红罗女坐上轿走了，泪水把眼睛都蒙住了，心里像油煎一样难受。等红罗女走远了，他才跳上大白马，走出僻静处。到哪里去呢？他自己也不知道，只能让马自己走了。

大白马也有灵性，它驮着主人，往忽尔汗海去了。快到忽尔汗海边，乌巴图才镇定下来，心想，也好，先回家看看，问一问珍珠、喜鹊到底是怎么回事吧。乌巴图一夹马肚，朝家里奔去。

到了家门口，一个人也没有，冷落得很。原来珍珠、喜鹊和豆满阿哥都让大英士调到京城红罗宫去了，他们还以为是红罗女叫去的，在那里傻等呢。

乌巴图推门进去，一看真傻眼了，小屋子也披红挂彩的，正桌上放着一套一品诰命的衣服，前面放着一道圣旨。乌巴图忙打开一看，那上面写着："乌巴图赴唐不归，大英士和红罗女乃天作之合，着即日成婚。"真是这么回事，乌巴图看着渤海王的圣旨，眼泪就哗哗地掉下来了。

年轻人血气方刚，易喜易怒，在这紧要关头，乌巴图再也冷静不下来，他忘了长白圣母的嘱咐，流着泪自言自语道："红罗女呀红罗女，想当初咱俩指腹为亲，长大后历经磨难，相逢时海誓山盟，在师父面前百般应允，如今你……你怎么就变心了呢？你羡慕权贵，攀登高枝，自己寻欢作乐去了，把我孤苦伶仃地扔到这空房子里了。我不顾山高水深，披星戴月地回来找你，而你……事到如此，我只好认了。"

想到这里，乌巴图拿起了笔，给红罗女写了一封信，上面写道："红罗女呀红罗女，从今以后，我和你一刀两断，永不见你。若要见你除非海变山，日出西。"写完一扔笔，走出了屋子。他看见自己过去和红罗女一起用的东西全被扔在墙角里，脚一跺，心一横，牵着马，走到了忽尔汗海边。

他心绪烦乱地走哇走，走到了他和红罗女曾经习文练武的地方，那块大青石，他俩在那唠过多少知心话呀，看到水边的小船，他们又一起打过多少次鱼呀，难道这一切，红罗女真的都忘了吗？

乌巴图见景生情，心如刀绞，想一头栽进海里去算了，一切烦恼都结束了。可又一想，一个男儿就这么死了不值得。但现在能到哪里去呢？对，到边关找刘总兵，我就在边关待一辈子吧。想到这里，他骑上白马，一溜烟尘，直奔西面去了。

这一切，红罗女咋知道呢？她跟大英士到了护国寺，和王后一起拜见了老方丈，由他领着烧香拜佛。

红罗女恭恭敬敬地点上了三炷香，心里暗暗祈祷，愿神灵保佑乌巴图在外身体康健，一路平安；愿神灵保佑自己和乌巴图还是情如既往，白发偕老……想到这里，红罗女掉下了辛酸的眼泪。

做完了佛事，老方丈请他们到客房喝了一会儿茶，唠了一阵子，他们就告辞了。

出了护国寺后，王后让红罗女一起回宫，说老王准备过两天去敖东城，祭祀先王，让红罗女一起去。红罗女一听，就准备跟王后回宫去。

大英士说："母后哇，让御妹回家一趟吧，她离家也有些日子了，刚才我听说乌巴图已回来往忽尔汗海去了。"红罗女一听，真想立刻赶回家。大英士又一本正经地说："妗母哇，御妹这一段身体不好，让我陪她去一趟吧，过两天就回来。"

王后见大英士说得情切，点头称是，大英士就陪红罗女回忽尔汗海去了。

单说大英士陪红罗女直奔忽尔汗海，一路上，大英士看自己的计谋就要成功了，心里暗暗得意。红罗女一心想着乌巴图，两人无话可讲，只顾扬鞭策马，不到两个时辰，就回到了忽尔汗海边的家。

到了家门口，红罗女一看屋外冷冷清清的，珍珠她们也不知到哪里去了。她急匆匆推开自己的房门，屋里和自己走的时候一样，没啥变化，只是地上掉了一支毛笔，桌子上压了一封信，看那字迹，知道是乌巴图写的，心中一喜：哦！乌巴图真回来了，可怎么留下信人又走了？红罗女急忙看信，没看几句，手就哆嗦起来，看完信就昏过去了。

大英士马上把信拿过来一看，真是高兴得眼睛都笑成了一道缝，心里想：有这亲笔信，乌巴图就是满身是嘴到时候也说不清了。大英士盯着昏过去的红罗女，直想上去亲一亲，心里想，要不了几天，你就成我的人了。

这时，门外鬼头鬼脑来了两个人，大英士一看，正是他派的那两个亲信。这二人一见大英士，便小声说："乌巴图一个人骑马朝西边去了。"大英士一听，又是一喜：好，你乌巴图往西跑就好，我不仅告你负义变心，还告你叛国投敌，这是杀头的死罪。

其实，大英士心里明白，乌巴图一定是找刘总兵去了。他心里想：这回刘总兵也救不了你乌巴图，等江山夺过来后，我让你刘总兵也当刀下鬼。

那两个亲信见红罗女昏了过去，说："大人，现在我们是不是把她驮回相府去？"

大英士骂道："你们这些家伙真是鼠目寸光，只能上眼皮看到下眼皮，不把乌巴图除掉，就是把公主抱来了也白搭。快去边关刘总兵那里探听乌巴图的下落，如有差错，你们的脑袋就搬家了。"那两个亲信没讨着好，反被抢皮一阵，低头哈腰，连声答应："是！是！"溜出门，追乌巴图去了。

两个亲信刚走，珍珠姐俩和豆满阿哥回来了。他们在京城纳闷，怎么让他们白跑一趟，也没见着红罗女，就回来了。现在进门一看，见红罗女昏倒在炕上，旁边只坐着大英士。

大英士真是来得快，他心里从来没有过这样的痛快，想的事都实现了。他见珍珠他们回来，是求之不得的，他马上装出一副哭丧脸，还挤出几滴眼泪，说道："正好你们回来了，看吧，世上竟有这样忘恩负义的男人。"边说边把乌巴图留下的信塞给珍珠。

三个人看完乌巴图的绝情书，都惊呆了，喜鹊把脚一跺，一下抽出腰刀，愤怒地说："这个负心人在哪里，我找他算账！"

大英士说："有人看到他回来，又往西边去了。"

"到西边去干啥？"

"谁知道呢，契丹可在西边。"

"啊？他！"喜鹊和豆满的火更大了。只有珍珠冷静些，虽说她对乌巴图的亲笔绝情书很吃惊，但她绝不信乌巴图会投契丹，就把喜鹊两口子劝住了。

这时，红罗女从迷迷糊糊中渐渐醒过来，听他们正在议论乌巴图，就挺着急地插话道："你们别乱说乌巴图，他是一个好人。"说完又迷糊过去了。他们三个忙着护理红罗女姐姐，大英士看已达到目的，鸟么悄地把绝情书揣到怀里，溜出门去。

大英士骑快马，一口气回到上京城，直奔后宫，看到渤海王和王后，远远地就喊道："可不得了啦，乌巴图把红罗女气昏后，自己一个人投契丹去了。"说着就把乌巴图的绝情书给了渤海王。

大钦茂看了，气得半天说不出话。王后看了，气得浑身直哆嗦，半天才说了句："乌巴图！你也太人面兽心了。"

大英士一看火又点起来了，紧吹邪风，说道："乌巴图一看自己做不成大唐驸马了，就回来休了红罗公主，他对叔父早就怀恨在心，这次投契丹，备不住还要引狼入室呢！"

老王和王后被煽得无名火起九丈高。大英士一看火候到了，就说："让侄儿带一队兵马，赶紧把他抓回来，不然一定是个比耶律黑更大的祸害。"

渤海王点点头说："乌巴图作为一个武将，没有我的旨意，私自去边关，这就犯了国法，更何况出使归来，不到京都朝廷交职，擅自去忽尔汗海，更是罪上加罪。不过，你去了，一定活捉归来，我要亲自问罪。"

大英士一一答应后，立即点起一千兵马，连夜往西赶去。

再说乌巴图，在忽尔汗海家里给红罗女写了那封绝情书后，就直奔刘总兵那里去了。到了边关，刘总兵一看是他来了，十分高兴，忙把他请到总兵府。

乌巴图看到刘总兵，满肚子的话不知从何说起。刘总兵看他心神不安，气色不对，知道一定有事，就耐心地问他。乌巴图这才把自己回到京城，看到红罗女上花轿与大英士成婚，又回到家里看见诰命服以及圣旨后，自己写了绝情书的事说了。

刘总兵一听，也挺纳闷，红罗公主绝不是这样的人，可这些事又是乌巴图亲眼看见的，又疑惑不解。

刘总兵沉思了一会儿，又问他去大唐长安的情况。乌巴图把大唐皇后想招他为驸马前后的事细述了一遍。

刘总兵一听这事，一拍桌子说："你上当了，红罗女是盖世英雄，疆场豪杰，对你忠贞不贰，绝不会趋权附贵，丢下你去嫁大英士。一定是招驸马的事误传渤海，有人设圈套，做手脚，来坑害你俩，你为何不弄清情况，就贸然做出如此鲁莽之举？"

乌巴图听了，真是如梦初醒，连连捶自己的脑袋，恨自己听风就是雨，没前后仔细想一想，他没找珍珠姐妹打听打听，就给红罗女留下绝情书！

刘总兵又说了老左相被赐死之事。乌巴图一听，惊出一身冷汗，更觉得朝廷中有一只黑手，在背后捅刀子。刘总兵又开导了他一番。乌巴图似有所悟，他决心按刘总兵说的，立刻赶回京城，向红罗女问清真情，再向红罗女赔不是。

刘总兵说:"小伙子,别再伤心了,把事情弄清楚,红罗公主一定不会怪你的。"

乌巴图流着泪说:"刘大哥,你如果在京城多好哇!"

刘总兵说:"年轻人做事,一定要三思而后行,绝不能凭一时心血来潮。不过,吃一堑,长一智,记住了这个教训就行了。"

乌巴图一宿没睡,他越想红罗女和他的百般恩爱,就越不相信京城发生的一切是真的,也就越恨自己。

第二天,天蒙蒙亮,乌巴图就告别了刘总兵,心急火燎地骑马往回赶。快到忽尔汗海了,在一片小林子里,竟碰到了大英士。

原来,大英士带了一千兵马奔边关来捉拿乌巴图,走出不远,他先前派出跟随乌巴图的两个亲信就赶回来禀报,就说乌巴图已从边关回来了,可能去忽尔汗海。大英士得此情报,立即和鬼阿哥合计,认为不能让乌巴图活着见渤海王,必须在路上处死他。但他们又知乌巴图武艺高强,不能和他动武,就想出了更毒的一招对付他。大英士只带总管和两个亲信,在那片林子里等他,大队兵马待在山后。两个亲信则带一坛御制美酒,等候招待乌巴图。

乌巴图看见大英士,不禁睁大眼睛盯着他,正是这位干哥哥要夺他的红罗女,他的眼睛在冒火。

大英士见到他,因心怀鬼胎,也不免倒抽一口冷气,但很快镇静下来,他双手抱拳,皮笑肉不笑地说:"将军,别来可好?"

"你和红罗公主是怎么回事?"乌巴图开门见山提出来了。

"哎呀呀!好兄弟,你怎么说出这样的话来?"

"到底是怎么回事?"乌巴图又问了一遍。

"她是我的御妹,当然要你来我往的。前一段,大唐天子说要招你为驸马,大王挺生气,让我娶了她。"

说到这里,大英士故意停一下,吊乌巴图的胃口。乌巴图也确实很紧张。

大英士接着说:"红罗女对我倒是不错,但我能这样吗?是我让大王下旨,让你快回来和红罗女团聚的。"

"真的?"乌巴图又惊又喜,又问道:"那她怎么坐花轿呢?"

"哈哈!看你这小心眼,那是她到护国寺为你祈祷,你知道吗?你走以后,我们多么想你。你看你,回来之后谁也不见一面,又走了。"大英士说得很真诚。

乌巴图的眼泪唰一下流下来了，自言自语道："红罗女呀红罗女，我错怪你了！"又对大英士抱拳施礼，说道："你真是一个好哥哥。"

大英士说："大唐天子又来旨，已撤回了招你为驸马的成命，大王也就明白了，红罗公主更是盼着你回来团聚呢！"

说到这里，乌巴图心里的疑云全驱散了，他知道这是一场误会了。这位好兄长成全了他们，乌巴图一下子高兴起来。

大英士又说："唐天子来旨，说你在西域连夺三关，立了大功，大王特命我给你送来一坛御酒，为你接风。"

乌巴图光顾高兴了，完全忘了长白圣母的告诫，接过了大英士给他的一杯美酒，真是酒香扑鼻，乌巴图把酒杯高高举起，突然泼酒在地上。

大英士吃了一惊，问道："兄弟，为何不喝？"

"这杯酒先敬给苍天，愿苍天保佑渤海国国泰民安，繁荣昌盛。"乌巴图这一说，大英士才放了心，赶紧给他倒了第二杯酒。

乌巴图举起酒杯，说："这第二杯酒敬给大地，愿大地年年五谷丰收，草深水肥。"说罢又把酒洒在地下。

大英士赶紧倒了第三杯酒。乌巴图举起酒杯，说道："这杯酒敬当朝大王，愿我主一世英明，洪福齐天。"说罢又泼酒在地。

大英士又倒了第四杯酒，有点着急了，说道："这杯酒你就自己喝了吧。"

乌巴图举起酒杯说："不，这杯酒得敬红罗女，这回我可屈了她，我就祝她平平安安，身体健康吧。"说罢，洒酒在地。

大英士没办法，只好倒了第五杯酒，心里想：这回你可没啥磨蹭的了吧。不料乌巴图双手举杯来到大英士跟前，说道："这杯酒应该敬大哥，你为朝廷日夜操劳，对我们情同手足，我祝你万事如愿。"

这一来，真把大英士吓出一身冷汗，他心急忙慌地用手挡住酒杯，说道："我本应喝了这杯酒，可我正在戒期，不吃酒肉。你是我的好兄弟，就替哥哥喝了这一杯吧！"

"好！我替你喝。"乌巴图被这几声好兄弟说迷了心窍，捧起酒杯，咕咚咕咚一口气喝下去了，拨马就去找红罗女。可酒一下肚，一会儿，他就觉肚子里烧了起来，一阵刀绞似的疼痛，便坠下马来。

大英士奸笑了一声，嘲笑说："傻狍子，快走吧，红罗女在等你呢。"说罢，带着总管和亲信匆匆忙忙溜走了。

乌巴图疼得在地上打滚，豆大的汗珠直门儿掉，他知道自己喝了毒酒，中了奸臣的计了。这时，他才知道，他在天仁观梦见的白脸狼就是大英士。不能让这样的坏人在世上为非作歹，坑害忠良，得告诉红罗女，为国除奸。乌巴图想到这里，忍着剧痛，撕下一角战袍，咬破了手指，写下了血书：

> 我中奸臣计，
> 误喝毒药酒，
> 睁眼识真假，
> 替我报血仇。

乌巴图写完血书，挣扎着扶着大白马站了起来，把血书藏在马脖子上的长鬃毛里，抚摸了一下自己心爱的大白马，掉了几滴眼泪，嘴里轻轻地喊着红罗女的名字，然后倒在地上，吐出了最后一口气。

大白马长嘶了三声，用嘴叼了一些草和树枝，盖在主人的脸上，然后，飞也似的向忽尔汗海跑去。

在乌巴图喝下毒酒那当口，红罗女带着珍珠几个人已经奔边关来了。原来，红罗女看了乌巴图的绝情书后，大病了一场，几天几宿一直不吃不喝，昏睡不醒，她在昏睡中，觉得自己和乌巴图又回到胡苏里部落，见到长白圣母，她老人家又把当初说过的话说了一遍。她一想：花轿不坐、书信不信这两条，怎么自己都违背了，但愿乌巴图不要喝了美酒，再违诚约呀！又好像自己和乌巴图在忽尔汗海边溜达，突然蹿出一条长着一副像人脸似的白脸狼，直扑乌巴图，她左挡右挡也不行，到底狼把乌巴图扑到水里去了。红罗女梦到这里，大喊了一声醒了。

红罗女一醒来，问珍珠他们乌巴图呢。珍珠说，乡亲们看见他一个人往西面边关去了，红罗女一听，大叫："不好！"不顾自己身子虚弱，起了身，跳上大红马就走了，珍珠他们也一起跟去了。

出了忽尔汗海不远，红罗女看到有一匹大白马跑过来了，红罗女迎了上去，一看正是乌巴图的大白马，跑得汗流浃背，嘴里直冒白沫子。那白马一见红罗女，悲哀地长嘶了三声收住蹄。

红罗女一看只有马没有人，知道事情不好，赶紧跳下马。此时那大白马紧摇脖子嘶鸣，往红罗女身上蹭，红罗女在长鬃里发现了那封血书。

红罗女看完这血书，真如五雷轰顶，哭都哭不出来。红罗女一咬玉牙，翻身上马，那大白马马上在前引路，直奔那片小林子。

红罗女他们到了那片小林子，只见乌巴图仰天倒地，身上盖着些树叶、青草。红罗女跪在他身旁，把盖在他脸上的东西拿去，只见他七窍流血，两眼睁得溜溜圆，瞅着苍天。红罗女知道他是含冤而死，死不瞑目哇。

这时，红罗女再也忍不住了，扑在他的身上左一声巴图，右一声巴图，痛哭起来，哭得天上的云雀收住了歌声，地上的獐狍野鹿停止了脚步，哭得云彩低了头，连清风也不刮了。恨只恨，奸臣狼心狗肺害忠良，恨只恨，自己和巴图怎么就没听师父话，如今已成千古恨。喜鹊姐俩和豆满阿哥看到这惨景，个个哭得像泪人。

红罗女的眼泪流成河，她轻轻地合上乌巴图的眼皮，说道："亲人哪！你合上眼吧，为妻一定替你报仇，报了仇我来找你。"说着就把乌巴图的尸体抱过来，裹又裹，缠又缠，小心翼翼地放到了马背上，自己也翻身上马，领着珍珠他们一起回到了忽尔汗海边，就把他埋在当年常在那谈情明志的大青石旁。

从此，红罗女换上一身白衣，天天守着乌巴图的坟茔，时刻琢磨着：为乌巴图报仇，为国除奸。

第二十三章 三打契丹

红罗女正在忽尔汗海边为乌巴图守墓，忽然从京城传来消息：老王在敖东城外大祚荣墓地进行祭祖大典，突然被耶律黑带许多契丹兵包围了，万分紧急。

红罗女一听挺焦急，虽说自己重孝在身，可关乎社稷江山安危，黎民福祸之事，比起个人悲伤更重要。好个红罗女，收起泪，藏起悲，在孝服上套上盔甲，带着珍珠、喜鹊、豆满和当地跟她习过武的五十多人，骑上快马，如流星般朝敖东城飞驰而去。

原来，大英士鸩死了乌巴图后，就领着兵马绕道回到上京城，见了渤海王和王后，打了个长长的唉声说："乌巴图自思罪孽深重，在我见他之前，已喝毒酒自杀了。"

老王虽然痛恨乌巴图负心叛国，但一听他这样死了，不禁摇摇头叹息道："他还算是一个有血性的汉子。"

王后听了这个凶信，为红罗女担忧，说道："这下可苦了我家公主，这接二连三的打击，她一个姑娘家咋能承受得了。"

大英士鼻子哼了一声说："乌巴图这样背信弃义的人，死有余辜，免得御妹受他连累。他如果跑到契丹去了，还坏了御妹一世名声。"老王和王后觉得侄儿说得有理，但也为乌巴图惋惜。

大英士说："御妹文武双全，年轻貌美，不愁找不到乘龙快婿。如今她被乌巴图气得病重，精神不爽，这次祭祖就别让她去了。"老王点头称是。大英士就走了。

大英士回到相府，总管眉开眼笑地对他说："红罗女这样烈性的女子，你得软磨硬泡，得把她的心骗到手方行。现在老左相、乌巴图都除掉了，你要抓紧想法把大钦茂灭掉才行。"

"是啊，我正按耶律黑说的办呢。你快去给他报信吧，让他如期到敖东。"

两人又密谋了一番，总管带着大英士的密信，连夜找耶律黑去了。

这时，耶律黑已带领精兵，按他们约定的日子偷偷靠近敖东城了。鬼阿哥很快找到了耶律黑，把密信交给了他。耶律黑一看，大喜，说道："天助我也！老左相已死，乌巴图又亡，红罗女哭都哭不过来，这回渤海王是我的了。哈哈哈……"

总管鬼阿哥奴颜婢膝地跟着笑，他将着几根耗子胡，洋洋得意地寻思：等到那一天，我就是堂堂的国相了。

过了几天，到了吉日，大钦茂带着文武百官到敖东去了。大英士脚前脚后上传下达，吆五喝六紧忙活。渤海王因为和契丹有了约定，一点儿不防备他们，只带了一些礼仪官员和御林军同行。

渤海王到了敖东城外大祚荣墓前，设坛大祭，摆上了牛、羊、猪三牲，点上了九炷香，领着大臣们行了三拜九叩大礼。大礼完了，请护国寺老方丈念祈祷文，诵经。

刚念完祈祷文，只听三声炮响，契丹兵呼喊着从四面八方围了过来。御林军拼命抵挡。

大钦茂一看，领兵的又是耶律黑，不禁怒从心中起，上前骂道："你这个吃里爬外的奴才，为何屡次三番领着贼兵来糟践自己的故乡？你既已订约讲和，为何背信弃义又来侵犯？"

"哈哈！"耶律黑一阵狂笑："我什么时候和你订过约？那是我和我师妹订的，她不在，我当然可以打你这老不死的。老相先死，巴图后亡，现在还有谁来救你这个老糊涂？今天就叫你死无葬身之地。"

耶律黑话声刚落，只见一个人挺枪前来，厉声喊道："奸贼休得狂言，我来也！"

大钦茂和耶律黑都吃了一惊，一看来的人骑着大红马，像红罗女，可是里面露出来的是白衣服，嗓音也粗多了。其实，她正是红罗女。她里面穿的是白孝服，嗓子是哭乌巴图哭哑了。

耶律黑还没醒过腔来，红罗女枪已经快到他喉咙了，他赶紧用大锤一挡，惊慌地喊了一声："是你？"耶律黑从枪法和她的声容上已看出是红罗女，知她还会用宝物，不敢恋战，拨转马头，朝大本营落荒而去。契丹兵见主帅已撤，也都脚底抹油——溜了。

红罗女和珍珠、喜鹊及带来的人马追了一阵，见契丹兵向驻地逃去，人马又不少，见好就收，赶紧撤回救老王。

渤海王一看又是红罗女救了他，便拉着公主的手，感动得不知说啥好了。红罗女这时心里也像打翻了五味瓶，想说话也说不出来了。

大英士见此情此景，真如三九天掉冰窟，浑身凉透了。这眼看到手的王位，又让红罗女给搅了。不过，他一下子又缓过劲来，心里想：我得抓紧时机，先夺红罗女再夺江山。于是他凑上前来，说了一通红罗女救老王立了奇功的一套恭维话。对这套话红罗女哪有心思听，她流着泪说："父王，乌巴图他……"红罗女百感交集一时说不下去了。

老王叹息说："孩子，我知道了，这个负心郎畏罪自杀了。"

红罗女一听这话，柳眉直竖，凤目圆睁，辩解说道："乌巴图是一个最忠诚的人，什么自杀！他是被人暗害了！"这话刺得大英士心惊肉跳。老王却不以为然，他以为他俩夫妻一场，现在乌巴图死了，别人说啥都听不进去，心里总是要难受一段的，就打了一个唉声说："孩子，人死了不能复生，我很理解你的心情，你也别太难过了。"

"不管谁怎么说，我绝不能让他被害死了还背着黑锅。"红罗女说到这里，悲痛得再也说不下去了，泪如雨下。

老王也没法劝，自言自语道："渤海真是碰到了多事之秋，一波未平一波又起，想不到如今契丹狼兵又闯到家门口打杀，真是欺人太甚，耶律黑不除，渤海无宁日。"

红罗女一听这话，抬起头，收了泪，坚定地说道："父王，您老放心，孩儿一定领兵把契丹狼兵赶出境，不把这背信弃义的耶律黑除掉，绝不罢休。"

"孩子，你为渤海披肝沥胆，几赴沙场，驱逐敌寇，为国争光，朝野赞誉，吾深以为荣。然这一段日子，你饱受刺激，神疲体弱，怎堪披甲征战？"

"父王不必担忧，我生为渤海人，死为渤海鬼，一息尚存，也要为渤海报仇雪耻。"

老王和众大臣听了，无不深受感动，为之唏嘘落泪。大英士也被这凛然正气所震，呆呆的不吱声。

老王寻思了一下，感慨道："好！你既有此壮志，愿为社稷效命，那我就再封你为统帅，京师五万兵马，由你调遣，先锋官也由你选任如何？"

"谢父王。我选豆满为先锋官如何？"

"好，"老王随即解下宝剑，送给红罗女说，"将在外，王命可有所不受，你可便宜行事。"

"孩儿领旨。"红罗女下跪接剑。然后她站起来说:"先锋官豆满听令:你带几个人,穿上民装,前往契丹大营打探,速去速归。"豆满接令带人去了。

红罗女又命御林军把所有旌旗全插在先王陵四周,坚守陵园待命,接着派一位武将速回京城调兵,叮嘱多带旗帜盔甲,要星夜兼程,三日内报到。各头领接令应声而去。

红罗女安排停当,派一队御林军护送老王回京城。大英士原想留在红罗女身旁待两天,又怕打起仗来送了小命,一切美梦都做不成了,便以保驾为名,赶紧走了。

傍晚时分,红罗女把敖东城的两千守军和千余民众都调到陵墓周围,以壮声威。

第二天天刚亮,耶律黑派来的探子在远处一看,大祚荣陵墓四周旌旗招展,人喊马叫,很有声势,便赶紧回去禀报耶律黑。

耶律黑一听,以为红罗女带来许多兵马,心想:主动闯关未必有利,便决定暂时按兵不动,更主要的是他已抢占了敖东西南的三府六州重地,并在那里布下了九钩九环阵,等红罗女来闯关,让她鸡蛋碰石头,自取灭亡。

两天后,上京城的五万渤海将士赶到了,红罗女升帐,议论军情,部署兵力。正在这时,先锋官豆满侦察归来,入帐禀报,说是耶律黑奉契丹大可汗之命,率五万大军偷袭,占据了九关、九个山口,布下了九钩九环阵。这九钩九环阵,就是九道关。九道关都是什么关,各关又有什么特点呢?具体说来就是:

头关虎头关,
百兽之王把头关,
千军万马进不来。

二关蟒蛇关,
八百巨蟒藏山涧,
要想出山难上难。

三关老雕关,
兀鹰展翅遮满天,

利爪尖嘴专啄眼。

四关黑熊关，
千只黑熊舞翩翩，
人成肉饼尸难全。

五关金豹关，
蹿上跳下人射难，
粉身碎骨难生还。

六关金沙关，
飞沙走石迷山关，
兵马陷住被活埋。

七关烈火关，
任你钢筋铁臂手，
闯入此关成残烟。

八关飞刀关，
万把飞刀山内安，
一触即发人成馅。

九关乱箭关，
子母箭，如雨点，
千军万马难进前。

这九关，你闯进去了，九死一生，很难逃脱，像鱼儿上了钩一样，故叫九钩。一关和一关又紧密相连，互相照应，故叫九环。耶律黑布下了九钩九环阵，对决战必胜，胸有成竹。他心想：你红罗女再能耐，敢闯这个阵，不死也得掉层皮。

红罗女一听，知道耶律黑把全部邪道家底都拿出来了，来者不善，秘法不明，不可硬闯，必须找到其中奥妙，找到破解办法才能闯关。于是她下令就地安营扎寨，侦察明白再说。

一连几天，红罗女都按兵不动，契丹兵以为渤海人害怕了，就天天派人到阵前叫号、谩骂，引红罗女出阵闯关。守营兵将因主帅有令在先，不准轻举妄动，所以任你怎么叫骂，都不理那个碴儿。可豆满和喜鹊两口子沉不住气了，一听叫骂火冒三丈，两个人都是急性子，又是不服气的手，私下里一合计，就想出其不意去偷闯头关。

豆满是先锋啊，这一天他实在忍不住了，就带两千精兵去闯头关。喜鹊发现了便偷偷跟着去了。

他们进了头道关，首先看到在一块大卧牛石上蹲着一只斑斓大虎，那额头上凸显出一个大大的王字，是一个虎王。它一看有人闯关，惊天动地地吼叫一声，呼啦一下子，不知从哪里跑出那么多老虎，张着血盆大口，扑向渤海兵，一眨眼工夫，二百多渤海兵被老虎咬死。

好个豆满，急中生智，他立即脱下战袍，用火点着，直奔虎王。那虎王一见火光，也有些胆怯，虽说还是张牙舞爪的，但不敢上前了。

豆满见它有些害怕了，举着起火的战袍步步逼近。喜鹊在一旁看到这种状况，立刻也脱下战袍点上火冲了上去，有些渤海兵也照样点起火，围将上去。那些老虎不敢扑了，却也不退。那衣服只能烧一会儿，这样下去烧完怎么办？

豆满寻思：打鸟打头，擒贼擒王，得先除掉虎王才行。于是他大叫一声，猛向虎王扑去，这下把虎毛烧着了，老虎王急了，一下子向豆满扑去，眼看那血盆大口就要咬上豆满的脑袋。说时迟，那时快，豆满一伸手，哟，一只手被咬住了，大伙都吓一跳。

只听惊天动地一声哀叫，那虎王倒地，扑蹬两下腿，就不动弹了。只见豆满乐呵呵地把手拔出来，大伙才松口气，细一瞅，有一支箭从虎王脑门上王字那里穿了出来。原来豆满是拿着一支箭插进了虎口。

说也奇怪，虎王一死，那么多老虎呼啦一下子不见踪影了。豆满带着渤海兵，猛冲到关后面的契丹兵营。契丹兵一看到这些被烟火熏得黑了巴擦的渤海兵吓了一跳，还没弄明白是怎么回事，就被冲垮了，纷纷逃跑。

豆满一看攻下了头关，自己立了大功，高兴得剥下虎王的皮，披在身上，大摇大摆地回去了。豆满和喜鹊以为主帅一定很高兴，就直奔红罗女的大帐。

他们进了大帐，只见红罗女怒气冲冲地坐在当间，两旁站着大小头领。红罗女看他俩奇形怪状地走进来，把桌子一拍，喝道："来人！快给我绑起来。"

四个渤海兵应声而入，立即将豆满和喜鹊五花大绑。红罗女眼里闪着泪光，一字一句说道："你俩身为将官，却带头违反军令，这么不争气，自取祸端，军法难容。"她喘了一口气，又说道："给我推出去砍了。"

豆满和喜鹊进帐被绑以后，看红罗姐姐这么生气，才想到自己擅自出兵，违了军令，就耷拉着脑袋，一听要推出去砍头，就更蔫了。众头领一见此情，忽地一下子全跪下了，有的说刚出师不可杀大将，有过也可戴罪立功；有的说是巡逻时偶然相遇，不得不交战，纷纷为他俩求情。

其实，红罗女心里比谁都难受，他俩同自己情同手足，一起渡过了多少艰难险阻，现在就要死在自己的刀下，怎不叫人悲痛欲绝。但是，没有军纪，军队还能打仗吗？自己身为渤海主帅，绝不能因私徇公。红罗女咬咬牙，看一眼那伏在地上、泪流满面的喜鹊，想再狠狠心，执行军令。

这时，一大群烧得黑了巴擦的渤海兵，一下子跪在大帐外，不断磕头求饶。有两个老兵不顾一切地闯进大帐，说明了他俩领兵攻下头关的事。

红罗女听了，这才长舒一口气，借机说，既是如此，可将功抵罪，免其死罪，下次再犯，定斩不饶，这才命人给松了绑。这下，众头领和跪在大帐外的渤海兵才站起身。豆满和喜鹊又磕了头，感谢主帅不杀之恩。

这天晚上，红罗女带着草药和许多好吃的，去看豆满两口子，又开导他们一番。他俩在大帐中听主帅要处以杀头之罪时，没掉下一滴眼泪，现在被姐姐推心置腹地一番指点，真是泪雨滂沱。

过了一天，红罗女带人到二关蟒蛇阵前观察，思谋破关的方法，因为从前也没遇见这样的阵法，深知硬闯进去，想要力胜，必有重大伤亡，可智取又怎么能行呢？寻思半天，也无计可施。

这天晚上，天很黑，真是伸手不见五指。她埋伏在阵前观察，只听到处是蟒蛇发出噬噬的声响，特别瘆人。忽然红罗女看到几个发绿的小亮点，忽高忽低飞向蟒蛇，冷丁撞到蟒蛇的眼睛里，整得它们分不清东西南北地打转转，张嘴乱咬。红罗女见此情景，心中一喜，她明白了，那闪绿光的小飞虫是萤火虫，没想到这虫能治蟒蛇，这可有招了。

第二天下晚，红罗女把兵将部署好了，她站在石崖上，打开了红罗巾，那巾上绣的花都发出一股股清香，不一会儿，从忽尔汗海那飞来无数萤火虫，都照亮了一条道，飞落在红罗巾中的鲜花上，红罗女把巾一收，把这些萤火虫都收起来了。

红罗女到了蟒蛇关前，把红罗巾一展，嗬！好家伙，这千千万万只萤火虫一下子全飞出来了，上下飞舞，像流星似的，特别好看，又这么多，真让人以为是天上的银河落到了人间。

萤火虫好像是经过训练似的，专门盯住蟒蛇的眼睛，这小不点，把这些大家伙折腾得钻地乱翻，上蹿下跳，到后来，互相乱咬起来。

红罗女一看，微微一笑，拿起红罗巾，扇了几扇，一股股清风吹了过去，萤火虫就借这个风力，把蟒蛇往契丹兵营那边赶。

那些蟒蛇被萤火虫盯住了眼睛，也看不见东西方向，就进了契丹大营，逢人咬人，逢马吃马，契丹兵呼天抢地，哭爹喊娘的，一下子就垮了。蟒蛇扫开了契丹大营后，又冲到了老雕关。

那老雕到了下晚黑都栖在树上，不愿动弹了，冷不防，那些蟒蛇一下子缠住它们，互相间展开了一场恶战。那老雕还没明白是怎么回事，就被咬掉了脑袋，也有的老雕用利爪抓住蟒蛇，飞到了空中，用尖嘴啄蟒蛇的脑袋，那蟒蛇一疼，就更用劲缠住老雕，最后，蟒蛇的脑袋被啄得开了花，可老雕被缠得再也飞不动，一下子掉在地上摔死了。这样，整整恶战了一宿，蟒蛇和老雕互相残杀，都死了。

天蒙蒙亮，萤火虫上下飞舞着，回忽尔汗海去了。萤火虫破关有功，以后渤海人和后来的女真人，乃至满族人都喜欢这种小虫呢。

红罗女乘机攻占了山后的契丹兵营，第三关就这样攻下来了。

第四关是黑熊关，红罗女知道，这大家伙有劲，可也傻，得想招调理调理它。她站在一个山岗上看，看了半天，发现这黑瞎子是经过训练的，那契丹后营中间有一个高台，台上的契丹兵一挥黑旗，它们就前进，一挥白旗就后退，挥红旗就扑上来咬，挥得越厉害，它们也就咬得越厉害。

红罗女看明白了，也就有了对策。她马上让渤海兵在黑熊关前搭了一个比契丹营中那个台子更高的高台，让豆满穿上契丹兵的衣服站在高台上，挥动比契丹兵更大的黑白红三面旗。

这黑瞎子到底是不辨真假，豆满一挥黑旗，它们就掉转身扑向契丹兵营。那高台上的契丹兵慌了神，使劲摇黑旗，黑熊一看，掉转屁股往回冲。可是一看豆满那面大黑旗猛劲摇摆，又掉过身子，扑向契丹兵营。这时，那契丹兵怎么摇动黑旗也不管事了。

豆满又赶紧摇动红旗，这下黑熊个个直立起来，怒吼着，一下子把契丹兵营前的障子推倒了，冲了进去。有的契丹兵想拦住它们，一个个被黑熊一巴掌就打扁了脑袋。黑瞎子冲向高台，那契丹兵吓破了胆，一下子摔下台来，踩成了肉饼。

不一会儿，契丹大营被黑熊踩得稀巴烂，契丹兵死的死，逃的逃。豆满见敌兵乱了营，猛挥黑旗，那些个傻大个，嗷嗷一阵乱叫，扑向第五阵金豹关。

那千百只金豹见黑瞎子扑来，也不示弱，上蹿下跳一齐迎了上来。那一场恶战，特别有趣。那黑瞎子块大劲猛，左一巴掌右一巴掌，被打上了就脑浆迸裂。那金豹身子灵活，一扑一退，逮着了就是一口，不死也得掉块肉。你追我扑，一来一往，打得天昏地暗。

豆满一看，直乐得跳高地喊叫：咬得好，打得好！他将那红旗不停地使劲舞动，那黑瞎子更像发疯似的，一按住金豹，就来个屁股蹲，可是豹子一挣，又跳起来，反蹿回来，就是一口，那黑瞎子不是被咬掉耳朵，就是被咬掉一块肉，弄得满地都是血赤糊拉的。

黑瞎子劲大，让豹子一惹，更加拼命，许多豹子被打翻在地，有些豹子抵挡不住了，逃到树林里，爬到树上躲，那黑瞎子冲进树林，呼哧呼哧就拱树。打了半天，山变成了秃山，黑瞎子不是被咬死，就是累死了。那金豹也死伤大半，双方剩下的也满身是伤，只顾喘气，谁也不能打了。

红罗女一看，到时候了，一声呐喊，带领珍珠、喜鹊和渤海众兵冲杀过去，把剩下的黑熊和金豹都杀死了。借着猛劲，他们把山后的契丹兵营也给端掉了。

攻下了五关，红罗女寻思，沙土可以灭火，于是就用红罗巾收了第六关的飞沙走石，盖到了第七关的大火上。不一会儿，第七关的大火灭了，直冒黑烟。红罗女又唤来了忽尔汗海的独角蛟龙，让它搬来海水，把残火浓烟都灭掉了。独角龙这时已改过从善了，它呼风唤雨，把第七关浇了个透，从此，那山就多了不少泉眼，传说，就是那时独角龙搬来的。

剩下最后两关，红罗女让渤海兵砍了许多树，把树干锯成一人来高，都穿上盔甲，然后绑在大车上，装扮成真人一般，拿着兵器，打着旗，让马身上也披了几层牛皮。这样，都准备好了，趁天蒙蒙亮的时候，让马拉着战车去闯最后两道关。等天大亮车马归来，那些假人身上插满了刀、箭，个个都像刺猬猬似的。这飞刀乱箭关也失去了作用。

红罗女破了九钩九环阵，和耶律黑的大军对阵了。消息传到耶律黑那里，惊得他目瞪口呆，实指望用九钩九环阵灭了渤海兵，抓住红罗女，哪承想，阵被破了，人马又杀到大帐前，这红罗女也太邪乎了！吓得他手里拿的酒杯都不知怎么掉的。

耶律黑见红罗女在城外不断叫阵，强打精神，硬着头皮出城应战。他见红罗女穿着孝服，戏谑地说："师妹，怎么弄成这个地步？为渤海王卖命有啥好处，连个丈夫也没保住。乌巴图这样的英雄，又得了什么好下场，一杯毒酒，命归西天，还背了个叛国投敌的罪名，窝囊透了。看看你吧，一个女人家，不好好过消停日子，今天除妖，明日打仗，逞什么强，卖什么命，真不知好歹。"

"住口！"红罗女气血上涌，怒目圆睁，喝道，"巴图我自会替他报仇血耻，现在先算算你的账吧！"

耶律黑一看红罗女不吃他挑拨这一套，还要和他算账，自知她破了九关，自有妙招，与她拼命是凶多吉少，但又不能临敌怯阵，自己逃跑，于是说道："师妹呀！我俩毕竟是一师之徒，我也不愿与你再结仇怨，我更不愿乱杀无辜，都是那渤海老王，招兵买马，逞强好胜，坐大不容，何必呢！我想好了，你我从此罢兵，如前约所定，两国永不再战，和睦相处，你看如何？"

红罗女一阵冷笑道："亏你说得出口，对你这样无信无义的人，还讲什么订约，你坏事做尽，天地不容。你要听我话，放你一条生路，乖乖下马投降，我把契丹兵都放回去，你跟我走，我送你上师父那里，听凭师父处置，悔过赎罪。如若不然，让你死无葬身之地，遗臭万年。"

这一番话说得耶律黑恼羞成怒，提着双锤大喊："休要胡言，看我来教训你。"两下交起手来。两边的兵将也一齐拥上来大战。

这边豆满先锋率领众兵将与契丹兵将厮杀，那边红罗女与耶律黑单打独斗。两个人打了十几个回合，红罗女有些招架不住了。耶律黑心想：乌巴图刚死，你又连闯九关，看你消瘦得那个样，就是个铁人也垮了。今天我就送你去西天，于是拿出全部招数，越战越勇。

两个人又战了几个回合，红罗女找个破绽，拖枪就走，往契丹大营东南边的小树林子跑去。

耶律黑知道红罗女计谋多，往时没少吃苦头，可今天他想红罗女领兵刚到，又不熟悉此地，想挖陷阱设埋伏都不赶趟，何况见她真是体力不支，一定是想趁乱而逃，就放心撵去。

耶律黑撵到小林子，冷不防红罗女转身挺枪来刺，耶律黑挥锤抵挡，过不几招，红罗女枪法乱了，耶律黑心中暗喜，雪恨扬名在此一举了，拉开架势，抡起双锤，猛一夹击，只听"哎哟"一声，红罗女从马上掉下来。再说那耶律黑这一招使劲也太猛了，把自己的身子扭过大半圈。等他转过身来，一看大红马身上没人了，只有一副空鞍子。再一看，离那大红马两丈开外的大树根下倒着一个人，好像红罗女。

耶律黑很怕红罗女不死，拍马上前，举起大锤，猛砸下去，嘴里喊着："这回你就回老家去吧！"这一锤使劲更猛，只听"咔嚓"一声，把那个人砸成两截。他也收不住身子，差点坠下马来。

你道这个人被锤子一砸，怎么会发出"咔嚓"的断裂之声？原来是一个穿上盔甲的用木头做成的像红罗女的假人，是红罗女事先派人伺机安放在这里的。

耶律黑感觉不像砸在人身上的声音，可没等他醒过腔来，只听背后"嗖"的一声，自己右手的大锤掉落在地上，右手掌被一支箭穿透了。耶律黑疼得"哎哟"一声，左手大锤又掉落在地上，左手掌也被箭穿透了。

耶律黑回头一看，大红马上骑着的正是红罗女。原来耶律黑那锤根本没打着红罗女，红罗女不过是趁机来个镫里藏身，引诱耶律黑去打那个假人。

说时迟，那时快，红罗女又搭上了第三支箭，耶律黑惊恐万分，话也说不清了，只听支支吾吾地说："师妹！看在师父的面上，你……你……饶了……！"话没说完，红罗女第三箭穿透了他的喉咙，"扑通"一声，耶律黑掉下马来。这个一生追求富贵荣华，不惜背师叛祖，为害民众的民族败类，气绝身亡。红罗女用阿玛留下的宝弓和三支箭，报了国恨家仇。

契丹兵失去了统帅，立刻乱了营，退路又被红罗女所率渤海大军堵住，很快就缴械投降了。红罗女下令：一个也不许乱杀，给他们吃的穿的，受伤的还给治疗，契丹兵将很多人都感动得哭了。

红罗女让豆满和喜鹊押解这些俘虏出境，收回了被占领的城寨。红罗女和珍珠一起班师回朝。

打那以后，渤海契丹友好相处了很长岁月，两国的黎民，总算过上了太平日子。

第二十四章　除奸报仇

红罗女三打契丹、除掉耶律黑的喜讯像长了翅膀，传遍了渤海的五京十六府，举国上下都祭天大庆。红罗女的名字更是老幼皆知，连契丹的黎民也焚香祈祷，祝愿红罗女这样的英雄长命百岁。有了她，契丹的黎民也能安居乐业了。

在这段日子里，只有一个人比损兵折将的契丹王还心如针扎一样的难受，这个人就是大英士。耶律黑一死，契丹大伤元气，一时半会儿不能再和他里应外合助他夺大钦茂的王位了，那个诡计多端的总管鬼阿哥也生死不知、下落不明，往日那些个心腹，也开始和他离心离德，逐渐疏远，生怕受牵连遭严惩。

大英士心里明白，再不把红罗女抓到手，一切都玩完了。他就趁老王和王后因为打胜仗心里特别高兴的时候，主动提出要和红罗女成亲。

老王对侄儿一直疼爱，一听侄儿主动请求愿意和公主成亲，连连叫好，说，一个是亲侄儿，一个是义女，一个是右相，一个是主帅，一个有文韬武略，一个是文武双全，年龄相配，容貌相当，真是金玉良缘。

王后听到这个信，却有些担心，她说：“恐怕义女对乌巴图感情太深，一时扭不过劲来，更何况乌巴图刚死不久，她日夜感伤不已，此时提出亲事，不大好办。”

老王听了王后的说法，不以为然，说：“我侄哪一点赶不上乌巴图？当初若不是前辈老人指腹为婚，我侄早就娶了红罗女。现在乌巴图死了，虽说公主心里有点难受，慢慢会好的。再说，她现在正需要有人安慰，我侄不嫌弃她再嫁，这是她的造化，有啥不好办的。”

“是啊！是啊！侄儿对公主一片诚心，也不是一天半天的了，你们早知道。如今父王、母后成全我们，我们忠心耿耿辅佐父王，这渤海江山比铁打的还牢。”大英士赶紧表白、讨好。

大钦茂也是这样想的，他接过话茬说：“是啊！你们成婚，真是亲上加亲。将来我老了，就可以放心地把朝政交给你们俩了，红罗公主住在京城，我们往来就更方便了。"

"是啊！公主也是一个挺孝心的人。"大英士很会顺杆爬。

最后，老王说："放心吧，这事就由我办吧。"大英士看老王态度坚决，乐颠颠地走了。

再说，红罗女凯旋回朝之后，心里还是不安，虽说耶律黑已除，父仇已报，渤海也除去一个祸害，可乌巴图的黑锅还背着，害死他的奸臣还没查清。她拿出乌巴图的血书，看了又看，哭了又哭，想了又想，从乌巴图忽尔汗海除蟒，弄一个发配东海；又到长安出使，弄一个被鸩荒郊，越想越心如刀绞，心里发誓：乌巴图哇乌巴图，我一天不给你报仇，我就一天不摘重孝。所以红罗女至今还穿一身白孝服，整天闷闷不乐，心事重重。

一天，渤海王传红罗女进宫。红罗女应召进了后宫，一看，父王摆了一桌好酒席，老王和王后在席旁等她。红罗女施了礼后，就坐在了母后身旁。老王说："听说孩儿在家很寂寞，这样闷下去会生病的呀，让你来到京城散散心。"王后也在一旁劝她要放宽心，未来的日子还长呢，什么事都要想得开一些。他们一边说一边劝红罗女多吃一些。

红罗女默默拣爱吃的东西吃了几口，又撂筷不吃了。大钦茂叹了口气，说："孩儿，我要劝你一句，乌巴图死了有些日子了，总这样忧愁有啥用，人活着就要为以后的日子多想想。再说了，乌巴图和你有那么大的情分吗？"

这一说，惹得红罗女热泪直滚，话憋在嘴里说不出来。

渤海王看她不吱声，就干脆亮底了，轻声说："我侄大英士也是人才出众，他早就钟情于你，我和你母后，早就想玉成良缘，无奈出了簪花联姻之事，如今他还是忘不了你，几年了他还是心不变，我和你母后都愿你俩重结良缘。"

红罗女听了这话，心里一惊，愣在那了。大钦茂以为红罗女难于启齿，又进一步说："打你下山入宫，他就一直和我说要娶你，几年来给他介绍过多少大家闺秀，他都摇头，你不能辜负了他这份痴情。"

红罗女听父王这般说，心里又咯噔一下，虽说大英士一直对自己很关心，可巴图除蟒是他到忽尔汗海建议主办的，结果闹了个发配东海；这次巴图遇害，他对自己同情，却说了巴图不少坏话……总是阴一套阳一套，难道是他为了得到自己耍了手段？

想到这里，红罗女觉得浑身冷得打了一个哆嗦，问道："父王！女儿有一事相问，这次乌巴图从边关回来，是不是右相带领人马去抓的？"

一提这事，老王也颇觉难堪，打一个唉声说："孩子，这件事是我让大英士去办的。当时，我看到乌巴图给你留的绝情书，很生气，他身为武将，怎么没有王命擅自去边关呢？所以我让侄儿带人马把他逮回来，事关国法，我不能徇情啊！"

"你让他把人抓回来，可巴图怎么死在路上了呢？"

"那是他喝毒酒自杀了呀！"

"巴图不喝酒，再说哪来的毒酒呢？"红罗女步步紧问。

王后一看，两人越唠越紧张，就来打圆场，说道："孩子，人死不能复生，你还年轻啊，你父王也是怕你一个人太孤单，心里太难受，才提了大英士追求你的事。这个侄儿是我们一手拉扯大的，挺有孝心，人才又出众，我们都是为了你好，你就不用多心了。"

红罗女听了这番话，心里更翻腾得厉害。她寻思：义父义母对自己是一片真心，岁数也大了，要是一个劲地逆着他们的心思说，可要伤了他们的心。想到这儿，她就不吱声了，只是直门儿掉泪。

老王一看这样，公主对巴图感情太深，一时扭不过来，以后再提这事吧，于是说道："我今天只是提一提这事，也不逼你就答应，回去后再想想吧。"王后看红罗女伤心，又安慰了她几句，家宴不欢而散。

红罗女回到红罗宫，因多日征战和伤心，人是又困又乏，躺下就想好好睡一觉，可一闭上眼睛，就看见那只白面狼向乌巴图扑去。她惊醒了，就寻思，这白面狼是谁呢？寻思了一会儿，又迷迷糊糊睡过去，又梦见白面狼向乌巴图扑去，又醒了。这样一连三次，红罗女再也睡不着了，索性坐了起来。

她想起了下山时师父跟她讲的话：你不要光看世人表面的美丑，还要会辨人心的善恶；又想起了自己和乌巴图在东海成亲那一天师父的告诫：你们只会看白天的人，不会看黑夜的鬼。是啊，乌巴图死得这么冤，死前我俩没见上一面，还闹了这么大一场别扭，可捣鬼的人是谁？仇人是谁？我到现在还不知道，师父的话说得多准哪！

红罗女把师父的话想了又想，不由得又想起了大英士，确实，他相貌堂堂，人才出众，身居高位，又是自己的干哥哥，可他总有点让人摸不透，热情中总有点虚乎劲，难道他就是害死巴图的白面狼？一想到这里，红罗女心里就生起了一阵寒意，真令人毛骨悚然。

这时，珍珠悄悄进来了，看红罗女没睡，轻声说道："姐姐，豆满和喜鹊押送两个人刚赶到京城，他们觉得这两个人形迹可疑，所以押过来，你作为主帅是不是先审一审？"

"哪两个人？"

"一个是右相总管，大伙叫他鬼阿哥，一个是契丹的奸细，他们一起从契丹俘虏里逃跑了，被豆满抓了回来。"

"啊？大英士的总管？他怎么会在契丹俘虏中？"

"他自己说是去采办货物，误入敌营的。"

"这里肯定有文章，把他速带我这里来，我要审一审。"

"姐姐，今夜太晚了，明天再审吧。"

"不，妹妹，朝中有暗鬼，夜长梦多，不能再拖了。"

"好！那我去把他们押来。"

"别惊动别人。"

"是！"珍珠答应一声就去了。

不一会儿，豆满和喜鹊押着鬼阿哥和契丹奸细进来了。红罗女一看，那契丹奸细浑身哆嗦，筛糠了，可鬼阿哥一点儿不咋的，看到红罗女点头哈腰地说："公主万福，我是右相总管，你是知道的，他们不知道，把我也抓来了。"

红罗女知道这种老奸巨猾的人，这样审他是不行的，就对豆满他们说："先把契丹奸细押到别的屋去，我要单独和相府总管唠一唠。"喜鹊一噘嘴，说道："可不能放了他，我看他鬼头鬼脑的不像好人。"

"这是哪里话，这姑娘说话太冲了。"鬼阿哥打着哈哈为自己辩解。

红罗女一点头说："我心里有数，你们走吧。"喜鹊押着契丹奸细走了，屋里就留下红罗女和鬼阿哥两个人了。

鬼阿哥以为红罗女年轻好糊弄，嬉皮笑脸地说："我侍候右相家父子两代几十年了，右相最知道我是一个怎么样的人。"

红罗女睁大着眼睛瞅着他，一言不发。鬼阿哥又说："我家主子对你是最够意思的，有多少好姑娘，他都不看一眼，他的心全扑到你身上了。"

鬼阿哥想讨好红罗女，不料露了馅。红罗女一听这话，心里就明白了一半，眼睛射出两道寒光，像两把利剑，直透鬼阿哥的心肺。

鬼阿哥被盯得心慌意乱，磕磕巴巴地问："你，你，你怎么不说话？"

"你老实说，你们怎么害死乌巴图的？"

红罗女这一问，把鬼阿哥的三魂七魄吓跑一半。他觉得红罗女这双明亮的眼睛已经看透了，惊慌中情不自禁地露出真言："那不是我干的，是我家主子干的。"

"他怎么干的，为啥要这么干？"红罗女强忍着心中的怒火步步紧逼。

"他，他，他是为了你，还要夺老王的……"说到这里，鬼阿哥感到自己的罪孽深重，说了也无生路，突然打滑了，说道，"别说了，说了也无用。"说着脑袋也耷拉下来。

红罗女又气又恨，可还是忍着，说道："只要你说出真话，我一定保你活命。"

"真的？"总管像捞到一根救命稻草，脑袋又抬起来了。

"我说话算数，你说吧。"

"好。"鬼阿哥这下把大英士怎么勾结契丹想要夺他叔父江山，使用诡计，残害忠良，一五一十地全说出来了。

红罗女现在有了充分的证据，她的干哥哥不仅是毒死乌巴图的仇人，还是一个祸国殃民的大国贼。一提到大英士这个名字，红罗女就感到寒气逼人，他就是白面狼。

红罗女听完了鬼阿哥的口供，说道："我可以留你一条命，可这些事情，除了我让你说的时候，你再说，要不，谁问你，你也不能说。"

"是，我一定照办。"鬼阿哥想跪地磕头，被红罗女拦住了，让豆满进来，把鬼阿哥押下去，严加看守。

这时，红罗女有了除奸报仇的办法了，胸口也不堵得慌了。她又连夜审了那个契丹奸细，他常被派到大英士那里送密信，大英士几次谋害老王的事，他知道的很多，身上还有最后那一次大英士让耶律黑包围大祚荣陵园的亲笔信呢。红罗女一一写了下来，让他画上押，就让豆满把他押下去了。

最后，红罗女把豆满和珍珠、喜鹊姐俩都找在一起，告诉他们，自己已经知道毒死乌巴图的奸臣是谁，不过现在还不能说，要为乌巴图报仇，为国除奸，让他们按自己说的办。豆满他们看姐姐说得坚决，一一答应。

第二天，红罗女穿的孝服上又套上那套红衣服上朝去了。渤海王一看红罗女脱了孝服，神色也好多了，挺高兴。大英士一看，那就更不用说了。

红罗女上前施一礼说："父王，昨日您老提的亲事，女儿同意了，不过，要答应我三件事。"

"哪三件？"大钦茂和大英士一起问道。

"头一件：乌巴图是保国抗敌的英雄，不能死了还背黑锅，要官复原职，恢复名誉。"

老王沉吟了一下。大英士寻思：人死了，什么名誉不名誉的，这一条答应了没关系，就抢先说了："行。乌巴图两次打契丹，当先锋，还是有功的，可以官复原职。"老王见大英士这样一说也同意了。

红罗女又说："第二件，朝廷要给乌巴图立一个石碑，说明乌巴图都是怎么为国立功的。"

老王以为义女一定是因为自己改嫁，觉得对不起前夫，所以要给他做点后事，也就答应了。

"第三件，大英士必须到忽尔汗海边来娶亲，拜天地前先到乌巴图墓前祭奠。"

大英士听了，觉得这样不吉利，低头不语。

红罗女厉声道："三个条件，如有一件不允，亲事就拉倒。"大英士怕红罗女一气再跑了，赶紧点头称是。

红罗女冷冷地说："既是这样，你三日后就到忽尔汗海来娶亲吧。"说罢她走出金銮殿，带着豆满、珍珠姐俩，押着右相府总管和契丹奸细回忽尔汗海去了。

红罗女要和大英士成婚的事，又一下子在京城传开了，大伙议论纷纷，有的摇头，有的叹息，而那帮跟着大英士转悠的人高兴，他俩合在一起，可以称横于渤海了。

红罗女回到家乡，让豆满他们到海边乡亲家挨家挨户地告诉，请他们参加在巴图墓前的婚礼。老乡们知道这一消息，都吃了一惊，乌巴图是他们的除蟒英雄，两个人又是那么情深意长，可是乌巴图一死，红罗女真要嫁给大英士了？也太快了一点儿。

珍珠姐妹和豆满阿哥心里更有想法，小喜鹊憋不住了，说道："红罗姐姐，你细寻思过没有，那右相总管鬼阿哥被我们抓住，只怕右相也不是好人呢。"

红罗女凄惨地笑一笑，说道："妹妹呀妹妹，你们只知其一，不知其二，你们知道我遇到这种事情，心里是怎么想的吗？"

两个妹妹和豆满白愣白愣眼睛，确实，他们也真不知道红罗姐姐心里是怎么想的。

红罗女让他们做一块墓志，上面写"保国英雄亡夫乌巴图之墓"，再做两块桌布，一块红的，一块白的，他们马上去一一照办了。

第三天一早，红罗女把他们三个人召集到一起，指着两个木箱子，说道："我们姐妹一场，情同手足，今天我要走了，这两箱兵书，是我跟长白圣母和刘总兵学的，也有我自己打完仗悟出来的，留给你们以后好好学习，国家需要你们的时候，你们得挺身而出，保卫国家呀！"三个人听了，心里真难受，两个妹妹已经掉眼泪了。

红罗女又说："你们也得记住我师父的话，看人不能光看长得美丑，还得辨人心善恶，不要光看见白天的人，看不见夜间的鬼。"

仨人听了，直门儿点头。红罗女又说："今天，你们一定要听我的，这是我最后一次求你们了。"听了这话，连豆满的鼻子也酸了。

红罗女一一吩咐好，就把他们带到乌巴图墓前，说道："我还有一路撒手刀没教你们，今天就一起教你们吧。"说完就在那里舞了起来，只见刀光闪闪，画出一个大圈，刀被掷出去有一二丈远，又回到手里，真是绝招，他们仨跟着细心地学了两遍。

撒手刀学完了，红罗女说："乌巴图生前最爱看红罗巾舞，今天我在他墓前再跳一次吧，你们也看一看。"说罢，挥动着红罗巾跳了起来，这舞跳得比哪次都好，可珍珠他们越看越伤心，红罗女自己也两眼闪着泪光了。

红罗女跳完红罗巾舞，把红罗巾撕成三条，给他们三人一人一条，说道："这个你们带在身上，以后打仗的时候，就能保护你们。"三个人每人接过一条，眼泪再也止不住了，珍珠姐俩扑到红罗女身上，抱头痛哭，不让红罗女走。

红罗女轻轻摇摇头说："今天，我是要走了，你们一定要记住我的话。"说罢，她让豆满押着契丹奸细，火速进京；让珍珠姐俩先回去休息一会儿，到午时时分，把总管鬼阿哥押到这里来。她自己要单独在这里祭奠一下乌巴图。

他们三个人含着泪走了，坟前只剩下红罗女一个人。她把给乌巴图绣的箭袋放在坟上，两朵翠花簪放在箭袋前面，就趴在土坟上痛哭起来，边哭边说："乌巴图哇乌巴图，为妻今天可以报仇雪恨了，你等一等我，咱俩一起走。"说罢又大哭，真是哭得惊天地，泣鬼神，眼睛都哭出血来。

快到午时了，大英士穿着大红喜袍，骑一匹披彩的高头大马，春风满面，带一拨家人，抬着红红绿绿许多礼品，到了忽尔汗海边。

他走到乌巴图墓前，一看前面还放一张铺着红布的天地桌，上面放着他给红罗女的那把宝刀，他以为红罗女把宝刀作为定情之物放在那里的，十分得意，心想：这回朝思暮想的人可总算到手了。

大英士正在得意，让吹鼓手吹起了喜乐，一下子吸引了许多海边的乡亲。可不知怎么的，大伙的心情被这鼓乐弄得更烦了，没有一个人有笑容。

喜乐刚吹了不一会儿，全身披白的红罗女走了出来，大英士一看，忙拿着一品诰命夫人的凤冠霞帔，讨好地迎上去。红罗女冷冷地说："别性急，先祭奠，奏哀乐。"大英士碰了一鼻子灰，只能让下人奏悲乐。这悲乐一吹，围看的人越来越多了。红罗女说："你过来，一起祭奠乌巴图。"

大英士心里老大不愿意，但这是说定的事，只好一个人走到乌巴图墓前。到了跟前，只见红罗女提起宝刀，一把揭掉天地桌上的红布，露出了白布。大英士一愣，红罗女用宝刀一拍他的脑袋说："跪下！"大英士不由自主地跪下了，嘴里还说："御妹，你这是干啥呢？"

"住口！不许你再这么叫，干啥？你自己心里有数！"红罗女厉声喝道。

这时，大英士冷汗如雨。原来，珍珠、喜鹊押着总管走了过来，这时已是午时了。

珍珠把写着"护国英雄亡夫乌巴图之墓"的墓志放到了小桌上，喜鹊把总管鬼阿哥推到了众人前。红罗女用宝刀点着大英士的脑袋，转过脸，对乡亲们说："各位乡亲父老姐妹，今天你们就听听护国英雄乌巴图是怎么死的吧。"她又对鬼阿哥说："你若有一句假话，今天就让你见阎王。"

鬼阿哥像鸡啄米似的磕了一阵子头，就一五一十把大英士如何勾结外敌，残害忠良，毒死乌巴图的事全说了。大英士一听，立刻像一摊泥似的瘫在地上了。

乡亲们一听，气愤地冲上来，要打他们，咬他们，抠他们的眼睛。喜鹊拿着大砍刀就要往鬼阿哥身上砍。红罗女把他们叫住了，说："留他一条命，割去他的两个耳朵，让世人知道还有这样的坏人。"喜鹊麻利地割下他的两个耳朵，他捂着脑袋，哭号着逃出了人群。

红罗女一把提溜起瘫在地上的大英士，他还赖赖叽叽地不肯起来，嘴里还杀猪似的喊："御妹，饶命！我是当朝右相，杀不得呀！"

红罗女厌恶地皱一皱眉，说道："这样的白面狼，天地不容。"用宝刀一抹，就把他的脑袋削下来了，正好掉在乌巴图的墓志前。

红罗女点起了三炷香，哭喊道："乌巴图哇乌巴图，我的夫君，为妻今天替你报仇了。"说着，她转过身，面向忽尔汗海，下跪磕头，说道："忽尔汗海呀忽尔汗海，今天我除掉玷污你的奸人了。"乡亲们听了这些话，都掩面痛哭。

大伙正在沉痛之中，那匹大红马不知什么时候来到红罗女身旁，红罗女翻身上马，那马就跳进了忽尔汗海，后面跟着那匹大白马，乡亲们都惊呆了。

这时，豆满骑一匹快马赶来，边跑边哭喊："红罗姐姐！红罗姐姐！"可是来晚了，红罗女已经走远了。

原来，他送契丹奸细到了京城，渤海王一审，才知道了自己有眼无珠，看错了人，上了大当，立即下令，让豆满带圣旨去抓大英士，就地正法。自己带文武百官，起驾到忽尔汗海，去祭奠乌巴图。

可是，这一切都晚了，等渤海君臣赶到海边，红罗女已经带着那匹大白马跑进了瀑布，再也看不着了。

大钦茂派人一看，连个影子都没有。远近的乡亲父老闻讯赶来，哭哇，喊哪，再也听不到他们心目中的英雄红罗女的回音了，渤海王只能带满朝文武、渔民猎人，望空而祭。

人们看到那闪光的瀑布，说那是红罗女的水晶棺，那雪白的浪花，是为红罗女戴孝，那轰隆隆的瀑布声，是为红罗女痛哭。

就在那天下晚黑，海面上突然升起两颗星，人们一下子认出来，一颗是红罗女，一颗是乌巴图。两颗星并排着，冉冉升起，慢慢地向东飞去，飞向长白山。

在鞨鞨人和后来的女真人、满族人心里，红罗女是不会死的。人们唱道：

> 忽尔汗海呀，
> 平静吧，安静吧，
> 你给红罗女铺上地毡吧。
> 吊水楼的水呀，
> 像一挂挂东珠，
> 穿成了水帘，

红罗女就住在里边。
她又绣起了红罗巾，
天下的山川大地，
飞禽走兽，花草虫鱼，
一样一样绣在上面。
人间的吉凶祸福，
美丑善恶，苦辣酸甜，
一件件绣在上面。
红罗女呀！
日日夜夜为民祈福禳灾，
年年月月为诸申保平安。

附录一 《银鬃白马》

何玉霖 讲述

满族说部《银鬃白马》，何玉霖讲述。

何玉霖，满族，镶蓝旗，赫舍里氏，祖籍珲春，土生土长，萨满出身，能唱能讲故事。《延边地区民间故事集成卷》中有他的故事。何玉霖是郑吉云先生于二十世纪八十年代初推荐给我们的满族故事家。何玉霖于一九九〇年病逝，终年七十八岁。

何玉霖从他姥家——满族郎姓家族习得讲满族说部的特长。一九八五年夏末，吉林富育光、辽宁俞智先、北京孟慧英去拜访何老，住其舍十余天，记录他讲的《红罗绿罗》《银鬃白马》，后来又多次去访问、补充。稿已征集在手。《红罗绿罗》《银鬃白马》的长篇说部，是《红罗女》的母源，后来又在满族中发展，又出现《红罗女三打契丹》的故事，早在伪满时，珲春就有流传。日本人细谷清曾用日文在他出版的《满蒙传说集》中摘录发表，选故事结尾一段，并有些改动。一九九二年，吉林省社科院日本研究所高书全同志翻译过来，便于参照研究。

富育光
二〇〇二年十二月二十五日

附录二 《白马银鬃》

过去，宁古塔一带是归一位叫金牙太子的君王所有，他是世上少有的好君王。这里土地肥美，百姓纯朴，人们都向往这块极乐之地。百姓既爱戴自己的君王，又敬慕美丽的王妃红罗女，他俩都受到人民的热烈称颂。

宁古塔东北方向有大海，叫鄂霍次克海，苏城河就注入这个海。苏城河的上流为宽永王的领土。宽永王的势力与宁古塔金牙太子的势力不相上下。但是人们都知道，宽永王为人残忍怠惰，整天沉溺于酒色，特别是家里有好看姑娘的百姓，都怕他夺走姑娘。

宽永王听说金牙太子的王妃容貌绝伦，于是就一心想把她弄到手，为此不惜一切手段。他朝思暮想，费尽了心机，想把她夺来作为他后宫里的姬妾。

在苏城河流向大海的地方，耸立着两座大山，两座山之间有一座龙王庙。据说它十分灵验，不管你有多大的难处，只要你诚心祷告，愿望就会立即得到应验。因此，人们不远千里，前来请愿，有的还是从关内来的。不论是庙墙还是堂宇，甚至是狭小的地方，都挂满了诸如"诚敬则灵""有求必应"等字样的匾额或字幅。

月有云遮花有风，自来好事总难成。金牙太子政治清明，加上风调雨顺，天时地利，可谓太平盛世。然而他自身命运不济，患上了严重眼疾，无论怎样祷告神佛与医药诊治均不见效，只好等着双目失明了。举国上下，莫不为此感到悲切。

消息渐渐传到宽永王的耳里，他暗自高兴，认为把金牙太子的红妃弄到手的时机已到，于是设下一条毒计，先是诱骗金牙太子去苏城河龙王庙参拜，然后假借王命去迎接红妃，以便乘机在中途把红妃抢过来。宽永王暗自高兴，自以为得计。

宽永王向金牙太子郑重地送去一封慰问信。信使风尘仆仆，来到宁古塔，在金王膝下捧上了这封信。信中称道："病情即或深重，只要诚心祷告，定会获我龙王大神慈恩，灵验无比，必定痊愈，切勿犹疑。另，路遥途险，多加护卫。愿安心起驾，尽早参拜。"辞意恳切郑重。

金牙太子本来就笃信龙王的灵验，为了治病不得不去参拜，可是又实在舍不得离开红妃。参拜请愿，病显然是会好的，可是只有温柔贤美的红妃在身边相伴，生活才有乐趣。一想到独自一人去长途参拜，就感到惆怅。尽管是路途遥远，也最好是让红妃同行。

红妃本是文弱女子，对于异国之行，心里是不托底的。最初，她想拒绝同行，想打消君王去参拜的念头，但是鉴于他心情迫切，又难以置之不顾，只好违心地附和。

红妃虽然为君王的急切心情所打动，决定同行前往，但她提出了以下五个条件，要君王绝对遵守：（一）红妃与王同行一事，在任何场合都要绝对保密；（二）红妃服饰与王相同，表面上扮作从关内来探望胞兄的弟弟；（三）不乘车，一路上全骑马，而且马昼夜不卸鞍，随时可乘，以备万一；（四）护卫队两千人，不管任何情况，都不要在宽永王的宫殿逗留，必须与护卫士兵共同在外边露宿；（五）参拜祈祷龙王庙完毕，应即撤离苏城河畔回国。

金王听到这些意见甚为高兴，于是很快就选出了两匹骏马，一匹是白马，为君王坐骑，一匹是黑马，为王妃骑乘。在兵士护卫下，王与王妃一行从宁古塔出发，向东前进，奔向苏城河畔。

从宁古塔去苏城，途经今称为尼古拉斯克、乌苏里斯克的双城子。这里是完颜王的领土。金王与完颜王是叔侄关系。金王与红妃中途逗留这里，以解旅途中鞍马之劳。

完颜王对患病的叔王热诚款待。最初，他认为叔王去朝拜，乃属神圣之行，怎好有女人同行。但是一想到此行是踏入令人莫测的敌对领土，需要对心地不良的宽永王有所警惕，于是也就赞成这样做了。鉴于形势，他还向叔王提出，要派出众多的部队将苏城街道严密警戒起来，以备万一。

金牙太子单纯善良，虽然感到完颜王这个建议有道理，但认为既然宽永王是"诚意"邀请，自然以最好的姿态回敬为宜，有过多的士兵跟随不免有所失礼。于是断然拒绝了这个建议。

金牙太子还是按约定的日子，携带厚礼从双城子出发，历时十几天，终于到达了苏城河口。他们在这附近支起了帐篷，在龙王庙朝夕祈祷，虔诚之心可能感动了龙王，金牙太子的眼病很快痊愈。金牙太子甚是欢喜，自不必说；红妃、随从、护卫也莫不高兴。现在只剩择定返回宁古塔的时日了。

诡计多端的宽永王派特使去宁古塔探听虚实。密探回来报告，使他大失所望。

美丽的红妃并没有留在宁古塔城内，所谓与金王服饰相同的年轻的弟弟，说是从关内来，实际是假的，乃是红妃女扮男装。

听说金牙太子在苏城河畔的参拜已近尾声，宽永王不由得心中怒火上升。于是他立刻派使者去金牙太子那里，提出了如下要求：

贵王携带的甲胄及兵器要即刻解除，并且带领从关内来访的弟弟速来宫中。其措辞粗鲁严厉。宽永王是个阴险奸诈的人，心想：把金牙太子叫到身边，他若真的带着女人来，那就是罪大恶极，就可以按玷污庙宇神圣的名义问罪而加害于他，还能巧妙地把这个"年轻的弟弟"弄到手，如愿以偿。

金王虽说是心地单纯，看到信后也不能不觉察到是中了宽永王的计。但是，如果行动过激，将有招致事态恶化的危险。鉴于自己的护卫力量单薄，寻思还是稳妥从事为上，于是回信说："承蒙招请，感谢之至，无奈病情未愈，恭请宽待时日，届时登门拜访。"

天色未明，护卫仍在昏然熟睡，这时宽永王的军队团团围住了金牙太子的营地。事到临头，素来与人为善的金牙太子再不能退缩了，只好勇敢地投入冲杀。他催促红妃上马之后，便指挥全体护卫将士与宽永王的军队展开了决战。

尽管有士兵极力护卫，却总也摆脱不了强敌的围堵。金牙太子面临着抉择：是解除武装投降；还是杀出一条血路退往双城子，然后东山再起，二者必居其一。金王灵机一动，激励决死的部下杀开一个缺口，与红妃一起率众向西远逃。

宽永王奋力猛攻，一看到白马和黑马正杀开血路西逃，便吩咐喽啰无论如何不能让他们跑掉。可是金王的马跑得很快。宽永王紧追不舍。红妃的黑马逐渐气力不支，速度明显减慢。金牙太子见红妃的处境危急，非常担心，于是极力想方设法营救。

金王想出了一个办法，即夺路进山。当路经村落小道时，他立即与王妃换乘了坐骑，然后二人进入森林，并分路逃跑。

红妃骑乘的白马奔跑如飞。宽永王以为那是金牙太子，命令三两名骑兵追赶，但不久白马便消失得无影无踪，追赶者只好扫兴折回。宽永王误认骑黑马的金牙太子是红妃，于是亲自跟踪追赶。

金王见道边有一个烧炭的小屋。他进到小屋，见里面有一位烧炭老翁。于是金王从老翁那里借用了破旧衣服穿上，脸用炭抹黑，并把这个老人送进炭窑，金王又抽出腰中短刀往马肋一扎，黑马忍受不了疼痛，狂奔而去。

不久，宽永王手下人气喘吁吁地赶到这里，打听黑马的去向。

早已扮成烧炭翁的金牙太子装聋作哑，佯作不得要领，用手比比画画，然后顿时发出大声，指向黑马奔跑的相反方向。于是这些追赶的人便顺着金牙太子指的方向追下去。

等到弓矢飞鸣、马蹄声响、人马嘶叫等声音都消失时，金牙太子乘机脱离了险境，历尽了千辛万苦，向双城子走去。

红妃听天由命，任凭白马奔跑，终于逃脱了敌人的追捕。当她行到山上往下望时，见到苏城平原上双方混战正酣。金王方面已是寡不敌众，很显然官兵正沿苏城河退却。

本应逃往双城子的红妃，看到这颓势，不顾一切挺身而出。红妃抱着必胜的信念和决心飞马下山，加入队伍以激励士气。官兵看到有勇将指挥，顿时信心百倍，一鼓作气把苏城兵击退到河的对岸，喊杀声响彻整个河川。

赶跑了敌人，收了兵。红妃认为，必须坚守，不能立即退却，一直坚持到双城子来援兵才行。于是占据了山丘上一个旧城寨，固守待援。

宽永王的阴谋破产了，十分懊丧。不仅金牙太子脱逃，更重要的是红妃没有弄到手，加之，听说宁古塔军的余党还在负隅顽抗，于是一心想消灭这股力量，以除心腹之患。

苏城军队死力进攻，但由于宁古塔军方面防御坚固，累次冲击均不成功。于是他们实行水攻，又断绝粮道，致使宁古塔军的力量逐渐减弱。宽永王下令全军：杀死城寨内每个士兵，只留白马队长一人，并要生擒。

红妃坚信金牙太子业已脱险，心想：只要能保全大王一人，国土就会安康，自己也就尽到了应尽的义务。现在只有采取最后手段了，也许会有机会得救。红妃从衣服上扯下一块布，咬破了手指，用鲜血写下丁城的位置和战势概况，然后藏在马鬃里。她祈祷神灵保佑，如果遇到好人，请接受这个使命，乘上它跑到双城子那边，把这封信送去。白马领受了主人的使命后，向西方一溜烟地跑去。

金牙太子昼伏夜行，拖着被山野荆棘刺伤的身躯，历时两天，来到了双城子。完颜王出来迎接，看到叔父不禁流下了热泪。出于对金王处境的关切，他调齐了援兵，以便随时出动，同时又为宽永王的诡诈所激怒，义愤填膺，决心快马加鞭，急速进军，这时红妃乘骑的白马竟不意而来。

当金牙太子看到主要由他来乘骑的爱马，不禁洒下了热泪，这明明是红妃与他换乘的白马，不见红妃，想是她身亡了，金王满含热泪，抚摸着白马鬃毛，不觉触摸到了一块血书白布。完颜王和金王这才见到十万火急的信。

悲剧业已出现，刻不容缓，存亡在此一举。

二王在安顿白马的同时，立即通知官兵，昼夜兼程，一路烟尘滚滚，向东进发。

红妃据守的城寨难于攻陷。苏城军原以为城中统帅是金王，不料金牙太子却率领大军来援，使他们大吃一惊。转瞬间苏城军大败，宽永王丢弃宫殿远遁北方。

援军到来，挽救了部下生命。然而令人悲伤的是，激战中红妃自己中了毒箭，旋即身亡。

金王悲泣不已，完颜王也十分悲伤，全军将士莫不放声大哭。

金牙太子有美丽贤惠的红罗女的支持才有决心治愈眼病，而今红罗女已永别，金王即或病愈在望，也无所慰藉。他引了苏城河水，筑成了瀑布，悲痛不已，把红妃的遗体安葬在下面，而后举行了隆重吊唁。现在的方达沟瀑布就是安葬红妃的地方。思恋的泪珠无休止地流淌，便成了瀑布飞溅出来的玉珠。

金王决心为亡妃复仇，捕获宽永王，处以极刑，可是宽永王已逃遁北方，不见踪迹。

金牙太子回到了宁古塔。红妃亡后，也可能是为了实现红罗女生前凤愿的缘故，金王治世一直清明，太平无事。于是宁古塔这个地方，无论到任何时候都是得天独厚，五谷丰登，堪称北满的宝库。

译自［日］细谷清著《满蒙传说集》第187—199页

翻译　高书全

一九八〇年十二月二十九日

后　　记

　　满族说部《红罗女三打契丹》即将付梓出版，笔者的心情真可谓悲喜交加。喜的是这部在我的书柜中沉睡了二十五年的手稿终于将要面世了，作为国家级的非物质文化遗产项目之一，已经得到有效的保护，再也不会自然消失在历史的长河之中，值得欣慰。由此要感谢满族说部丛书的组织者谷长春、吴景春、荆文礼诸同志细致、严密的组织工作，是他们卓越的眼光与坚韧不拔的努力，使这些璀璨的民间文学珠宝永存于世。

　　悲痛的是，这部说部的传承人傅英仁、关墨卿已经谢世，他们没有等到历史的这一刻。而这一刻笔者与傅老已经整整盼望与努力了二十五年。由于《红罗女三打契丹》也是一个女英雄的爱情故事，一波三折，傅老在讲述中就经常潸然泪下。这部满怀满族民族感情的口承作品的出版却屡遭挫折。

　　一九八三年初冬，笔者那时住吉林省社会科学院文学所办公室，那天，笔者正好将本说部从录音中逐字抄录完稿，两位不速之客——当时吉林省扶余县①文化局韩局长与新城戏剧团团长张来仁先生来到我的办公室，张团长说：新城戏是满族八角鼓发展而来的地方剧种，是周总理扶植的民族艺术，但还没有一个满族剧目，我们来听你收集的满族故事了。我就对着《红罗女三打契丹》手稿给他们讲故事，约一小时，讲到第十八回时，两个大男人都哭了。他们表态：头拱地，也要将这个故事搬上新城戏舞台，你是编剧之一②。我们一拍即合，不到一年，新城戏《红罗女》就在长春上演，连我的上海母亲也看到了演出盛况。傅老是这个剧的民俗顾问，多次到长春、扶余，贡献了许多历史与民俗知识。虽

---

　　①　现吉林省松原市宁江区。

　　②　另外两位编剧是张来仁、程迅。

然，傅老的报酬只是一件风衣，但我们却格外高兴，因为这部说部的文学艺术与历史人文价值已经初步实现。

一九八五年，由于这部戏的民族特色，获全国少数民族优秀剧目"孔雀杯"奖，又获国家民委、文化部的"民族团结奖"。两项国家奖的获得，使我与傅老认为这部书的出版也问题不大，由此，在后十年中，我与他到北京、沈阳、长春、哈尔滨、牡丹江等地的出版社漫游，始终没有结果，原因都是一样的，出资料本怕赔钱。要我们改编出章回体的传奇小说，我们又不忍心对完整的说部伤筋骨。十年后，再见傅老，就不提此事了，这部书稿只能在我的书柜中沉睡。近年，再见傅老——那时已年迈多病，他问这本书怎么办？我只能安慰他，只要您健健康康的，您会看到这部书的出版。但是，实际上他没有等到这一天。呜呼，悲莫大焉。

这本书是渤海时期镜泊湖同类传说的母本，不仅展示了渤海国初期全景式的历史与生活画面，而且生动地反映了渤海与唐朝深刻的政治、文化联系，反映了与契丹等北方民族的关系，甚至还有"新罗平盗"的生动故事，反映了渤海与新罗的关系，堪称是一部无韵的英雄史诗。所以其整理工作我们也格外认真，首先，我们当时在傅老家做了完整的录音；其次，对其传承、传播情况做了比较全面的田野调查；再次，在整理过程中，我们力求整体框架上保留原貌，语言保留民间文学的生动活泼，只在个别词句上做些修改，并加必要的注解，使之成为一个口承文学的科学文本。

本书因富育光先生的指领，才与传承人相识，并成为长期的合作伙伴；本书的调查、录音、抄写与第一稿整理由王宏刚完成，程迅先生参加了部分调查工作与第二稿的修改工作，最后由王宏刚定稿。在本书的进行过程中，荆文礼与我的学生张安巡参加了文字修改与校对工作。在出版过程中，得到吉林人民出版社领导、责任编辑同志的鼎力相助，在此表示我们诚挚的谢忱。

王宏刚谨识
二〇〇八年八月一日